国 家 社 科 基 金 青 年 项 目
中国人民大学"985工程"经费资助项目

俄罗斯文学的
"第二性"

陈方 著

北京语言大学出版社
BEIJING LANGUAGE AND CULTURE
UNIVERSITY PRESS

© 2015 北京语言大学出版社，社图号 15071

图书在版编目（CIP）数据

俄罗斯文学的"第二性"／ 陈方著 . —— 北京 ： 北
京语言大学出版社 ， 2015.5
ISBN 978-7-5619-4173-7

Ⅰ.①俄…　Ⅱ.①陈…　Ⅲ.①俄罗斯文学－妇女文学
－文学研究　Ⅳ.① I512.06

中国版本图书馆 CIP 数据核字（2015）第 093103 号

俄罗斯文学的"第二性"
ELUOSI WENXUE DE "DI-ER XING"

排版制作：北京创艺涵文化发展有限公司
责任印制：姜正周

出版发行：北京语言大学出版社
社　　址：北京市海淀区学院路 15 号，100083
网　　址：www.blcup.com
电子信箱：service@blcup.com
电　　话：编辑部　　8610-82303647/3592/3395
　　　　　　国内发行　8610-82303650/3591/3648
　　　　　　海外发行　8610-82303365/3080/3668
　　　　　　北语书店　8610-82303653
　　　　　　网购咨询　8610-82303908
印　　刷：北京京华虎彩印刷有限公司

版　　次：2015 年 5 月第 1 版　　　**印　　次：**2015 年 5 月第 1 次印刷
开　　本：787 毫米 × 1092 毫米　1/16　**印　　张：**17
字　　数：268 千字
定　　价：48.00 元

PRINTED IN CHINA

前　言

随着社会的发展和进步，女性在当今世界的地位普遍上升，她们在各个领域享有与男性大致平等的权利和义务。在文学领域，女性作家更是显示出了强大的集团力量，世界范围内的"文学女性化"倾向已经成为当下文艺学家们的一个热门话题。在这样的社会和文学背景之下，对女性文学的研究，其中包括对文学中的女性形象的研究，便具有了较强的学术价值和现实意义。

俄罗斯文学是世界文学中一个重要的组成部分，在中国也一直具有巨大的影响，俄罗斯文学中那些闪光的女性形象，如《伊戈尔远征记》中的奥尔迦、普希金笔下的塔吉雅娜、屠格涅夫笔下的丽莎、陀思妥耶夫斯基笔下的索尼娅、托尔斯泰笔下的玛丝洛娃，一直到20世纪文学中的阿克西妮娅（肖洛霍夫的《静静的顿河》）、拉拉（帕斯捷尔纳克的《日瓦戈医生》）和玛格丽特（布尔加科夫的《大师与玛格丽特》）等等，她们组成了一个俄罗斯女性文学形象的绚丽画廊。长期以来，俄罗斯文学的中国读者们对这些或高贵优雅、或忍辱负重、或风姿绰约的女主人公们总是津津乐道，但相比较而言，我们对这些形象的文艺学意义上的关注却显得不足，这也构成了笔者写作此书的一个动机。

与世界文学中女性主义文学研究的兴起相呼应，从女性主义角度重新阐释俄罗斯女性作家的创作，挖掘被埋没的女性写作传统，这已成为学者们最为热衷的话题，与此同时，对俄罗斯女性文学主人公的重新讨论也全面展开。在这一领域西方研究者最早出版了的多部专著，如乔·安德鲁的《俄罗斯文学中的女性：1780—1863》(1988)、巴巴拉·海德特的《可怕的完美：女性和俄罗斯文学》等便奠定了从女性主义文学批评角度观照俄罗斯文学女性形象的基础。但在俄罗斯学界和我国，对性别视角下的俄罗斯女性形象的研究还开展得并不充分全面，这构成了笔者写作此书的另一动机。

本书对19世纪经典作家，如卡拉姆津、普希金、陀思妥耶夫斯基、列夫·托尔斯泰等作家笔下的女性形象进行梳理，同时也分析了当代俄罗斯女性作家，如乌利茨卡娅、塔·托尔斯泰娅、彼特鲁舍夫斯卡娅等人笔下的女性形象。本书选取的绝大部分文本均为小说作品，只有普希金一章中涉及长诗及诗体小说。

本书除前言、绪论和结语外，还包括上篇、中篇和下篇三大主体部分。

绪论第一节概述了女性文学形象研究的产生背景以及研究现状，列举西方以及中俄学者关于这一问题的主要观点和研究成果；第二节将俄罗斯文学中的女性形象分为"理想女性""堕落女性""反抗女性""新女性"和"其他女性形象"几个类别进行论述，考察不同时期男性作家对待同一类别女性形象的不同处理方式，以及他们的处理方式与女性作家的差异，同时也大致描述了每一类别的形象在不同时代的变化及其为适应新语境而产生的新内涵。本书上篇主要叙述19世纪男性作家笔下的女性形象，每个作家构成一个单独章节。有的章节以作品为单位，分析其中的女性形象，进而对作家创作中女性形象的不同类型进行对比，考察其女性观，如屠格涅夫、列夫·托尔斯泰等章节；有的章节以不同体裁的作品为单位对女性形象进行分析，如《普希金创作中的女性形象》一章。本书中篇收入两篇关于19、20世纪之交俄罗斯女性文学的文字，第一篇文字论述俄罗斯女性文学在白银时代的强势崛起，是一个概述；第二篇文字分析20世纪二三十年代最具女性主义色彩的女作家柯伦泰的创作，是一个个案研究。本书下篇以当代俄罗斯女性作家创作中的女性形象为主要分析对象，考察了塔·托尔斯泰娅、彼特鲁舍夫斯卡娅、乌利茨卡娅等作家对女性形象的刻画方式，以及她们对理想女性、反抗女性以及母亲等形象的解构和建构。结语部分是对全书的总结，给出性别视角下女性形象的意义，并展望了研究的前景。

本书的具体写作采纳了比较研究的方法，其中既有历史的比较、风格的比较，也有类型的比较；其次还采纳了理论与实践相结合、文本分析和女性批评相结合的研究方法，希望不仅能提供关于女性文学主人公的文学和美学解读，还能为女性主义文学批评提供一些具体的例证。

俄罗斯文学中的女性形象丰富而又多样，仅从数量上看，就足以让研究者望而却步了。当初选这个课题进行研究，一方面是因为笔者就读博士期间曾在学位论文中部分涉及对当代俄罗斯文学女性形象的论述，觉得还可以进一步扩展、对比和深化；另一方面，从女性主义角度观照俄罗斯文学中的女性形象，确实是一个至今还没有太多人涉足的领域。但在研究过程中，笔者渐渐发现，女性形象几乎在每个作家笔下都形态各异，类型丰富，对其加以全面的论述和概括几乎是一个不可能完成的任务，因此，我们只挑选了 19 世纪作家笔下的女性形象、白银时代的女性文学和当代女性作家创作这三个最有代表性的部分进行比较详细的论述。20 世纪的男性作家，尤其是特别使我们感兴趣的帕斯捷尔纳克、布尔加科夫、索尔仁尼琴以及其他侨民作家创作中的女性形象，只能留待日后再进行研究。

本书为国家社科基金青年项目"俄罗斯文学中女性形象的发展和比较"最终成果（项目编号：07CWW006），受到中国人民大学"985 工程"支持，出版由"985 工程"经费资助。

目录

上篇　19世纪俄罗斯作家笔下的女性形象

中篇　19、20 世纪之交的俄罗斯女性文学两论

下篇　俄罗斯当代女作家笔下的女性形象

绪　论

第一节　女性文学形象的研究历史

女性文学形象问题是女性主义文学批评的最早对象，也是其最重要的构成之一。在近半个世纪的发展历程中，西方女性主义批评家一直将女性文学形象作为其批评的主要关注点和切入点。早在 20 世纪 60 年代末，西方女性学者们就从各个角度深入分析由男性和女性作家创作出来的文学以及大众传播媒介中的女性形象，玛丽·埃尔曼的《想想妇女们》、凯特·米利特的《性的政治》、葛瑞尔的《女太监》等是这一内容的代表作。这些作者主要研究女性形象的处境和心理、作家的妇女观及其在女性形象塑造过程中的作用，揭露男性文化如何歪曲了女性形象，如把文学中的女性塑造成天使或魔鬼的代表，同时，她们批判文学中的厌女现象，抨击阳物批评。在男性创作的文学作品中，几乎所有女性形象都体现了男性占主导地位的社会通行道德或文化对女性本质所制定的规范，高度集中了男性对女性的想象态度。对女性形象的批评，首先可以深入研究文学中的女性在制度（文化）的制约下如何主动或被动地选择自己的生活方式，其次可以探讨女性的自我意识和这种制度的矛盾，最后可以窥见作家意志与女性自我之间的纠葛以及由此形成的艺术世界。

女性主义批评家不仅关注女性形象发展历史的研究，同时也高度关注女性形象的类型学探讨。美国学者朱迪斯·弗莱尔的《夏娃的面貌——十九世纪美国小说中的妇女》就把 19 世纪美国小说中的女性形象分成"美国公主""强势母亲""新女性"和"妖妇"等类型进行分析。她认为男性文学批评家对文学中的女性形象或者忽略、扭曲和误解，或者持有偏见，这些关于女性的定型思维影响甚至支配着文学对妇女的描写以及男性批评家对女性人物和妇女作家作品的反应①。日本女性主义文学批评家水田宗子将文学中的女性形象分为三类：理想的女性、叛逆的女性和在制度外或是超越制度塑造理想的女性。她认为女性形象是证明女性原理的重要根据，而女性的自我意识是被女性原理深深束缚住的，是在彼此交锋的过程之中加深认识与表现的②。女性文学形象渗透着男性的主观意识和偏见，是"象征着被抽象成原则的女性的本质"③。

从女性主义视角对俄罗斯文学中的女性形象进行批评，是西方女性主义理论广泛传播之后的一个必然结果。虽然英美文学中许多经典作家，如莎士比亚、劳伦斯、霍桑等人笔下的女性形象都得到了始自女性主义角度的全新解读和阐释，但在俄罗斯本土，俄罗斯作家笔下的女性形象却始终没有得到这一角度的充分研究，这主要是因为，"妇女问题"早在20世纪二三十年代就被苏联政府宣称彻底解决，而西方的女性主义理论直到20世纪80年代中后期才得以进入俄罗斯人的视野。也正是由于这个原因，首先对俄罗斯文学中女性形象进行女性主义角度解读的，并非俄罗斯本土的研究者，而是西方学者，正如最早发掘俄罗斯女性文学传统的也是西方学者一样④。

自20世纪80年代末以来，美国和欧洲出版了多本以俄罗斯男性作家笔下的女性形象为主要研究内容的专著。乔·安德鲁的《俄罗斯文学中的女性：1780—1863》（1988）是从女性主义角度分析俄罗斯经典文学作品中女性形象的最早尝试之一，作者从情境、情节、叙述结构、两性关系、女性角色等角度，详细分析了普希金、莱蒙托夫、果戈理、屠格涅夫和车尔尼雪夫斯基笔下的女主人公，指出"文学文本影响到当代以及后世者对世界的接受，同时也影响到他们

① 陈晓兰：《女性主义批评与文学诠释》，敦煌文艺出版社，1999年，第23页。
② 水田宗子：《女性的自我与表现》，中国文联出版社，2000年，第11页。
③ 同上，第8页。
④ 世界上第一部俄罗斯女性文学史《俄罗斯女性文学史：1820—1992》（*A History of Russian Women's Writing. 1820-1992*）出自英国学者卡特里奥娜·凯利（Catriona Kelly）之手。

对女性社会角色的接受"①。出版于 1996 年的《可怕的完美：女性和俄罗斯文学》是美国学者关于俄罗斯女性文学形象的专门研究，作者巴巴拉·海德特以托尔斯泰、契诃夫、陀思妥耶夫斯基等作家笔下的女性人物为切入点，指出男性作者对女性的厌恶、忽略以及沉默化处理等倾向。作者认为，在俄罗斯文学中，大多数女性主人公"不是独立的存在，而是依附于男性的，对她们的描写相对于描写男性而言不够充分，她们只是男性主人公的一个补充成分，她们身上所具有的品质恰好是男主人公所没有或缺少的"②。90 年代在美国相继出版的几部关于俄罗斯文学的女性主义文学批评论集，如《她自己的情节》、《女性和俄罗斯文化》等，都分别对俄罗斯不同时期文学中的女性形象进行了多角度的批评和分析。女性作者们用批判的眼光去审视那些带有性别偏见的作品，对男作家笔下的女性形象基本持否定或修正主义的态度。关于 20 世纪俄罗斯文学女主人公的研究，目前有美国学者克谢尼娅·加西奥洛夫斯卡于 1968 年撰写的《苏联小说中的女性：1917—1964》，作者按照女性在文学中的社会角色，如农民、无产阶级女性、"亚马逊女性"（战士）、知识分子等，对十月革命之后到 60 年代初期苏联文学中的女性形象进行论述，是首次将俄罗斯文学中的女性形象按类别进行分析的一个尝试。

在俄罗斯，对女性文学形象的批评远没有西方学者进行得那么热烈激进，这或许是因为女性主义在俄罗斯的接受始终伴随着质疑和抗拒，或许是因为俄罗斯人对本国的文学大师怀有更多的敬畏之心。目前在俄罗斯，从女性主义角度对女性形象进行研究的专著几乎没有，只有一些文章发表在文集或杂志中，如卡萨特金娜、米哈伊洛娃、拉文斯卡娅、斯拉夫尼科娃等关于传统女性形象的文章或论文，其中卡萨特金娜的观点是较具代表性的，她认为以普希金的塔吉雅娜为代表的俄罗斯女性形象"是完整性和终结性方面的胜者，然而却是可信性方面的失败者"③。但作为创作无数"理想女性"并以此傲然立于世界文坛的俄罗斯人，不

① Joe Andrew, *Women in Russian Literature: 1780-1863*, Macmillan Press, 1988, p. 2. 本书所引俄文文献的中译文为笔者自译。

② Barbara Heldt, *Terrible Perfection*, Indiana University Press, 1996, p. 2.

③ Т. Касаткина, 'Мне страшно, что изменишь облик ты...', *Новый мир*, 1996, № 4, c. 212.

可能不对女性形象予以强烈的关注。俄罗斯学者尤里·洛特曼对俄罗斯文化中的女性进行了详细的解读,他认为,俄罗斯文学中的女性可以分为三类:首先是充满温柔之爱的女性,其情感和生活均遭受过伤害;其次是恶魔女性,她们打破男性世界创造的所有程式,成为男性的诱惑者或缪斯;最后一类是女英雄,她们具有和男性形成鲜明对比的英勇气概,突出了男性的懦弱。洛特曼认为,18世纪后半期和19世纪前半期的俄罗斯文化为女性提供了一个特别的地位,那一时期女性性格的形成,前所未有地受到了文学的影响,女性总是积极地去掌握长诗和小说赋予她们的角色。诗歌中的女性形象成为少女们的理想模式,同时进入了现实世界中的女性生活,之后,在涅克拉索夫时代,女性形象从生活中又回归到了文学①。洛特曼的论述从一个侧面佐证了文学中的女性形象对现实生活中女性行为、思维方式甚至成长道路的巨大影响,同时也说明女性主义批评者对男性作家通过女性形象约束、指引现实生活中女性行为的批判并非空穴来风。但洛特曼对女性形象的划分与女性主义文学理论没有关联,甚至在某些地方也流露出了厌女情结,比如他在《女性世界》这一章的开头写道:"我们已经谈到过18世纪至19世纪初人的道德面貌是如何发展和形成的。与此同时,我们虽然一直在谈'人',但谈论的都是男人。"② 这种将"人"等同于"男人"的观点是女权主义者大力批判的,而洛特曼的论述则说明,这种观点已经深深地铭刻在了人们的意识之中。

很多学者都对俄罗斯文学或文化中的女性形象进行了分类研究,如俄罗斯学者叶·维谢里尼茨卡娅、卡尔达波里采娃、美国学者诺尔玛·努南等。她们或根据女性社会角色,或根据女性的文化属性,以文学文本为主要依据,将女性形象分成"传统女性""女英雄""恶魔女性",或"传统女性""苏维埃化女性""亲女权主义女性""西方概念的女性主义者""新传统女性""实用主义女性"等③。

---

① Юрий Лотман, *Беседы о русской культуре. Быт и традиции русского дворянства (18-начало 19 века)*, Искусство, СПб., 2001, c. 65.

② Юрий Лотман, *Беседы о русской культуре. Быт и традиции русского дворянства (18-начало 19 века)*, c. 46.

③ В. Н. Кардапольцева, *Женские лики России*, Гуманитарный университет, 2000, cc. 53-55.

　　我国学者对俄罗斯文学中女性形象的文艺学意义上的关注也略显不足，2000年之前，徐稚芳教授所著《俄罗斯文学中的女性》（北京大学出版社，1995）是唯一一部关于俄罗斯女性文学形象的文学史论述，作者选取十多部文学作品中的女主人公作为论述对象，勾勒出了俄罗斯女性文学人物的发展轨迹。2008年，谢春艳博士出版了《美拯救世界——俄罗斯文学中的圣徒式女性形象》（人民文学出版社），作者从民族文化渊源、东正教神学思想和宗教哲学等角度揭示了俄罗斯文学中圣徒式女性形象的存在方式。2009年，金亚娜教授的《期盼索菲亚——俄罗斯文学中的"永恒女性"崇拜哲学与文化探源》一书问世。此外，还有一些作者对俄罗斯文学史上单个的女性形象或某作家笔下的女性形象予以关注，如《契诃夫笔下的女性世界》（肖支群，《俄罗斯文艺》1996年第6期）、《弱者·觉醒者·行动者——契诃夫小说妇女形象三部曲》（吴惠敏，《外国文学研究》1997年第1期)、《难以逃脱的藩篱——对安娜悲剧的再思考》（马强，《外国文学研究》1998年第2期)、《屠格涅夫少女形象的美学品格》（闫吉青，《俄罗斯文艺》2003年第6期)、《屠格涅夫笔下少女形象的共性特征》（金亚娜，《俄语语言文学研究》2007年第1期）等。这些论文从文化、宗教、美学等角度关注俄罗斯文学作品中的女主人公，阐释她们形象的深层文化含义。从女性主义角度解读俄罗斯文学女性形象的论文目前似并不多见，段丽君的《当代俄罗斯女性主义小说中的"疯女人"形象》（《南京社会科学》2005年第2期）、杨爱华的《塔马拉·伊万诺夫娜的"双性气质"——从女性主义视角解读〈伊万的女儿，伊万的母亲〉》（《俄罗斯文艺》2008年第4期）是比较有代表性的，她们利用女性主义形象理论，如双性同体、女性的疯狂等，从新的角度阐释了女性文学形象。

　　无论以何种角度观照文学中的女性形象，我们认为，都是解读文学作品及其人物形象的一个更为独特的视角和理解方式，无论是对抗性、解构性阅读，还是女性主义的、社会文化的阅读，都可以帮助我们多维地理解和接受文学作品，扩大我们对作品的思想内涵和审美特征的感知。此外，更为重要的是，每一种解读女性形象的新角度都可以起到某种修正观念的作用，有助于建立更为多元化的思维方式，有利于两性的相互理解和认知。

第二节　俄罗斯女性文学形象的几个类型

从西方女性主义文学批评者和俄罗斯学者对女性形象的解读中我们可以看出，在任何时代、任何文化中都有特定的女性文学形象类型，但没有哪一类形象是以特别纯粹的形式存在的，女性形象就像每个不同的个体一样，具有多面性和谜一样的复杂性，有多重类型特征交叉和并存的总体特点，如果刻板地把女性形象归入某一类别，便会导致人物形象丰富内涵的削弱以及对其理解的片面和刻板等问题的出现。但是，将女性形象根据其社会角色或作用进行分类研究，这无疑又是一种便于论述的方式，这样的分类可以帮助我们考察不同作家对待同一类型女性的不同叙述策略和塑造手段，进而把握他们在创作过程中所表现出的各不相同的女性观。

我们可以根据女性形象的内在品质、所扮演的社会角色以及她们与男性的关系，将 19 至 20 世纪俄罗斯文学中的女性形象大致分为四大类型，即理想女性、堕落女性、反抗女性和新女性。这些女性形象各有鲜明的特征，但某些类别之间又有交叉和融合，这恰好说明了女性形象的多样性和复杂性。与此同时，我们还将考察这些女性形象类型在不同时期作家笔下的演变和进化。

1. 理想女性

理想的女性形象是俄罗斯文学中最为突出的现象，没有哪个民族、哪个国家的妇女能像俄罗斯文学中的女性那样得到如此之多的赞誉和喜爱，"从来不曾有过，也不可能有更为纯净、朴实、真心、伟大、美好的女性形象了"[①]。正如《俄罗斯文学中的女性》一书作者所写的那样："从普希金开始，在十九世纪以及往后二十世纪的俄罗斯文学中出现了一系列优美的妇女形象，在俄罗斯称之为'俄罗斯妇女的画廊'，这是西方任何一个民族文学中所没有的。"[②] 在俄罗斯文学史中，早在 12 世纪，在被誉为俄罗斯文学丰碑的长诗《伊戈尔远征记》中，为

[①]　См. О. Рябов, ' Миф о русской женщине в отечественной и западной историософии ', *Филологические науки*, 2000, №3, с.28.

[②]　徐稚芳：《俄罗斯文学中的女性》，北京大学出版社，1995 年，第 2 页。

自己战败的丈夫及其将士哭诉的雅罗斯拉夫娜成为"俄罗斯古代文学中第一个优美的妇女形象"①，在她之后，从普希金的诗体小说《叶甫盖尼·奥涅金》中的塔吉雅娜到屠格涅夫笔下的纯洁女孩，再到涅克拉索夫笔下十二月党人的妻子，还有"穿什么衣服都美丽，干什么活儿都灵巧的农妇"，都幻化成为"俄罗斯的理想"②。这些女性最为突出的特征，就是她们符合作家心目中女性应该遵守的那些道德规范和行为准则，或者说，她们迎合男性的审美趣味，是美德的载体，是完美无瑕的典范。自我牺牲、忠贞、顺从、谦卑、富于同情和忍耐等，是这些女性的共同之处。尽管时代在不断地发展和变化，但我们发现，这些女性身上的特征依然与古代罗斯《家训》中对女性提出的种种要求十分吻合。

塔吉雅娜是俄罗斯文学史上第一个，也是最为丰满的理想女性形象，她不幸的爱情唤起了读者对她的深深同情，普希金的诗体长篇《叶甫盖尼·奥涅金》中的这位女主人公用自身的力量化解多舛命运的情节模式，几乎贯穿了整个俄罗斯文学。没有回应的、无法分享的、自我牺牲的爱情让身陷感情纠葛的女性在道德上被提升到一个新的高度，她们同时也用自己的人性光辉照亮了被爱的人。在屠格涅夫的《贵族之家》中，丽莎·卡里京娜放弃与拉夫烈茨基的爱情，在修道院里度过余生，在小说结尾处，她与曾经的爱人再度相遇时那轻微抖动的睫毛让很多人感动至极。屠格涅夫笔下的女主人公及其爱情模式与普希金笔下的女性十分相近，只是前者为自己的女性人物赋予了更多的宗教感，让她从虔诚的信仰中获得解脱之路。普希金和屠格涅夫笔下的女性及其命运模式在后世的俄罗斯作家笔下得到了发展，托尔斯泰（娜塔莎，《战争与和平》）、列米佐夫（《克列斯托夫家的姐妹们》）、扎伊采夫（《阿格拉菲娜》）、帕斯捷尔纳克（拉拉，《日瓦戈医生》）、索尔仁尼琴（玛特廖娜，《玛特廖娜的家》），甚至在拉斯普京最近的长篇小说《伊万的母亲，伊万的女儿》中，我们都能轻易找到这些理想的女性。产生于不同时代的女性形象在行为举止上有一些明显的区别，比如《战争与和平》中的娜塔莎就比普希金的塔吉雅娜具有更多的投身社会活动的勇气，她在婚姻的

---

① 曹靖华：《俄苏文学史》，河南教育出版社，1992年，第1卷，第12页。

② 余绍裔：《俄罗斯苏联文学名著选读》上册，商务印书馆，1987年，第372页。

选择上也拥有更多的可能性，但在本质上，这两位女性的区别并不大，在小说结尾，托尔斯泰让娜塔莎成为一个母性十足的女人，成为家庭的天使，亦即男性心目中的理想女性。

理想化的女性形象为读者提供了大量的正面主人公。在俄罗斯文学中，男性人物通常体现的是典型的社会缺陷，比如我们熟知的"多余的人"形象，而女性体现的则是社会理想。完美的女主人公是非常符合男女二分法的概念的，女性作为客体，体现了内化、自然、被动、死亡等特征，与男性的主体、外化、文化、生命形成了鲜明的对比。女性主人公在小说中不是独立的存在，而是依附于男性的，对她们的描写相对于男性形象塑造而言并不充分，她们只是男性主人公的一个补充。即使是来自于同一个阶层的男性和女性，他们在本质上也属于两个不同的部分——男性世界和女性世界。男性世界的文化核心是思想和理智，而女性世界则完全由感性构成。男性和女性是一种互为补充的关系，但是女性珍视自己的情感，并且善于为情感而行动，而男性在恋爱中检验自己的思想，然后就会颓然倒下或者选择逃避。在俄罗斯文学中，理想的女性主人公身上所特有的思想和心智上的完整，对于男性来说则恰恰是他们所缺失的一个重要部分。正如巴巴拉·海德特所说，纯洁、优雅的女性形象主要是突出社会政治争论，而非性别关系，是为了突出男主人公的缺陷和不完整性[1]。俄罗斯文学中的女主人公成为俄罗斯灵魂的象征，也成了"谁能拯救俄罗斯"这一经典问题的答案："拯救俄罗斯的必将是女性"[2]。

对于文学中的理想女性，洛特曼曾写道："18 至 19 世纪初的理想女性是与现实生活相悖的，但她们提高了女性在文化中的地位。"[3]现实中与文学作品中的俄罗斯女性形象有非常大的差距，有评论者认为，俄罗斯女性在文学中完全没有被贬低，而是被举上了神坛；但相反的意见认为，对女性的理想化意味着对女性

---

[1] Barbara Heldt, *Terrible Perfection*, p. 4.

[2] О. Рябов,‘Миф о русской женщине в отечественной и западной историософии’, *Филологические науки,* 2000, №3, с. 29.

[3] Юрий Лотман, Беседы о русской культуре. *Быт и традиции русского дворянства (18-начало 19 века),* с. 53.

的另外一种形式的贬低，是把她们置入镶金边笼子的一种手段。此外，文学作品中的女性形象是作家出于一定意图虚构出来的，在某种程度上，作家也同时虚构了一个让女性接受的模式，他们通过文学作品的影响力，在有意或无意间向女性读者灌输了父权至上的男性中心主义的意识形态，让女性接受并服从社会为她们规定的性别角色。正如一些批评者所言，女性读者更容易受文学形象影响，现实生活中，许多女性就是根据雷列耶夫、普希金、莱蒙托夫、屠格涅夫的"女主人公们"生活的[①]。

无论在文学史上还是在日常生活中，理想女性所产生的影响都非常深远。然而，对理想女性的解读，男性和女性作家之间的差异是较为明显的，19 世纪中期俄罗斯最为优秀的女诗人之一卡罗琳娜·帕夫洛娃（1807—1883）的长诗《卡德里尔舞》就为我们提供了看待理想女性的另外一个视角。作者通过四个女性充满失意、悔恨和无助的爱情故事，对女性生活的本质进行了探讨。诗人否定女性的浪漫主义幻想，认为它只能导致女性的不幸和对现实的短视，她同时也清晰地觉察到，现实的力量无法抗拒，但她并没有让自己的主人公们纠缠在自身的不幸命运之中，而是从中发掘出激发诗情和想象力的巨大力量。

苏联时期的女作家，尤其是那些在官方倡导的意识形态下进行创作的女作家，她们笔下的理想女性形象发生了某种适应政治、文化语境的变化，演化为符合时代要求的、集多重角色为一身的"新女性"，这反映了不同时代对理想女性的不同要求。进入 20 世纪 80 年代后，改革后的公开性和民主化为女性作家提供了崭新的创作环境，她们燃起了全面解构传统价值观念和审美情趣的强烈热情。很多当代女作家对传统理想女性的塑造充满反叛精神，她们以激烈或和缓的方式消解"理想"，对传统女性气质和概念进行新的解读。在彼特鲁舍夫斯卡娅（《夜晚时分》、《小格罗兹纳娅》）、托尔斯泰娅（《诗人和缪斯》）、维什涅维茨卡娅（《开端》）等作家笔下，女性不再意味着被动，而是充满了统治、权利欲望和强烈的进攻性，她们由被男性引领的弱者变成了实现自己自由意志的女强

---

① Юрий Лотман, *Беседы о русской культуре. Быт и традиции русского дворянства (18-начало 19 века)*, с. 65.

人。在这些女性身上看不到传统的女性温柔和自我牺牲，相反，她们生硬而又冷漠，为维护自己的权利不惜采取任何手段，这和传统观念中女性隐忍、恭顺的态度产生了强烈的反差。这样的女性形象在表面上看都是不招人喜欢的，她们身上具有强烈的男性化特征，甚至会让人产生性别错觉，这些形象的塑造，体现了女性作家试图否定传统女性气质、摆脱男/女二元对立模式的一种努力。此外，在这些文本中，男性形象通常都是懦弱、胆怯甚至猥琐的，与强势的女主人公形成了强烈的对比，还有一些男性形象被女作家彻底逐出自己的小说空间，她们以此对抗父权社会以及经典文学中男性角色的统领地位。但是，这些女性形象与传统女性气质的巨大反差常常引起非议，而另外一类性感内敛、立场和缓的女性形象似乎更容易博得读者的认同，表面上，这些女主人公和传统女性形象似乎非常相似，但是在她们身上却少了她们"先辈"所具备的被动品质，多了某种独立性和专属的精神空间及存在法则，与传统女性形象产生了本质上的区别。在乌利茨卡娅的长篇小说《美狄亚和她的孩子们》和中篇小说《索尼娅》、托尔斯泰娅的短篇小说《索尼娅》中，作者塑造的女性形象都是以传统为依托的，但她们都在内心深处为自己保留了一个能够丰富自我、为自己疗伤的空间，她们既不与男性激烈对立，也不把男性作为自己唯一的依靠，这似乎也是父权社会中较为有效的与男性进行对话或促进相互理解的一种方式。

2. 堕落女性

堕落女性（Fallen Woman/павшая женщина）一直是西方文学中一个重要的形象体系，评价女性"堕落"与否，最主要的衡量标准就是女性的贞操，文艺复兴运动之后，很多文学作品都体现了这一价值观和道德观。在英国作家理查生的小说《帕美拉》和《克拉丽莎》中，作者鲜明地指出了坚守贞操和失去贞操所带来的截然不同的命运，同时，这两个故事的结局警示读者，坚守贞操是一种定会得到回报的美德，而失去贞操的后果则或者是遭遇不测，或者是悲惨地死去。在女性主义文学研究中有一种非常普遍的做法，即把女性气质划分为"圣洁"与"邪恶"两类，并据此对男性文学中的女性形象进行分析和评判。女性在文学中被塑造的方式，能够反映出文化定义中女性品德之高尚与堕落的基本内涵，以及与这些品质相关的、根植于世界主要宗教之中的对女性形象的丑化、美化、神化或理想化的基本原则。女性失去贞操所带来的命运的全面转变——成为彻底的牺牲品、荡妇、红颜祸水或神圣的妓女，这些内容在文学中得到了广泛的描述。在《圣经》中，马利亚·抹大拉和巴比伦的荡妇形成鲜明的对比；在歌德的《浮士德》中，女主人公由被诱惑的女仆变成了挽救浮士德的圣洁之爱的化身；而左拉笔下的娜娜则是罪恶的全面体现。所有这些女性形象，既有作家对堕落女性的浪漫主义升华，也有对她们的贬低与厌恶，同时，她们也体现了违背性道德这一行为所包含的建设与破坏、挽救与毁灭等截然相反的隐喻。

在俄罗斯文学中，同样存在"堕落女性"这样一个形象系列，最为著名的有卡拉姆津笔下的丽莎和陀思妥耶夫斯基笔下的很多女性形象等。这些女性在文学作品中都具有不同的象征意义，她们僭越了传统的社会道德规范，因失去童贞而改变了命运。这些女性都因此阻隔了自己通往婚姻的道路以及与之相关的社会经济地位和道德位置。在"堕落女性"这个概念下，我们指的是那些年轻的、失去童贞的女性牺牲者以及堕落的或圣洁的妓女形象，而俄罗斯文学中那些违背社会道德以及性道德规范的已婚女性，如安娜·卡列尼娜、《大雷雨》中的卡捷琳娜等，由于她们有婚姻的保障和社会阶层中的固定位置，因此通常并不被划入这一范畴。

综观 19 世纪文学中的堕落女性形象，我们发现，这些女性因失去童贞而遭受各不相同的命运，有的遭到抛弃，如卡拉姆津笔下的丽莎；有的试图报复，如陀思妥耶夫斯基笔下的纳斯塔西娅；也有从"堕落"中挣扎出来的神圣的妓女，如《复活》中的玛丝洛娃和《罪与罚》中的索尼娅等。但无论最终等待这些女性的是什么样的命运，从本质上说，她们都是不平等的社会制度或男性欲望的牺牲品。我们可以根据女性命运的最终归宿将她们划分为两个类别，一是遭遇死亡惩罚的女性堕落者形象，如丽莎、济娜依达、纳斯塔西娅·菲利波芙娜等，还有一类则是挽救了自己和男性的命运、被作者高度理想化的女性形象，如以《复活》中的玛丝洛娃和《罪与罚》中的索尼娅为代表的女性拯救者。

在第一个类别中，从作者的叙述以及女主人公命运的象征意义上来看，她们都遭到了惩罚。丽莎的死亡是因为她失去了女性最为宝贵的贞操，纳斯塔西娅·菲利波芙娜和济娜依达则是因为她们具有对男性产生毁灭作用的力量，挑战了社会道德规范。虽然在《初恋》中，作者并未直接指明女主人公和其父亲的偷情导致了死亡，但父亲和济娜依达的相继去世，显然是女主人公道德堕落的间接后果。这些女性都经历了被侮辱与被损害的命运，是男性欲望的牺牲者，但社会舆论对戕害她们的男性没有任何指责，而这些被侮辱的女性却被冠以道德堕落的罪名。无论是直接导致丽莎死亡的艾拉斯特，还是把纳斯塔西娅·菲利波芙娜推向死亡深渊的托茨基，在小说中都没有得到任何实质性的惩罚。虽然在《当代英雄》中，毕巧林在彼得堡的社会地位受到了影响，但这与他拐骗、引诱、背叛贝拉没有任何关系。这也说明，违背性道德与其说是由道德规范界定的，不如说是由社会文化界定的，由于贝拉不属于俄罗斯社会，她是一个外族人，因此，对她的评判和对其他俄罗斯女性也是不同的，她的命运构成这一形象系列中的一个例外。此外，这些女性形象几乎都是被动、沉默的女性牺牲品，她们在作品中没有机会表达自己的内心诉求，她们仅仅是男性诱惑的对象，没有精神世界，因此也不可能产生自己的思想。

　　在阶级地位上，几乎所有女性堕落者都低于男性，她们均处于从属地位，无论是《苦命的丽莎》中的丽莎、《复活》中的玛丝洛娃，还是《白痴》中的纳斯塔西娅·菲利波夫娜、《初恋》中的济娜依达，莫不如此。处于此种地位的女性更容易被引诱，因为她们被男性看作是私有财产，可以随意支配。通常这些女孩在遭受侮辱之后会获得补偿，这种金钱上的买卖关系，基本是建立在将这些女性等同为妓女的基础之上的。在社会地位上高于这些女性的男性主人公，漠视她们的存在和她们的感情。女性失去"最珍贵的财富"、接受金钱补偿后而产生的耻辱和愤怒，是无法进入男主人公的视野的，在《复活》中，玛斯洛娃在站台上追逐聂赫留朵夫的火车，而后者沉醉于玩笑，根本注意不到站台上的女主人公，这一场景就是这种漠视的最典型画面。

　　堕落女性通常都是乡村女孩，在对她们的描写中，她们无力抵抗引诱，她们是那些在社会地位上比她们更高一级的贵族女孩的替代品。在《叶甫盖尼·奥涅金》中，男主人公在他的领地上和乡村女孩嬉戏，但文化规范不允许他引诱纯洁的塔吉雅娜——因为贵族女孩是不会堕落的，尤其不能被同一阶层的人所引诱。另外一个有意思的现象就是，理想的女主人公通常是有力量控制自己行为的人，但在引诱与抗拒的角力中，是贵族男性而非理想的女主人公在保护她自己不在结婚前失去童贞，男性和女性的主动/被动角色发生了转变。少女时代的塔吉雅娜被叶甫盖尼拒绝，因为后者遵守贵族的社会准则，没有对她进行引诱，保护了她的贞洁。在她结婚后，叶甫盖尼试图引诱她，但这次是塔吉雅娜坚守住了纯洁女性的名誉。可以引诱已婚女性，但不能引诱未婚贵族女孩，同样的禁忌在《当代英雄》中也有，毕巧林可以勾引已婚的薇拉，和她偷偷约会，但对少女梅丽，他则遵循另外的交往规则。《安娜·卡列尼娜》中的伏隆斯基和吉提、安娜，《处女地》中的李特维诺夫和塔吉雅娜、伊丽娜的关系，都体现着这一所谓的文化禁忌。

在对堕落女性，尤其是第二类堕落女性的评判上，作者与社会的观点是对立的。男性作者通常同情堕落女性，将她们视作他追求的道德理想的一种反映，而公众通常视她们为有罪的他者。在某些极端的例子中，作者将堕落女性视为理想的道德典范，是生活在伪善的道德世界边缘的异类，是对社会成规和已经定型的道德规范的对抗。[①] 作者将她们提升到一个理想的高度，堪与俄罗斯文学中那些最优美的女性形象媲美，在这个意义上，以索尼娅为代表的圣洁的妓女又可以称为理想女性。这些女性身上最主要的东西是她们所表达的作者的理念，作者更为关注的是这些女性作为拯救者的作用以及其形象中所包含的宗教理想和精神含义，而不是女性命运本身。她们更多的是一种概念的代表，而非活生生的、具有自己的命运遭际、复杂感情和思想的女性。

随着社会的发展，女性在社会和文学中地位的变化，第一类堕落女性形象在文学中已经失去了其重要性。契诃夫笔下的堕落女性形象清晰地指出了文学中某些价值观的变化，比如，在《阿里阿德娜》中，失去贞洁已并不意味着遭受社会舆论的贬低，这也不再是作者和其笔下人物的主要关注焦点。库普林的《亚玛

---

① 西蒙·波伏娃：《第二性》，陶铁柱译，中国书籍出版社，1998年，第181页。

街》可以视为堕落女性尤其是妓女形象在 19 世纪俄罗斯文学中的一个终点，而第二类理想的妓女形象，在文学中尤其是在象征主义文学中得到继续，勃洛克的《陌生女郎》、别雷的《银鸽》等对这一题材都有所涉略。进入 20 世纪 80 年代，一些作家重新关注这一题材，并继续强调 19 世纪俄罗斯文学中堕落女性形象的主要特点。符拉基米尔·库宁的中篇小说《国际女孩》（1988）是苏联解体前后较引人关注的一部作品，该小说曾被改编为同名电影，引起较大轰动。女主人公塔尼娅是一名护士，由于对交集着贫穷和无助的生活的绝望，她走上出入高级宾馆、为外国人提供性服务的道路，成为一名"外汇妓女"（валютная проститутка），虽然她最后远嫁瑞典，但从前的名声无时无刻不影响着她的生活。小说的结尾，塔尼娅的母亲由于疾病和孤独自杀，而女主人公在焦急地赶往机场的路上遭遇了车祸。美国评论者认为，塔尼娅是又一个"有着金子般心灵的妓女"[①]，但我们发现，她和玛丝洛娃、索尼娅又有着本质的不同，塔尼娅善良、热情，有着俄罗斯女性典型的勤劳和直率性格，然而，她并不是严格意义上的牺牲者，她身上也没有那些作为救赎者所特有的宗教感和自我牺牲精神，作者对她的叙述，更多地强调的是社会环境对个人生活产生的影响以及社会成见对一个女性造成的可怕的恶果——塔尼娅曾经做过妓女的历史，是她永远摆脱不掉的阴影。作者塑造了一个活生生的、招人喜爱的女性形象，她最终的命运值得同情。小说是用第一人称进行叙述的，然而，作者更为关注情节的发展，对女性心理活动则着墨不多，这也许与作家的男性身份不无关系。在很多场景上，《国际女孩》与库普林的《亚玛街》极为相似，这部小说可被视为在新的社会环境下对妓女这一生活群体的新阐释，也是堕落女性形象在俄罗斯文学中的继续。

在堕落女性这个类别中还有一类女性形象，她们充满肉欲和性感，以利用自己的身体和美色主动引诱男性为乐趣，如《贵族之家》中的瓦尔瓦拉、《战争与和平》中的海伦、《谢尔吉神父》中的马科夫津娜等。与可怜的丽莎等形象不

---

① Rosalind Marsh., *An Image of Their Own?: Feminism, Revisionism and Russian Culture*, Ed. Rosalind Marsh, *Women and Russian Culture: Projections and Self-Perceptions*, Berghahn Books, New York, 1998, p. 9.

同的是，这些女性并非男性欲望的牺牲品，而是主动将性感和肉体作为一种和男性进行游戏、利益交换的手段，是具有强烈主观倾向性的"堕落"。在 20 世纪的俄罗斯文学中，这类女性依然占据一席之地，如奥列沙的《嫉妒》中的阿尼奇卡、左琴科小说《人们》中的尼娜·阿尔布佐娃、索尔仁尼琴的《癌病房》中的卓娅等。这类女性形象和作家笔下的理想形成鲜明的对比，几乎每一个堕落的女性，在小说中都有一个充满着道德感和精神追求的闪亮纯洁的女性与之相对立。而对她们的态度，男性作家则表现得十分复杂，她们既体现了男性的梦想，又在某种程度上成为他们的噩梦；既给男性带来满足，又让男性厌恶。在这一点上，很多作者像托尔斯泰描写海伦一样，一方面尽情渲染她的美丽，另一方面又不得不对她进行严厉的道德批判，作者对这些女性永远怀有又爱又恨的双重态度。

无论是理想的女性还是堕落的女性，她们都已经超出了女性的实质，她们或者大于女性，或者小于女性。文学作品对女性无论是褒扬还是贬低，从本质上说都是性别歧视的一个方面，它限制了女性的角色，忽略了她们作为独立个体的现实。理想化或妖魔化的女性形象，都是男性笔下的一个概念、一个符号，是男性理想和渴望的投影。波伏娃认为，女性在男性的笔下都是被神话化的形象，扮演"肉体""诗歌""中介"等等角色，如果女性超越了男性为她制定的"被限定的存在"，她就会被视为"吃人的女妖"。"在任何情况下，她都以特权的他者出现，通过她，主体实现了他自己：她就是男人的手段之一，是他的抗衡，他的拯救、历险和幸福"[①]，"每一个作家在描写女性之时，都亮出了他的伦理原则和特有的观念；在她的身上，他往往不自觉地暴露出他的世界观与他的个人梦想之间的裂痕"[②]。文学中的女性形象就是男性实现自我或超越自我的手段，是忽视女性的意志和自我的。

3. 反抗女性

所谓反抗女性，就是违背了社会制度（主要是婚姻制度）或道德规范的女性

① 西蒙·波伏娃：《第二性》，陶铁柱译，中国书籍出版社，1998 年，第 286 页。
② 同上，第 290 页。

形象，她们具有强烈的叛逆精神，追求婚姻框架外的幸福、爱情和个性解放。在作家笔下，她们具有向往自由的天性、诗意的心灵和浪漫的情怀，常常被赋予更为典型的女性特征。虽然这些女性生活在俄罗斯不同的历史时期，然而在与社会舆论的抗争、内心的矛盾挣扎以及最终的悲剧命运方面，她们有着惊人的相似。在俄罗斯文学中，《大雷雨》中的卡捷琳娜、《安娜·卡列尼娜》的女主人公、《静静的顿河》中的阿克西妮娅是最为著名的反抗女性形象。作家对这些叛逆女性的处理方式也十分相似。一方面，作者将很多美好的品质安放在她们身上，另一方面却又流露出对她们爱恨交织的态度。基于男性作家对堕落女性的态度，他们在文本中充分行使了自己随意处置女性命运的权力。正如海伦娜·西苏所说："男性需要把女性和死亡联系起来。这是让他们感到不安的困难事情！"①死亡不仅仅是对这些步出道德框架的女性的惩罚，同时也表达了男性对女性的厌恶。男性作者无法控制地让他们最美丽的女性形象变成牺牲品。较为明显的是托尔斯泰和肖洛霍夫对女主人公的处理方式：安娜固然有她自己反叛的理由，但是她被写成一个充满欲望的女性，她把所有的希望都寄托在渥伦斯基身上，一旦受到冷落，她便无法忍受，是强烈的欲望最终毁灭了她。在安娜身上就恰好集中了托尔斯泰对女性身体既渴望又厌恶的矛盾，同时我们还可以感觉到，作家对女主人公也有惩罚的愿望，如安娜去剧院看戏的一幕、产后的生病及忏悔等，还有最后对安娜结局的处理，似乎都是作者对其主人公的一种惩罚，同时也具有警示作用。肖洛霍夫笔下的阿克西妮娅也是一个悲剧人物，虽然她的死引起了读者的同情，但是作者对她生动的、充满喜爱之情的描写背后似乎也隐含了一丝矛盾：在作者的讲述中，阿克西妮娅对娜塔丽娅的刻薄态度，她与李斯特尼斯基家的儿子叶甫盖尼的私通，是造成好几个家庭分崩离析的主要原因，她是一个多面的女子，身上集中了多种品质，让人很难对她做出单一的评价。

　　以血缘和性为基础的家庭，对人的个性和情感自由会形成某种束缚。家庭

---

① 埃莱娜·西苏：《美杜莎的笑声》，见张京媛主编《当代女性主义文学批评》，北京大学出版社，1992年，第200页。

作为社会关系中最为稳定的单位，对它的否定和破坏就意味着否定和破坏自己。近现代文学中家庭和个人的矛盾与纠纷是一个重要的主题，无论是安娜还是卡捷琳娜，都是个人生存以及阻碍这一情感发展的家庭价值之间的矛盾的象征。女性在家庭中的角色是固化的，她的存在以及所分担的生儿育女的职责相对于男性的工作而言是无形的，所以女性的地位、心理也被忽视了。囿于家庭中的女性，或者埋藏自己对恋爱和美满关系的向往，让它积淀在内心深处；或者突破各种限制，去寻找自由。但在描述这些反叛女性时，作者似乎并不审视制度，而是审视破坏制度的人，不探析原因，而是注重后果，因为家庭是社会不可动摇的组成部分，它不容怀疑。

对女性问题，尤其是女性自由和家庭之间的矛盾等问题，首先投以关注的还是女性作家。叶莲娜·甘的《无用的天赋》、卡罗琳娜·帕夫洛娃的《双重生活》和玛丽娅·茹科娃的《社会法庭》这三部作品要求女性的感情解放，呼吁赋予女性爱的权利以及在婚姻生活内自主选择丈夫的权利。这三位作家与格里鲍耶陀夫的观点相近，她们认为女性所受的肤浅教育很难使她们做出明智的生活选择，即使她们有这样的能力；其次，她们完全不认同那样一种社会文化，即认为父母养育女儿的唯一目标就是为她找到一个合乎他们标准的丈夫。总的来说，这三部小说均不同程度地指出了女性成长的可悲之处，即被父母培养成一个头脑简单、思维发展不完善、依赖性很强的女性，她们所拥有的只是深沉的感情和毫不怀疑的服从能力。赫沃辛斯卡娅、索汉斯卡娅等作家把挣脱婚姻束缚作为其作品的主要内容，她们表现对父权制社会的不满以及女性摆脱家庭的方式。她们不模仿同时代关注家庭问题的男性作家，如车尔尼雪夫斯基、赫尔岑等的观点，在态度上更为激进、坦白，但是在作品的艺术性方面却相对较弱。

19世纪40年代的男性小说，如赫尔岑的《谁之罪》、德鲁日宁的《波琳卡·萨克斯》等，也描述了一些忙碌于家庭的"合格"母亲和妻子，但作者认为，即使这样的女性依然需要为其丰富的感情找到一个出口，同时，作家们也对当时社会上不尊重女性的做法予以指责。阿克萨科夫在《家庭纪事》中描绘了一些在父权家庭中长大的女性，她们愚钝、渺小，被家庭暴政折磨得近乎呆滞，她们中间的一些人嫁给了无能的丈夫，试图建设一种能让她们忍受下去的生活模式。男性作者对女性问题以及女性形象的看法是尖锐的，但遗憾的是，这些作者中没有谁能够提供一个可行的解决办法，他们所能做的只是建议为女孩们提供足够的教育，让那些把女性当作附属品的父母和丈夫从根本上改变态度。

20世纪六七十年代，有为数不多的女性作家如玛娅·加宁娜等，描写了一些不以取悦男性为目的、不在意也不希望和男性建立婚姻关系的女性。而在当代女作家笔下，如谢尔巴科娃、瓦西连科和阿尔巴托娃的作品中，有很多超出了婚姻框架的女性，如瓦西连科的短篇小说《响亮的名字》和《塔玛拉女皇》、阿尔巴托娃的短篇小说《我的名字叫女人》和自传体长篇小说《今年我四十岁》中的女主人公。在塑造这一类女性形象的时候，作者似乎并不强调她们的社会角色和家庭角色，她们的工作与个人生活也没有密切的联系，作者只是为我们提供了一些关于女主人公的背景知识。上述作品中的女主人公几乎无一例外，都是母亲和妻子，然而，作者并不注重她们在家庭中扮演的角色，而是把这些女性的生活舞台搬到婚姻和家庭之外，突出她们在合乎制度的角色范围之外所扮演的"另类"角色，即自己或他人婚外恋中的女主角。她们都经历过或正在经历不幸的婚姻，对婚姻以及男性的失望是她们在婚姻之外寻找新爱情的主要原因。从这一点上看，她们也可以算作是叛逆的女性。在她们身上，最为突出的是她们无尽的生命欲望和激情，她们对自己身体的赞美和关注，对身为女性而有的骄傲。然而，她们与男性作家笔下的叛逆女性又有很大不同。她们的叛逆并不代表对欲望的批判，她们的结局不是毁灭和死亡，她们更没有受到任何来自作者或社会的惩罚。对于当代俄罗斯女性作家笔下的女性形象来说，激情与欲望是生命的根本，是最为原始、最为真实的生命体验，没有它们，生命也就失去了存在的动力。与男性作家对女性欲望既赞美又厌恶的态度不同，当代俄罗斯女性作家对她们笔下的主人公往往是赞美多于指责，同情多于嫌弃。帕列依的长篇《来自侧路渠卡比利娅》中的蒙卡、谢尔巴科娃的长篇《情人大军》中的奥利娅等女性，正是因为有了作家赋予她们的激情和欲望，才能够延续自己的生命，才能够让自己的生命焕发出光彩。这些女性与男性不发生冲突，她们承认男性是生命的一部分，甚至是不可或缺的一部分："和异性伙伴在一起的合作是最为可靠的。"① 而《情人大军》中的奥尔迦则认为："女人的命运符号就是男人的符号。"② 但是，这些女性对男人不抱幻想，不求救于男性，也不指望男性带来安慰，更不会对男性俯首帖耳，成为男性的附属。她们更多的是把男性当作一个平等的存在，就好像爱洛斯和逻各斯的对立与互补，更像是中国文化中阴与阳的平衡与互补。这一点又使她们和二元对立序列中男性等同于主动、女性等同于被动的界定不完全符合，或者说是一种超越。这些女性保持着自己的独立，一旦遭遇抛弃，她们也不会报复周围的人，不会怀着仇恨去面对这个世界。她们或者保持着非常乐观的态度，坚信能找到一颗与其"心脏搏动频率相同的心"，要么干脆忽略他们，在生活中寻找另外的快乐。女作家笔下的这些反抗女性在生活中遵循的是一种快乐原则，她们对舆论和旁人的非议毫不在乎，她们认同的是自己的游戏规则。

4. 新女性

新女性或解放女性，指的是俄罗斯文学中那些具有女性解放意识、追求男女平等和进步思想的女性。由于近代俄罗斯女性长期没有接受教育的机会，同时受到父权文化的深厚影响，很长时期以来，俄罗斯文学中的大部分女性形象都具有保守、传统的特点。普希金曾经在他未完成的小说《罗斯拉夫列夫》中描写了一个具有自由思想和个人见解的女性波丽娜，她被评论者认为是"俄罗斯社会生活中所有女英雄的鼻祖"③。19世纪初，在女性主义思潮尚未在全世界范围内普及的时候，波丽娜的思想是超前的，她的理智、勇敢和独立思考能力把她和19世纪初俄罗斯文学中几乎所有女性形象都区分了开来。

随着19世纪60年代俄罗斯女性解放运动的展开，反对父权生活秩序、追求自由、知识和独立的声音也由女性传播开来。最初的女性主义者得到了俄罗斯进步知识分子的支持，与此同时，俄罗斯文学也敏锐地捕捉到了女性身上发生的

① Марина Палей, *Кабирия с обводного канала*, Сост. С.Тимина, *Русская проза конца ХХ века: Хрестоматия*, Издательский центр Академия, 2002, с. 107.

② Г. Щербакова, 'Армия любовников', *Новый мир*, 1998, №2, с. 14.

③ С.А.Венгеров, *Собрание сочинений*, т. IV, 1919 г. 见 http://www.biografia.ru/arhiv/659.html.

种种变化，并将之反映在作品之中。涅克拉索夫、皮谢姆斯基、冈察洛夫、屠格涅夫、车尔尼雪夫斯基、陀思妥耶夫斯基绘制了许多新女性形象。这些女性接受正规教育，希望和男性一样投身社会生活，对男性规定的女性角色和女性命运产生质疑。

十月革命之后，俄罗斯女性和男性一样从事社会工作、投身战斗和农业生产，格拉特科夫的长篇小说《水泥》中的女主人公达莎就是新时期女性的典型代表。而30年代及之后的官方文学中，新女性成为单一的官方意识形态的表达，她们既是成功的职业女性，又是合格的母亲和妻子，是传统俄罗斯文学中理想女性形象在新时期的变体形式。

纵观19至20世纪男性作家笔下的新女性形象，我们发现，虽然各个时代的新女性身上的"新"有所不同，但她们仍然有一些共性特征。首先，无论是19世纪还是20世纪的作家，他们似乎都倾向于把丑陋的外表、奇怪的（通常是使人不快的）行为举止和这些女性联系在一起，这与公众意识对这些女性的反感、讽刺、贬低态度是等同的①。在屠格涅夫的笔下，关于新女性的讽刺画面让人印象十分深刻，《父与子》中的新女性叶夫多克西娅·库克什娜长着一头蓬乱的浅黄色头发，身穿"不太整洁的绸衣"，戴着标志进步的包发帽，一个接一个地提出有关女性教育和生活的问题，发表关于女性的议论，她抽烟，尖声大笑，是一个被作者尽情漫画化的人物。与她近似的还有作家在《烟》中描写的解放女性苏汉契科娃和《处女地》中的玛舒琳娜等，她们和库克什娜一样，衣着邋遢，外表不佳，偶尔还流露出与女性气质不符的男子气概，是作者的嘲讽对象。19世纪后半期，陀思妥耶夫斯基的长篇《群魔》中维尔京斯基的虚无主义大学生妹妹，列夫·托尔斯泰的《克莱采奏鸣曲》中的"女士"，契诃夫《带小狗的女人》中古罗夫的黑眉毛的"知识女性"妻子等，为我们继续补充着漫画式的女性形象。虽然时代逐渐变迁，女性在社会上谋得越来越多的理解和尊重，但对这些脱离了所谓女性本质，也就是脱离了男性掌控的人，无论是普通群众还是带有进步

---

① Каролина Де Магд-Соэп, *Эмансипация женщин в России: литературная жизнь*, Изд-во Уральского университета, 1999, с. 45.

意识的作家，都无法充分理解和尊重。

一个有趣的现象是，通常遭到作家无情讽刺的新女性形象都是已婚妇女或所谓的"老姑娘"，而那些年轻的新女性则受到作家的爱戴。同样是屠格涅夫笔下的新女性，《前夜》中的叶莲娜可爱而又富有行动力，而冈察洛夫笔下的奥尔加（《奥勃洛摩夫》）、薇拉（《悬崖》）都是受到作者和读者双重喜爱的女性形象。但从另一个角度来说，这些女性似乎又不完全是严格意义上的新女性，因为她们的进步行为，或者是出于对丈夫的追随，或者仅仅是昙花一现，之后又回到传统女性的生活轨道上。如此说来，男性，不管是进步的还是保守的，依然希望女性能够遵从自古沿袭下来的传统角色和地位，他们对新女性的两种态度就是最好的证明。

还有一些新女性形象表现出了复杂性，她们有时超出了这一形象的共性特征，比如陀思妥耶夫斯基《罪与罚》中的杜尼娅、《白痴》中的阿格拉娅、《卡拉马佐夫兄弟》中的卡捷琳娜·伊万诺夫娜等，由于她们反对男性虐待和父权社会，可以被称作原始的女性主义者。但与伊万·卡拉马佐夫那样的男性知识分子相比，她们并不能表达出任何有趣的思想和见解，相反，作者强化的是她们的情感本质，甚至那些歇斯底里的个性特征。与此同时，比起那些阶级等级更低，但精神上更为强大的女性，如索尼娅或格鲁申卡，这些女性又没那么富有正面色彩，她们似乎只是作家成功提出他们所关注的女性问题的工具而已。

新女性形象在 20 世纪的俄罗斯文学中，尤其是在所谓的官方文学中获得继续发展，对于那些女强人们，作家已不可能再进行讽刺性描写，否则将违背官方意识形态的限定。但作家们提出了让人们感到更为不安、更为尖锐的一些问题，即与男女角色转换以及女性解放共生的一些问题。围绕这些内容，格拉特科夫的长篇小说《水泥》激发了人们的思考和争论。

布尔什维克建立新政权后，妇女获得了更多的工作、受教育和选举的权利，可以说，在苏联时期，女性更早地获得了比其他西方国家女性更多的权利，在性别平等上迈出了一大步。新时期的女性担负起众望，她们是从受压迫的资本主义生活中被解放出来的苏联公民，她们和男性一样，必须为政治、经济和社会建设贡献自己的一份力量，积极投身到国家建设之中。1919年，苏联政府建立起了一批妇女工作部，它们作为党委会的一部分，专门负责解决妇女问题。布尔什维克著名的妇女活动家柯伦泰是苏联妇女工作的创始人，她将妇女工作部的目标制定为动员女性参与党和政府工作，让女性在自身角色、态度和劳动热情方面发生改变，妇女工作部的目标还包括改变父权家庭秩序、根除文盲、出版妇女杂志以及宣传妇女获得的新权利。妇女工作部在苏维埃政府建立早期，对妇女权益的鼓吹和捍卫起到了一定的作用。

《水泥》的写作时间，恰好是苏联女性积极投身社会生活建设的时期，也是政府力主塑造新型妇女形象、重新修订女性角色的时期，这一语境决定了《水泥》中的女主人公在小说一开始就带有浓厚的"新女性"色彩。男主人公格列勃从国内战争的战场回到故乡小城的时候，他见到的不仅是残败的、认不出的城市、几乎倒闭的水泥厂，还有更让他感到陌生的妻子。格拉特科夫并没有描写达莎成长为新女性的过程，就像高尔基在《母亲》中所做的那样，叙述一个女性从无知的家庭妇女走向革命，进而成为一名有独立意识的女性的经历，而是在小说的一开头，在格列勃见到达莎的那一刻起，就为我们呈现出一个新女性形象：一个倔强的、性格坚韧的妇女工作部成员，她全心扑在事业上，孩子被送到了保育院，回到家后不做饭，不做家务，还有意拒绝夫妻间的温存，警惕地和丈夫保持着距离。达莎宣布了自己的改变以及对她而言尤为重要的"自由"，她不再服侍丈夫和孩子，不再做家庭的保姆，她要全身心地投入到社会主义建设以及妇女工作部的工作之中。达莎倡导自由性爱，在两性关系方面，虽然她和格列勃仍然维系着传统意义上的夫妻关系，但达莎鼓励格列勃去寻找另外的"自由"，而她自己则需要一份更为公平、自由、宽松的关系。

达莎的变化不仅仅是内在的，在外表上，她也让人难以辨认出从前的样子："其余一切都是陌生的，是以前从来没有在她身上看到过的。"[①] 正如在社会主义建设初期官方宣传画中的女性形象一样，达莎无论在思想上和体力上都完全适合

---

① 格拉特科夫：《水泥》，叶冬心译，人民文学出版社，1958年。以下该作品引文出处同此。

新生活的建设，她的脸被晒得黝黑，下巴带点倔强的神情。达莎给人身强力壮的印象，由于遭受过各种考验，她在情感和心智上似乎更为坚强。对于新时期的苏联女性来说，没人追求时髦和妩媚的女性形象，那被认为是腐朽的资产阶级趣味，达莎身上唯一能让人感到具有女性特征的东西就是她的红围巾——苏联妇女运动的象征，也是革命的象征，这意味着达莎对祖国母亲、对革命和社会主义建设的忠贞。达莎穿男人的衣服，不修边幅，头发很短，作者也不止一次提到她就像一个"男孩子"。传统女性特征的缺乏以及中性的服饰，让达莎显得不可接近。

对于达莎由内到外的变化，格列勃的态度似乎代表了作家的质疑。新型的家庭关系能否容纳得下自由女性？夫妻之间该如何维系原有的关系？他们夫妻最终能否走到一起？——作者为大家留下了一个开放式的结尾，似乎在让大家思考，这两位正面主人公在政治上成熟之后，在为国家恢复生产和生活的正常秩序之后，该如何解决家庭问题。当然，这里也许还有另一种解读，即身为男性的作者，似乎也无法理解这种新型的家庭模式，不知道该如何把握和自由女性的关系，"作者相信，为社会利益而进行的工作和家庭利益结合起来是不可能的事情"[①]。达莎的母性也是小说中一个引人关注的问题。作为一名母亲，达莎把亲生女儿送进了保育院，她所肩负的母亲责任被公共事务挤到了次要层面，虽然在保育院达莎受到的欢迎以及作者努力营造的温馨的"大母亲"画面挽救了她的母性缺失，但小说最后纽尔卡的夭折却让她的形象令人产生深深的怀疑，这也是小说引起争论最多的内容。

与格拉特科夫的达莎相对的是女性作家对新女性形象的描写方式。19 世纪末 20 世纪初俄罗斯著名的"红色女性"作家柯伦泰在作品中对新女性形象进行了全新的阐释。作家的小说作品并不多，主要有《瓦西里萨·马雷金娜》《三代人的爱》《姐妹》和《大爱》等，综观这些作品，我们发现它们的主题只有一个，就是"妇女解放"，而小说的情节、结构和中心形象也惊人地相似，甚至可以说

---

① A. Бородина, Д. Бородин, 'Баба или товарищ? Идеал новой советской женщины в 20-х – 30-х гг', *Женские и гендерные исследования в Тверском государственном университете*, Тверь, 2000, с. 47.

是模式化的：年富力强的女革命者，或是满怀理想的知识女性，在共同的斗争和事业中与某位男性"同志"相爱，经过一段聚少离多、悲喜交集的苦恋，她们最终选择离开对方，或是由于对方的腐化变质（不忠于爱情，安于物质享受），或由于他们对作为整体的女性的不尊重（对于所爱的女性只有生理方面的要求，嫖妓），或由于她们自身更为火热的革命工作和建设事业所吸引。柯伦泰似乎是在用这些小说一遍又一遍地告诫"新女性们"：要有独立的女性意识，要自食其力，要注重自己个性的发展和自我价值的实现，要离开不尊重妇女、缺乏情趣和理想的男人，甚至可以因此而牺牲爱情和家庭。可以说，她的小说创作就是她在妇女问题方面的理论和实践的艺术延续。在柯伦泰的小说中，女性主人公首次扮演了主角，她们在一定程度上改变了 19 世纪俄罗斯文学男性作家和男性形象占据主导的局面，让女性主人公在俄罗斯文学中赢得了一场"翻身仗"。柯伦泰所有小说的主角都是女性，男性则成了女性主人公的"对象"。

文学中的新女性以及获得了充分权利的职业女性，在 20 世纪 70 年代获得了新的探讨。对这一类形象，俄罗斯女性作家进行了自己的解读。纳·巴兰斯卡娅的小说《一周又一周》以日记形式逐天记录一个在研究所工作的女性奥丽娅从周一早晨到周日晚上的工作与生活。作家借一个被生活压力逼迫得发出阵阵喘息的职业女性形象提出的最主要问题就是，女性该如何应付背负在肩上的工作和家庭重担，虽然俄罗斯女性获得的均等就职机会是西方女性一直在为之斗争、但始终未能完全获得的权利，然而她们所承受的生活压力也是西方的家庭主妇们很难想象的。西方学者认为这部作品有助于提高苏联女性的性别意识，这不仅仅是因为它公开讨论了那些新女性埋藏在心里、在当时的社会条件下无法表白出来的苦衷，而且，它还对抗了那种认为在极端条件下可以通过牺牲女性个人价值来解决社会问题的观点。这篇小说发表后，一批女作家纷纷描写陷入职业和家庭双重重负的女性形象，如玛·加尼娜、加·巴什基洛娃、伊·格列科娃等等。在格列科娃发表于 1983 年的长篇小说《教研室》中，作者以苏联某高校的一个教研室为背景，展现了俄罗斯当代女性的群体面貌，同时也描述了女性在对待学术不正之风、学术官僚和腐败等问题上的立场，以及女性在生活中所面对的建设家庭问题、单身母亲问题等。小说中的很多女性所面对的状况是无出路的，她们渴望打破孤独，渴望找到生活中的另一半，渴望男性对孩子施与正面影响，但这些愿望基本没有实现的可能。

女性在现实生活中的双重角色，导致了心理的矛盾和冲突。她们把两种角色的完整和谐视为社会女性的一种理想，而这种理想与现实的差距则构成了女性心理压抑、不安、焦灼的主要原因。在当代女性作家的笔下，很多女性形象孤身奋斗在自我实现和自我牺牲的矛盾与挣扎之中，这也是女性作家对新时代的理想女性角色的侧面回答，只有女性才能解读出女性内心的困境和矛盾，也只有女性才能体会到那些奔波于工作和日常生活之间的母亲和妻子们的焦虑。

5. 其他女性形象

5.1　漂亮女性

"年轻""美丽""温柔"在人们的印象中是一些专属女性的形容词，很多男性作家笔下的女性都具备这些特征，俄罗斯的男性作家也不例外。他们和其他文化中的作家一样，擅长并喜爱描写那些既年轻又美丽的女性——19 世纪文学中那些理想的少女和拥有纯洁心灵的妓女，象征派诗歌中的"美妇人"，社会主义现实主义文学中迷人的工人女性、士兵和母亲，侨民文学或解体后俄罗斯文学中性感、美丽、特立独行的女性，等等。很难有男性作者对女性的外表保持无动于衷的态度。把女性视为美丽尤物的描写方式在俄罗斯男作家笔下非常普遍，以至于很难区分出美丽优雅和色情之间的界限。奥列沙的《嫉妒》中的女主人公瓦丽娅是一个让人无法企及的理想女性，她将美丽和性感充分结合为一体。在纳博科夫的《洛丽塔》中，男主人公亨伯特视野中的泳池和网球场边的洛丽塔散发着无尽的性感。

在 20 世纪的男性作家作品中，丑陋的女性只能偶尔得到描述，她们通常是被施以同情、边缘化，甚至取笑和厌恶的对象，如在索尔仁尼琴的《第一圈》中，相貌不佳的西玛和穆沙就是作者极度同情的可怜女性。与男作家形成对比的是女性作家对长相平凡或丑陋女性的热衷，这或许是因为很多女性作家自己的外貌并

不突出，因此她们并不认为漂亮的容貌是女性必须拥有的品质，而是认为完美的
人格、智力水平与长相毫无关系；或许这是因为女性作家看待女性的时候，并不
像男性作家那样充满了想象和欲望的所指，她们更多是平视态度。19世纪60年
代，一批俄罗斯女性作家在《简·爱》的影响下，选择那些相貌平凡但具有独立
性格、试图通过工作谋生的女性作为自己作品的女主人公。20世纪，在地下文
学和解体后俄罗斯女性作家的创作中，开始了对俄罗斯文化中美丽女性的全面解
构。1980年，苏联著名的女性主义者塔吉雅娜·玛莫诺娃在她的地下杂志《女
性和俄罗斯》中写道："人们期待女性养育孩子，成为一个优秀的职业女性，肩
负起家庭的责任，除此之外，还期待她是美丽的。"[1] 而在女作家笔下，针对传统
女性所特有的美丽而进行的解构更为直接和激进，即使那些得到广大读者喜爱的
女性形象，也不具备天使般的容颜。乌利茨卡娅的著名长篇小说《美狄亚和她的
孩子们》中的女主人公长着一张过长的脸，而中篇小说《索尼娅》中的女主人公
的梨形身材也和性感美丽没有任何关联。在托尔斯泰娅的作品中，那些孤独的女
性长相丑陋："她的头就像一匹野马的脑袋……胸部扁平，两条腿很粗……"[2] 而
作家更是毫不留情地打破了女性的美丽温柔和爱情的美满相等同、高尚的品德能
换来与之相匹配的爱情等陈词滥调（《索尼娅》、《猎猛犸》）。还有一些作家不仅
不描写女性的美丽，而且毫不掩饰地夸大女主人公身体的丑陋与病态，在塔拉索
娃的短篇小说《不记恨的女人中》，女主人公脖子上血淋淋的伤疤和嘴巴里发黑
的细牙让人不忍卒读。有一些作家，如彼特鲁舍夫斯卡娅等，在她们的作品中几
乎找不到任何关于女性外貌的描写。这种对女性外貌的"非审美化"甚至丑化的
处理方式，对抗了男性对女性的欲望以及他们将女性视为欲望客体的总体趋势，
女性的性别角色通过这种外貌描写方式被彻底推翻了。

5.2　老年女性

多数情况下，俄罗斯男作家对老年女性的态度分化为贬低或赞美的两极。

---

[1] Ed. Maria Mamonova, *Women and Russia: Feminist Writings from the Soviet Union*, Oxford, Blackwell, 1984, p. XX.

[2] 托尔斯泰娅：《索尼娅》，余一中译，《世界文学》1993年第1期。以下该作品引文出处同此。

评论者认为，俄罗斯文学对中老年女性的描写总是怪诞的、漫画式的①。在把年轻、美丽、性感视为一个统一体的世界中，老年阶段意味着外貌的衰老，情事、性事等可能性的丧失，而失去这些能力的女人注定得不到男性作家的青睐。最为经典的是普希金《黑桃皇后》中的老年女性伯爵妇人，在作者笔下，她"像是舞会上一个丑陋的、不可或缺的装饰"，赫尔曼观察到的她更换衣服的画面使人对她充满了厌恶之情。与对丑陋女性的描写并不相称的是，普希金在他的创作中对老年男子并未做出相应的描述，相反，不少老年男性的睿智和力量让人产生崇敬之情。此外，陀思妥耶夫斯基的《罪与罚》中被男主人公拉斯科尔尼科夫视作寄生虫的放高利贷老太太安娜，以及更早的19世纪上半期的戏剧作品《聪明误》（格利鲍耶陀夫）、《大雷雨》（阿·奥斯特洛夫斯基）等戏剧作品中的老年女性，如赫列斯塔科娃、吉洪的母亲等，都被描写成恶妇人，作者十分慷慨地把焦虑、嫉妒、怨恨与报复的特性分配给了她们，对这些中老年女性的描写，充分体现了作者的厌女情结和对女性的歧视。

　　与丑怪的老年女性相对的是20世纪文学中另外一些保持着俄罗斯传统价值观念的老年女性，如索尔仁尼琴《玛特廖娜的家》中的同名女主人公、拉斯普京《告别马焦拉》中的达丽娅等，她们成为作者对抗苏联意识形态以及那些以牺牲人类利益为基础的所谓当代科技进步理念的有力工具。这些老年女性是一些理想的形象，作家在她们身上寄托了自己的理想，同时也通过弘扬她们身上的传统价值观给出了解决俄罗斯命运难题的答案。在拉斯普京的近作《伊万的女儿，伊万的母亲》中，背衬着对当代俄罗斯社会绝望、悲观的情绪，作者刻画出一个衔接上下两代人、既粗犷又敏感、既坚强又具有母性温柔的女主人公塔玛拉，作者认为，只要有这样的"婆娘"存在，俄罗斯就不会倒下，因为她们让人相信"俄罗斯是有力量的"②。作者把挽救俄罗斯社会和民族的重任托付给了女主人公，"婆娘能干成的事，男人一辈子都做不到。"塔玛拉就是19世纪俄罗斯文学中

---

① Joe Andrew, *Women in Russian Literature, 1780-1863*, pp. 83-84.

② 拉斯普京：《伊万的女儿，伊万的母亲》，石南征译，人民文学出版社，2005年。以下该作品引文出处同此。

理想女性在当今的延续。

　　文学作品中四处可见的因循守旧的老人形象和泛化为概念的模范老人形象，这样一种描述方式很难让人正视老人的现实。19 世纪女性作家，如叶莲娜·甘、玛丽娅·茹科娃等对这一类型形象的处理则更为真实，更让人感到亲切，还原了老年女性的本真面貌。在当代女性作家笔下，老年人的形象也得到了充分描写，她们甚至成了小说中的最主要人物，如乌利茨卡娅笔下的美狄亚（《美狄亚和她的孩子们》）、索尼娅（《索尼娅》）以及彼特鲁舍夫斯卡娅笔下的大部分女性主人公。最为典型的是玛丽娜·帕列依的中篇《叶甫格莎和安努什卡》中的两位老年女主人公，她们展示了老年人尤其老年女性的生活本质。生活在狭小逼仄的筒子楼里的叶夫格莎和安努什卡的生活在细节上虽然有所不同———一个静止不动，另一个则像上了发条的钟表，然而，在生存之单调、乏味和机械上，她们的生活如出一辙，没有任何区别。此外，作者强调了她们两人的命运中更为主要的一个相同之处，即历史、国家、政治对她们的生活秩序的破坏，虽然她们自己并没有意识到这一点，甚至还维护那些对她们造成了伤害和影响的政治、历史事件。两位女主人公是生活在筒子楼里的孤独无助的边缘人。老年生活就是沉重、单调、孤独的代名词，死亡是从这种生活中挣脱出来的唯一出路，正如小说的叙述者所说的："……我觉得不错，因为不堪重负的国家毫不拖延地把安娜放入了一个不归任何人管辖的领地。我现在不知为什么高兴地想到，安娜终于找到了栖身之地，她感觉不错。"① 作者揭示了老年生活的真实面貌，对老年女性的命运表达了深深的同情。如果说老人是这个社会上的一个独特阶层，那么老年女性的处境则更为艰辛，更为边缘，她们比老年男性更需要关注和爱护。

　　5.3　母亲

　　俄罗斯人对母性的崇拜可以在俄罗斯古代民间文学、《家训》以及东正教教义中找到根源。在 20 世纪的俄罗斯文学中，理想的、带有象征意义的母亲形象是很常见的，尤其在战争和乡村文学中。而在 19 世纪文学中，母亲形象并不多

---

① 　Марина Палей, 'Евгеша и Аннушка', *Знамя*, 1990, №7, с. 42.

见，这多半是因为贵族女性（文学中的大多数女主人公以及女性作家都属于这个阶层）大多把照顾孩子的任务交给了保姆或奶娘，自己很少直接参与孩子的哺育和教育，即很少真正扮演母亲角色。女性评论者认为，母性崇拜反映了男性延续血统、哺育后代和稳固家庭关系的愿望，但他们对母性的理想化表达以及对母亲过多的正面宣传在现实中会让身为母亲的人产生焦虑感，阻碍她们表达真实的感受。

相比于父子、母子关系，母女关系在俄罗斯文学中并没有得到充分的论述。如果说屠格涅夫的长篇小说《父与子》是涉及两代人关系主题的最著名作品，那么小说中叙述的与其说是父辈与子辈的关系，不如说是父亲与儿子的关系，就像在中文标题的翻译中所体现的那样。而在女性作家的笔下，母女关系却成为一个显见的主题，尤其在女回忆录作家的作品中，两代人的关系在更为现实和喜闻乐见的背景下获得了叙述的可能。

另外一个值得关注的现象是，在俄罗斯男性作家的作品中，不乏母亲和女儿或两姐妹共同竞争同一个男子的情节，如屠格涅夫的《罗亭》、果戈理的《钦差大臣》、赫尔岑的《谁之罪》和帕斯捷尔纳克的《日瓦戈医生》等，这在其他国家的文学中并不多。几乎在上述的每部作品中，母亲都被刻画成丑怪乏味的或欲望十足的可怜形象。

在当代俄罗斯女作家笔下，母亲形象获得了一些新的内涵，这些母亲和所有传统文学中的母亲一样，并没有失去爱和保护的本能，但是这种特性被表现到了极致，甚至发生了变型。一些"专制"母亲的形象在当代俄罗斯女性文学中是非常突出的，如在维什涅维茨卡娅的短篇小说《开端》中，母亲变成了装在儿子口袋里的玩偶，她随时控制儿子，在他做错什么事情的时候，她就掐他，挠他，让儿子不得安宁。在托尔斯泰娅的短篇小说《黑夜》中，"妈妈是巨大的，高耸的，宽阔的……她什么都知道，什么都能做，哪里都能去。妈妈有无限的权力。她无论说什么都会实现"。① 此外，拉·波力舒克的短篇小说《我和我》、玛·普

---

① T. Толстая, Поэт и муза, см. Толстая, *Ночь*, Подкова, 2001, c. 145.

列汉诺娃的短篇小说《给你们两人》、彼特鲁舍夫斯卡娅的中篇小说《小格罗兹纳娅》等作品中的母亲也同样充满了权力欲望，对于她们来说，这种权力就是自己存在的最好证明。母女关系在当代女作家作品中也得到新的诠释，在彼特鲁舍夫斯卡娅的长篇小说《夜晚时分》中，作者以冷静客观的音调叙述了两对母女爱与恨交织、相依为命与矛盾冲突相交织的复杂关系。

　　从以上对俄罗斯文学中女性形象的类型划分可以看出，不同阶段、不同作家笔下的女性形象都有所不同，体现出某种变化特征，比如新女性在不同时代的表现形式就截然不同，此外，在特定的社会条件下，有些女性形象类型会突然消失，如堕落的妓女形象在苏联官方文学中就几乎未曾出现。有些类型的女性形象在特征上相互交叉，比如新女性和堕落女性两大类型中均有"金子般心灵的妓女"，她们可以算作不同文化背景下以及不同时代对理想女性的不同刻画方式。此外还有一些形象，她们由于其复杂性和多面性无法划入任何一个类别，如布尔加科夫的《大师和玛格丽特》中的女主人公、帕斯捷尔纳克的《日瓦戈医生》中的拉拉等。

　　综观 19 世纪和当代俄罗斯文学中男性作家和女性作家对同一类型女性形象的处理方式，我们会发现两者之间呈现出很大的差异，这些差异既有内在的也有外在的，既有性别心理方面的也有世界观方面的，既有创作视角方面的也有审美构成方面的。

上　篇

19 世纪俄罗斯作家笔下的女性形象

在俄罗斯这个以文学著称的国度里，产生了许多光彩照人的女性文学形象。早在 12 世纪，在被誉为俄罗斯文学丰碑的长诗《伊戈尔远征记》中，就有了最初的女性形象。那个为自己战败的丈夫及其将士哭诉的雅罗斯拉夫娜成为长诗中最富有诗意、刻画得最生动的人物之一，她被视作"俄罗斯古代文学中第一个优美的妇女形象"①。在她之后，俄罗斯文学中出现了许多栩栩如生的女性。在 12 至 18 世纪，当俄罗斯文学尚未完全形成自己传统的时候，就已经创造出了《行传》中大司祭阿瓦库姆的妻子、卡拉姆津的《苦命的丽莎》中的同名女主人公、冯维辛的剧作《纨绔少年》中的女地主普罗斯塔科娃等丰满的女性形象，给读者留下了深刻的印象。19 世纪 30 年代，随着普希金的诗体小说《叶甫盖尼·奥涅金》的问世，俄罗斯文学中最为动人的一个女性形象——塔吉雅娜被塑造了出来，在她的身上，集中了俄罗斯女性几乎所有的美好品质，她似乎也成为俄罗斯文学中女性形象的"代言人"。

在普希金之后的文学作品中，尤其是屠格涅夫的小说中，很多女性形象都与塔吉雅娜有相近之处，如《贵族之家》中的丽莎、《罗亭》中的娜塔莉娅、《前夜》中的叶莲娜等等。在 19 世纪后半期的文学作品中，女性形象依然是作家笔下的一道"景观"，奥斯特罗夫斯基的《大雷雨》中的卡捷琳娜、车尔尼雪夫斯基的《怎么办》中的薇拉、涅克拉索夫笔下的十二月革命党人的妻子，还有"穿什么衣服都美丽，干什么活儿都灵巧"的农妇（《严寒，通红的鼻子》）等，丰富了俄罗斯女性文学形象的画廊，使俄罗斯女性在文学中的体现变得更加多维和立体了。在陀思妥耶夫斯基和托尔斯泰这两位俄罗斯文学泰斗的笔下，女性形象也

① 曹靖华主编：《俄苏文学史》(修订版)，上卷，第 12 页，北京大学出版社，2007 年。

各种各样，前者有索尼娅（《罪与罚》）、纳斯塔西娅（《白痴》）、格鲁申卡（《卡拉玛佐夫兄弟》）等，后者有娜塔莎（《战争与和平》）、安娜（《安娜·卡列尼娜》）、卡佳·玛丝洛娃（《复活》）等，她们的个性比起 19 世纪初的女性更加突出，性格也更为复杂，在形象的塑造上，似乎显得更为丰满了。

我们选取 19 世纪俄罗斯主要几位男性作家笔下的女性形象分章进行考察，一是可以观照女性形象在近百年间的发展和变化，同时也可以考察每一位作家塑造女性形象的独特手法以及其中所体现的女性观和世界观。

第一章 《苦命的丽莎》的女主人公

《苦命的丽莎》（Бедная Лиза, 1792）是俄罗斯文学进入感伤主义阶段的标志性作品，它在问世后的三四十年间，对俄罗斯小说创作产生了持续而又深远的影响，直到茹科夫斯基的《玛丽娅树林》（1808）出现之前，它一直占据着"俄罗斯散文的典范"的地位。"事实上，在普希金和果戈理的小说问世之前，至少是从文学史角度而言，卡拉姆津的《苦命的丽莎》一直都是俄罗斯散文最具代表性的完美作品。"①在民间，卡拉姆津这一作品产生的影响也十分巨大，据研究者称，《苦命的丽莎》发表后，在俄罗斯为情自杀或自杀未遂的人数比以前大为增多，莫斯科近郊丽莎自尽的池塘在几十年间一直是人们的朝圣地②。深受法国18世纪感伤主义作品影响的俄罗斯读者发现，他们本国的作品终于能够摆脱古典主义唯理论的束缚，用充满主观色彩的文本教人如何对待爱情，能够细致入微地展示男女之间的情感。"俄罗斯的、卡拉姆津式的和法国的感觉融合在了一起，人们感到十分兴奋——现在用俄语也可以谈论爱情了。"③

在整个俄罗斯文学，包括20世纪的俄罗斯文学中，以女主人公的名字命名的小说并不太多，而《苦命的丽莎》就是其中之一。在丽莎（Лиза）之前，俄罗斯文学史上完整、丰满的女性形象很少见，在一些宗教历史作品中，如《往年纪事》中，女性形象几乎不存在，其中和女性相关的只是一些针对女性行为的规范

---

① В. Н. Топоров, *«Бедная Лиза»Карамзина.Опыт прочтения*, РГГУ, 1995, с. 23.

② М. Аксенова, *Русская литература: от былин и летописей до классики XIX века*, с. 292.

③ М. Аксенова, *Русская литература: от былин и летописей до классики XIX века*, с. 23.

和要求。《使徒行传》中司祭长的妻子以及更早的《伊戈尔远征记》中的雅罗斯拉夫娜，虽然以她们的优美、勇敢和忠诚赢得众人的青睐，但在这些作品中，女性形象远未得到充分的描写，她们所占据的也仅仅是次要地位。而《苦命的丽莎》是俄罗斯文学中第一部其"主人公可以像卢梭或歌德笔下人物那样与读者悲喜与共的作品"[①]，丽莎成为俄罗斯文学中，尤其是受到欺凌与侮辱的、堕落的女性形象中第一个引起读者强烈感情的女主人公，在她之后，在普希金、莱蒙托夫、屠格涅夫、陀思妥耶夫斯基、冈察洛夫、托尔斯泰和皮谢姆斯基笔下都出现了类似的女性形象，丽莎既具有开启俄罗斯女性形象画廊的意义，同时也具有某种原型特征。

丽莎这一名字在卡拉姆津的中篇小说中出现之前就已为人所熟知。首先，这是一个具有宗教色彩的名字，叶莉扎维塔（丽莎的大名）的意思是"敬神的人"，《圣经》中大司祭亚伦的妻子名叫丽莎，而在俄罗斯斯列津修道院，著名的女苦行修士也叫丽莎[②]；其次，18世纪中期，俄罗斯的两任女皇都叫叶莉扎维塔，她们在位期间是这个名字最为流行的时期；最后，俄罗斯从17至18世纪的法国文学，尤其从卢梭、莫里哀等人的作品中了解到了这个名字，《新艾洛漪斯》中女主人公的名字被翻译成俄语后，就是叶莉扎维塔。由于法国戏剧在18世纪的俄罗斯深受喜爱、广为传播，来自于这些著名剧作中的丽莎形象比起《圣经》中的人物和女皇更为深入人心。在俄罗斯人的概念中，丽莎已基本成为一个有其特定面貌的形象：通常，丽莎从事的是女仆工作，她大胆、开放、美丽，容易接近，她善解人意，尤其深谙爱情之道，她通常是女主人的恋爱帮手。她幼稚、卑微、简单，道德面貌偶尔会让人产生怀疑，因为丽莎对艳遇怀有危险的渴望。她的名字在18世纪的法国文学中基本上是和轻佻、幼稚联系在一起的。在卡拉姆津笔下的丽莎身上，基本保留了法国丽莎的主要特征，但也加入了很多新的元素，这种做法，"使读者能在丽莎身上看到和传统的联系，容易接受小说的形象

---

①　М. Аксенова, *Русская литература: от былин и летописей до классики XIX века*, с. 292.

②　В.Н. Топоров, *«Бедная Лиза»Карамзина.Опыт прочтения*, с. 395.

体系，甚至还会认为自己是某种文化—审美事件的同谋和见证人"①。

作为一个已经本土化了的"熟悉的陌生人"，在卡拉姆津的丽莎身上，天真、纯洁是她和法国文学中的丽莎共有的特征，但与后者把纯洁、幼稚当作爱情游戏的"武器"和面具并在游戏中占据有利地位不同的是，丽莎的这些与生俱来的特质，在特定的场景下会让她陷入脆弱的境地，在小说中，丽莎由于天真、纯洁得到了艾拉斯特的喜爱，而这些又是她难以抗拒"诱惑"而导致失身的主要原因。丽莎对他人充满信任，甚至有些轻信，她天真地以为阶级和地位的差异不会阻碍艾拉斯特的感情。她对人的判断完全服从情感的吩咐，而非理智的导引。丽莎从来不会去骗人，不会按照自己的意愿去评判他人，这与法国戏剧中的丽莎假装信任别人而达到自己的目的有着本质上的不同。

卡拉姆津的丽莎不仅信任他人，而且还忠于自己唯一的恋人，即使被欺骗、被抛弃，她仍然忠贞不渝。而法国戏剧中的丽莎对谁都不专一，她善变而又轻浮，无数次地背叛爱人。在《苦命的丽莎》中，对于已经受了诱惑、"堕落的"女主人公而言，对恋人的背叛是不可能的，她宁可与他同生共死，恋人对她的背叛意味着她生活的意义不复存在，她选择了自杀；而法国的丽莎则完全相反，她在引诱和"堕落"中获得了无限的乐趣，在变心中寻找新的出路，并以此为生活的意义，她对他人的背叛并不放在心上，能很快为自己找到新的安慰。

在典型的法国丽莎身上，所谓"女性的"特质获得了片面的、过于丰厚的发展，她被塑造成一个天真、轻浮、肤浅、善变的造物，男性处于她的控制和玩弄之中，而卡拉姆津在对这一形象的继承中，摒弃了这些所谓的负面特点，让丽莎这一女性形象所包含的意义反转了过来，他更为强调丽莎的顺从、被动以及和自然的联系这些人们更为熟悉、更容易接受的女性特征，从而达到了对传统丽莎形象的再塑造。

在《苦命的丽莎》中，女主人公的顺从表现为从一开始就以满足男性的各种愿望为己任，最初是把花和手工只卖给他一个人，之后是为她献出童贞，直到

---

① В. Н. Топоров, *«Бедная Лиза»Карамзина.Опыт прочтения*, с. 139.

男主人公"没有什么可再要求的地步"①。丽莎始终处于被动地位，这与法国戏剧中的丽莎强悍的控制能力形成鲜明的对比。卡拉姆津的丽莎即使遭受再大的委屈，也不会想到去反抗，她所做的只是服从命运。

　　丽莎的身份和法国戏剧中的丽莎一样，一直处于弱势，她是农民的女儿，而所爱的人是贵族青年，他俩的关系始终介于卖主与顾客、仆人与主人之间。从丽莎第一次遇到艾拉斯特起，这种不平等地位就已经固定下来。艾拉斯特愿意花钱买花，以此让丽莎留在家里，不必再去城里兜售鲜花，这种表面上公平的买卖关系，实际上表明艾拉斯特购买的不仅是鲜花，而且还有丽莎的自由，他拥有的不仅是鲜花，同时还有丽莎。这样一种卖主与顾客、主人与其所有品、主人与仆人的不对等的关系，导致丽莎始终处于一种恭顺的地位，这种恭顺之中既有对其所在阶层的自卑之感，对贵族阶级的仰视，更有对所谓"主人"的绝对服从。即使明知二者之间的阶级差异，即使从一开始就对男主人公的爱情有所怀疑（丽莎不断地问他是否爱她），但她不拒绝后者对她的追求，她短暂地享受爱情，顺从艾拉斯特的意愿。他们二者之间的买卖、主仆关系一直持续到最后，在小说结尾，艾拉斯特给丽莎的一百卢布表面上是补偿丽莎的损失，实际上是买回了他自己的自由，卖掉了他对丽莎的拥有权。

　　在丽莎身上，卡拉姆津尤为突出她与大自然的联系。女主人公生在农村，她的根在家庭和乡村生活中，在作品中，她被男主人公称作"女牧童"，同时她内心情感的喜怒哀乐之变化，她生命中重要事件的发生，都与大自然有机地融合在一起。丽莎在作者的笔下是一个自然之女，与来自城市上流社会的男主人公形成了鲜明的对照，艾拉斯特在丽莎身上看到了未染铅华的纯真——"大自然召唤我到它的怀抱中去，去享受它那纯洁的欢愉"。

　　从卡拉姆津对丽莎的塑造我们可以看出，丽莎形象维护了男性对女性的想象——自然、服从、被动、忠贞、纯洁……她身上虽然保留了法国文学中丽莎的影子，但在卡拉姆津的笔下，她的那些纯女性特质得到了更为突出的展示。

① 卡拉姆津：《苦命的丽莎》，吉洪译，见陈桑主编《俄罗斯短篇小说选》，人民文学出版社，1981年。以下该作品引文出处同此。

在 18 世纪的俄罗斯文学中，卡拉姆津首次明确表达了"情感崇拜，对情绪冲动的服从，将美德作为人的天然善意之体现"[①]等观念，他和同时代的感伤主义作家一样，认为挽救世界的不应该是理智而是情感，如果在所有人的内心中都能培养出丰富的情感，那么就可以战胜恶。因此，在《苦命的丽莎》中，他用一个悲剧故事唤醒了人们心中对穷苦人的同情、对激情牺牲者的同情，同时也充分表达了自己的感伤主义理想。小说叙述者独特的、全知全能的见证人和评判者地位，使作品充满了理解和人道主义精神，同时也做好了充分原谅的准备[②]。作者并没有真正指责男女主人公中的任何一方，在他的笔下，男主人公同样多情而又温柔，渴望纯洁无瑕的爱情，他的变心既有对丽莎的"失望"——在丽莎失身于他之后，他觉得她变得和"所有人"都一样，同时艾拉斯特抛弃丽莎，违背意愿跟一个又老又丑的贵妇人结合也是不得已而为之。叙述者为两位主人公的命运哀泣，但他并未对感伤主义的理想感到失望，他坚信丰富的情感会给人们带来好处，"我们要想幸福，就必须信赖我们的情感"。从这个角度来看，卡拉姆津更多的是一个不想取悦读者趣味的艺术家，而非道德家[③]。对于作者而言，他所关心的恐怕并不是女性的命运、地位和权利，而是感伤主义理想的表达方式，他的主旨是让人们抛洒同情的眼泪，引起人们内心最为珍贵的同情之感，因此，他笔下的女主人公也被无情地"非人格化"了，小说的每一个层面——标题、情节、环境，叙述者对她的阐释和赋予她的象征意义，都使得她被化解成了构建感伤小说、实现作者感伤主义理想的一个功能。正如叙述者在作品中所说："我喜欢那些触动我心灵，让我留下温柔而痛苦的泪水的事物。"丽莎的形象与其说唤起叙述者对丽莎作为女性牺牲者的同情，不如说是激发起了读者的审美感受[④]。

《苦命的丽莎》是一个男性讲述的故事，它发生在一个以满足男性欲望为目的的社会，而这种满足是以女性牺牲自我或受伤害为前提的。作者并不关注女性

---

① D.S. Mirsky, *A History of Russian Literature, From the Earlist Times to the Death of Dostoyevsky (1881)*, Alfred A. Knopf, NY, 1927, p. 80.

② В.Н. Топоров, *«Бедная Лиза»Карамзина.Опыт прочтения*, c. 127.

③ М. Аксенова, *Русская литература: от былин и летописей до классики XIX века*, c. 293.

④ Ed. by Rosalind Marsh, *Women and Russian Culture: Projections and Self-Perceptions*, p. 10.

的权利、爱情道德等问题，而是发出了一系列冰冷的警示。首先，作者借这个故事强调了男性在女性生活中无法替代的重要作用。丽莎和她的母亲生活在一个无依无靠的环境中。父亲在丽莎15岁时就去世了，曾经衣食充足的家庭很快就变得贫穷起来。作者似乎借这一事实强调，是父亲的缺席才导致了这一切灾难的发生。丽莎和母亲被设置在一个依靠男性的存在才得以生存的环境，如果失去这种男性的支撑，她们只能落难，贫穷，遭遇不幸，失去自我保护能力。小说中的人物，尤其是母亲，都深知男性的重要性，母亲的最大愿望就是为丽莎找到一个"好人"，可以让女儿"远离各种苦难和倒霉事"，她和女儿的命运就是由男性来决定的。同时，正如这种环境中的大多数女性一样，他们无法控制自己在父权社会中的命运，只能听从命运（或曰男性）的摆布。这些都充分暗示了男性的重要和不可或缺。

其次，作者通过丽莎的形象强调了女性童贞的重要性。在小说中，丽莎失去贞洁的那一时刻，天空中雷电交加，"好像是大自然在为丽莎失去贞洁而痛哭"，而丽莎则自称为"罪犯"。作者借助这些场景强调了女性失去贞洁的危险，同时也预示了这将导致的悲惨结局："满足一切愿望是爱情的最危险的试探"，在小说中，艾拉斯特虽然是丽莎不幸命运的始作俑者，但他并未得到任何实质性的惩罚，在作者对他充满同情的叙述中，似乎还有一丝难以察觉的辩白："知道丽莎的命运后，他无法感到安慰，他认为自己是凶手……他把我带到了丽莎的坟前——现在，他们可能已经和解了吧！"在作者的叙述中，这种和解，也许不仅仅是丽莎和艾拉斯特的和解，同时其中还包含着对艾拉斯特行为的谅解。男性诱惑女性，但不会得到惩罚，相反，被诱惑的、作为牺牲品的女性却得到了死亡的惩罚，这不可能不是一种对女性命运的嘲讽。作者通过女主人公失去贞洁继而遭到抛弃，甚至受到死亡惩罚的故事，警示了女性失去贞洁的危害和严重后果。

很多学者认为，堕落的女性牺牲者形象，尤其是那些沉默地背负自己的十字架、丰富的情感未能获得释放对象的女性形象，全都来自《苦命的丽莎》[1]，可

---

① В. Н. Кардапольцева, *Женские лики России*, с. 60.

怜的丽莎的名字深深铭刻在俄罗斯文学之中。罪恶和神圣的结合、赎罪、牺牲以及某种程度上的受虐倾向，在很多俄罗斯文学作品的女主人公身上都能找到这些特点。评论者认为，在普希金的《叶甫盖尼·奥涅金》、《驿站长》中，都能找到丽莎的命运模式[①]。尤其是在读《驿站长》时，我们时不时会闪现出女主人公迟早要被抛弃的念头，明斯基一定会让她成为一个牺牲品。在陀思妥耶夫斯基的作品中，我们也可以看到对《苦命的丽莎》某种"回应"。比如，仅从陀思妥耶夫斯基作品的标题上，如《穷人》、《被侮辱与被损害的》、《罪与罚》等，就可以感觉出作品的悲剧主题，就像卡拉姆津的作品一样。虽然学者们对《苦命的丽莎》之影响力的评价有过于泛化的倾向，但我们仍然可以认为，卡拉姆津这一作品对俄罗斯文学后来的女性形象塑造的确产生了巨大的影响。

---

① В. Н. Кардапольцева, *Женские лики России*, с. 61.

第二章　普希金创作中的女性形象

在普希金的创作中，最重要的女性形象毫无疑问当属《叶甫盖尼·奥涅金》的女主人公塔吉雅娜·拉林娜，她也是俄罗斯文学中当之无愧的、最引人瞩目的女性形象之一。但是，在这个形象出现之前，普希金在他的抒情诗、长诗和小说中已经塑造出了各种类型的女性，她们在某种程度上构成了塔吉雅娜的"前身"。对她们的研究和观照，可以帮助我们更好地理解塔吉雅娜这一形象。

第一节　普希金长诗中的女性形象

在普希金创作的早期，尤其是皇村时期，诗人的很多诗歌作品都是献给女性或有关女性的。但在大多数诗歌中，女性的形象还较为朦胧，是诗人寥寥数语勾勒出来的模糊而又不失生动、充满着诗人爱情幻想的形象，她们更多是一种感觉上的表达，而不是有血有肉的完整人物。早期抒情诗中的女性多是"作者在法国色情诗影响下勾画出来的自然女神或酒神的女祭司"[1]，是情窦初开的诗人之爱欲的载体。

普希金笔下相对完整、清晰的女性形象最先出现在他的长诗中，首先是因为长诗的篇幅可以让诗人有更为从容地刻画形象的可能；其次，借助长诗的情节和背景，作品中的形象能够在一个更为丰富的时空背景中被展示出来；同时，长诗这一体裁还能让作者直接表达他本人对待作品人物和事件的态度。南方流放时

---

① C. A. Венгеров, *Собрание сочинений*, т. IV, http://www.biografia.ru/arhiv/659.html.

期（1820—1824）是普希金长诗创作的主要阶段，诗人在这一时期刻画了许多异国或异族女性，如希腊女性（《黑色的披巾》《致一位希腊女郎》）、西班牙女性（《在高贵的西班牙女郎前》）、古埃及女性（《克列奥帕特拉》）等，但最具有典型意义的还是《高加索的俘虏》（Кавказский пленник, 1822）、《巴赫奇萨赖的泉水》（Бахчисарайский фонтан, 1824）和《茨冈人》（Цыганы, 1824—1827）这三部长诗中的女主人公，她们热情奔放，无拘无束，表现出了她们与其文化语境和民族特征密切相关的诸多特征。

《高加索的俘虏》和《茨冈人》在主题上比较接近，是普希金创作中所谓"南方时期"最重要的作品，它们都写到了一个对自身所处的社会及其所包含的生活方式和价值观感到失望的主人公，写到了与他们所代表的"文明"相对立的"自然"，与他们的压抑感相对立的"自由"，这些相对立的价值观在作品中部分地是通过女主人公的形象体现出来的。在《高加索的俘虏》中，男主人公怀着对自由的憧憬奔向遥远的异域，却不幸成了被囚禁的俘虏，在他等待"悲惨人生的火焰／同暗淡的晚霞一起熄灭"[①] 的时候，一个契尔克斯女郎挽救了他。在这个冷漠、绝望、对世事无动于衷的俄罗斯俘虏身上，女主人公——妙龄的契尔克斯女子首次感觉到了爱的欢乐，她勇敢地把自己的爱献给了他。

契尔克斯女孩温柔而又善良，富于同情心，她还有高加索女子敢爱敢恨的品质，她勇于表白，为了拒绝她不爱的男人（父亲和兄弟为她找的邻村男人）以及不爱她的男人，她甚至不惜献出自己的生命——或是以命相抵，或是自杀殉情。她的爱宽容而又无私，即使得知俘虏的心另有所属，她仍能为他送上祝福，让他重新找回自由和美满的爱情。契尔克斯姑娘身上具有令人感动的、在女性身上并不多见的理智：她知道俘虏"爱着另一个"，所以纵有千般不舍，她仍然把俘虏放回了俄罗斯。这种没有占有欲的、无私而又宽容的爱的品质在《叶甫盖尼·奥涅金》的塔吉雅娜身上得到了很完美的继承。普希金坦言："我很喜欢我的契尔克斯姑娘，她的爱感人肺腑。"但即使这样，契尔克斯姑娘的爱也无法感

---

① 《高加索的俘虏》，郑体武译，见刘文飞主编《普希金全集》第 4 卷，河北教育出版社，2000 年。本节以下该作品引文出处同此。

动俘虏。如果说在长诗中，作者对俘虏的描写是粗线条的、缺乏明确性的，那么他对契尔克斯姑娘的描写则更为粗略，在长诗中，男女主人公都没有名字，仅以"俄罗斯人""俘虏""契尔克斯姑娘""妙龄少女"等作为指称，女主人公形象仅仅是为了映衬俘虏心灵的冷漠——甚至连契尔克斯女子热烈的爱也无法唤醒他沉睡的心灵，甚至连她的解救也不能换取他的真情，她的自尽也无法激起他心中的同情。

《茨冈人》是普希金南方流放时期的第三部作品，它深化了《高加索俘虏》的主题，深入探讨了《高加索俘虏》中提出的一系列问题，女主人公真菲拉（Земфира）和男主人公亚力克各自代表着两个不同的世界，就像《高加索俘虏》中的男女主人公一样。但在这部长诗中，作者通过文明与自然的对立这一母题，导引出自由、爱与不忠的主题。

《茨冈人》的女主人公也是一个异族女性，同样爱上了从城市中逃到异域的俄罗斯男子。对于享尽城市中舒适生活、渴望寻找自由并心甘情愿把自己放逐到异乡的男主人公来说，茨冈人的女儿真菲拉就是自然之女和自由的化身。她身上具有城市女子所缺乏的质朴、天然的美，虽然身上"没有珠宝，也没有项链，/和她们（指城里的女人。——引者按）相比，却要美得多"，真菲拉和契尔克斯女郎一样敢爱敢恨，她用热烈的爱情征服了亚历克的心，也让他爱上了茨冈人的生活。真菲拉代表了自由和自然：一方面，真菲拉是茨冈人的一员，她表现出了广义上的茨冈人的自由——宁静随意的生活方式、与大自然的亲近，这是亚历克想要寻找的东西；另一方面，真菲拉也代表了女性选择爱恋对象的自由。俄罗斯文学史家米尔斯基在谈到《茨冈人》时说："这部长诗是对自由的坚定肯定，肯定一位女性之于一位男性的自由"[①]，但是，这种自由一旦与"文明"发生碰撞，尤其与男性的自由发生碰撞，就必然会落得一个粉身碎骨的结局。真菲拉没过多久便移情别恋，爱上另外一个男子，她和情人遭到了亚历克的杀害。由此可见，真

---

① D.S. Mirsky, *A History of Russian Literature, From the Earlist Times to the Death of Dostoyevsky (1881)*, p. 117.

菲拉的自由仅仅局限在不破坏男性权力的基础之上，一旦有所冒犯，其结局不是更大的自由，而是死亡，因为在父权社会，父亲的法律和权力无所不在。

在长诗中，除真菲拉外还有一个女性得到了描写，这便是真菲拉的母亲玛丽乌拉，她和真菲拉一起，与亚历克、老茨冈人构成许多对比。两个女性在情感上都放浪不羁，随性随行，真菲拉的母亲抛弃丈夫和女儿，跟另一个茨冈人私奔，而亚历克和老茨冈人都遭遇了被抛弃的命运。在长诗中，伴随着真菲拉的变心，亚历克在长诗中突变成一个和老茨冈人一样的"老男人"，两个人都是灰白头发，都被女性伤害，这更加突出了他们之间的一致。但与亚历克拔刀复仇不同的是，老茨冈人对女性的不忠表现得更为坦然和冷漠，他宽容了妻子的罪恶，但在此之后"厌倦了世上所有的女郎/……不再从/她们当中选一个新娘——"他得出一个冰冷的训诫："你爱得那样痛苦和艰难，/可女人只是逢场作戏。"这句话似乎遥远地回应了哈姆雷特对那些妻子变心的男人发出的警示："脆弱，你的名字是女人。"他对女性形成的偏见与亚历克杀害真菲拉的事实并没有本质上的区别，它们都源于对女性自由乃至女性的仇恨，以及对男性权力的捍卫。

真菲拉最后被杀死，破坏其所属关系的情人也遭到杀害，这说明"有教养的文明人悲剧性地无法抛弃其惯常的感情和激情，尤其是对其伴侣的占有感"[①]。从真菲拉的形象可以看出，无论在"文明的"社会还是"自然的"环境中，女性的命运都是相同的，她们是男性的所有品，她们面临的都是同样无处不在的"父亲的法律"，遵从的是男性的权力，她们的自由也仅能在男性自由的范畴之内实现。

长诗《巴赫奇萨赖的泉水》（以下简称《泉水》）的女主人公之一莎莱玛（Зарема）在个性上和契尔克斯女郎、真菲拉略有相似，尤其是在情感的表达方式上，她们都不掩饰自己的爱。在《高加索的俘虏》和《茨冈人》中，女主人公的形象是在她们与男主人公的个性以及他们所代表的文化等方面的对立中表达出来的，而在《泉水》中，普希金刻画了两个在个性、阶层、民族等方面完全不同

---

① D. S. Mirsky, *A History of Russian Literature, From the Earlist Times to the Death of Dostoyevsky (1881)*, p. 117.

的女性，由此投射出男性想象中的女性之两极。

两位女主人公的形象是在东方王宫中展开的，作者首先刻画了一群"受到严酷的监视，/在毫无乐趣的寂寞中度日，/不知道什么叫风流事"的后宫嫔妃，她们无忧无虑地等待着可汗基列伊对她们的恩宠。格鲁吉亚姑娘莎莱玛曾是可汗基列伊的宠妃，直到波兰女子玛丽娅（Мария）出现在宫廷之中。失宠的莎莱玛在长诗中一出现，就是一个性感的、充满激情的形象："勾人魂魄的双眸/比黑夜还黑，比白天还亮；/谁的歌喉能比你更强烈地/表达那冲动的烈火般的欲望？/谁的热烈的亲吻能比你/灼热的亲吻更加多情？"但她的美貌不再能引起可汗的兴趣，莎莱玛"像棕榈遭到暴风雨的蹂躏，/她把年轻的头低低垂下"。诗人在对莎莱玛的描述中十分突出她身上所特有的欲望、激情和性感，这些品质在普希金笔下基本属于那些少数民族女性，而上流社会的贵族女性则显得更为保守，更为符合社会通行的道德规范。来自波兰的贵族玛丽娅和莎莱玛处于两种女性传统的典型对立之中，她的名字本身就已经暗示了她的处女身份，她是一个"贞洁的圣女""天使""伊甸园的孩子"，诗人突出了她的纯洁和未受玷污的品质，在诗人笔下，"她才在自己的祖国，鲜花般绽开可爱的姿容"，和激情四射、在小说中拥有大段诉说命运权利的莎莱玛相比，她永远是安静而又沉默的。玛丽娅和莎莱玛代表了父权意识下女性本质属性的正反两面，作者让她们在虚构的世界中相遇、碰撞，她们之间唯一可能的关系就是进行一场以争夺男性为目的的"隐喻性的殊死斗争"①。莎来玛被沉入深不可测的大海，遭受了狠毒的惩罚，而"命运悲惨的玛丽娅"最后变成了一座"不断滴下冰冷泪珠的"大理石喷泉。

《泉水》中的两位女主人公都置身于一个沉默死寂、牢笼一般的后宫，她们的命运和那些失去自由的嫔妃并没有本质上的不同，她们都失去了故乡，生活在"另一种宗教和风习"之中，被监视，遭冷落，无所依从。她们也和后宫嫔妃一样，成为可汗基列伊的所属品，就像物品一样随时可能得到把玩，又随时可能被抛弃，她们的命运被掌握在男性手中，成为被动、消极的存在。在长诗中，两位女主人公都是被物化的象征，莎莱玛被比喻成棕榈树，玛丽娅则是植物、花朵，

---

① Joe Andrew. *Women in Russian Literature,1780-1863*, p. 32.

这些都强化了女性的物化属性,她们就像物品一样,被喜爱或厌倦她们的男性拥有或抛弃。在长诗的结尾,玛丽娅变成了一座大理石喷泉,这更加凸显了女性被物化的象征意味。

第二节 普希金小说中的女性形象

普希金的小说大多创作于 19 世纪 20 年代中期,主要有短篇集《别尔金小说集》、长篇小说《杜勃罗夫斯基》和《大尉的女儿》等,在这些作品中,男性人物形象非常丰富,既有充满叛逆性格的强人,也有作者寄予同情的小贵族,此外还有那些崇拜欧洲、蔑视俄罗斯的"新贵族",作者对他们的态度爱憎有别。与这些形形色色、性格各异的男性形象相对比的是,女性,尤其是在小说中占据相对重要地位的女性形象,却具有非常鲜明的总体特征,她们与长诗中热烈勇敢、充满激情的异域女性构成强烈对比,她们在很多方面与《泉水》中的玛丽娅较为相像,同时也和《叶甫盖尼·奥涅金》中的塔吉雅娜形成某种呼应。相对于散文中的男性形象,她们无疑得到了作者更多的喜爱。

普希金小说中的年轻女性大都是十六七岁的妙龄少女。这是一个充满了各种可能性的年龄,这通常也是在那个年代决定女性爱情和婚姻的年龄。女主人公们年轻貌美,通常受到周围男性青睐,她们出身贵族或富裕的地主家庭,过着无忧无虑的生活。小说中的女孩子们是法国小说的忠实读者,在那些感伤和浪漫主义作品中获取了关于爱情的最初概念,她们对爱情也抱有一种纯真的执着。在这些小说中,女主人公的形象首先都是通过她们和男性的爱情或婚姻关系刻画出来的。

《暴风雪》(Метель)中的玛丽娅(Марья)身材匀称,面色白皙,在法国小说中接受了教育,"其结果,她自然会坠入情网"[①]。她爱上了一个贫穷的陆军准尉并且和他约定好私奔,但一场暴风雪改变了她的命运,她未能和迷路的未婚夫举行婚礼,却巧遇了另外一个想来进行一场恶作剧的军官。小说中充满了戏剧冲

---

① 刘文飞主编:《普希金全集》第 6 卷,刘文飞译,河北教育出版社,2000 年。本节以下该作品引文出处同此。

突，玛丽娅最终爱上的人竟然就是这个军官。在小说一波三折的情节中，玛丽娅的形象逐渐鲜活起来，她在失去未婚夫之后坚贞而专一，她鼓励男主人公布尔明向她表白爱情，但她的行为中并没有丝毫轻浮和肉欲的激情，而是充满了快乐的坚定和对个人情感的执着。《杜勃罗夫斯基》（Дубровский）中的玛丽娅（Марья）与《奥涅金》中的塔吉雅娜在性格上最为相近，她对18世纪法国作家的作品感到着迷，没有女友，在独处中长大，后来她爱上了家族仇人，但由于无法抗拒父亲的旨意，只能嫁给一个她不爱的男人。在她身上，我们可以看到之后由作家传递给塔吉雅娜的一些特有品质，尤其是玛丽娅在婚礼后，即使得到爱人的解救，她仍然遵守婚约嫁给那个她不爱的老头，这一情节几乎和《叶甫盖尼·奥涅金》中塔吉雅娜拒绝奥涅金的场景一模一样，女主人公都为婚姻的责任、女性的"本分"和作为妻子的义务而压抑住了心底的感情，有着某种英勇的牺牲精神，只是玛丽娅的形象还没有塔吉雅娜那么生动，而且她所面对的杜勃罗夫斯基，其思想情感也没有奥涅金那么复杂，未曾发生那么大的变化，他们的关系没有塔吉雅娜和奥涅金之间那么起伏跌宕，因此，玛丽娅这个形象还显得比较简单。《大尉的女儿》（Капитанская дочка）中的女主人公玛莎（Маша）和《村姑小姐》（Барышня-крестьянка）中的丽莎（Лиза）也同样具有善良、多情的品质。《上尉的女儿》虽然用女主人公来命名，但玛莎·米隆诺娃在小说中得到的描述却较少，她是作者表现普加乔夫起义的一面"棱镜"。玛莎不委曲求全的勇气，她为挽救丈夫而敢于向女皇坦言真情的勇敢品质，都令人尊敬。《村姑小姐》中的丽莎活泼可爱，为得到爱情，在村姑和贵族小姐两个角色之间游走，但从来没有失去女性的体面和尊严。

上述普希金小说中的女性形象具有一个高度同一的特征，"女性成了普希金笔下所有最为优秀的人性品质之体现，即真诚、自我牺牲，最主要的是坚定不移的责任感"。[1] 她们是普希金笔下未来理想女性的雏形，她们光彩照人，美丽可爱，而且比起长诗中果敢强悍、欲望四溢、富有进攻性的女性，她们却都同样地脆弱、苍白，在作品中，她们时常昏倒的场景强化了她们作为女性所特有的体力

---

① С. А. Венгеров, *Собрание сочинений*, т. IV, http://www.biografia.ru/arhiv/659.html.

上的弱小。在这些女性身上没有等级观念，她们同情弱者，其感情可以跨越阶级和身份的差异。她们都拒绝不爱的人，在这种反抗行为中体现女性的忠贞，她们的形象较为理想，受到作者的喜爱，但略显抽象、单薄，没有长诗中的女性那么生动和具有感染力。

　　普希金小说中这些女性成为人们耳熟能详的形象，后世的读者也不断对她们进行解读和阐释。普希金还有一些未完成的作品，它们不像《别尔金小说集》等作品那样流传广泛，没有得到足够关注，如《玛丽娅·绍宁格》、《在小广场的一角》、《我们在别墅里度过一个晚上》等，但其中业已刻画出总体轮廓的女主人公同样独具特色。未完成作品《罗斯拉夫列夫》（Руславлев）中的波丽娜（Полина），被认为是普希金笔下"最值得密切关注的"① 女性，背衬着普希金小说中的可爱女性群像，"她成了普希金的创作中，乃至整个俄罗斯文学中最具光彩的女性形象"② 。她没有塔吉雅娜那么响亮的文学声誉，也比不上其他广为人知的小说女主人公们那么出名，但她身上所具有的独特气质，却让她在众多女性形象中显得十分突出。也许是作品本身没有完成的缘故，《罗斯拉夫列夫》的女主人公始终没有得到她应得的那份关注，对她的研究也略显不足。

　　据文学史家研究，普希金的《罗斯拉夫列夫》是为了回应扎戈斯金的长篇小说《罗斯拉夫列夫，又名1812年的俄罗斯人》而作的，他对后者在小说中所表达的爱国主义态度持不同意见，尤其不满作者把小说女主人公塑造成了一个庸俗不堪的女性，因此普希金迅速地做出回应，希望扎戈斯金能看到他塑造女主人公的不同方式③ 。对于普希金来说，女主人公更为吸引他的注意力，因此在他的小说中，男主人公罗斯拉夫列夫几乎"消失"在读者的视野中，而女主人公波丽娜则占据了小说的全部篇幅。

　　波丽娜是一个理想的女性形象，她拥有这类女性的很多共性特征，但让她

---

① C. A. Венгеров, *Собрание сочинений*, т. IV, http://www.biografia.ru/arhiv/659.html.

② 刘文飞主编：《普希金全集》第6卷，刘文飞译，河北教育出版社，2000年，第166页。

③ Н. Дмитрьева, *Полина и Татьяна (Пушкин и Загоскин)*, lib.pushkinskijdom.ru/LinkClick. aspx?fileticket...tabid...

与众不同的不仅仅是这些，更主要的是她的爱国主义情怀、不平庸的个性以及投身革命的勇气，这也是普希金赋予她的一个主要特征，以使她区别于普通的贵族女性。小说通过一个女性的视角展开，叙述者从一开始就把波丽娜放在一个优越于芸芸众生的位置上：她身上有许多奇异的、非常吸引人的东西；她高傲、冷漠，不与庸人为伍；她阅读了大量书籍，有自己的思想。在法国的斯塔尔夫人来访俄罗斯的那一幕场景中，波丽娜表现出了对上流社会无聊、庸俗表现的绝望心情，面对整整几个小时也无法说出"一丁点儿思想、一个出色的字眼"的"一张张愚蠢的脸，一副副愚蠢的架式"，她羞愧得脸色通红，眼里满是泪水，为自己同胞所表现出的平庸和智力低下感到十分痛心。她是当时小说作品中少有的勤于思考、冷静理智的女子。

波丽娜对社会文化分配给她的女性角色显然感到不满足，她不像贵族少女那样关心自己的爱情和婚姻、把这些当作生活的主要内容，而是对国家的命运感到忧心忡忡，在她的眼中，祖国的命运比她的婚姻重要得多，她甚至推迟了自己的婚礼，以鼓励未婚夫去前线作战。1812 年卫国战争来临前夕，看到俄罗斯人奴颜婢膝地吹捧拿破仑、嘲笑自己的失败时，波丽娜无法掩饰自己的轻蔑和愤怒，俄罗斯人的顺风转舵和胆怯更让她难以忍受，她厌恶他们那种流于表面的爱国主义情怀，坚决不与他们为伍。和身居闺阁的大多数俄罗斯女性不同的是，波丽娜具有很强的行动能力，她不仅时刻关注俄罗斯军队的行踪，在地图上计算里程，甚至还想混到法国人的军营中去，设法接近拿破仑，并亲手杀死他。她不走别人走过的路，对事物总是能做出独立判断。她说"让所有俄罗斯人都像我一样地爱自己的祖国吧"，她觉得，作为女性的她同样有义务保卫祖国，"难道女人就没有祖国吗？难道女人就没有父亲、兄弟和丈夫吗？难道我们身上流的不是俄罗斯的血吗？难道你认为，我们生下来，就是为了让别人在舞会上搂着我们跳苏格兰舞，就是为了让别人把我们锁在家里往布上绣小狗吗？不，我知道，女人也能对社会舆论产生影响，至少能对一个人的心灵产生影响"。这番话语无疑是宣言式的告白，在 19 世纪初、在女权主义思潮尚未在全世界范围内普及的时候，波丽娜的思想是很超前的，也正是这样一番话把她和 19 世纪初期所有的女性文学形象区分了开来。她自比夏洛特·科尔黛、玛尔法、达什科娃，认为她不比她们差，心中的勇气并不亚于她们，叙述者这样评价她："比起那些天晓得在干些什么的俄罗斯男人来，俄罗斯女人更富有教养，她们读的书更多，思考的问题也更深。"

波丽娜身上充满了爱国主义激情，她的所作所为显然就是一个彻头彻尾的女革命者和祖国女卫士，在她身上，我们仿佛可以看到十二月党人妻子的影子、未来的女社会活动家的雏形。评论者认为，"波丽娜是俄罗斯社会生活中所有女英雄的鼻祖"①，她身上的勇气、思想、理智是那些以直觉和脆弱为标志的女性形象所不具备的，她的视野之开阔、生活内容之丰富，也远远超过同时期的女性。普希金借这样一个完美的女性形象，表达了自己对卫国战争性质的认识，波丽娜是作家思想和理想的体现。在她之后，俄罗斯文学中出现的女革命者和新女性形象，如《前夜》中的叶莲娜、车尔尼雪夫斯基的《怎么办》中的维拉，都和她有着本质上的近似之处。

第三节 《叶甫盖尼·奥涅金》中的塔吉雅娜形象

借助俄罗斯文学的强大辐射力和影响力，俄罗斯女性文学形象往往就成了"俄罗斯性的化身"（олицетворение русскости）②，对于这一身份的形成，无人能够否认，普希金的诗体小说《叶甫盖尼·奥涅金》（Евгений Онегин）中的女主人公塔吉雅娜（Татьяна）起到了关键性的作用。她的性格及命运所具有的类型化意义，使她在文学史乃至俄罗斯社会生活中获得了无人可以比拟的地位。在她之后，无论是 19 世纪还是 20 世纪文学中的女性形象，都与她有着密切的亲缘关系。"塔吉雅娜和奥涅金的关系模式后常在俄罗斯小说中复现，一位渺小柔弱的男人和一位强壮女人的并置，几乎成为屠格涅夫和其他作家笔下的俗套。"③ 如果

---

① С. А. Венгеров, *Собрание сочинений*, т. IV, http://www.biografia.ru/arhiv/659.html.

② О. В. Рябов, 'Миф о русской женщине в отечественной и западной историософии', *Филологические науки*, 2000, №3, с. 28.

③ D. S. Mirsky, *A History of Russian Literature, From the Earlist Times to the Death of Dostoyevsky (1881)*, p. 117.

套用陀思妥耶夫斯基那句"我们均来自《外套》"的著名论断,我们也可以说,俄罗斯作家笔下的女性形象或多或少"均来自塔吉雅娜"。对于这一形象的关注和探究,可以成为俄罗斯女性文学形象总体研究的一个切入点,可以帮助我们认识整个俄罗斯文学女性形象的发展和演进。

1. 塔吉雅娜与奥涅金

塔吉雅娜是诗体小说《叶甫盖尼·奥涅金》中除主人公奥涅金外最为重要的一个角色。与出生并成长于城市的男主人公不同,她是外省地主家的女儿,两个成长环境完全不同的主人公,由于奥涅金到乡村的偶然访问而结识了。虽然塔吉雅娜和奥涅金在教育、气质等各方面都存在差异,但特别相似的是,她也在周围的环境中感到孤独和不被理解,令人吃惊地具有独特的个性和品格。在给奥涅金的信中她这样描写自己:"……我孤孤零零 / 了解我的没有别人"[1],即使在家里,她也像是个"别人家的女孩",她不和女伴们一起玩游戏,造成她与环境疏离的原因就是她与生俱来的独特性,她具有"心情怪癖,恣意任性 / 骚动不安地驰骋想象,/ 聪慧过人,意志奔放,/ 有颗炽烈温柔的心灵"。

塔吉雅娜是一个浪漫的女孩,在她的内心世界中独特地汇聚了两种因素,一个是与生俱来的与俄罗斯大自然和宗法制生活习俗的亲缘性,和旧的风俗习惯的密切联系,同时,她又生活在另外一个想象出来的、理想化的世界中。她是那些外国道德说教和感伤小说的忠实读者,在这些总是以善战胜恶为结局的小说中,主人公都是充分理想化的人物类型。塔吉雅娜习惯将自己等同于品德高尚的女主人公,所以,她也将奥涅金自然而然地视为"完美的典范",就好像是从理查逊和卢梭书页中走出来的一样,奥涅金就是她的理想人物。塔吉雅娜受法国小说的影响很大,这明显地体现在她写给奥涅金的信中,但是,塔吉雅娜对那些法国小说的借用,并不能遮掩她真诚、深沉而又热烈的自然情感,奥涅金看中的恰好就是塔吉雅娜的这些性格特质。只不过,他并不熟悉或并不了解塔吉雅娜内心

① 《叶甫盖尼·奥涅金》,顾蕴璞、范红译,见刘文飞主编《普希金全集》,第 5 卷。以下该作品引文出处同此。

世界的另一个层面，即她与人民和脚下土壤的亲近，她和民族传统的深刻而又有机的联系。

在这部诗体小说中，塔吉雅娜的梦占据了很长的一段叙述篇幅，它不仅揭示了塔吉雅娜心灵的实质，使我们有可能深入到女主人公内心深处的无意识部分，同时也预示了后面的情节，比如女主人公走出自己的小世界、出嫁、去林间小草屋、奥涅金和连斯基的决斗等，俄罗斯学者古科夫斯基就此曾做过详尽的论述①。此外，最主要的是，女主人公通过这个梦境看透了自己意中人的撒旦本质。奥涅金的拒绝不仅让塔吉雅娜承受了心灵的痛苦，同时也让她充分而又认真地思考了男主人公的真正本质。如果说从前塔吉雅娜曾将奥涅金与她所读书籍中的浪漫男主人公做比较，甚至等同的话，那么现在她则走到另外一个极端，在奥涅金书房中那些她从未读到过的欧洲"新书"中发现了"另一个奥涅金"，书中的那些人物被刻画得"淋漓尽致，/他们有着卑鄙的心灵，/自私自利，冷酷无情，/在幻想中饱食终日，/他们虽然也嫉俗愤世、/满腹牢骚却无所事事"。与塔吉雅娜所阅读的理查逊和卢梭小说中的人物不同，这些作品中的主人公都是冷漠空虚、绝望自私的，他们犯罪、作恶并以此为乐。因此，在塔吉雅娜的面前便展开了另外一个世界。塔吉雅娜尤为注意奥涅金做了记号和标记的那些书页，由此塔吉雅娜明白了，与奥涅金更有可比性的不是那些高尚热情的上一世纪文学中的主人公，而是"当代"欧洲文学中那些冷漠的、孤独的人，与他心灵一致的不是理查逊的主人公，而是拜伦作品中恶魔类型的个人主义者。奥涅金的书房和那些浪漫主义文学作品就像塔吉雅娜的梦一样，展开了男主人公最为隐秘的内心世界，塔吉雅娜有机会深入这一最为隐秘的心灵角落，她似乎看透了奥涅金，猜出了他的秘密，从现在开始，他在她眼中变成了"披着哈罗德外衣的莫斯科人"。也许正是因为这一点，塔吉雅娜在彼得堡遇到奥涅金的时候，才表现得冷漠而又傲慢？或者她又一次把奥涅金等同于文学作品中的人物类型，对他进行了简单化的理解？然而，正如诗人描写的那样，奥涅金的失望、他的闷闷不乐和心灵的痛苦

---

① Г. А. Гуковский, *Пушкин и проблемы реалистического стиля*, М., 1957, с. 214.

并不是伪装出来的，他也是真诚的。奥涅金和塔吉雅娜之间的爱情悲剧，其根源在很大程度上是相互间的不理解或理解得不够充分。

奥涅金再次见到的塔吉雅娜，已经由一个普通的外省小姐变成了一个地位颇为显贵庄重的将军妇人。有很多评论者认为塔吉雅娜的变化过于突然，诗人自己似乎也同意这一点，但我们也可以认为，普希金小说的特点就是日常生活和人物心理活动的高度浓缩，作者期待读者从只言片语中把握小说的整体内容。对于在彼得堡奥涅金对她一见倾心的感觉，塔吉雅娜也许非常熟悉，因为这就是她曾经体会过的情感，但是，正如奥涅金到最后一刻都没有看出在将军夫人塔吉雅娜身上还藏着一个"普通女孩"即从前的塔吉雅娜一样，塔吉雅娜也无法知道奥涅金在决斗之后发生了怎样的变化，塔吉雅娜仍然认为他还是一个"披着哈罗德外衣的莫斯科人"，仍然像从前一样冷漠、空虚、自私，这也部分地说明了塔吉雅娜冷酷拒绝奥涅金的原因。在塔吉雅娜的独白中，包含着一个曾经被羞辱的女孩的指责和抱怨，但很快，她的话语中就显露出了坦诚和真挚，塔吉雅娜承认上流社会吸引她，比起乡间无人知晓的存在，她更喜欢现在的生活，除此之外，她对奥涅金坦白到，她现在所拥有的是一个没有爱情的婚姻，她还像从前那样爱着他，承受着错过幸福的痛苦感觉。塔吉雅娜的这种坦诚意味着她对奥涅金的最高级别的信任和内心的亲近。塔吉雅娜和奥涅金的相互错过赋予整部小说一层淡淡的悲剧氛围。

2. 女性主义视角下的塔吉雅娜

与塔吉雅娜形象联系最为密切的就是"理想""美好""优雅"这样一些形容词，她被不止一位作家称作"理想的典范"，她身上所体现出来的纯洁、高尚、自我牺牲、忠贞，几乎集中了男性希望女性所具备的一切美德。重新审视塔吉雅娜这一俄罗斯文学中最为重要的女性形象，我们发现，她完全符合传统父权文化中对男女两性进行的二元划分，即男女的对立等同于中心与边缘、主动与被动、文化与自然、概念与感觉、理智与情感等对立项，而具备了这一特征的女性，很容易成为男性心目中的理想女性。

塔吉雅娜视男性为中心，她的生活和命运充分肯定并验证了男性对于女性的重要性，而这种中心位置恰好是男性需要拥有的。在普希金的诗体小说中，塔吉雅娜的成长和生活，都是在为那个迟早要出现的"他"做准备，或是围绕着"他"而进行的。在小说一开头，塔吉雅娜就被描写成一个"心儿在等待……某个人到来"的人，一个渴望爱的、多愁善感的女孩，构成她生活主要内容的就是爱情。正如别林斯基所归纳的："一个女性的生活被高度集中在其心灵生活之中；爱意味着生活，也意味着牺牲。"[①] 一开始，塔吉雅娜通过她读到的理查逊和卢梭的书构想出一个"理想的人物"，而当奥涅金一出现在女主人公身边，她"终于等到了……她睁开了双眼；/塔吉雅娜说道：就是他！"她的主要生活内容在这几行诗中得到了高度浓缩："……无论白或夜晚，或热烈而孤寂的梦的天下，/一切都被他的身影充溢，/对可爱的少女施展魔力；/不住地向她提起奥涅金。"在这种爱的期待中，女性可以为爱情付出英勇的行动，在自我牺牲的同时维护着男性在其生活中举足轻重的地位。正如巴巴拉·海德特所说，在俄罗斯文学中，即使再完美、再理想的女性形象，也都始终期待来自男性的爱，只有如此，她们的生命才是完整的[②]。不仅塔吉雅娜如此，在她之后出现的所有情感高尚的女主人公，如《前夜》和《处女地》中的女主人公，也都是这样，都把男性视作中心，视为自己生活的主要内容。

在这样一个前提下，塔吉雅娜在潜意识中把结婚、生子、操持家务当作女性生活的最主要目的，正如她在给奥涅金的信中所写的那样："我会找到个可心的伴侣，/成为对丈夫忠诚的贤妻，/成为对子女慈爱的母亲。"同时，塔吉雅娜在信中和长诗结尾的自白中，不止一次发出了"我在你的掌握之中""命中注定，我是你的""你是我的保护神"这样的女性宣言，也就是说，她认同女性依附男性而存在的命运，也愿意把男性作为自己的生活目标。虽然塔吉雅娜也曾打破过传统，即主动给奥涅金写了一封表白感情的信，这是她整个生活经历中最为勇敢，同时也最具抗争意义的行为，在当时的社会环境中能给她带来毁坏名誉的严

---

① 别林斯基：《文学的幻想》，满涛译，安徽文艺出版社，1996年，第416页。

② B. Heldt, *Terrible Perfection*, p. 15.

重后果①，但是，从她"所有的命运之签都一样"到"但我已经嫁给别人，/我要对他永世忠贞"，我们看到，女主人公所遵从的仍然是传统文化中分配给女性的被动、自我牺牲、为男性付出一切的角色。她主动写信这一行为，从表面上看似乎是突破了父权语境中女性的行为准则，但这封信的内容和效果，却在实际上巩固了父权范式，再一次确定了性别文化中对女性角色的规定，"塔吉雅娜对改善女性地位没有做出任何贡献"②。

塔吉雅娜的成长受到了两方面因素的影响，她是那些外国道德说教和感伤主义小说的忠实读者，一直生活在一个想象出来的理想世界中，同时，她又有与生俱来的与古老生活风俗的亲缘性，周围的人，尤其小说中另外三个女性人物的生活和命运，对她产生了潜在的、不可抗拒的影响。在这样的氛围下，塔吉雅娜的命运似乎也是预先设定好了的，她并没有去抗争，而是接受命运的安排，重复上一代人曾经走过的路。塔吉雅娜的母亲和奶娘都是传统的俄罗斯女性。母亲少女时代也曾和塔吉雅娜一样充满幻想，一样"对理查逊如醉如痴"，她真心爱着的是一个"衣着讲究的可爱中士"，可家人在没有征询她意见的情况下就将她嫁给了另外一个人，她也"挣扎过、哭泣过"，但最后还是慢慢习惯并且喜欢上了自己的生活。塔吉雅娜最后的结局，实际上与上一代人毫无差别——她嫁给了一个她并不爱的将军，而她也会像她的母亲一样，服从长辈的安排，忘记自己年轻时的浪漫主义梦想，忠于自己的丈夫，忠于自己的选择。她所做的一切，实际上是对占据统治地位的父权文化的尊奉。正是她做出的这种选择，感动了包括别林斯基、陀思妥耶夫斯基在内的许多俄罗斯作家，别林斯基认为塔吉雅娜是一个"特殊的人，一个深刻、充满爱心的、具有热情的天性的人，爱情对她来说，如果不是生命的最大的幸福，就一定是生命的最大的灾难，没有任何妥协的中庸之道……作为一个快乐的妻子，塔吉雅娜会平静地，但却是热情而深刻地爱她的丈

---

① Н. Коржавин, 'Ольга и Татьяна', *Вопросы литературы*, 2003, №5, http://magazines.russ.ru/voplit/2003/5/.

② См. Каролина Де Магд-Соэп, *Эмансипация женщин в России*, Изд-во Уральского университета, 1999, с. 116.

夫，为了子女而牺牲一切，把自己完全奉献给做母亲的责任，但这不是从理智出发，而是从热情出发的，并且她会在这种牺牲中，在这种责任的严格执行中，找到最大的喜悦和至高无上的幸福……而这些正是构成一个深刻而强大的天性的优点和伟大之处的"[①]。陀思妥耶夫斯基在普希金铜像落成仪式上所做的演讲中，高度评价了塔吉雅娜这一形象："塔季扬娜（即塔吉雅娜。——引者按）可不是这样的人，这是一个坚强地牢固站在自己的立足点上的人。她比奥涅金深沉，当然也比他聪明。她只是凭着自己善良的本性就预感到真理在哪里，什么是真理，长诗的结尾就说明了这一点。普希金如果把自己的长诗题名为《塔季扬娜》而不是《奥涅金》，也许更恰当些，因为塔季扬娜是长诗的无可争议的主要人物。这是个正面的典型，而不是反面的典型，这是正面的美的典型，是俄罗斯妇女的赞歌，在塔季扬娜与奥涅金最后一次相会的著名场面中，诗人让她说出了长诗的思想。甚至可以说，俄罗斯妇女如此优美的正面形象，除开屠格涅夫的《贵族之家》中丽莎的形象，在我们的文学作品中几乎再没有重现过"[②]。

　　塔吉雅娜在诗体小说中被赋予了另外一些非常理想的特征，她善良、纯洁，从本质上来说，与奥涅金及叙述者在彼得堡见到的那些"放浪女子"（кокетка）完全不同，她是纯洁的处女，她身上具有的乡村女孩的气质和放浪的城市贵族女性形成了鲜明的对比。诗人在后者的"额头上"看到了"……地狱的题词：/ 永远放弃你的希望"，而塔吉雅娜却婴儿般地纯净，她能像"可爱的小孩"那样去爱，去保护男性，尤其是保护男性不受"放浪女子"的诱惑。在小说的结尾，虽然塔吉雅娜已经由纯洁的处女变成了贵族少妇，但她身上还保留着"原来的塔尼娅"的样子，还为纯净的过去保留着一席之地。长诗中与塔吉雅娜构成对比的，是她的妹妹奥尔嘉。奥尔嘉因为在舞会上对奥涅金卖弄风情，导致连斯基成为决斗的受害者，作者对她的惩罚方式就是把她永远而彻底地驱逐出了自己的作品，再也没有让她出现。对于塔吉雅娜，普希金却始终在小心翼翼地维护其神圣地位，她

---

① 别林斯基：《文学的幻想》，满涛译，安徽文艺出版社，1996 年，第 416 页。

② 陀思妥耶夫斯基：《普希金（简论）》，张羽译，见陈燊、白春仁、刘文飞主编《陀思妥耶夫斯基全集》，河北教育出版社，2010 年，第 20 卷，第 985—986 页。

是男主人公的"真正理想",同时也是诗人自己心目中的"真正理想",作者写道,他一直在神圣地珍藏女主人公的信,同样,作者让塔吉雅娜拒绝奥涅金,就是为了让她不要成为奥尔嘉那样的轻浮女子,自始至终保留着她的纯洁和高尚。关于这一点,俄罗斯后现代主义文化的奠基人之一西尼亚夫斯基在他的《与普希金散步》一文中曾调侃说,普希金把塔吉雅娜写得如此完美,拒人于千里之外,目的就是为了"把她留给自己",塔吉雅娜是"普希金个人的缪斯"①。

塔吉雅娜的身上具备了传统女性角色所包含的主要内容——边缘化、被动、服从、纯洁。这些典型的女性气质由于诗中她跟大自然的联系、由于她的直觉和潜意识而变得更为鲜明了。在《叶甫盖尼·奥涅金》中,诗人称"俄罗斯在她的灵魂之中",强调塔吉雅娜与民族土壤的亲近,和俄罗斯传统深入而有机的联系,和民间文学、俄罗斯壮士歌的根深蒂固的联系。她一出场,就被诗人比作"怕见生人"的"林中的小鹿",而对她的形容总是和俄罗斯民间诗歌中最常用的比喻连在一起,如"比清晨的月亮还要苍白"、比"被追逐的小鹿还胆战心惊"、"像一颗落入泥土的种子"等等;塔吉雅娜生活在乡村,在大自然的怀抱中长大,她喜欢俄罗斯的冬天、霜冻、寒冷和主显节夜间的黑暗……所有这些比喻和描述构成了一个光环,一直伴随着塔吉雅娜,强化了塔吉雅娜的"自然属性",同时也强化了塔吉雅娜身上被赋予的忧郁、孤独、柔弱、沉默的女性气质。从性别属性上看,女性总是和大地、男性总是和天空联系在一起的。与此同时,诗人又借助塔吉雅娜的梦境来强化其身上所具有的"直觉""非理性"的特征。虽然女主人公的梦境预示了诗体小说将要发生的所有事件,都是和现实中的一些事件联系在一起的,但梦境更为主要的作用是借助传统的非理性方式来揭示纯洁少女无人知晓的内心世界,以此彰显她身上所具有的传统意义上的女性直觉。此外,塔吉雅娜还喜欢占卜,相信占卜的结果,时常伴随她的眼泪、颤抖以及时常要崩溃的无意识状态,都是对她的非理性特征的强化。

正是由于塔吉雅娜的这些理想的纯女性化气质,她常常被认为是《叶甫盖尼·奥涅金》真正的主人公,她的形象在长诗的第一至六章和第八章,亦即作品

---

① Абрам Терц, *Путешествие на черную речку*, Захаров, М., 1999, c. 20.

一半以上的篇幅中，得到了较为详尽的描述。然而，如果仔细考察塔吉雅娜在小说中的位置，我们发现，对她的刻画始终没有跳出她与男主人公相互关系的纠葛这样一个框架。如果没有奥涅金，那么就不能独立评价塔吉雅娜在长诗中的地位和作用。正如波伏娃所说的那样，女人是完全由她同男人的关系来限定的，塔吉雅娜的存在以及她的个性发展都是以男性为参照系，她与其说是作品中的一个重要人物，不如说是男主人公个性不可或缺的补充，她身上所具备的种种优点，恰好是男主人公所没有的或缺失的，是人们希望从他身上看到的。正如海德特所说，纯洁优雅的女性形象主要是为了突出社会政治争论，而非性别关系，是为了突出男主人公的缺陷和不完整性，她是男主人公完善自我的一个工具，她"明确体现了生存者内心中的需要，男人希望在经由她去追求完美的过程中，达到自我实现"[1]。因此，无论是从小说的内容上还是形式上看，我们都很难说塔吉雅娜是一个独立的存在，她起到的只是补充的作用。塔吉雅娜的气质承载了作者关于女性道德典范、行为准则的理想，她变成了一个概念性的人物，换言之，她身上体现了男性希望在女性身上看到的几乎一切特点，寄托了他们的渴望，表达了他们对女性角色的规定和需求。她"代表某种作者意念，容易为读者所辨认和记忆"，是一个容易叩动读者心扉的"扁平人物"[2]。正如阿勃拉姆·捷尔茨（西尼亚夫斯基）所说：她不需要更真实或更明确，纯洁可爱就足够挽救男性了[3]。就这样，塔吉雅娜成了一个女性概念或符号，成了包括普希金本人在内的男性作家以及一切男性之渴望的投影。

普希金在刻画塔吉雅娜这一形象时，似乎暗示了其女性典范的作用。而别林斯基在分析这一形象时明确指出她是"俄罗斯妇女的典型"，陀思妥耶夫斯基也称她为"俄罗斯妇女的赞歌"。很多作家似乎都以这一形象为依据，提出了女性应该努力的方向，即成为男性生活的引导者和男性理想的归宿，屠格涅夫笔下的女主人公、涅克拉索夫诗中的十二月党人妻子等，都是塔吉雅娜形象在俄罗斯

① B. Heldt, *Terrible Perfection*, p. 15.

② 爱·福斯特：《小说面面观》，苏炳文译，花城出版社，1984 年，第 60 页。

③ Абрам Терц, *Фантастический мир Абрама Терца*, Нью Йорк, 1967, c. 427.

文学中的延续。同时，在他们的作品中，当女主人公遇到两难抉择之时，作家们都让女性遵从男性对女性的角色规定，即虔诚的信徒、为男性献身的人、家庭的天使和自我牺牲者。这种理想化是男性对女性进行"驯服"的一种方式，同时也是让女性忘记个体存在、忽略个性需求的一种方式。而相对于男性，女性读者更容易受到文学形象的影响，塔吉雅娜在《叶甫盖尼·奥涅金》中已经给我们提供了一个有力的证明，她对后代女性读者的思想和行为方式都会产生潜在的作用，俄罗斯评论者认为，塔吉雅娜是完整性和终结性方面的胜者，然而却是可信性方面的失败者，她让女性和男性产生了一系列多余的自卑感，这种感觉是由于必须让自己的行为符合理想模式而产生的 [1]。塔吉雅娜这一形象会在接受者的评价中得到更进一步的"神化"，评论者以及读者会在阅读过程中对这一形象进行再度创作，为她添加许多超出作品本身的美好素质。

塔吉雅娜形象是普希金笔下女性形象的顶峰，从抒情诗到长诗和小说，再到诗体长篇小说《叶甫盖尼·奥涅金》，诗人笔下的女性形象发生了某种进化。如果说在几部小说中，诗人刻画的女性理想品质是分散在各个女主人公身上的，那么在《奥涅金》中，塔吉雅娜则一人囊括了所有的美好品质，更为全面地体现了诗人的女性观。

3. 一个比对：帕夫洛娃的《卡德里尔舞》

塔吉雅娜形象的影响无论在文学史上还是日常生活中都非常深远，在不同时期，俄罗斯女性作家也对这一男性作家笔下的女性形象进行过自己的解读。她们的女性角色以及与此相对应的社会体验，使得她们可以对女性形象做出不同的阐释。19 世纪中期俄罗斯最为优秀的女诗人之一卡罗琳娜·帕夫洛娃（Каролина Павлова, 1807—1893）的长诗《卡德里尔舞》（Кадриль），就是一部与普希金的塔吉雅娜形象产生最丰富关联的一部作品。女诗人在其中所表达的主题，即对女性命运的解读和反思，为我们提供了女性作家在诉诸与男性作家相同主题时的不同态度和视野。

---

[1]　Т. Касаткина, 'Мне страшно, что изменишь облик ты... ', *Новый мир*, 1996, №4, с. 212.

　　从时间上看，《卡德里尔舞》是在《叶甫盖尼·奥涅金》发表后不久的1841年开始创作的，在长诗一开头的抒情插笔中，作者就提到了普希金的诗歌，尤其是《叶甫盖尼·奥涅金》与她创作的联系。首先，面对诗人普希金，帕夫洛娃内心的感觉是十分复杂的，她用"你"称呼诗人，表达了她对普希金的亲近之情，但这亲近中又掺杂着面对诗人的"害羞"和"害怕"，她称诗人有如"巨人歌者的幽灵"，"严厉地审视着她"，她认为诗人"不可战胜"，无人能"勇敢地期望"自己具有掌握诗人"金色"武器的能力。普希金之后，所有的诗人在面对"俄罗斯诗歌的魁首"时大约都会产生这样的不自信感觉。紧接着，帕夫洛娃点明了《卡德里尔舞》与《叶甫盖尼·奥涅金》的直接联系："虚幻的梦想／把我带进塔吉雅娜的神秘世界，／你用灿烂的酒神颂歌围绕理想女皇，／让她握住铮铮作响的宝剑。"其实，正是这样的抒情插笔，使得帕夫洛娃对于女主人公的阐释不至于显得太过冒犯，女诗人同时也为自己的思考找到了一个合适的出口。

　　《卡德里尔舞》由四个不同的小故事构成，其主题与塔吉雅娜的命运构成某种呼应，或者说是塔吉雅娜故事的变体，两部作品分别从不同的角度尝试着回答与塔吉雅娜命运相关的女性问题。长诗中的女主人公是四个舞会前聚集在女公爵家中的好朋友，从她们的年龄、身份和阅历来看，她们更接近《叶甫盖尼·奥涅金》结尾处已进入上流社会的塔吉雅娜。她们已经见识过上流社会的奢华，已经是成熟的已婚女性，她们所谈论的是少女时代的情感经历以及由此引发的关于"男性和女性的使命""命中注定的心灵的选择""对信念的放弃"等问题。

　　四位女性叙述的都是跟爱情相关的主题，前两个故事中的女主人公年纪与塔吉雅娜相当，是乡村时期的塔吉雅娜，她们也和她一样，遭遇了浪漫主义幻想的破灭。第一个开始叙述的娜佳（Надя）回顾了六年前的遭遇，那时，她虽然没像塔吉雅娜那样读过小说，但是同样处于热爱幻想的妙龄少女时代，同样在内心深处隐藏了一个男性主人公的身影，只是这个理想的男性出自她自己的构想，而不是从书本上得来的。与想象相悖的是，现实生活中母亲为她寻得一个又丑又胖的富有未婚夫，窘迫的生活以及亲人的劝导让娜佳的选择异常艰难。正在她下定决心"宁可与世隔绝孤身生活"也不嫁给未婚夫的时候，后者送给她的一枚昂贵的订婚戒指被劫匪抢走了。娜佳告诉劫匪这颗钻石是用来"交换所有的愿望／所有最无忧无虑的时光",但这也无济于事,劫匪没有对她表达一点同情,抢走了那枚钻石戒指。不幸的娜佳只好认命结婚。第二个故事叙述的也是爱情幻想的破灭。自幼变成孤儿的女主人公丽莎(Лиза)在生活中一直扮演着养女和仆人的双重角色,邻居家从莫斯科归来的儿子的偶然出现,唤起了她对生活的期待,正如浪漫主义小说中的所有女主人公一样,丽莎爱上了这个年轻人,认为他可以为自己带来命运的转机。然而,在故事的结尾,当年轻人得知丽莎的遗产只有几万卢布时,他毅然决定回到莫斯科,去找一个更富有的妻子。长诗的后两位女主人公,都已是被上流社会重新塑造过的女性。通过奥尔嘉(Ольга)和波丽娜(Полина)的讲述,作者把 19 世纪女性生活中包含的另外两个层面的问题摆在读者面前,那就是上流社会中关乎女性的荒谬看法以及女性在其中承受的压力。与前面两个主人公偏重事实的陈述不同的是,第三个故事细腻地展露了一个刚刚进入上流社会的女主人公的内心世界。叙述者奥尔嘉讲述了她第一次参加舞会时一次危险的一见钟情,她的胆怯、害羞、单纯以及被一个花花公子戏弄时的悲愤。在这个故事中,作者借奥尔嘉的讲述展示了上流社会的无聊与空虚、男性和女性之间的游戏态度以及有违常理的道德水准。像奥尔嘉那样不谙世事的女性在这样的环境中成了上流社会男性的笑柄,而放浪的女子则变成男性的追捧对象。奥尔嘉短暂的一见钟情在那些花花公子们的笑声中灰飞烟灭,而她用了很久的时间才从这次侮辱中恢复过来。最后一个故事也发生在上流社会的舞会之中,女伯爵波丽娜为了报复心上人表哥的冷漠,不停地用自己假装的轻佻来激怒他,而这些行为招致表哥在捍卫波丽娜荣誉的决斗中丧命。

对于《卡德里尔舞》中四个饱经沧桑的成熟女性来说,她们所叙述的一切都已经成为过去,无论是出嫁、失意、挫折还是痛苦,而由此留下的问题是,究竟谁是女性不幸命运的始作俑者?如果套用帕夫洛娃的同时代人赫尔岑的问题,那就是:"谁之罪?"帕夫洛娃这部长诗所提出的主要问题就是:到底应该指责谁?是社会还是女性自己?对于长诗中的前两个故事而言,浪漫的爱情想象对于女性生活的影响是作者意欲突出的主要问题。从表面上看,两位女性的不幸遭遇，一个是由于偶然的抢劫事件，一个是由于金钱关系，而本质上的原因则是幻想与现实的冲突。与普希金让女主人公一直保留着少女时代的理想、依然迈进充满痛苦与矛盾挣扎的生活不同的是，帕夫洛娃的女主人公否定了其理想的虚幻和不切实际："女孩读浪漫小说是有害的"，"不能光靠幻想活着"。在这样的框架之中，我们似乎能够读出帕夫洛娃在这些故事背后提出的一些潜在问题：对浪漫主义幻想的固守应该被看作是忠于自我，还是危险的自我欺骗？想象或者幻想是妨碍还是助长了自我认知？同时，作者倾向于认为，女性命运的不幸是由于社会现实中种种怪异的现象造成的，社会现实给予女性的束缚、压力、成见、贬低，导致了长诗中后两个悲剧的发生。正如波丽娜和奥尔嘉在长诗中所叙述的那样，在上流社会中，男人们的价值取向是扭曲的："他们珍视我们的缺点，/忽略我们的美德"，在他们那里，纯洁的情感不受尊重，而那些卖弄风情的女子却受到男性的拥戴。对于这样的社会环境，女主人公们感叹道，她们"或是成为忍耐的砧板，/或是成为无情的斧头"，只有如此，才能够得以生存。几个故事中的男性都不值得爱，即使是波丽娜叙述中的那个"既是奥涅金又是连斯基"的所谓"理想男性"，也毫无出众之处，而他对女主人公的傲慢态度从某种意义上来说就是悲剧发生的直接原因，他在决斗中丧命，则意味着女性浪漫主义幻想中的男主人公的彻底消失。此外，作者利用几位女性之间的大段争论，突出了女性自身在个人命运中的责任问题。波丽娜认为，"几乎所有时候，/犯错的都是我们自己"。几位女主人公心智上的不健全，理性的缺乏，任性倔强，这些似乎就是导致她们命运悲剧的部分原因，于是，波丽娜说道："请责备你们自己吧。"

在《叶甫盖尼·奥涅金》中，塔吉雅娜的命运悲剧也包含了这些问题，然而，与普希金的处理方式不同的是，帕夫洛娃似乎并不十分在意外部强加于女性的种种限制以及女性对这些内容的自觉反抗。她让女主人公们站在一个有利的时空交叉点对往事进行回忆，实际上是想让她们对往事进行一番反思，女主人公们对自身地位和角色的主动认知取代了对社会成规的无意顺从或反抗。换言之，作者更为关注隐含在这些故事背后的深层问题，强调女性进行有意识的反思、自我认知和自我调整，而这些内容我们在普希金的作品中却很难看到，这与《奥涅金》作者的男性身份恐怕不无关系。而这种反思性质的叙述对于帕夫洛娃的创作而言却非常典型，她常常采用回忆的方式让其主人公分析生活，她们既是其生活故事的参与者，同时又是一个评判者，这使得她们的叙述带有某种深刻的道德自省意味。

帕夫洛娃在塔吉雅娜、她自己及其他女主人公的命运中看到的是现实的不可抗拒力量，是无奈和顺从。帕夫洛娃作为一个女性作者，可能会比任何一个男性作者更能体会到人们的性别成见，同时也能体会到集体意识对于女性个体的影响。在塔吉雅娜身上，她看出了同样的问题，因此在作品中，她认为女性面对的难题，主要就是在自我意志和他人意志之间谋求一种平衡。塔吉雅娜在奥涅金身上寄托了自己逃离平庸世界的希望，她本质上和奥涅金一样，也是一个与世俗生活格格不入的人，但她最终只能在现实和想象之间做出一种和解。帕夫洛娃的女主人公显然没有把抗拒现实的希望寄托在一个男性身上，对于她们来说，希望在于，认清现实并及时地对其进行反思，同时进行适当的自我掌控。《卡德里尔舞》作者的女性视角，使她塑造出的四位女主人公与塔吉雅娜既有相同也有不同，她们通过各自的叙述所塑造出的女性形象，构成了与塔吉雅娜形象的一种比对。

第三章 《当代英雄》："恶魔"身边的女性

从小说的标题上看，《当代英雄》(Герой нашего времени, 1840) 就是一部"男性小说"，自这部小说发表以来，人们关注的目光和批评的焦点似乎总是聚集在拜伦式的男主人公毕巧林身上。善与恶相结合的本性，充满矛盾挣扎的"残疾的心灵"，无限扩张的军人荣誉感，伴随着道德自省的虚无主义思考，所有这些都是毕巧林身上最为突出的特点，而他也像莱蒙托夫的长诗《恶魔》中的主人公一样，成了一个让人既爱又恨的人物，可以说，他是 19 世纪俄罗斯文学中最为复杂的人物形象之一。

有人说，《当代英雄》不仅是一部描写男性的作品，它所面向的读者也是男性，在作者的前言中，他使用的"亲爱的先生们"的称呼就表明他的目标读者群是男性而非女性，从小说叙述者的身份来看，三个主要的讲故事的人，即"我"、马克西姆·马克西梅奇和毕巧林，包括小说的作者在内，无一例外都是男性，小说的观点也是男性观点的总和，因此可以说，这部小说的确是一部展示 19 世纪男性气质的核心作品。那么，在这样的"男性"语境下，小说中的女性形象是如何呈现出来的？她们在男主人公的命运中扮演了什么样的角色？如何看待小说中的女性形象、看待男女主人公之间的关系？这些便成了我们所关注的问题。

《当代英雄》是由五个故事串连而成的，其中有三个故事——《贝拉》、《塔曼》、《梅丽公爵小姐》是以毕巧林和几位女性的相遇以及他与她们的感情纠葛为主体的。小说中一共涉及四位女性，她们分别是贝拉（Бэла）、"水妖"（«русалка»）、梅丽（Мери）和维拉（Вера）。有趣的是，这些女性形象都呈对称形式出现在小说中。贝拉和"水妖"是带有异国风情的女子，她们生活在荒蛮的外省，身上有某种原始的美丽，是"自然之子"；而梅丽和维拉则是俄罗斯上流社会的女性，是城市文明中的一分子，她们是高度社会化的产物。在两对女性的内部，也形成了某种对应，在贝拉和"水妖"这两个来自几乎同一环境的女性之间，如果说贝拉是纯洁、天真、屈从的女性，那么"水妖"则是充满肉体魅力的、难以琢磨的女子，她是小说中唯一敢于与男性进行对抗的女子。同样，在梅丽和维拉之间也有这样的对应，只是稍微复杂一些，她们的区别在于她们对待爱情、忠贞等问题的不同态度，梅丽是善变的，对浪漫主义的奉承和吹捧没有抵抗力，而维拉则像她的名字一样（她的名字"维拉"在俄语中意为"信念、信仰"），始终忠于自己的感情，她是最了解毕巧林的人，而且最特别的是，她在小说中获得了一次得天独厚的叙事权力——给毕巧林写了一封告别信。

如果说，小说中的每一个故事都是毕巧林不同生活阶段的描述，那么，除《梅丽公爵小姐》以外，在每一个故事中，毕巧林都和一个女性发生联系。有人认为，19世纪俄罗斯小说中的女主人公都是未能得到充分叙述的人物，但即使是这样，《当代英雄》中对女性不多的描述还是非常重要的，她们虽然是所谓的"次要人物"，但她们是毕巧林生活遭遇中的组成部分，通过毕巧林对她们的态度，能够看出男性气质的实质以及男性作家笔下女性形象的本质。

小说中第一个出场的女性是贝拉，她是毕巧林在王爷女儿的婚礼上遇到的，她"倾国倾城"的美貌一下子就把毕巧林吸引住了，与他同时关注贝拉的还有婚礼上另外一个男子——卡兹比奇。接下来的故事就是在他们三者和马之间展开的。贝拉的弟弟阿扎马特想拥有卡兹比奇无人企及的良种马，他想出了用姐姐去换马的主意；毕巧林利用他们的渴望操纵他们，他最终帮助阿扎马特实现了这个愿望，而作为交换，他得到了贝拉。阿扎马特是骑马把贝拉偷偷送给毕巧林的，而贝拉最后是被卡兹比奇骑马带走的。马在这个故事中具有组织情节的重要作用，或者说在整部小说中都是很重要的一个象征。首先，在这样的关联中，我们可以得到女性的价值跟马等同的结论，她是作为马的等价交换物在男性之间被交易的，而有的时候，或者说大多数时候，马比女人的价值还要高——"黄金能把四个老婆买回家中，/ 一匹骏马却是无价之宝 ”①。对于阿扎马特来说，姐姐贝拉的价值远远低于他渴求的马，失去马的悲伤要大于失去贝拉的悲伤。其次，马是衡量女性的一个标准，正如毕巧林在《塔曼》中所说，“女人的品种，也像马的血统一样，关系十分重大”。挑选女性，就像挑选马一样，是以她的外在形态来进行评估的，拥有女性，也就跟拥有一匹马没有任何差别，只要拿出足够的交换品就能得到她，就像毕巧林用礼物和漂亮衣服来换取贝拉的喜欢一样。而贝拉几乎跟马一样忠诚，她对毕巧林，就如同卡兹比奇的马对它的主人一样，没有任何怨言，只有服从。

小说中，贝拉最后虽然死于意外，但不难看出，在她死之前毕巧林就已经厌倦了她，抛弃她只是迟早的事情。对于毕巧林来说，贝拉就是一个被占有的对象，一个能够帮助男主人公验证他的男性权力的工具。最开始，毕巧林用目光去占有贝拉，长久的凝视、观察之后，他用软禁、金银珠宝、漂亮衣服，甚至是苦肉计来征服贝拉。一旦他的男性权力得到验证，他马上感到厌倦，并试图放弃这种权力。贝拉的死并没有给他带来任何悲伤，他脸上没有任何失望的表情，也没有眼泪，相反，他用一阵大笑告别了贝拉，这在我们面前展示了一个冷漠的情感怪兽的形象。此外，这样的结局似乎暗示着，在男性占据中心的世界中，女性只是男性斗争的牺牲品。

贝拉是个美丽的女孩，她有着 16 岁少女的纯真，是纯洁的处女，从来未被别人占有过，但这同时也意味着她具有成为他人所属的潜力，她在小说中的名字也包含了这样一些含义（“贝拉”与俄语中的形容词“白色”同音），我们同时也可以认为，白色还意味着单调、苍白和无力。在小说中，贝拉是唱着歌进入我们的视野的，那是她父亲让她唱的，是别人的歌，她就像一个木偶一样，任人摆布。她做毕巧林想让她做的任何事，她被打扮成一个洋娃娃，接受着毕巧林给予她的一切，无论是宠爱还是冷漠。她不懂得反抗，她被描述成一个忠贞的、没有自我意志的女子，是一个准备好献身的动物。贝拉的形象是无趣的，毕巧林对此

① 莱蒙托夫：《当代英雄》，草婴译，上海译文出版社，1994 年。以下该作品引出处同此。

坦白说："野姑娘的爱情比贵妇人的爱情好不了多少；野姑娘的淳朴无知也同贵妇人的卖弄风情一样使人生厌。"贝拉没有欲望、没有语言、没有故事，她就像她的名字一样，在小说中是一个几近苍白的存在。

　　《塔曼》的情节同样发生在远离首都的黑海岸边，和《贝拉》一样，故事中充满了异域风情小说的一切要素——抢劫，海边冒险，美丽的异域女子……与《贝拉》不同的是，《塔曼》中的女主人公非常神秘，她自始至终没有名字，被毕巧林称作"水妖""迷娘""歌女"等。在莱蒙托夫的诗作如《美人鱼》、《童僧》、《海上公主》中，也曾出现过类似的形象，她们均源自中世纪神话中那些能用美丽的歌声把过往水手勾引到水底的水神。就像那些神话中的女子一样，《塔曼》一章的女主人公也具备这种神秘的诱惑力："她那十分苗条的身段，她那别具一格的侧着头的姿势，她那栗壳色的长发，她那脖子上和肩膀上光泽发亮的古铜色皮肤，特别是那端庄的鼻子——这一切使我销魂。"如果说贝拉是单纯的、被动服从的，那么"水妖"则是主动的、性感的、充满诱惑的。对于毕巧林而言，这个女子外在的美丽，或者是说她的身体构成了最吸引他的东西，尤其是她挺直的鼻梁。"一个秀美的鼻子在俄罗斯比一双玲珑的小脚更稀奇"，这样的描述与普希金《叶甫盖尼·奥涅金》中的诗句构成了互文性。即使在差点儿被这个诱惑女性淹死之时，毕巧林也不忘仔细欣赏她的身体："她正在拧去她那长发里的海水，湿淋淋的衬衫勾勒出她那苗条的身段和高耸的胸脯。"她那称不上特别美丽的容貌中有某种捉摸不定的东西，让毕巧林无酒自醉，神魂颠倒。"水妖"身上最突出的就是她的神秘感，她从哪儿来又到哪儿去，我们都无从得知。她身体的诱惑更让毕巧林无法抗拒，她用一个热吻和迷人的肉体把毕巧林勾引到海边，差一点把他淹死。她的本性被形容成蛇，她身上具有某种诱惑的、危险的力量。这样的描述似乎在暗示我们，女性的肉体魅力是危险的，过分地贪恋它会产生危险，会置男人于死地。

　　在《塔曼》中，男性、女性的角色对比也和《贝拉》中完全相反，如果说在《贝拉》中，毕巧林完全是占据上风的，是主动的、有控制力量的,那么在《塔曼》中,占上风的则是女性的力量,毕巧林变成了被动的存在。在《贝拉》中,毕巧林参与了偷窃和交换,而在《塔曼》中,他则几乎成了"水妖"和杨珂偷窃行为中的牺牲品。此外,最具象征意义的是,所有与其男性气质密切相关的东西都消失了,他的枪被"水妖"扔到海里,他的旅行箱、宝刀和宝剑都被偷走,这意味着毕巧林失去了战斗的能力,同时也失去了行动的能力,这使他的男性气质打了折扣。在《贝拉》中,男性气质意味着想要什么就得得到什么,也就是说,有时需要使用偷窃的手段达到自己的目的,而《塔曼》中,男性丧失这种能力,他只能屈从于他人的意志。

《贝拉》和《塔曼》都是以"偷窃"作为情节主线的,在这种偷窃之中,包含着男性之间的力量角逐,同时也包含着男性和女性之间的力量抗衡。《梅丽公爵小姐》的情节略显复杂,然而同样包含着"斗争"——男性和男性之间因女性而展开的斗争,以及梅丽和维拉因毕巧林而展开的斗争。前两者的斗争形式是决斗,而后两者的斗争是暗中进行的,看不见的,但是我们发现,不管什么样的斗争,其牺牲者都是女性。梅丽和维拉都爱毕巧林,只是她们爱他的原因不尽相同,前者如毕巧林所说,是因为不了解他才爱他,是因为毕巧林故意疏远她而爱他;而维拉不同,她是小说中唯一了解男主人公的女人,虽然毕巧林除了痛苦之外什么都没给过她,但她还是像从前一样爱着毕巧林。最后,毕巧林离开她们,继续他的行程,她们两个同样被毕巧林抛在了身后。

在《梅丽公爵小姐》一章中,梅丽是毕巧林的玩物,后者从来都没严肃对待过她。当葛鲁申尼茨基第一次向毕巧林介绍她时,毕巧林粗鲁地拿着长柄眼镜放肆地对梅丽进行了一番"研究",这种无礼的、带有进攻意味的行为使人联想起毕巧林在婚礼宴会上对贝拉的凝视。这种"视觉占有"或者"视觉暴力"① 滋生的是轻视和不屑,而不是爱情。梅丽有漂亮的容貌,但毕巧林谈论起她的美丽时,就像"谈论一匹英国马一样"(让人又一次联想起贝

---

① J. Andrew, *Women in Russian Literature, 1780-1863*, p. 67.

拉）。梅丽在作品中的形象，在本质上和贝拉没有太大差别。毕巧林从一开始对她的态度就是戏谑的、玩笑式的，他追逐梅丽有两个原因，一是为了刺激葛鲁希尼茨基，一是替他和维拉的恋情做掩护。但单纯的梅丽无法猜透毕巧林的心思，她脆弱多变，身上略带少女的羞涩，同时又沾染上了上流社会女子的庸俗，她喜欢男性的追逐和浪漫主义的甜言蜜语，但即使她用上全部的智慧，也无法去跟毕巧林油滑、丰富的爱情经验抗衡，因此，这一切注定了她要成为毕巧林手中的玩物，成为上流社会中的另一个贝拉。正如毕巧林所说："占有一个年轻的、含苞待放的心灵，真是莫大的快乐！年轻的心灵好像一朵鲜花，在第一道阳光的照耀下发出沁人心脾的芳香。你得在这个时候把她摘下来，恣情地闻个够，然后把它丢弃在路上。"这就是毕巧林身边女性的命运。

　　在小说中唯一能控制毕巧林的就是维拉，她也是一个较为复杂的女性形象，她身上既有贝拉和梅丽的顺从，又有"水妖"的善变，在小说中，只有她能够在爱着毕巧林的同时又坚定地离开他，她还是毕巧林唯一爱着的人，是他"始终征服不了的个性极强的女人"。维拉是美丽的，"她中等身材，金黄头发，五官端正……她的脸富有表情，简直使我感到惊奇"。维拉患有重病，她为了儿子嫁给了现在的丈夫，她对三个男人——儿子、丈夫和毕巧林都表现出了忠诚。在这一章节中，相对于梅丽，她得到了更多单独的展示，而她也在毕巧林独自一人的时候占据了他更多的思索。维拉意味着毕巧林的过去，代表着"对他任意摆布的过去"，同贝拉等女性不同的是，维拉是毕巧林在世上唯一瞒哄不住的女人。她在告别信中展示了她内心的真实情感，即使她知道毕巧林对她的态度中充满占有欲，她也依然爱着他："你爱我，把我当作私有财产一样来爱我，把我当作快乐、焦虑和悲哀的源泉——这些感情相互交替，没有它们，生活就会变得单调乏味。"维拉知道毕巧林不会为她做出牺牲，更无法体会到她内心的爱情，但她依然爱他。维拉是非常有勇气的，她是几个女性主人公中唯一能够在爱着毕巧林的情况下与他断绝交往的女性，而且先于他下了决心。毕巧林读过维拉的信后，疯疯癫癫、眼含热泪策马去追赶她，无论是"祈祷、诅咒、痛哭、狂笑"都无法表达他的绝望和不安，在作品中也许这是唯一一次，毕巧林放肆地表达了自己情感，也是他第一次展示真实的自己，有论者认为这是整部小说的高潮①，这个场景与他在贝拉死后的冷漠表现形成了十分鲜明的对比。

在《梅丽公爵小姐》一章中，毕巧林充分地描述并概括了他眼中的女性形象，他自称是一个"活在世上除了女人什么都不爱的人"，但谈论起她们时又忍不住恶言恶语。对于他来说，女性是世界上最难以琢磨的东西，她们没有辩证法，要想理解她们，就得抛开脑中所有的逻辑。毕巧林认为女性没有心灵，和她们结婚是世界上最可怕的事情。毕巧林没爱过什么女性，但总能得到控制她们的权力，因为女性时时刻刻都害怕失去他。对于女性的这些看法，促成了他内心对女性的厌恶，他天生怕结婚，怕女性，就像"怕蜘蛛、蟑螂、老鼠"一样，这种看法比奥涅金对婚姻的看法更为极端，包含着更多的厌女情结。在小说的前几部分，毕巧林对待女性的态度是通过马克西姆·马克西梅奇描述出来的，而在《梅丽公爵小姐》这一章中，他最真实的思想则借助他在日记中的自我表白流露了出来。

综上所述，小说中三个讲故事人的叙述分别展示出几位不同的女性形象，她们身上有几个共同特点：首先，这些女性都是被物化、动物化甚至神话化的个体。小说中跟她们相关的比喻以及联想非常多，从马、山羚羊到蜘蛛、蛇，从歌女、海神到巫婆、迷娘，作者的这些描述展示了一个个被物化的女性，她们是男性厌恶和恐惧对象，可以被交换，可以被偷盗，可以成为私有财产，甚至可以被随意地抛弃。她们在男性生活中是作为交换、偷窃、抢夺甚至交易的对象而存在的。在这些过程中，男性争夺对女性的拥有权、支配权，或者仅仅争夺胜利者的身份，用女性来验证自己的能力，而女性的角色永远都是单一的，那就是痛苦的牺牲者。她们不曾思考自己的命运，或者说，即使思考却仍然选择屈从。其次，女性是父权意志的维护者，贝拉、维拉都曾经表示甘当奴隶，她们会服服帖帖地忍受男性的背叛和欺凌，会服从"父亲"的

---

① А. Галкин, 'Об одном символе в романе М. Ю. Лермонтова «Герой нашего времени»', *Вопросы литературы*, 1991, № 7, с. 119.

意志。她们是男性霸权的共谋，因此，她们也参与制造了自己的不幸命运。最后，小说中没有一个女性有自己的生活，她们中每个人的生活状态和发展轨迹都取决于男性，她们的幸福甚至是生命都取决于男性，男性掌控她们的命运，决定她们的幸福和死亡，她们构成了一个虚弱、感伤、被动牺牲者的女性群像。

第四章　冈察洛夫笔下的女性形象

　　冈察洛夫一生中共创作了三部长篇小说，并以此奠定了他在 19 世纪俄罗斯文学乃至世界文学中的经典地位。他的作品被认为是那个时代最伟大的"问题小说"，反映了人们在 19 世纪社会生活转变时期和文化习俗新旧交替时期的人生轨迹和思想历程。这三部小说在主题上具有连续性，梅列日科夫斯基认为，三部作品是"一部史诗，一种生活，一株植物"[①]。作家本人在他的《晚做总比不做好》中写道，他"看到的不是三部作品，而是一部，它们全都是用一根线索、一个连续的思想联系起来的——那就是从我为之担忧的俄罗斯生活从一个时代到另外一个时代的过渡……"[②]。正如三部小说在主题和思想上具有接续关系一样，作者在这几部作品中着力刻画的几位女主人公也具有一脉相承的联系，冈察洛夫写道："奥尔嘉变成了下一个时代中的娜佳"，她们其实应该叫做"娜佳 – 奥尔嘉"，她们是"不同时刻中的同一张面孔"[③]。从女性人物形象上我们能看到时代变化的轨迹，更能看到受教育女性自身的迅速变化。

---

① Д. С. Мережковский, 'Гончаров (в сокращении)', см. сост. М. В. Отрадин, *Роман И. А. Гончарова «Обломов» в русской критике*, Изд-во Ленинградского университета, 1991, с. 179.

② И. А. Гончаров, 'Лучше поздно, чем никогда (Отрывки)', см. сост. М. В. Отрадин, *Роман И. А. Гончарова «Обломов» в русской критике*, с. 21.

③ И. А. Гончаров, 'Лучше поздно, чем никогда (Отрывки)', см. сост. М. В. Отрадин, *Роман И. А. Гончарова «Обломов» в русской критике*, с. 21.

第一节　《平凡的故事》：新女性的萌芽

　　《平凡的故事》(Обыкновенная история, 1847) 是冈察洛夫的第一部长篇，它以成长于外省庄园的贵族青年阿杜耶夫在彼得堡的经历为背景，通过他和叔叔彼得·阿杜耶夫之间的对立，叙述了浪漫与现实、旧与新、传统与发展、精神与物质之间的碰撞。在小说中，阿杜耶夫的爱情经历是串联起各种对立面的主要线索。他先后与四个女性产生情感纠葛，但无论是乡下的索菲娅还是后来他在彼得堡遇到的贵族寡妇尤丽娅、少女丽莎，她们在阿杜耶夫的生活中都显得无足轻重，女性形象在这里起到的更多是串联、映衬、铺垫男主人公命运的作用。得到冈察洛夫关注最多的，是贵族女性娜琴卡·柳贝茨卡娅（Наденька Любецкая），她和阿杜耶夫的感情，尤其是她的变心，成为男主人公命运和思想的转折点，阿杜耶夫自此变得绝望、颓废，熄灭了浪漫的爱情之火。

　　冈察洛夫对娜琴卡做出了很多阐释，在《晚做总比不做好》中他写道："我刻画的不是娜琴卡，而是那个年代里特定时刻、特定圈子中的俄罗斯姑娘。"[①] 娜琴卡出生在彼得堡的贵族家庭，很早就和妈妈一同参加社交生活。母亲对她几乎百依百顺，在爱情方面也听任娜琴卡自己的选择，这使得她们之间的关系显得有些奇特。娜琴卡并没有"一下子立刻引人注目的艳丽"，但是她身上具有"野性和奔放的热情"[②]，这种热情主要表现在她对阿杜耶夫感情的热烈回应以及对新感情的迅速选择。娜琴卡所处的时代是 19 世纪 40 年代，那时乔治·桑在俄罗斯受到热烈欢迎，俄罗斯人十分关注她所表达的情感自由、对传统婚姻制度的指责以及对性别不平等的抗议等这些在 19 世纪 60 年代被归纳为"女性问题"的内容。与别林斯基等热情赞扬乔治·桑的批评家不同的是，冈察洛夫对女作家所倡导的情感自由十分反感，他认为，不能把一个需要五个情人的女性称之为女神，这种爱情是平庸的标志，而非道德完善的人所特有的，真正的爱情应该是被充分认识

[①] И. А. Гончаров, 'Лучше поздно, чем никогда (Отрывки)', см. сост. М. В. Отрадин, *Роман И. А. Гончарова «Обломов» в русской критике*, с. 21.

[②] 冈察洛夫：《平凡的故事》，周朴之译，上海译文出版社，1980 年。以下该作品引文出处同此。

的，男性和女性在其中能够获得平等地位 ①。冈察洛夫并不认同乔治·桑式的过度的情感自由，但是他让《平凡的故事》中的女主人公娜琴卡自己选择恋爱对象，表达了他本人对女性意识觉醒和情感自由的理解。娜琴卡确实做出了这样的选择，在她和阿杜耶夫的感情已经公开、似乎已成定局之后，她爱上了显然比阿杜耶夫更聪明、更全面的公爵，她便毅然决定按照自己的意愿掌控自己的命运。冈察洛夫想让娜琴卡成为时代风尚的表达者，成为"无声的解放"的代言人。他说："她认识到了，但是没有把自己的意识变成行动，她停留在物质的状态，因为这个时刻就是一个无知的时刻，谁都不知道该怎么办，该往哪儿走，该如何开始。" ② 可是在小说中，我们似乎很难找到和冈察洛夫对娜琴卡的解释相匹配的内容，时代的局限性无法让娜琴卡走得更远，她的所谓选择，在读者看来就是一个上流社会女孩在两个男性之间的轮转，是喜新厌旧的表现。小说中几乎没有关于她的心理描写，我们对她的内心世界也无从了解。虽然在冈察洛夫对她的解释中，我们看到了对后来两部小说的女主人公奥尔加和维拉性格特征的暗示，但是娜琴卡并没有新时期追求情感自由的女性所独有的自主意识和清醒的自觉，她只是一个厌倦了和阿杜耶夫调情的庸俗女孩。冈察洛夫在刻画女性形象时体现出了他的矛盾，作为一个艺术家，他呼唤有行动力和自我意志的女性，但是作为一个清醒的评论者，他又能够看到现实的局限性以及理想与现实的差异。

在《平凡的故事》中，另外一个女性形象预示了奥尔加和维拉的诞生，这便是阿杜耶夫的婶婶丽莎维塔（Лизавета），这是在作品中唯一得到作家全面肯定的形象。在小说的前半部，丽莎维塔只是一个旁观者，她是阿杜耶夫恋爱故事的倾听者，是他痛苦遭遇的安慰者，她的感性、同情和老阿杜耶夫的理智、冷酷构成了两极，在两个阿杜耶夫的生活中，她所扮演的角色微不足道，仅仅是联系两个男主人公情感的纽带，调和他们思想上的对立和矛盾。在小说的下半部分，她受到侄子情感经历的触动，开始审视和反思自己的生活，向自己提出了"幸福不

① И. А. Ганчаров, 'Заметки о личности Белинского', *Собрание сочинение в 8 томах*, том 8, с. 57-58.

② И. А. Гончаров, 'Лучше поздно, чем никогда (Отрывки)', см. сост. М.В. Отрадин, *Роман И. А. Гончарова «Обломов» в русской критике*, с. 21.

幸福"的问题。丽莎维塔是出于爱情嫁给大她二十岁的老阿杜耶夫的，她向往幸福，向往有趣的生活，老阿杜耶夫给了她实现"世人梦寐以求的幸福"的一切外部条件，他们的生活富足，未来也有物质保障，但是老阿杜耶夫在情感上并不能满足妻子，在丈夫的心目中，所有的事情，包括爱情，都是经过理智的考量的，正如丽莎维塔所认为的那样，"他的恋爱经在脑子里，而心里却什么都没有"。丽莎维塔认为自己所处的舒适环境是对真正幸福的冷嘲，她的痛苦"没有伤口"，"不淌鲜血"，"不是裹着破布而是蒙上天鹅绒的痛苦"。丽莎维塔想感觉到自己是活在世上，而不是懵懵懂懂地混日子。她和老阿杜耶夫对爱情的想象截然相反，一个需要释放深情厚爱和幻想，而另一个却克制情感，崇尚实际目的。老阿杜耶夫只是想把妻子放入金边笼子，让她成为一个合格的管家婆，这就是他眼中幸福家庭的基础。

　　冈察洛夫借对于丽莎维塔情感的描述，呼吁人们对女性投以更多的尊重、同情和理解。丽莎维塔对情感和家庭有着非常清醒的认识，这使她有别于小说中的其他女性。但她的清醒并不能帮助她走出困境，她从一个充满激情和生机的女性，变成了一个漠然而寡情的人，她的心灵找不到慰藉，寂寞和疾病是她生活的一部分。对于她来说，唯一可能的反抗形式就是疾病，这种由"被压制下去的欲望……不够满足的东西"积累而成的病变成了冷漠，也变成了对老阿杜耶夫处世哲学、婚姻之道的绝妙讽刺。当阿杜耶夫最终明白财富无法保证幸福、情意比理智更重要的时候，当他了解到婚姻和家庭远非仅用物质和财富就能维系好的时候，丽莎维塔已经不想再给他修正错误的机会了："我要自由干什么？……我拿自由怎么办呢？你一直是这么好，把我和你都安排得如此妥帖，我简直忘了自己还有什么意志。往后就这样继续下去吧，我不需要自由。"

　　丽莎维塔的命运清晰地展示了19世纪俄罗斯社会发展的水平，这一时期的社会条件并不允许作家创作出一个公开反抗婚姻制度的女性形象，丽莎表现了女性的清醒、自我认知和自省，但更多的是无奈和无力，在一个四处充斥着贬低女性声音，视女性为管家婆、保姆和生育机器的社会中，女性的选择是十分有限的。但丽莎维塔对女性命运的独特理解，为我们展示了女性身上的自我意识和关于生活的独立见解的萌芽，她也是冈察洛夫笔下新女性形象的初始状态。

第二节　《奥勃洛莫夫》：新女性还是传统女性

《奥勃洛莫夫》（Обломов）被认为是冈察洛夫整个创作的最高成就，它是作家全部的艺术思考与社会观察之总结，他在《平凡的故事》中提出的问题在这部长篇小说中得到了更为深入的探究，长篇小说《奥勃洛莫夫》也被视为他三部作品中最好的一部。

很多评论者都强调过女主人公奥尔嘉（Ольга）在小说中的重要性，德鲁日宁在 1859 年发表评论，称奥尔嘉是男主人公悲剧的奠基石，借助她的形象能更好地理解像"奥勃洛莫夫气质"这样一个精神现象。还有一些评论者"狂热地爱上了她"[1]，认为她是"一个俄罗斯艺术家能够从当时的俄罗斯生活中提取出来的最高理想"[2]，她不是依靠直觉行动，而是拥有"自然的表现和自主意识"，这是将她和其他普通女性区分开来的最主要东西[3]。这些评论，尤其是对奥尔嘉身上"自主意识"的评价，和作家本人对她的看法颇为一致。也正是由于这样的"自主意识"，很多评论者认为她身上体现着"俄罗斯女性解放的结果"[4]，是一个"新女性"。综观《奥勃洛莫夫》全文，从奥尔嘉挽救男主人公的失败到她与施托尔茨的结合，在女主人公的个人命运中我们确实看到了某些大胆的、非传统的内容。但是，奥尔嘉究竟是一个什么样的女性形象？该如何定义她身上所体现出来的"女性解放"之"新意"呢？

作为一个遵循俄罗斯文学传统的人，冈察洛夫笔下的女性形象不可能脱离

[1]　А. Рыбасов, *А. И. Гончаров*, М., 1962, с. 147.

[2]　Н. А. Добролюбов, 'Что такое обломовщина?', см. сост. М. В. Отрадин, *Роман И.А.Гончарова «Обломов» в русской критике*, с. 66.

[3]　Д. И. Писарев, '«Обломов». Роман И. А. Гончарова', см. сост. Отрадин, *Роман И. А. Гончарова «Обломов» в русской критике*, с. 77.

[4]　П. Плукш, *Постановка и решение земского вопроса в русской литературе середины ХIХ века*, Учен. зап. Рязанского пед. института, 1967, т. 39, с. 92.

普希金等文学前辈的影响，作家本人就认为，普希金、果戈理的传统是不可磨灭的，后代作家只能"加工他们留下的素材"，他们笔下的女性形象成了后世作家临摹的"古代塑像"①。冈察洛夫笔下的女性人物，尤其是《奥勃洛莫夫》中的奥尔嘉，和塔吉雅娜一样都是理想的人物，在和男性的对比中占据优势地位。相对于男性，她们更高尚，更具有道德力量。在《悬崖》中，作者曾借莱斯基之口对女性说道："我们不是平等的，您高于我们，你们是力量，而我们是工具，我们做的都是草稿工作，而你们养育了我们，像保护上帝一样保护我们，你们教育我们，教我们学会劳动，诚实，善良……你们是人类的创造者和教育者，你们是上帝的直接的、最好的武器。"②然而，与塔吉雅娜不同的是，奥尔嘉不是那种勇于自我牺牲、性格温顺、遵从家长意志的女子，她更不属于奥勃洛莫夫"尤其不愿意接近"的"那种面色苍白""随时可能晕倒的忧郁型少女"，不属于那种无法猜测她们的痛苦和欢乐是什么的矫揉造作的女性③。我们对奥尔嘉的外貌虽然知之甚少，但她身上最为吸引人同时也最有别于一般女性的，不仅是她的歌声和咏叹调《神圣的女神》，而且还有她自然、淳朴、新鲜的气质，"她没有丝毫忸怩作态、卖弄风情的表现，从不说谎、虚情假意，不会捉弄人"。奥尔嘉是个与众不同的女孩，正如普希金的塔吉雅娜在少女时代曾感到孤独一样，奥尔嘉也常常落落寡合，她在舞会上总是被冷落，因为她不会曲意逢迎，不会卖弄风情。在施托尔茨的眼中，奥尔嘉一开始就是一个孩子，"是一个散发着芳香的新鲜的思想和感情的妙不可言的人"，奥勃洛莫夫则认为奥尔嘉"富有同情心和恻隐心……她对一切人都那么心软，那么关切。总之，她是个女人！"对于奥尔嘉身边的男性来说，她有处女的纯洁、天使的善良和女性的温柔，总之，她是一个理想女人。

但是，这些个性特征尚不足以让奥尔嘉成为一个"新女性"，或者说，这些

---

①　И. А. Гончаров, 'Лучше поздно, чем никогда (Отрывки)', см. сост. М. В. Отрадина, *Роман И. А. Гончарова «Обломов» в русской критике*, с. 21.

②　冈察洛夫：《悬崖》，翁文达译，上海译文出版社，1983年，第479页。

③　冈察洛夫：《奥勃洛莫夫》，陈馥等译，人民文学出版社，2006年。以下该作品引文出处同此。

都是她身上最符合时代特征的一些东西。她最让人耳目一新、最吸引人的地方，是她具有独立的见解和想法，"有自己的话"。奥尔嘉是孤儿，她跟婶娘一起生活，婶娘仪态雍容，冷静理智，"忠实安排生活，控制自己，保持思想和意图实现之间的平衡能力"。奥尔嘉和她的关系简单平静，毫无色彩，她们从不谈论超出生活琐事范围之外的事情，婶娘也从来不命令奥尔嘉，不让她做与她的愿望截然相反的事情。在这样的生活环境下，奥尔嘉拥有"充分的自由"，有充满智慧的、不约束个性的教育氛围，冈察洛夫并非偶然地指出：幸运的是，奥尔嘉不是在宗法制道德准则和习惯保护者的监护下长大的，这使她能够在生活中遵从自己智慧和情感的声音。很难从小说中找出奥尔嘉是如何接受教育的，她或许跟她的同时代人一样，完全是自己从书本中获取知识的。从她与施托尔茨、奥勃洛莫夫的谈话中，我们能够看到她强烈的求知欲以及对科学知识的热情。她时常向他们提问，不是因为高贵的好奇心，而是真的希望探清问题的实质。她会委屈地问道："为什么不教给我们这些？"她认为女性同样有获取科学知识的权利，而不是只有男性才能够涉足这些领域。即使是结婚之后，奥尔嘉仍然如饥似渴地获取知识。所有这些都是区别于传统女性的，也是新女性所追求的品质。

作者把挽救奥勃洛莫夫、与奥勃洛莫夫气质做斗争的任务交给了奥尔嘉，交给一位女性而不是男性。冈察洛夫是把奥尔嘉作为奥勃洛莫夫的对立面来进行描述的，小说中奥勃洛莫夫／普舍尼琴娜和施托尔茨／奥尔嘉构成了两类性格的强烈对比，"人物的两极分化使心理和生活的冲突矛盾更加尖锐，而不是和缓"①，这种对比更加突出了他们各自身上的性格特点。女主人公像唐吉诃德一样去完成挽救男主人公的伟大任务，幻想着把意志薄弱、萎靡不振的奥勃洛莫夫带入积极的生活。也正是在这样的行为中，在和奥勃洛莫夫的关系中，我们看到冈察洛夫笔下"新女性"的鲜明形象。皮亚特科夫斯基写道："让那些因为女性是弱者就准备剥夺女性一切活动权利的讽刺者们发脾气去吧。他们已经是老一代的残

---

① Чжон Мин Ким, 'Женщины Гончарова: двойники-антиподы', *Нева*, 2004, №7. http://magazines. russ.ru/neva/2004/7/.

渣余孽了。"① 奥尔嘉以她性格中的热情、行动力影响着奥勃洛莫夫，她像一个医生一样，努力地治疗着她的"病人"。在他们的关系中，奥尔嘉占据着主动的引领地位，她"推他向前走，她不推，他就不动了"。她为奥勃洛莫夫安排各种活动，敦促他看书，处理乡下的事务，对于她来说，"人生是义务，爱当然也是义务，仿佛是上帝派给她的"。她尽职尽责地完成这个伟大的然而又异常艰辛的任务，从中体验着"救死扶伤""妙手回春"的乐趣。在奥尔嘉和奥勃洛莫夫之间，冈察洛夫描述了一个占据统领地位的女性形象，而不是顺从男性意志、处处听从男性指挥的传统女性。奥尔嘉"喜欢起北极星的作用……她以各种方式庆祝自己占了上风"，她希望奥勃洛莫夫能为她做出牺牲，为她承受痛苦，她"欣赏着匍匐在她的脚下以及她的力量面前的这个男人，并以此自豪！"

奥尔嘉在各个方面都占据着主动，她不仅催促奥勃洛莫夫开始行动，在他们的恋爱关系中，她也表现出了传统女性身上所没有的勇敢、大胆和开放，当然，正如她在婶娘那儿获得的"没有超越体面的自由"一样，她大胆却不放纵，勇敢却不轻浮，她主动约会男主人公，向他表白心意，去他家拜访他，甚至主动亲吻他。奥尔嘉在公园林荫道中的动情表现，她表露出的滚烫的激情和"不顾体面"的私语，被认为是"俄罗斯文学中最著名的（但最少被谈及的）性爱场景"。② 冈察洛夫在谈到其创作动机时曾说，他一开始想把奥尔嘉写成一个充满激情的女性，但是不知道为什么，写着写着她就变成了另外一个样子。但从花园中的那一幕来看，奥尔嘉身上还是或多或少保留着激情，只是这种激情仍在"体面"的范畴之内，不能也无法超出传统，毕竟冈察洛夫塑造的是一个理想的、能够挽救男主人公的女性形象。

但对于男主人公来说，奥尔嘉真的是理想女性吗？在他们的关系刚刚开始的时候，她确实扮演着这样的角色，她能够释放出一种无形的能量，让奥勃洛莫

---

① Каролина Де Магд-Соэп, *Эмансипация женщин в России*, c. 95.

② John Given, 'Wombs, Tombs, and Mother Love: A Freudian Reading of Goncharov's *Oblomov*', Ed. Galya Diment, *Gancharov's Oblomov: A Critical Companion*, Northwestern University Press, 1998, p. 97.

夫沸腾、躁动，感受到另一种生活。但随着时间的推移，奥勃洛莫夫面对施托尔茨"种牛痘一样种下的爱情"感到疲惫，他觉得施托尔茨的爱情中掺杂着太多的"像寒热病、让人发抖"的东西，而他想要的是丁香花般的宁静，光明而宁静的生活，而不是"暴风骤雨"。对于奥勃洛莫夫而言，他理想的生活就是安安静静地过日子，能够安心睡觉，不需要催促，不需要为生活绷紧神经。有学者认为，奥勃洛莫夫想要的是具有母性特征的女性，最初他在奥尔嘉身上看到了母亲的影子，她们之间的联系是通过那束丁香花建立起来的①。但是，奥尔嘉无法给奥勃洛莫夫以母亲怀抱般的宁静，幸福的概念在他们脑中不是同一个定义。对于奥尔嘉来说，爱情的幸福来自变化，而奥勃洛莫夫的幸福则源于平静，因此他俩的结合是不可能的。奥勃洛莫夫相对于奥尔嘉和施托尔茨而言更现实、更冷静，他对奥尔嘉想要从他那儿得到的生活，包括他自己在奥尔嘉设计中将要变成的模样，都有着非常清醒的认识，他认为那是不可能的，更非他想要的，可是他并不想让奥尔嘉感到失望。而奥尔嘉和施托尔茨则是浪漫主义者和理想主义者，正如奥尔嘉所说，她爱的并不是她所见到的奥勃洛莫夫，而是"未来的"他，爱的是她希望在他身上看到的东西，是她和施托尔茨一起臆造出来的东西。随着她的幻想破灭，奥尔嘉断然地了结了她和奥勃洛莫夫的感情。有学者认为，在奥尔嘉的心目中，"自己的幸福是她生活中最高的、唯一的目的，男性身上值得她珍视的只有那种能够引领她达到这个目的的能力"。②

与奥尔嘉形成对比的是小说中另一个并不十分引人注目的女性——阿加菲娅·普舍尼岑娜（Агафья Пшеницына）。这个来自小市民阶层的劳动女性吸引奥勃洛莫夫的，不仅仅是她白净的、"永远晃动的胳膊肘"，还有她的平静、忠诚、自然而无私的爱。她代表着奥勃洛莫夫理想中那种海洋一样广阔的、打不破的宁静生活，那是深深烙在男主人公脑海中的童年时代"父母庇荫下的生活"。普舍尼岑娜扮演着奥勃洛莫夫童年时代保姆的角色，跟她在一起，会让人觉得越来越

---

① Ed. Galya Diment, *Gancharov's Oblomov: A Critical Companion*, pp. 95-96.

② Н. Д. Ахшарумов, 'Обломов. Роман И. Гончарова', сост. М. В. Отрадин, *Роман И. А. Гончарова «Обломов» в русской критике*, с.158.

温暖，"主要的是，这一切都在平平静静中进行，他心里没有任何负担"，普舍尼岑娜从不催逼人，从不要求什么，奥勃洛莫夫"再也没有烦恼，没有不眠之夜，没有甘甜而又痛苦的眼泪"，一切恢复到原状，恢复到梦境中他喜欢的那种境地，而这也是奥勃洛莫夫最想要的。从奥尔嘉的姓氏伊林斯卡娅（Ильинская，即"伊里亚的"，奥勃洛莫夫名为伊里亚）来看，作者是想让奥尔嘉成为属于奥勃洛莫夫的人，但由于两人性格及世界观上的巨大差异，他俩的爱情最终以失败告终，而普舍尼岑娜最终成为奥勃洛莫夫的妻子，而她才是真正爱着男主人公的女人，甚至在奥勃洛莫夫去世之后，普舍尼岑娜仍然保持着对他的忠贞："她踩出一条通向亡夫的坟墓的小径，哭干了所有的眼泪。"如果说奥尔嘉是外露的、开放的，那么普舍尼岑娜就是含蓄而内敛的，她从来没对奥勃洛莫夫做过任何爱的表白，"她爱得那么多，那么完全：她是把奥勃洛莫夫当作情人、丈夫和地主老爷来爱的"。

随着奥尔嘉和奥勃洛莫夫关系的瓦解以及她和施托尔茨婚姻生活的开始，她的新女性形象渐渐淡化。奥尔嘉做出的最后一个具有解放意味的行为，就是主动放弃和奥勃洛莫夫的关系，同时又主动选择施托尔茨，决定了自己的婚姻。从本质上看，奥尔嘉和施托尔茨都属于具有较强生活热情和求知欲望的人，作者在他们身上寄托了自己的理想，表达了解决俄罗斯社会现实问题的希望，而奥勃洛莫夫和普舍尼岑娜则是那种俄罗斯乡村宗法制生活的代表。奥尔嘉把施托尔茨当作自己的精神导师，是最可信赖的人。而"她一旦认定她所选择的男人的优点和他对她的权利，便信任他，并且因此爱他"。奥尔嘉和奥勃洛莫夫最初的相识，其实也是奉命而为，她做这一切事都是为了完成施托尔茨的叮嘱，为了给他回信的时候有话可说，只是她不小心爱上了像鸽子一样温顺的奥勃洛莫夫，暂时地在生活中忘记了施托尔茨。奥尔嘉婚后仍然保持着对知识的热情，但这与跟男主人公在一起时的目的不甚相同，她好奇、发问，只是为了向自己证实，她在丈夫眼里没有一落千丈，而是相反。奥尔嘉跟施托尔茨之间也像她和奥勃洛莫夫一样，也是"医生"和"病人"的关系，只不过这一次奥尔嘉不再是"医生"，而变成了对施托尔茨言听计从的"病人"，她不再是统治者，而是服从者。她把自己禁闭在一个小天地中，忙于家庭生活的琐事，尽着母亲兼保姆的职责。里亚茨基认为："如果去掉使她成为她那个时代人物的自我意识，把她放到低一个等级的社会中，您会得到……一个不折不扣的阿加菲娅·马特维耶夫娜·普舍尼岑娜。"①

从奥尔嘉·伊林斯卡娅的身上我们确实看到了一些含有"新女性"特征的崭新东西，这些是她有别于传统女性的主要品质，是她在新的历史环境下展现出的新形象和新面貌。作者尤为突出了她做出的自觉选择，她对命运的自主支配，以及她所具有的女性形象在新时期的"进化性"特征。但是最终，奥尔嘉却走向了平静的家庭生活，这是小说作者和施托尔茨所能够给她的东西，似乎也是当时的时代和社会向每一个女性提供的最终归宿。

第三节 《悬崖》：新女性的"失败"

在谈到自己笔下的女主人公时，冈察洛夫曾写道，她们已体现出时代的变化，其行为和普希金笔下的女性形象已有所不同，"从娜佳的无意识的行为到奥尔嘉有意识地嫁给施托尔茨，这是劳动、知识、精力、力量的代表，这是一种自然的过渡"。②《悬崖》(Обрыв) 中的女主人公薇拉 (Вера) 是这一过渡的终点，是三部曲的尾声，这一形象里高度浓缩了冈察洛夫关于女性与时代的看法。

《悬崖》这部小说的写作耗费时间最长，从构思到最终完成，前后花了 20 年时间，它以 19 世纪 40 至 60 年代俄罗斯社会生活和社会变革为背景，描写了贵族青年赖斯基的一段生活经历。和上两部小说一样，男主人公的爱情经历是小说作者表达思想的主要依托，女主人公薇拉成为继娜佳、奥尔佳之后的又一个新女性形象。作为小说中一个重要形象的薇拉，却令人奇怪地很晚才出场，作品的前两部主要叙述莱斯基和彼得堡美人别洛沃多娃以及乡下表妹玛芬卡的关系，薇

---

① Е. А. Ляцкий, *Гончаров, Жизнь, личность, творчество: Критико-биографические очерки,* Стокгольм, 1920, с. 270.

② Е. А. Ляцкий, *Гончаров, Жизнь, личность, творчество: Критико-биографические очерки,* с. 21-11.

拉直到第二部结尾才出现，之前她的形象主要是通过他人的描述呈现出来的，这使她尚未出场就蒙上了一层神秘的面纱，激起莱斯基极大的好奇心。

作家赋予薇拉以美貌和魅力，她是"诱人的，有一种神秘的美，因为她的整个儿美妙迷人之处不是一下子就表现出来的……她的美是含蓄的美，刺激人的想象……"①，比起莱斯基在彼得堡认识的别洛沃多娃，薇拉充满激情，但是没有城里小姐身上的造作和伪装，比起乡下的表妹玛芬卡，薇拉没有那种无知的单纯，她的心智更为成熟和老练。薇拉是十分优秀的，"连专横的祖母都要依顺她，连风也不敢向她吹刮"，薇拉"不知从哪里汲取了别人的思想乃至知识，比她周围的人站得要无可比拟地高得多，无论她怎样想方设法地隐瞒，还是时时随口泄露出一些什么来，无意间透露出这一或那一知识领域的权威的名字和话语"。薇拉思想大胆，精神解放，渴望新事物，读过斯宾诺莎、伏尔泰和费尔巴哈的作品，具有与众不同的品格和内心世界，她符合作家对"新女性"的想象和定义——强大，有力，有思想，有行动力，能够给死气沉沉的男主人公和俄罗斯带去希望。薇拉在陈旧、矫揉造作的风俗习惯和教育模式里感到拘束、局促，她对自己所处的环境感到不满，拼命想要冲出去，因为她迫切需要另一种空气、另一种养料、另外一些人。她身上最为引人注目的，首先是她神秘的精神世界以及她对自由的捍卫，她不允许别人窥视她的内心世界，总是保持着自己的精神空间，薇拉居住的小房子似乎就是她捍卫自由的一个象征："她不喜欢人家到老房子里她住的地方去。连祖母也不去打扰她；至于玛芬卡去看她，薇拉也老是不客气地把她撵走的……"薇拉在发现莱斯基跟踪、窥视她之后，便大声地说出她想要自由："如果我身边有机警的丈夫，关切的父亲，严厉的兄弟，您还敢以'贪婪的'眼光看我吗？……美人也有权利受到人家的尊敬，享受自由……"这无疑是一个具有进步意识的女性发出的呼唤理解、尊重和自由的宣言，在薇拉所处的那个时代，这种思想和勇气十分可贵，她替那些被窥视、被束缚的女性道出了肺腑之言。薇拉需要自由和独立，因此她违背老祖母的意愿，爱上了虚无主义者沃洛霍夫，对于

---

① 冈察洛夫：《悬崖》，翁文达译，上海译文出版社，1983 年。以下该作品引文出处同此。

这样一个理想的女性爱上了一个思想肤浅、行动幼稚的所谓革命者，很多读者都感到难以接受，但马克·沃洛霍夫能够吸引她的，是其新颖的思想、大胆的言论和奇特的行动，悬崖下传来的召唤的枪声总是能让薇拉抛弃一切去和他约会。薇拉的行为可以看作是对自由的追求，是对以老祖母为代表的俄罗斯传统生活和观念的某种逃离。

薇拉和沃洛霍夫的恋情总是伴随着争论，而两人的观点分歧也是导致两人分手的主要原因。对于薇拉来说，爱情是理智和激情的有机结合，是一种责任，是清醒的，但沃洛霍夫认为爱情不是观念，而是一种爱慕、欲望和需要，是盲目的，爱情的规律就是大自然所指示的自由交换规律，是本能的反应，这与薇拉心目中完全平等的爱情完全不同。更主要的是，薇拉想要长久的、永恒的爱情，但沃洛霍夫并不认为存在这样的爱情，没法儿给她任何承诺，他只能保证眼前的一切。沃洛霍夫的新生活和新真理吸引不了薇拉，在他们无尽的争论中，薇拉把他的那些言论击打得粉碎，与此同时也更加相信和坚持自己的真理，这最终导致了她和沃洛霍夫的爱情无果而终。

经历爱情失败的薇拉回到了祖母的身边，这意味着她在短暂的逃离后又回到了从前的轨道，她曾试图把无条件依靠旧事物、旧风俗的祖母引向另一条道路，但是最终仍被迫屈从于传统的力量。她对自己过往的行为充满自责，经历了一场病痛之后，往日独立不羁的薇拉变得柔弱而又多愁善感，她对祖母说："带我离开这里吧，薇拉已经不存在了。我做您的玛芬卡……我要离开这幢老房子，搬到您那边去。"这段告白和小说开头薇拉对自己房屋的捍卫构成某种对立，女主人公对自己空间的放弃就意味着告别新生活、返回旧秩序。她希望成为玛芬卡，这就意味着她放弃了做一个"新女性"的努力，重新认同传统的女性角色，要像祖母那样，"把一生奉献给别人，以无穷的自我牺牲、劳动和尽责任的办法来开始'新的'生活，爱人，爱真理，爱善……这种生活与把她拖到悬崖底下去的生活迥然不同"。

《悬崖》为我们展示了一个有自由思想和独立精神的女性在新的社会条件下对新生活的向往以及成为新女性的决心，她看到旧世界的许多事物是病态的，她也知道症结所在，但是，她的"向导"却无法让她看到"真理，善，爱情，人类的发展和趋向完美的生气勃勃、充满热情的典范"，他还没有能力去说服薇拉迈向新的真理。薇拉就像是刚刚得到滋润、生发出新枝的小树，但是由于没有足够的新鲜氧气和强大的根基，她还无法长成一株参天大树，只能慢慢地枯萎。薇拉和马克的爱情失败，意味着刚刚觉醒的俄罗斯妇女一开始追求理想便受到挫折的历程，同时也意味着她热切地成为"新女性"的努力最终以失败告终。

通过阅读和分析冈察洛夫三部小说中的女性形象，我们发现，作家关于新女性的想象首先是和可爱的贵族女性联系在一起的，她们是在自己圈子里工作的社会活动者。作家相信女性有能力学习和工作，她们有天分，在获得教育之后，她们能够决定自己的命运，并且和男性一起进行自己家庭职责之外的一些社会活动。[①] 这是女性在那个时代能够获得的最大限度的解放和自由了。在冈察洛夫的笔下，女人已经不满足于仅仅做男性的附属品，无论是奥尔佳还是薇拉，她们都曾经有过改变男性生活和命运的"远大理想"，她们完全不同于男权中心文化所规定的被动、消极、柔顺的女性形象，而是具有了意志、主体性和主动性这些突出的品质。但是，由于作家自身女性观念的束缚，他只能把女主人公的解放局限在一定的范围内。冈察洛夫对祖母所代表的俄罗斯宗法制传统生活的喜爱，对玛芬卡所代表的俄罗斯母亲角色的由衷赞赏，实际上已经表明了他自己的态度，即女性的解放最好限定在接受教育、完善个性、提高个人修养等方面，最好限定在家庭和传统的女性职责和义务的框架内。对于那种以标榜平等为口号、过度追求情感自由的女性，作家十分不屑，在《悬崖》中，作者直接表明了他的态度："'新式的'女性中有许多人按照新的教义，堕入淫荡的生活，就像玛琳娜陷在她的爱情中不能自拔。……堕落女人是屈服于想象和热情，甚至屈服于金子；而这些女人却似乎对信念作了让步，这种信念她们往往是不了解、不相信的"。

冈察洛夫倾向于在宗法制传统家庭的背景下刻画其女主人公，他呼唤人们关注女性，尊重女性，尊重作为家庭主人的女性，但是他从不指责现存的家庭体

---

① И. Гончаров, 'Предисловие к роману «Обломов»', *Собрание сочинений*, т. 8, Москва, с.157.

制。与托尔斯泰不同的是，冈察洛夫能够理解（在有限程度内）女性对其他社会角色的追求，但他完全不赞同激进的女性解放行为，他想要的是改变，而不是破坏。冈察洛夫可以被认为是俄罗斯社会中推动女性解放的先驱之一，但由于时代的局限性，更由于作家本人和缓的解放女性的态度，奥尔嘉的"解放"和薇拉的"自由"只能囿于有限的程度和范围，她们注定要成为传统的理想女性，而不是真正意义上的"新女性"。

第五章 "屠格涅夫家的姑娘们"

屠格涅夫擅长描写两性之间的情感，尤以擅长塑造女性形象而著称。他以其深刻的洞察力、敏锐细腻的情感以及反映现实问题的能力被认为是 19 世纪最富同情心、最关注女性命运的作家之一[①]。他笔下的丽莎、娜塔丽娅、叶莲娜等女主人公成为俄罗斯文学中继塔吉雅娜之后最为优美的女性形象。在他同时代的俄罗斯文学中，没有哪个男性作家笔下的女性形象如屠格涅夫的女主人公那么类型丰富，从理想女性、堕落女性到新女性，他几乎涉及了每一种女性形象类型，而他对女性的态度，也是 19 世纪俄罗斯作家中最富有变化和矛盾的。我们试以屠格涅夫的几部著名小说为例，考察一下作家笔下女性形象的特征。

第一节 丽莎：从虔诚少女到理想圣女

《贵族之家》(Дворянское гнездо, 1859) 是屠格涅夫创作生涯中最为重要的作品之一，它以其"古典的质朴内容和深入的形象刻画而与众不同"[②]。女主人公丽莎（Лиза）由于其所特有的纯真、圣洁、自我牺牲、道德感等而成为传统的俄罗斯式理想女性，同时也成为屠格涅夫笔下最引人注目、最受人喜爱的女性形象之一，几乎拥有与普希金的塔吉雅娜一样的神圣地位。

据考证，丽莎的形象来自于屠格涅夫一个笃信宗教的女性朋友拉姆别尔特，

[①] Каролина Де Магд-Соэп, *Эмансипация женщин в России*, с. 118.

[②] Под ред. В. Н. Аношкиной и Л. Д. Громовой, *История русской литературы XIX века. 40-60-е годы*, Изд-во Московского университета, 1998, с. 261.

后者和作家在 1856—1859 年期间，也就是《贵族之家》的写作期间一直在通信。拉姆别尔特给屠格涅夫的信有助于理解丽莎这一形象："我的尘世生活是充满伤痛的，因此所有宝贵的东西都在天堂等着我……""普希金……充满了活力、爱情、不安、回忆。我怕火。您知道吗，没有什么适合我阅读，除了赞美诗……我在那些质朴、无味的颂诗中能够看到光明，因为它们是圣洁的心灵，甚至是上帝创作出来的。"① 这些语句可以看作是关于丽莎内心世界的精确概括。屠格涅夫把他的女主人公塑造成了一个圣女，她在作家的笔下从一个虔诚的少女逐渐变成了一尊理想的圣像，她的成长之路就是从尘世生活通向献身修行的道路。

丽莎成长在贵族家庭，父亲是一个善于大把捞钱的检察官，母亲是一个庸俗势利的女性。丽莎和塔吉雅娜一样，从小由奶娘带大，因此她并没有沾染上浮华的上流社会的种种恶习，相反，她善良、美丽、热情，像"纯洁的星星"。她和以其母亲为代表的上流社会保持距离，保持着自己独立的个性，她敢于直接对视谈话者的眼睛，也敢于对自己不满的事情进行批评，在她指责潘申泄露秘密、不公对待列姆的场景中，我们首次了解到了丽莎率真、正直的个性。

丽莎的奶娘阿加菲娅是一个虔诚的教徒，她对丽莎的教育起到了举足轻重的作用。奶娘的忍耐、服从、恭顺，特别是她的虔诚，原封不动地传递到了丽莎身上。普希金的塔吉雅娜在感伤主义小说中形成了自己的世界观，而丽莎从小就是听圣母传、修道士传和女圣徒传长大的，她跟奶娘一起祈祷，"无处不在、无所不知的上帝形象，以一种令人愉快的力量灌注到她的心灵里，使她心中充满纯洁、崇敬的畏惧，耶稣基督则成了她亲近、熟悉，几乎是像亲人一样的人"。② 而奶娘最后隐匿于修道院的决定，也为丽莎最后的命运选择提供了榜样。丽莎和阿加菲娅一样虔诚，她认为每个人都应该是基督徒，而且希望拉夫列茨基跟她一样相信上帝。她认为拉夫列茨基应该宽恕自己的妻子，因为只有宽恕别人的人才能得到上帝的宽恕，而且"上帝结合起来的，怎么能拆散呢？"在丽莎的生活中，宽恕、服从、虔诚是最主要的内容。屠格涅夫在谈到堂

---

① К. Д. Магд-Соэп, *Эмансипация женщин в России*, с.130.

② 屠格涅夫：《贵族之家》，非琴译，译林出版社，1998 年。以下该作品引文出处同此。

吉诃德时曾说过："很多人的理想是现成的，历史上早已经形成的固定形式，他们以这种理想思考自己的生活，他们有时候会因为激情和偶然发生的事件稍稍远离自己的理想，但从来不去评判它，不去怀疑它。"[1] 对于丽莎来说，她的理念也是固定的，她自己的思想实质上就是"宗法制农村中几个世纪以来的传统思维"，所有问题的答案都可以在上帝那里得到解释。因此，无论是拉夫列茨基的婚姻问题，还是他们俩的感情纠葛，丽莎的解决方式都是一样的，那就是听从上帝的安排。在传统的道德规范框架中，丽莎始终处于优势地位，这种优势主要体现在她对拉夫列茨基的态度上。她批评后者冷漠，心中没有上帝，当拉夫列茨基庆幸自己的妻子瓦尔瓦拉已经死去时，丽莎责备他，并且建议他请求上帝的饶恕。丽莎没有把瓦尔瓦拉当作自己的竞争者，她没有嫉妒，没有怨恨，而是完全站在信仰、理智与道德的角度，让拉夫列茨基为他不适当的感情去做忏悔。

丽莎是虔诚的，安静的，但在小说的前半部分，她身上还具有某种鲜活的东西，她是一个具有生命力的纯洁的女孩。丽莎在小说一开始得到的描述并不多，她首次出现在我们面前，是她和拉夫列茨基的第一次见面，"身材修长、面孔黝黑的姑娘"，而她给读者留下的印象主要来自拉夫列茨基和列姆谈话时对她的评价："可爱、纯洁"，"有正义感的、庄重的姑娘，有崇高的感情"。正如丽莎自己所说，她没有自己的故事，"没有自己的话"，我们看到的丽莎是一个19岁的虔诚信徒，是一个被作者省略了成长历程的姑娘。在和男主人公相遇之前，她并不懂得什么是爱情，她喜欢所有人，但没有特别喜欢的，除了上帝。她一直过着十分平静的生活，直到拉夫列茨基打乱她的生活秩序。此时的丽莎表现出了一个少女最为自然的羞涩和纯真，在她和拉夫列茨基的恋情尚未明了之前的两个主要场景中，丽莎总是身着白色衣裙，这象征着她的纯洁。尤其是她和男主人公在花园幽会的场景，她手执蜡烛，缓缓穿过屋子，使人联想起纯洁天使的形象。在作者的笔下，此时的丽莎充满新鲜的、自然的美——"她的一举一动都表

---

[1]   Сост. Прийма, *История русской литературы*, т. 3, Наука, 1982, с. 138.

现出一种并非故意做作而且有点儿羞怯的优美姿态；她的声音是青春时期银铃般的声音，最微小的喜悦心情也会使她的樱唇上绽出富有魅力的微笑，赋予她那双发亮的眼睛一种发自内心的闪光和含而不露的柔情……"丽莎在男主人公几乎死去的心灵中激起了波澜，使他重新拥有了生活的希望和幸福的权利，拥有了开始新生活的动力，可以说，拉夫列茨基的"重生"是和丽莎有着直接联系的。

丽莎形象的转变与她和拉夫列茨基尚未开始就惨遭失败的爱情有关。对于丽莎而言，婚姻是上帝的旨意，人为地去拆散它是一种罪孽，而她认为她对拉夫列茨基的爱情幻想也是罪恶的。因此，在知道拉夫列茨基的妻子突然现身 O 城之后，她最本能的反应就是她自己"罪有应得"。作为一个尚未成年的女孩，一个拥有"自己想法"的女孩，丽莎并没有经过长时间的思想斗争，"在两个小时内"似乎就已经找到了问题的答案——赎回自己的罪孽，主动地接受命运惩罚。她极力劝说拉夫列茨基跟妻子和解，为了女儿，也为了她，因为只有如此"才能弥补……过去的一切"。她赎罪的方式是极端的，她不仅要赎回她面对瓦尔瓦拉的罪孽，同时还要把全世界的罪恶全都背负到自己的肩上："我什么都知道，无论是自己的罪孽还是别人的罪孽，还有爸爸是怎样聚敛自己的财富，我全知道。这一切都需要祈祷，以期得到赦免……"丽莎的宗教感是悲剧性的，充满了对自己高度的道德约束力。对于她来说，当世界上还有人受苦受难时，幸福的爱情就是一种罪孽。面对她自己的爱情难题，她没有像塔吉雅娜那样因为义务感而嫁给了一个她不爱的人，因为正如拉夫列茨基劝说丽莎时所说的，这种行为对于她来说，也是"一种没有信仰的行为"。丽莎爱拉夫列茨基，并且决定永远守候这样的爱情，也许，这样的决定比塔吉雅娜的自我牺牲更能受到男性尊重。当丽莎个人的爱情追求和社会成规发生冲突时，她又一次套用现成的理论来解决她生活中的问题——遵从上帝的旨意，遵从父权社会中女性服从的美德，因为幸福与否完全取决于上帝。屠格涅夫把如此沉重的问题压在了一个 19 岁姑娘的肩上，而她解决问题的方式又是如此地圆满，她的美德让所有人感到惊叹，在东正教文化占据主导地位的俄罗斯，拉夫列茨基只能服从她的决定，"因为其中不仅包含着丽莎个人的正确性，同时还包含着笃信宗教的人民的正确性"①。

伴随着对于丽莎解决爱情悲剧之方式的描述，她的形象被作者提升得越来越高，越来越理想化，与此同时，她在作品前半部分所呈现出的少女的活力却渐渐消失，她变得苍白、消瘦起来，"一种奇怪的麻木感觉、一个被判定有罪的人的麻木感觉控制了她"，她的话更少了，像"一尊石像"，而她从前充满活力的微笑和眼神此刻变得呆板、无神，她的手苍白、虚弱。她的形象是静止的，她的坚定、决绝显示出了与其年龄不相符的沉着和冷静。在小说最后对丽莎的描述中，用得最多的词是"一动不动"，在教堂中，拉夫列茨基看见她"紧缩在唱诗班席位和墙壁之间的空隙里，从不左顾右盼，而且一动不动"；她在自己的"小屋"（修道室）里面对耶稣受难像"一动不动地"祈祷；她最后在修道院和拉夫列茨基见面时努力保持的冷静模样，就像一幅死气沉沉的圣像。丽莎形象的彻底转变，是通过拉夫列茨基的眼睛传达出来的。在拉夫列茨基最后一次来到丽莎家里时，他觉得她"还在某处，在某个偏僻遥远的地方；他思念的她，是一个朝气蓬勃的人，而在那个已经穿上修女服装、周围香烟缭绕、苍白模糊的身影中，他已经认不出他曾经爱过的那个姑娘了"。丽莎不再是希望和未来的象征，而是和死亡、牺牲这样一些含义联系在一起，她由一个活生生的女孩变成了一个包含着牺牲、服从、献身等含义的概念符号，变成了一幅理想的圣像。

在小说中，拉夫列茨基的妻子瓦尔瓦拉（Варвара）与丽莎形成了鲜明的对比，她们分别代表诱惑女和纯洁处女这两类女性形象。丽莎是圣洁、纯真、精神至上的，而瓦尔瓦拉则是肉欲、多变、物质至上的，她在各个层面都表现为丽莎的对立面。如果说丽莎在作品中经历了形象的渐变，那么瓦尔瓦拉自始至终都是一个可笑的漫画人物，作者对她的描写充满厌恶之感。瓦尔瓦拉是美丽的，她具有某种青春的活力和吸引力，然而正如作者所说，她的美丽激起的并非胆怯之情，而是欲望，她像《初恋》中的济娜依达一样，最后往往会导致男性的毁灭。丽莎与上流社会格格不入，瓦尔瓦拉在那儿却游刃有余，她能"把所有的客人吸

---

① К. Д. Магд-Соэп, *Эмансипация женщин в России*, с. 130.

引到她的裙子旁边"，"就像飞蛾扑火一样"，她知道如何表现自己，知道如何引起他人的同情和喜爱。丽莎这个作品中的主角，其外貌却仅得到寥寥数语的描写，而瓦尔瓦拉这个作品中的次要人物，其外貌却得到了更为详尽的描写，在这些描写中，屠格涅夫突出的是瓦尔瓦拉对男性的诱惑力。拉夫列茨基也曾经沉醉于她温柔的怀抱，得到"他从未体验过的，神秘惬意的享受"，可是，瓦尔瓦拉给予拉夫列茨基的是肉体的享受，而不是像丽莎那样，唤起了拉夫列茨基对精神的追求和对未来的憧憬。正如丽莎和拉夫列茨基在个性上有某种亲缘性一样，瓦尔瓦拉和潘申也是一对相似的组合，他们是彻头彻尾的西化的人，她的法国情结和话语中不时冒出来的外来词，她的"非俄罗斯性"和矫揉造作的本性，都与丽莎、拉夫列茨基的俄罗斯属性形成了本质上的对比。此外，她假装的悔过妻子的形象，她使劲挤出来的忏悔的泪水和带有表演性质的陈述，她不时地勾引潘申，甚至勾引老头子格杰昂诺夫斯基，她对上流社会生活的热衷等，这些构成了一首关于她的滑稽诙谐曲。与《初恋》中的济娜依达不同的是，作者没让她死亡，而是让她永远地离开俄罗斯，回到了法国。

丽莎是塔吉雅娜之后最理想的俄罗斯女性文学形象，很多评论者都指出了这两位女主人公的相似之处[①]。她们同样受到传统的俄罗斯式教育，同样遭遇了爱情的不幸，而最为重要的是，她们身上同样具有许多理想色彩，同属"俄罗斯的灵魂"。普希金和屠格涅夫笔下的这两位理想化女性为后世作家提供了原型，俄罗斯文学中后来出现的理想女性形象，如托尔斯泰笔下的玛丽娅、陀思妥耶夫斯基笔下的索尼娅，以及帕斯捷尔纳克笔下的拉拉，都在某种程度上带有宗教感和理想化的特征，她们的形象中似乎都有丽莎的身影之折射。

第二节　济娜依达：两类女性性格之综合

《初恋》（Первая любовь, 1860）是屠格涅夫一部具有自传性质的作品，他在其中所描写的少年时代的恋情和极具特色的女主人公形象给人们留下了深刻的印

① Под. ред. В. Н. Аношкиной, *История русской литературы XIX века. 40-60-е годы*, с. 262.

象。作家认为,《初恋》"是唯一一部直到现在还能给我带来快乐的作品,因为这是生活本身,这不是编造的。我每次重读的时候,它都散发着从前的味道……这是我经历过的东西"[1]。小说创作于 1860 年,虽然与《罗亭》(1855)、《贵族之家》(1858)等作品的创作时间十分相近,但其中的女主人公却呈现出与丽莎等形象完全不同的个性特征。济娜依达(Зинаида)这个形象堪称屠格涅夫爱情描写的神来之笔,被视为"屠格涅夫家的姑娘们"中最真实、最具立体感的艺术形象[2]。

屠格涅夫笔下的女性形象具有很强的类型化特征,她们通常被分为完全对立的两个类别,一是少女形象,如《罗亭》中的娜塔丽娅、《春潮》中的杰玛、《烟》中的达吉雅娜、《贵族之家》中的丽莎等,其次是少妇形象,如《春潮》中的玛丽娅、《烟》中的伊琳娜、《贵族之家》中的瓦尔瓦拉等,她们体现出父权文化对女性形象的两类划分——天使和妖女,一类纯净如水,一类妖艳性感。而《初恋》中济娜依达的性格则较为复杂和多元化,她几乎是屠格涅夫作品中唯一难以归入以上两大类别的女性,她身上兼具两类女性的特征,是一个很难定义的形象。在这样的背景下,我们似乎可以把《初恋》作为蓝本,探讨一下作家笔下女性形象的多样性和丰富性。

《初恋》在形式和内容上与《阿霞》、《浮士德》有相近之处,这篇小说中有多条线索,明线是男主人公初恋的萌芽,具有诗意的抒情性,暗线是叙述者父亲和济娜依达的恋情,戏剧性十足,此外还有一条线索,即济娜依达和那些围绕在她身边的男性的关系。置身于这多重线索之中的女主人公,其形象始终都在发生某种变化。

济娜依达最初的形象是通过叙述者的眼睛传达给读者的,出场时的她,处于四个男性的包围之中,她轻轻点在那几个男子额头上的花束和后者争相得到她触碰的场景,传达出某种快乐、随意而又轻佻的感觉。情窦初开的叙述者在济娜依达身上看到了一种让人心驰神往、俯首听命的力量,同时,他眼中的济娜依达那"婀娜的腰肢""散乱的头发""美丽的双手""半开半闭的聪明眼睛"又传达出

①　И. С. Тургенев, *Собрание сочинений*, Художественная литература, т.6, с. 273.

②　王立业:《少年识尽愁滋味——读俄罗斯"初恋"小说》,《俄罗斯文艺》2003 年第 3 期,第 22 页。

某种肉欲的、诱惑的意味。①

　　叙述者认为，济娜依达是"狡黠诡诈与无忧无虑，矫揉造作与质朴纯真，安详宁谧与热情奔放"的"混合物"，她和每个人都若即若离，每个人都被她弄得神魂颠倒。她性格的矛盾是她所受到的不正规教育、不正常习惯、家庭的混乱和贫困等导致的结果。在小说的第一至十四章，也就是济娜依达和叙述者父亲的恋情尚未公开之前，她处于男性追求者的包围之中，对他们具有绝对的控制能力，所有人都渴望她，但所有人都得不到她，她对男性具有某种主动的控制性力量。

　　在小说前半部，济娜依达给人的印象是略有轻浮的，从第九章开始，她偶尔流露出某种忧郁，叙述者的观察和猜测在激发读者好奇心的同时，也增加了女主人公的神秘感。在一次游戏时，济娜依达讲述的克列奥帕特拉女王迎接爱人的比喻，却几乎彻底扭转了她给人留下的轻浮印象。表面随意、充满游戏意味的话语背后，其实是她内心真实情感的流露。

　　在小说的后七章，济娜依达的形象发生了一种逆转。虽然她自称是"风流女子，无心的人，天性爱演戏"，然而在小说的后半部分，一旦她真心恋爱之后，她的容颜变成了另一副模样：忧郁、苍白、沉默，常常伴随着眼泪和思考。济娜依达虚构的另一个有关女王的故事，构成了她前后变化的转折点，同时也显露出她的爱情观：为了所爱的人，她宁可放弃掌控他人的权利，而成为被掌控者；她的爱情和荣华富贵无关，是纯粹的情感。此时，济娜依达情感世界中还充满了对自己过往行为的忏悔以及无出路处境的忧伤。这样的形象，不仅与作者之前的叙述产生强烈的反差，同时也很容易让人把她和普希金的塔吉雅娜、卡拉姆津的丽莎等典型的女性形象联系起来，她身上那种控制的力量消失不见了，取而代之的是恭顺、"难以言传的忠贞"以及对命运的逆来顺受。

　　对于男主人公符拉基米尔来说，女性让他感觉到了两种相互矛盾的力量。在小说的前半部，济娜依达赋予叙述者的是某种建设性的力量，他在见到她之前"几乎没存在过"，"什么都不懂"，但是女主人公唤醒了他的情感意识和存在意识，

---

① 屠格涅夫：《初恋》，沈念驹译，见刘硕良主编《屠格涅夫全集》，河北教育出版社，2001 年。以下该作品引文出处同此。

他所期待的那种"似懂非懂""新鲜的、甜蜜的、女性的东西"在济娜依达身上得到了充分的表达。女主人公对他时而亲近时而疏远，时而同情时而厌恶，伴随着女主人公的出现，痛苦、快乐、喜悦、忧伤等感受交织在一起。在小说的后半部，当叙述者的父亲与济娜依达的恋情逐渐浮出水面后，济娜依达变成了一股强有力的破坏力量，她带给男主人公的是"狂热、混乱"，"所有最为矛盾的感情、思想、怀疑、希望、欢乐、痛苦像漩涡一样交织在一起"。作品中不时出现的与"无序""死亡"相关的比喻和联想，突出了女主人公的毁灭性力量。而对于叙述者的父亲来说，济娜依达的破坏力量同样存在——她毁灭了他的家庭，也几乎是造成叙述者父亲早逝的直接原因。济娜依达找错了爱的对象，她爱上的是一个已婚男性，这违背了道德规范和社会成见对女性角色的规定，她追求的是她不该得到的东西。因此，不管她的爱情多么专一、多么纯洁，其结局都注定是不幸的。在小说的结尾，济娜依达因为难产而去世，这似乎就是命运对她做出的惩罚。

对于这样一个自身充满矛盾和冲突的女性，叙述者看待她的态度究竟是怎样的呢？小说是以回忆的形式写成的，叙述者在追忆往事时已是一个中年人，初恋的种种神秘的、难以捉摸的感觉已经烟消云散，他已经能够站在一个相对旁观的位置，更为理智、更带有评判色彩地看待曾经发生的事情。16岁男孩的视角和成年男性的视角，既是男主人公同时又是旁观者，这两种叙述身份交织在一起，在看似复杂的叙述角度背后，叙述者对女性的看法却更为清晰地显露了出来。

首先，叙述者认为济娜依达是一个有罪的、应受惩罚的人。女主人公因为爱情，从一个浪荡女子变成了纯洁的少女，但由于不正确的恋爱对象，这种爱又变成了一种不负责任的非道德举动，变成了一种罪恶。在小说的结尾，济娜依达遭到叙述者父亲的鞭打，而她却在亲吻手臂上被鞭子抽打出的伤痕，这个细节使人倾向于相信，她是情愿接受惩罚的，而她最终因难产死去，似乎也在暗示着一个引诱者、一个破坏他人生活的人的必然下场。

在小说中，男主人公始终和济娜依达的那些"崇拜者"相处在一起，因此，他和他们的态度也交织在了一起。叙述者对济娜依达的矛盾态度，最终在其他男性的帮助下得到化解，而由此得出的结论，则代表了叙述者对女主人公的最后评判。在作品中，有两个男人对叙述者的情感成长产生了影响。首先是医生，他是最早警告叙述者的人，他认为济娜依达周围的环境是有害的，男人们都是因为无聊才和她在一起的，他还告诉叙述者，"要善于及时地脱身，摆脱联系"，"你成功地脱离了她"。在这样的叙述中，我们明显能够发现医生对济娜依达的贬低、厌恶和蔑视，而叙述主人公瓦洛佳在叙述过程中多次承认医生的话是有道理的，从后来他对医生的亲近态度来看，他显然认同了医生的观点。小说中另外一个对叙述者观点产生影响的是他的父亲。在叙述者的眼中，父亲是绝对的权威，同时也是"男性的典范"。在小说中，叙述者的父亲是一个若隐若现的人物，他出现的次数屈指可数，然而从一开始，叙述者就表明了他对父亲的态度——敬畏、喜欢、尊重，他"从未见过比他更平静、自信、独断的人"。这说明，即使发生了那么多让男主人公感到意外、震惊甚至愤怒的事情，几十年之后，父亲在他眼中的形象还是保持着尊严和权威，也就是说，跟医生一样，他们能够在妇女观方面达成共识。小说的第二十一章是在情节上和沃洛佳父亲联系最多的一章，如果说在之前的第十四章中叙述者只是隐约猜测到了父亲的恋情，那么到了这一章，父亲的恋情则彻底暴露在叙述者的眼前。沃洛佳亲眼目睹父亲用鞭子抽打济娜依达，看到父亲的"暴怒"，但即便在这样的暴力之后，父亲的形象在叙述者眼中仍然没有受到任何损害。与读者的期待相反，叙述者自己觉得他"所有的激动和痛苦变得渺小、幼稚"，跟"某种其他的，说不清楚的东西"，跟某种"我勉强能够猜出的，让我感到害怕的东西"相比，他所经历的一切变得"不值得一提"。小说中关于爱、女性、性别关系的看法在父亲的临终遗言中合成在了一起："惧怕女性的爱吧，惧怕这种幸福、这种毒药吧。"而这句话几乎就是小说中的一对父子以及作者的妇女观之总和。有学者认为，《初恋》所讲述的其实不仅仅是两位男主人公与同一女性之间的感情纠葛，它还涉及了母与女、父与子等问题。实际上，父亲的言行已经构成父权文化的主要部分，而叙述者对它的认同，说明这种文化是可以持续下去的。在作品中，叙述者的父亲明显地具有高于一切的地位，借助叙述者对他的感情和评价，我们可以感觉到这一点，在这样的语境下，父亲似乎已经从直接意义上的父亲变成了父辈文化或者男性文化的代表和象征。作者对女主人公充满矛盾的态度以及交汇着亲近与疏远、轻视与尊敬、喜欢与厌恶的多重视角，最终由于作者父亲的女性立场而彻底走向了另外一极，那就是对女性的厌恶、恐惧和排斥。

　　小说中，作者对另外两位老年女性的描写也强化了这种对女性的厌恶情感。对于男性来说，女性的魅力在于她能否成为男性渴望的对象，济娜依达在小说中那些追逐她的男性眼中的形象和地位，是与她所具备的能够成为被渴望对象的能力息息相关的。在小说中与济娜依达形成强烈对比的另外两位女性，即男女主人公的两位母亲，早已无法引起男性的兴趣，因此在作者的笔下，济娜依达的母亲丑陋而又卑微，无论是对她的外貌描写还是行为描写，都渗透着厌恶与排斥；另外一个老年女性，男主人公的母亲，"总是过着忧郁的生活——焦虑、嫉妒、气愤，但从不当着父亲的面"。母亲们，或者说老年女性，是小说叙述中的消极存在，正如她们在生活中的地位一样，她们的情感是被控制的，而且是被小说中那个能够统领一切的男性所控制，我们看不到她的痛苦，因为这对于男性来说并不重要。实际上，济娜依达在其追求者眼中的变化，也随着她是否是男性渴望的目标而变化的，小说中两位老年女性的命运就是济娜依达的未来，随着女性魅力和吸引力的消失，男性对她也将只剩下厌恶。此外，在作品中，女性在男性的眼中是可以交换的物品，叙述者的父亲因为经济关系娶了比他大十岁的妻子，济娜依达的父亲也同样是由于经济原因和妻子结合的。在济娜依达和追求者的游戏中，众人可以抽签决定谁能获得她的爱，而追加的卢布更可以换得她的一吻，女性在男性的眼中轻如鸿毛、不值一文。

　　屠格涅夫被认为是 19 世纪最同情女性命运的作家，是纯洁理想的女性的歌者，但读过《初恋》之后，我们对此似乎可以做出一点不同的甚至相反的判断，他笔下的济娜依达形象充分说明了屠格涅夫妇女观的复杂性和多样性，当然，由这样的复杂性和多样性派生出的济娜依达形象，则无疑是屠格涅夫笔下乃至整个俄罗斯文学中最丰满、最成功的女性形象之一。

第三节 "新女性"叶莲娜

《前夜》（Накануне, 1860）中的女主人公叶莲娜·斯塔霍娃（Елена Стахова）被认为是屠格涅夫作品中"思想境界最高、艺术感染力最强"的女性形象[①]，她充分体现了作家对俄罗斯农奴解放运动、民粹派运动以及俄罗斯社会究竟需要什么样的人等问题的思考，同时，叶莲娜和屠格涅夫笔下的其他女性一样，体现了作家对俄罗斯女性历史命运的认识。如果说，在丽莎、娜塔丽娅身上，作家着重强调的是女性身上高于男性"多余的人"的那种坚定、勇敢等高贵品格的话，那么在叶莲娜·斯塔霍娃以及《处女地》中的玛丽安娜等女性身上，作家更为突出的是她们身上追求理想、积极行动的勇气和热情。在俄罗斯文学中，屠格涅夫是第一个在自己的作品中让女性走出传统意义上的家庭义务的作家，他展示出了女性未被开发出来的潜能。

叶莲娜是"俄罗斯文学中的第一个奋不顾身参加社会活动的勇敢的妇女形象"[②]，很多评论者认为她是"新女性"以及"新型女性的典型"，但是她并不是突然出现在作家笔下的，在她之前，在一些女性形象身上，作家已经刻画出了某些新女性特征的萌芽，如帕拉莎、阿霞、丽莎·卡丽金娜等，而在她们中间，发表于1844年的短篇小说《往来书信》（Переписка）[③]中的女主人公玛丽娅·亚历山德罗夫娜（Марья Александровна）是一个具有较多新意的女性形象，"在这部集中了屠格涅夫随后所有作品之元素的小说中，女主人公成为了作家笔下女性形象的一个连接线"[④]。在她身上，我们可以看到那种高于男性主人公的品格，看到她对男主人公的失望和对他们发出的严厉指责，我们还能看到她所拥有的那种失去爱情后重生的力量，这些特征都是屠格涅夫的女主人公们所共有的。《往来书

[①] 陈敬咏：《屠格涅夫笔下的少女形象和美学风格》，见李兆林主编《屠格涅夫研究论文集》，上海译文出版社，1989年，第388页。

[②] 曹靖华主编：《俄苏文学史》，第1卷，河北教育出版社，1992年，第338页。

[③] 屠格涅夫：《往来书信》，冯昭玙译，见刘硕良主编《屠格涅夫全集》，河北教育出版社，2001年。以下该作品引文出处同此。

[④] Каролина Де Магд-Соэп, Эмансипация женщин в России, с. 125.

信》描述的也是一个典型的屠格涅夫式爱情故事，但与《贵族之家》、《罗亭》等作品中的女主人公不同的是，玛丽娅·亚历山德罗夫娜能够独立思考女性命运，提出关乎女性生活的重要问题。评论者把女主人公玛丽娅·亚历山德罗夫娜为心灵自由而进行的斗争称作"俄罗斯社会觉醒的第一次闪光"[①]。

《往来书信》一共由 15 封信构成，它们是已经病逝的阿列克赛·彼得罗维奇生前写给玛丽娅·亚历山德罗夫娜的信件。在这些书信中，阿列克赛和玛丽娅袒露了各自的内心世界，试图寻找相互的理解。阿列克赛身上有典型的"多余的人"特征，他甚至援引《叶甫盖尼·奥涅金》中的诗句，说自己是这个世界上的又一个"畸形儿"，他在给玛丽娅的信中开诚布公地进行自我分析，同时也表达了"多余的人"所特有的面对世界的消极和悲观情绪。

和阿列克赛一样，玛丽娅是一个在生活中倍感孤独的人，她因为她的"空想"、阅读和对知识的渴望而成为一个并不普通的女孩，在给阿列克赛的信中，她转述了周围人对她的评价："在我们周围，人们都叫我女哲学家……有人说，我睡觉也戴着眼镜，手里捧一本拉丁文书；又有人说，我能够求什么立方根"，人们传言她"偷偷地穿男人的衣服，不说'你好'，而是粗声粗气地说'乔治·桑'"。玛丽娅无法得到周围人的理解，但是她并不惧怕他们的嘲笑，而是坚持自己独立的思考方式。

玛丽娅试图给阿列克赛以安慰，为他寻找生活的出路和情感的寄托，但是，玛丽娅与其说是在为他所患的时代病开出良方，帮助他化解心头的困惑，打破他的孤独，不如说是她自己在思考女性的生活和角色。或许就是在这个短篇小说中，俄罗斯女性第一次自己提出了一系列重大的问题："什么是俄罗斯女性？她的命运、她在社会中的地位怎么样？……她的生活怎么样？"这些问题对于 19 世纪尚未获得婚姻自由、无法享受平等的教育和就职权利的俄罗斯女性而言，确实有着振聋发聩的作用。对于这些问题，玛丽娅时而感到困惑，时而也会坚定地做出自己的回答，她无法像表姐那样围着"丈夫、孩子、汤罐"生活，她不愿意同

---

① Каролина Де Магд-Соэп, *Эмансипация женщин в России*, c. 125.

她互换位置，哪怕被别人称作哲学家和怪人，她宁可忠于自己的理想，忠于使她的"心脏第一次强烈跳动的东西"。

阿列克赛与屠格涅夫小说中的很多男性一样，在他和玛丽娅刚刚产生爱意的时刻却又突然爱上了另一个女人，对此，玛丽娅并没有像《僻静的角落》中的女主人公那样以自杀来表达绝望，也没有像《罗亭》中的娜塔丽娅那样转过脸去，而是选择继续生活并坚守自己的"老姑娘"命运，重新回到自己"幽静的角落"，心平气静地留在了那里。玛丽娅为自己保留了一份尊严，而她的行为确实具有某种性别觉醒的意味，因为在19世纪60年代的俄罗斯，女性还没有自由到可以按照自己的方式生活的地步，而玛丽娅这一形象更像一个"新女性"的雏形。

在《前夜》中，屠格涅夫刻画出了叶莲娜这样一个更为鲜明的"新女性"形象。屠格涅夫塑造叶莲娜这一形象，受到19世纪五六十年代投身社会活动，主要是投身护士工作的一些女性的影响。1854年，一批贵族女性奔赴前线，这可以说是最早一批投身社会运动的女性，而当时一些贵族阶层出身的女性，如无政府主义者巴枯宁的外甥女以及女护士亚历桑德拉·娜奇莫娃等，都是著名的女性活动者。出版家蔡布里科娃甚至确信，这两个人就是屠格涅夫创作叶莲娜·斯塔霍娃的灵感源泉①。

作为一名"新女性"，叶莲娜和玛丽娅·亚历山德罗夫娜一样，她的"新"首先体现在她的与众不同，她在亲朋好友中间感觉到的"疏离感"。叶莲娜出生于贵族家庭，但她又不同于普通的贵族女孩。在小说中，对她的评价最初是由两个喜爱叶莲娜的青年——别尔谢涅夫和舒宾给出的，他们认为她最显著的特征就是"不可思议"，心灵异常丰富，就像"一件神奇的宝物，可望而不可即"②。叶莲娜个性的成长显然没有受到太多家庭的影响，她的父亲浅薄专横、生活浪荡，母亲虽然心地善良，但却软弱琐碎，时常无病呻吟。叶莲娜曾经崇拜、依恋自己的父母，但随着年龄的增长，随着她自己思想的成熟，父母的权威不再构成任何压力，她变成一个性格坚定、严谨的女孩，即使单从外貌特征看，作者也在

① Каролина Де Магд-Соэп, Эмансипация женщин в России, с. 47.

② 屠格涅夫：《前夜》，陆肇明译，译林出版社，1994年。以下该作品引文同此。

有意强化她的这种个性:"脸部的线条纹丝不动,只有眼神在不断变换。"在作者的描述中,叶莲娜显然不属于美丽的女性,她甚至还没有她家里那个侍女卓娅漂亮,她那"有点紧张的笑容、低沉而不稳定的嗓音"为她带来了"一种并非人人喜爱,甚至让人反感的气质"。然而,叶莲娜的与众不同首先是由于她独特的个性气质,她没有贵族小姐典型的娇羞和柔弱,也没有矫揉造作,"软弱使她反感,愚昧令她愤怒,而谎言,她是'永生永世'也绝不宽恕的"。叶莲娜的这种性格造就了她的独特,她和那些同样出身于贵族家庭的年轻女孩一个都合不来,她过着一种无论是外表还是内心都非常孤独的生活。这种特质,与普希金笔下的塔吉雅娜也非常相似。她对弱小的人、病弱的人有着强烈的同情,甚至那些被虐待的小动物也会受到叶莲娜的庇护和捍卫,"她的心那么大,能包容整个自然界,连顶顶小的小蟑螂或者一只小青蛙也都容得下……包罗万象"。正如英沙罗夫后来对她说的那样:"您是个好姑娘,不像个贵族小姐。"

在小说中,叶莲娜和她这个年龄段的女孩一样,渴望爱情,但她周围"没有一个人值得爱",她独特的个性使得她很难在周围的青年人中找到知己。在小说中,有三个男性爱着叶莲娜,但无论是狂妄的艺术家舒宾还是学究气十足的哲学家别尔谢涅夫,都无法真正打动她。叶莲娜从小就读了很多书,可这已经无法让她感到满足,她是一个渴望行动、渴望做事的女孩,同时,她还在探寻各种杰出人物的足迹,"企望某种任何人都不企望、全俄罗斯没有人想过的东西",她的这种追求被亲人们认为是"古怪脾气",但这也说明,叶莲娜比起一般的贵族小姐来更有求知欲,更懂得自己在生活中想要什么。在别尔谢涅夫的引见下,叶莲娜认识了英沙罗夫,一个把解放祖国视为己任的有理想的男人,在自己的日记中,叶莲娜坦诚而热烈地评价了英沙罗夫,她认为他是"一位诚实的人,一位可以信赖的人……第一个不说假话的人",最重要的是,英沙罗夫"不光说,而且已经有了行动,还将继续采取行动","他有自己的路,有目标",所有这些,与叶莲娜理想中的人(或英雄)的境界是非常吻合的,而他们相互之间也找到许多共同之处:他们都不喜欢诗,对艺术都不在行,另外,他们都有些神经质,容易激动,都有明确的生活目标。在日记中,叶莲娜承认了自己的爱情,同时也决定追随英沙罗夫。

在爱情和婚姻上，叶莲娜体现出了她的另一个"新女性"特征。在家长制盛行的俄罗斯，女性是无法自主选择自己的配偶和婚姻的，虽然在 19 世纪中期世风有所改变，就像叶莲娜的父亲所说的那样，"年轻的小姐爱跟谁说话就跟谁说话，高兴读什么书就读什么书……就像在巴黎一样"，但真正的婚嫁自由仍不可能实现。叶莲娜非常有勇气，在与英沙罗夫的关系上，她和屠格涅夫笔下很多女性一样，比男性更为积极主动。在英沙罗夫想和叶莲娜不辞而别的时候，在教堂旁边，叶莲娜主动对他做出了爱的表白，她说"我比您有勇气"，她主动挑明了英沙罗夫设法回避的爱情。在和英沙罗夫私定终身之后不久，叶莲娜去看望病愈的未婚夫，又与他秘密结为夫妻。叶莲娜不怕有可能出现的各种谴责和流言蜚语，更不怕父母断绝与她的联系、取消她的继承权，她的爱情炙热而又执着，完全没有任何世俗与物质的考虑。她对爱情和婚姻的自由选择违背了父母的意愿，也违背了上流社会既定的传统观念和习俗，无论从社会地位、家庭出身还是富裕程度上看，英沙罗夫和叶莲娜都不处在同一层面，而叶莲娜义无反顾的选择，不能不说是对旧有风气一种莫大的蔑视和挑战，她成为了主宰自己命运和爱情的新人。《前夜》出版后，叶莲娜勇于选择婚姻的行为引起轰轰烈烈的争论，对于 19世纪中期的俄罗斯社会而言，叶莲娜是一个特例，一个先行者，她让人们无法理解，甚至还要遭到嘲笑。有人把叶莲娜解读成一个象征着破坏的女性，她不温柔，不知廉耻，缺乏耐心，违背伦理道德。当然，她也不乏支持者，列夫·托尔斯泰就认为这一形象是先于时代的，奥斯特罗戈罗斯基也指出了叶莲娜的楷模作用以及对女性的教育意义。

爱上来自保加利亚的英沙罗夫，就意味着要放弃自己的祖国，跟丈夫一起去进行他的解放事业，对此，叶莲娜早有准备，她愿意跟英沙罗夫去任何地方，甚至离开自己的祖国和亲人，她在给母亲的信中写道："除了他的祖国，我已经没有别的祖国了。"叶莲娜的坚定使得英沙罗夫称她为"女中豪杰"。英沙罗夫由于生病去世没能够完成自己挽救祖国的远大理想，叶莲娜在享受了十分短暂的幸福婚姻生活之后，立志继续丈夫未竟的事业，她决定去保加利亚当护士，照料伤病员，她要在丈夫去世后"仍忠于他，忠于他毕生的事业"。叶莲娜的这一举动确实可以称得上是英雄行为，而在与她同时代的女性文学形象中间，似乎没有谁能表现出这种把理想付诸实践的勇气和胆量。她有过对死亡的惧怕，有过对短暂的幸福时光的留恋，也有过对未来的怀疑，但她最终还是抛开这一切，把丈夫的事业当成了自己的生活根基，比起屠格涅夫笔下同样失去恋人和爱情的其他女主人公，她没有听天由命，而是实现了《罗亭》中的娜塔莉娅、《贵族之家》中的丽莎和《往来通信》中的女主人公企求过但未曾实现的理想，她敢于付出行动，从而成为一位地地道道的"新女性"。

　　屠格涅夫笔下"新女性"形象的产生，首先是由于作家接受了西欧的启蒙思想和女性解放思想，作家认为启蒙主义是俄罗斯获救的唯一出路，而女性在民族解放中又起着十分重要的作用①。对于叶莲娜身上所体现出的新型女性的特征，有些学者进行了论述，在小说发表后不久，杜勃罗留波夫就撰文，称叶莲娜"身上显示出对某种事物的那种模糊的思念，那种近乎无意识，但不可克服的对新生活、新人物的要求。这样的要求已不限于一个所谓有教养的社会，它现在已占据着整个俄罗斯社会了"②。她求知的热情、对真正的人的寻找、对传统婚恋传统的违背，以及她投身革命事业的勇气，都是与她同时代的女性，尤其是贵族女性身上所没有的，她是屠格涅夫对俄罗斯女性历史命运的一种新认识的体现，"作家捕捉到了萌动于社会现实中的新变动、新要求、新思想"③，也正是这些新的特征，使得叶莲娜这一形象给后人留下了深刻的印象，使得人们能够在她身上寄托某种改变现实的理想，正如杜勃罗留波夫所说：在叶琳娜身上"明显地反映出俄罗斯现代生活的最美好愿望"④，而她和英沙罗夫的形象，就是对于小说结尾

---

① 金亚娜：《期盼索菲亚——俄罗斯文学中的"永恒女性"崇拜哲学与文化探源》，人民文学出版社，2009 年，第 188 页。

② 杜勃罗留波夫：《真正的白天何时到来》，转引自陈敬咏《屠格涅夫笔下的少女形象和抒情风格》，见李兆林、叶乃方编《屠格涅夫研究》，上海译文出版社，1989 年，第 388 页。

③ 陆肇明：《〈前夜〉序言》，见屠格涅夫《前夜》，陆肇明译，译林出版社，1994 年，第 4 页。

④ 转引自金雅菲《叶琳娜——新生活的预言者》，《贵州民族学院学报》，1987 年第 4 期，第 64 页。

处提出的俄罗斯 "何时才会有真正的人" 这一问题的间接回答。

由此看来,与作家笔下其他女性人物一样,叶莲娜这一形象表达了作者的某种理想,是丽莎等形象在作家创作过程中的一种进化。屠格涅夫自己就曾表达过对此类女性的爱戴和尊崇,他曾撰文高度评价尤·彼·符廖夫斯卡娅,一个投身俄土战争、去前线救死扶伤的勇敢女性,他也对乔治·桑表达过敬意[①],如此看来,他在叶莲娜身上集中了他所推崇的女性品质,表达了他的关于女性的理想。有评论者认为,叶莲娜的形象 "既现实又理想",其理想的内涵就在于她显然体现了作家对于俄罗斯女性的希望。

然而,仔细揣摩叶莲娜的形象,我们发现,作家这种希望和寄托的实质,首先是女性忘我的 "献身精神" 和 "自我牺牲精神",而这些行为往往并非单纯的革命行动,而是与对丈夫的爱、与婚姻的忠诚等紧密联系在一起的。从表面上看,叶莲娜把自己献给了革命事业,献给了丈夫未竟的理想,但这种献身并非源自她本人内心的革命愿望,而是根据丈夫的需要做出的。"那些栩栩如生、柔媚美丽的少女以及作家意在讴歌的那些正面人物,除去言论、呼唤、憧憬、抱负之外,并没有一个是用自己具体的实际活动投入摧毁倾圮在即的俄罗斯专制殿堂的斗争。"[②] 换句话说,屠格涅夫笔下的少女首先把自己奉献给了丈夫,然后再 "间接地" 把自己奉献给革命事业。在进行这种奉献的时候,她忘却自身的需求,可以放弃属于自己的一切,她与 19 世纪俄罗斯文学中那些为丈夫、爱情、婚姻或宗教信仰而奉献一切的理想女性形象在本质上是相同的。在作品中,叶莲娜一直渴望寻找一个 "英雄" 和 "杰出的人",而英沙罗夫恰好完全符合她心中对这些概念的定义,于是他便化身为一种正义与高尚,使叶莲娜完全有理由对其顶礼膜拜。同时,从另一个角度来看,叶莲娜为之献身的又是远大于 "丈夫" 这一概念的某种 "思想" 或 "信仰",正如杜纳耶夫所说,叶莲娜 "爱上的正是英沙洛夫

---

① 金亚娜:《期盼索菲亚——俄罗斯文学中的 "永恒女性" 崇拜哲学与文化探源》,人民文学出版社,2009 年,第 192—193 页。

② 陈敬咏:《屠格涅夫笔下的少女形象和美学风格》,见李兆林、叶乃方编《屠格涅夫研究》,上海译文出版社,1989 年,第 393 页。

的理想，而不是他'钢铁般的性格'"①。

屠格涅夫也曾经塑造过一些颇为现代的"解放女性"，如《父与子》中的库克什娜、《烟》中的苏汉契科娃等，"这些女性身上集中了屠格涅夫笔下所有解放女性的特征"②，我们似乎可以预料，这些热爱科学和社会活动的女性能够博得作家的喜爱，但是相反，作家在写到她们的时候通常用的是一种嘲讽的语气，而这些女性的肖像也不可避免地带着漫画意味。她们的解放意识并没有超越叶莲娜，行动上也没有叶莲娜勇敢，但这些女性的共性之一就是脱离了女性"正常"的生活道路，比如和丈夫分居或是独身，失去了女性气质和母性，因此，她们在屠格涅夫的笔下便成了会引起他人嘲笑和轻视的"解放"女性。

而叶莲娜却仍然是恪守妻子本分的，也是非常传统的，她的"妻子角色"使她根据丈夫的需要来确定自己的命运，从事革命事业的丈夫走到哪里，她也会跟从到哪里，并且像他一样毫不犹豫地牺牲自己，奉献自己，正如十二月党人的妻子追随丈夫去西伯利亚流放一样。总之，叶莲娜为之献身的不是事业，而是丈夫。叶莲娜曾说过："我会跟着你，这是我的天职，我不知道别的天职。"这种为丈夫牺牲一切的品格，她的忠贞不渝，恰好是与男性作家对女性的需求一脉相承，从这一点上看，她依然只能算作一个带有某种"新品质"的传统理想女性形象。

屠格涅夫笔下的女性形象可谓丰富而多样，在19世纪的俄罗斯文学中，很少有作家能像屠格涅夫这样创作出如此之多个性迥异的女性主人公，他曾创作出俄罗斯文学中最纯洁、高尚、最勇于自我牺牲的理想女性，也表达过对"新女性"的深深同情，他笔下既有那些充满肉欲的少妇形象，也有为追求理想献身的女革命者。在传统文化中，女性被截然分化为情妇或妻子、妖妇或天使等不同类型，这种分类背后隐藏着以男性为中心的文学符号系统对女性的歪曲和压制，实质上是男性内心精神与肉体之间的矛盾与冲突的外显。屠格涅夫在小说中创造的

---

① Дунаев, *Православие и русская литература*, Храм Святой мученицы Татианы при МГУ, т. 3, c. 71.

② Е.Таратута, 'Ирония и скепсис в изображении женщин-emancipee (На примере сочинений Тургенева)', *Потолок пола*, Новосибирск, 1998. 转引自 http://www.a-z.ru/women/texts/taratr.htm.

形象，既有诸如《贵族之家》、《罗亭》中女主人公那样的天使，也有《贵族之家》中的瓦尔瓦拉等妖妇，还有始终游走在天使和妖妇这两个角色之间的《初恋》中的济娜依达。对这些女性形象的描绘以及这些女性形象背后所隐含的文化内涵，充分体现了屠格涅夫妇女观的复杂和深刻。

第六章　陀思妥耶夫斯基笔下的女性"双重人"

在俄罗斯文学乃至整个世界文学中，陀思妥耶夫斯基所塑造的人物形象都别具一格，他笔下所谓"双重人"（двойник），更是以其复杂的感受、深刻的体验和非同寻常的表达而令人震撼。在对陀思妥耶夫斯基小说中的女性人物画廊进行扫描后我们发现，他塑造的女性角色也几乎都是程度不等的"双重人格"。

第一节　陀思妥耶夫斯基早期创作中的女性形象

陀思妥耶夫斯基笔下的第一个女性文学形象，是《穷人》（Бедные люди，1846）里的瓦尔瓦拉（Варвара）。《穷人》这部让涅克拉索夫惊呼"新的果戈理诞生了"的中篇小说，的确是对果戈理传统的继承；陀思妥耶夫斯基后来所说的那句名言"我们都来自果戈理的《外套》"，就《穷人》而言也的确恰如其分。和果戈理的《外套》等作品一样，《穷人》也通过对小人物形象的塑造来体现作者对于"穷人"命运的深刻同情。这是一部书信体小说，因此，小说中的一对男女主角并未直接露面，他们的言行、心理和情感是通过他们的书信间接地表现出来的。然而，女主人公瓦尔瓦拉虽未出场，我们却已闻其声，如见其人：这是一位生活不幸、多情善感的年轻姑娘，她是一个孤女，后在寄宿学校长大，长期寄人篱下，生活贫穷而又封闭，可她却善良温情，富有幻想，似乎一直在默默地追寻自己的幸福。别林斯基在将瓦尔瓦拉的形象与男主人公杰武什金的形象进行比较后指出，陀思妥耶夫斯基笔下的这第一个女性形象"尚不太定型，不十分完美",因为除普希金外,俄罗斯作家中还无人能够胜任描绘俄罗斯女性形象这一任务。[①] 但是,瓦尔瓦拉的形象却已具有陀思妥耶夫斯基笔下女性角色的主要性格特征之雏形,即深刻的内省能力和体验痛苦的能力,在她身上,陀思妥耶夫斯基小说中的恋爱女性们几乎无一例外的爱情方式,即将"爱"作为一种"自虐"和"施虐"的过程,已经初露端倪。瓦尔瓦拉非常爱杰武什金,却断不愿接受杰武什金爱的表示,"接受您的礼物甚至使我难受","看来我非得跟您大吵一架不可了"[②],这自然出于她的善良,善解人意,出于"穷人"的面对现实,但这也已体现出陀思妥耶夫斯基的人物后来的"自虐"倾向:她爱杰武什金,最后却选择离开他,而且是为"对方"考虑,这种"爱的逻辑"最后也发展成为陀思妥耶夫斯基那种"爱即痛苦""爱即相互折磨"的模式。孤苦中的瓦尔瓦拉感受到了杰武什金的爱,也在一定程度上接受了这种爱,但为了不"连累"所爱之人,她却毅然决定嫁给有钱的贝科夫先生,因为,"我的朋友,我要嫁给他,我应该答应他的求婚。如果有人能使我摆脱我的耻辱,恢复我清白的名声,使我将来不再受到贫困匮乏和不幸的,除了他就没有别人了。"这就是她的抉择理由:"我有什么地方能给您哪怕一点儿好处呢?您为什么这么需要我呢,我的朋友?我对您有过什么好处呢?我只是用整个心灵依恋着您,坚定地、热烈地、全心全意地爱您,可是,我的命好苦!——我善于爱,我能够爱,可是仅仅如此而已,却不能有什么好处,不能报答您的恩德。""我悔恨自己的不可饶恕的轻率(因为我接受您的一切,却没有替您设想过)。以前您要使我快乐的一切,现在对我都成为痛苦,只留下于事无补的懊悔。"她以恶作剧的方式对家庭教师波克罗夫斯基的"折磨",更体现出了她以爱施虐的倾向。总之,这是一位关爱他人甚于自己的富有自我牺牲精神的女性,同时也是一位善于将爱与折磨等同起来,或曰将爱和幸福分裂开来的女性。

---

① Ф. М. Достоевский, *Полное собрание сочинений в тридцати томах*, Ленинград, Изд-во «Наука», том 1, 1972, с. 474.

② 《穷人》引文为磊然译文,见陈燊主编《费·陀思妥耶夫斯基全集》第 1 卷,河北教育出版社,2010 年,第 1—149 页。

《女房东》（Хозяйка, 1847）中的卡捷琳娜（Катерина）是陀思妥耶夫斯基笔下第一个直接出场的女主角。这篇小说描写房客奥尔登诺夫和女房东卡捷琳娜之间一场既温情又神秘、既浪漫又不祥的爱情故事。随强人私奔、与黑帮有染的卡捷琳娜，却爱上了书生房客奥尔登诺夫，奥尔登诺夫更为这位美丽神秘的女子所倾倒。有评论称："女房东卡捷琳娜是民族自然力的象征，是受过去黑暗势力（体现为穆林这个旧教徒商人的形象）支配的民众的灵魂的象征。小说中幻想者奥尔登诺夫反对这种过去黑暗势力的统治，力图使卡捷琳娜得到解放，并以自己的爱的力量使她获得新生活。"①最终，奥尔登诺夫的爱情拯救以失败告终。不过，我们更为关注的是卡捷琳娜这一形象自身所具有的矛盾组合。奥尔登诺夫第一次见到的卡捷琳娜是这样的："那女人二十岁上下，非常漂亮。她穿一件非常华贵的浅蓝色皮袄，头上包一块白缎子方巾，在下巴处打了个结。她走路时，眼睛低垂，整个风姿透出一种若有所思的庄重神态，与她脸上那稚嫩温顺的甜美轮廓显得很不协调，透出几分忧愁。"②"大概过了两分钟，这女人抬起头，灯光再次照亮了她秀丽的面孔。……她那深蓝色的眼睛里满含泪水，顺着两腮流下；长长的睫毛在白嫩面庞的衬托下显得明媚秀丽，俊俏漂亮。她嘴角上挂着一丝微笑；但脸上却有一种孩子受到惊吓和感到内心恐惧的痕迹。"在卡捷琳娜的这个亮相中，给奥尔登诺夫和我们留下最深印象的，应该是卡捷琳娜的"若有所思"和"很不协调"，是她伴着"泪水"的"微笑"，是她的"俊俏漂亮"面貌下的"惊吓"和"恐惧"，也就是说，这是一个有着深刻复杂内心生活的女子，是一个始终生活在情感冲突中的女子。之后，她与奥尔登诺夫的爱情也一样，一直持续在温情与恐怖、真实与缥缈、慰藉与诱惑之间。卡捷琳娜自称"把灵魂出卖了"，"我是个遭诅咒的女儿"，她始终在忏悔，在流泪，但就像穆林在告别时对奥尔登诺夫所介绍的那样："她的虚荣心很重！一心追求自由，可是连她自己也不知道她心里追求的是什么。"她疯狂地爱上了奥尔登诺夫，却又十分理智地意识到："不行，我不能做你的第一个心

---

① 见陈桑主编《费·陀思妥耶夫斯基全集》，河北教育出版社，2010年，第1卷，第533页。

② 《女房东》引文为郭家申译文，见陈桑主编《费·陀思妥耶夫斯基全集》第1卷，河北教育出版社，2010年，第415—510页。

上人，不行，不行，亲爱的，我不配做你的心上人。"这不知究竟是爱的崇高和奉献，还是爱的犹豫和变态。在小说中我们还了解到，她当年便在"强盗"和"阿廖沙"之间做过"选择"。如今，她又在老头穆林和房客奥尔登诺夫之间犹豫不决。卡捷琳娜对奥尔登诺夫说："那就明天见吧，我可怜的人儿！……明天见！记住我讲到了什么地方：'请漂亮的姑娘从两个人中做出选择：喜欢谁，不喜欢谁！'能记住吗？能等一宿吗？"后来，她面对奥尔登诺夫和老穆林道出了这样的祝酒词："我们当中有谁喜欢谁吗？要是有人不喜欢谁，那我就偏偏跟这个人要好，并请他跟我干了这一杯。可是你们两个我都喜欢，跟我都亲如家人；那我们就共同举杯，为爱和幸福干杯！"小说作者在小说中多次称恋爱的三方为"疯子"，他们也以此自称或互称，爱的疯狂和分裂，无疑是卡捷琳娜突出的性格特征之一。

　　奥尔登诺夫从睡梦中醒来时突然听到的卡捷琳娜的那段歌声，似乎就是关于卡捷琳娜性格的形象描摹："很近，就在他身边，几乎就在他的床头，歌声开始扬起，最初声音很轻，音调悲切凄凉……歌声时高时低，有时则戛然而止，好像是在安抚隐藏在内心、得不到满足而备受压抑的郁闷心情；时而又放声歌唱，如夜莺啼啭，浑身颤抖，一任凝聚心头的热情肆意抒发，从而汇成一片狂喜的声的海洋，波涛汹涌，茫无涯际，宛如甜蜜爱情最初的瞬间。……他时而听见情欲无法宣泄的心所发出的最后呻吟；时而又打碎自己的锁链，自由奔向爱的无边大海时的窃窃私语，这时候她脸上第一次出现了红晕，透着芳香，带着乞求的神情，流着眼泪，显得既神秘又胆怯；时而流露出一个放荡女子的欲望，不加遮掩，毫无隐讳，对自己的魅力扬扬自得，用色迷迷的眼睛环顾四周，嘻嘻地笑着……"仿佛，卡捷琳娜的双重人格，即她的忏悔和欲望、温顺和放荡、奉献和自由等，都淋漓尽致地体现在她的歌声里了。文学史家米尔斯基注意到了陀思妥耶夫斯基早期创作中这一女性形象与他后期数部思想小说中女性主人公之间的联系，他写道："这部小说（指《女房东》。——引者按）的女主人公，似乎是那些伟大小说中恶魔附身的女性们之先声。"[①]

[①]　Mirsky D.S., *A History of Russian Literature – From the Earlist Times to the Death of Dostoyevsky (1881)*, p. 224.

　　发表于 1848 年的《白夜》（Белые ночи）被誉为陀思妥耶夫斯基最为浪漫抒情、乐观明朗的作品，但即便在这部作品里，陀思妥耶夫斯基仍然写到了男女主人公的终不成眷属，他对女主人公娜斯琴卡（Настенька）的爱情结局也不愿多做交代，作家着墨最多的似乎仍是娜斯琴卡的爱情摇摆和爱情忏悔。娜斯琴卡的父母很早过世，17 岁的她与奶奶相依为命，被瞎子奶奶拴在身边，奶奶用别针将祖孙二人的裙子别在一起，娜斯琴卡毫无自由可言的现实成了孕育幻想的最佳场所。这篇小说的副标题为《一个幻想者的回忆》（Из записки мечтателя），其实，这里的"幻想者"或许该用复数形式才是，因为娜斯琴卡与她同样爱恋的两个男主人公一样都是幻想家，她是一位"女幻想家"。两位主人公在"第二夜"互诉衷肠时，听到男主人公自称"怪人"，并问女方知不知道什么叫"幻想者"，娜斯琴卡这样回答："幻想者！怎么不知道呢？我自己就是一个喜欢幻想的人！有时候坐在祖母身旁，什么想法不往脑子里钻哪。只要我一开始幻想，就非常入迷——简直就要嫁给中国的王子了……要知道，有时会这样也不错——幻想嘛！"男主人公闻之欣喜若狂："太好了！如果您嫁给了中国的皇帝，您就会完全了解我的。"[1] 现实和理想的距离与对立，是娜斯琴卡分裂人格形成的客观环境。在"角落"和"洞穴"成长起来的她，才会突然爱上她家的男房客，"我再也不能和奶奶一起过下去了，我要逃出她那儿，我不愿意让她用别针拴住我，只要他有意，我就和他一起去莫斯科，因为我不能没有他。羞耻、爱情、高傲同时在我心中爆发，我几乎像抽风似地倒在他床上。"在娜斯琴卡此时的心理中，与"爱情"并列的是"羞耻"和"高傲"，这种心理的"三位一体"，或曰情感的三重分裂，对于陀氏笔下的女性而言，实在是再典型不过了。最终，同样面临"选择"，她离开自己信赖的、"上帝派来照看"她的"白夜情人"，却投向了她的旧情人；她要求男主人公为她传递情书，因男主人公为她做出的"某种牺牲"而感动，却颇为心狠地对男主人公说："我喜欢您因为您并没有爱上我。"其实，她自己在内心里并不能保证这次选择的合理性，因为她不像《穷人》中的瓦尔瓦拉那样一多

---

[1] 《白夜》引文为郭家申译文，见陈燊主编《费·陀思妥耶夫斯基全集》第 2 卷，河北教育出版社，2010 年，第 173—239 页。

半是出自"功利的"现实目的，而是在继续她的幻想追寻。就这一意义而言，她也像年已26却未恋爱过的男主人公所自白的那样："谁也没有爱上，爱上的是一个理想，是我梦中的理想。我幻想出许许多多的恋爱故事。"娜斯琴卡的旧情人似乎在怜悯她、折磨她，而她似乎又在怜悯、折磨男主人公，爱情于是就演变成了一场"三角怜悯和折磨"。她与男主人公的分手场景，似乎就是她矛盾情感的外化："天哪，她尖叫一声，身子猛烈地哆嗦了一下；她甩开我的手，直接向他奔去！……我呆若木鸡地站在那里，望着他们。但是她刚想要把手伸给他，投入他的怀抱，却突然转过身来，风驰电掣般地跑到我的身边，在我还没有来得及弄清楚是怎么回事的时候，她的双手已经搂着了我的脖子，热情、着实地吻了我一下。然后，一句话也没说，又朝他奔去，挽着他的手，双双离去。"她在与男主人公分手后写给男主人公的那封信，则更充分地体现了她的情感分裂，或更确切地说是她的爱情分裂："啊，对不起，请原谅我！我跪下来求求你，宽恕我吧！我既欺骗了您，也欺骗了我自己。这好似一场梦，一个幻觉……为了您，我万分痛苦；原谅我，原谅我吧！……""请不要责怪我，因为我对您的爱没有任何改变；我说过，将来我会爱您的，就是现在我也爱着您，比爱还要深。啊，天哪！如果我能同时爱你们两个人该多好！啊，如果他就是您该多好！啊，如果您就是他该多好哇！"

《涅朵奇卡·涅兹瓦诺娃》（Неточка Незванова，1849）是陀思妥耶夫斯基创作中第一部真正的"妇女题材"小说，它最初发表时曾有一个副标题，即"一位女性的故事"，涅朵奇卡（Неточка）也是陀思妥耶夫斯基小说中的第一位女性叙事主人公。涅朵奇卡幼年丧父，在她4岁时，她母亲爱上一位穷乐师叶菲莫夫，把他当成一个了不起的天才，"想到有可能成为一个天才的精神支柱和生活指导，我母亲得意非凡，就嫁给了他"。母亲病逝后，继父将她抛弃，后被X公爵收养，成为一位寄人篱下的幻想家。她在公爵家里过起贵族小姐的生活，学会了阅读，与公爵的女儿卡佳结下深厚却也奇特的友谊，但一位孤女和养女对于其成长环境的敏感和警觉，却使她养成一种集自卑与自尊于一体的强烈个性。由于陀思妥耶夫斯基的被捕和被流放，这部小说未能完成，原来的构思是女主人公最终离开抚养她的家庭而独立自主地生活，成为一位歌唱家。女主人公形象的塑造虽未最终完成，但是，陀思妥耶夫斯基在这部小说中仍首度较为充分地揭示了女主角的内心世界，给出了一条较为清晰的女主角的性格发展史。涅朵奇卡性格中最值得注意的就是其极端性，她极其多愁善感，时刻流露出对自尊的病态维护。米尔斯基注意到了这一"高傲女性"在陀思妥耶夫斯基创作中的重要位置："其童年和少女时代成为这篇小说（指《涅朵奇卡》。——引者按）描写对象的女主人公，是一位贫穷音乐家与前妻所生之女，后在富裕家庭长大，此为陀思妥耶夫斯基那些高傲女性中的第一位，是杜尼娅（《罪与罚》）、阿格拉娅（《白痴》）和卡捷琳娜·伊万诺夫娜（《卡拉马佐夫兄弟》）等人的先驱。"[1] 值得注意的是，陀思妥耶夫斯基同时代的批评家德鲁日宁却认为这部小说"缺乏妇女"，取而代之的是"孩子"，也就是说，这并非一部妇女题材小说，而是一部儿童成长小说。他的意见未必十分精辟，因为，至少可以将《涅朵奇卡》视为一部妇女题材和儿童题材相互结合的小说，但德鲁日宁由此演绎来的一个观点却无疑正确，即他认为："郁闷的涅朵奇卡对小女伴那种疯狂、热烈的依恋被描写得相当真实，相当清晰：在敌对环境的重压下长大的孩子，非常容易养成这种早熟的、离心的激情。"[2] 俄文版《陀思妥耶夫斯基全集》的编著者也注意到："在《涅朵奇卡·涅兹瓦诺娃》的最后一个场景，即女主人公对彼得·亚历山大罗维奇说明真相，陀思妥耶夫斯基首次现实主义地写到他后期大多数作品中反复出现的'凶悍'性格和'温顺'性格的冲突，早在《女房东》中，作家就以假定、浪漫的方式表现过这一冲突。"[3] 也就是说，在涅朵奇卡身上，温顺和凶悍、爱和恨、高傲和奉献，已经构成了某种二元对立。

到《涅朵奇卡·涅兹瓦诺娃》为止的作品，一般被视为陀思妥耶夫斯基的早期创作，出现在陀思妥耶夫斯基早期小说中的这几位女性形象，即《穷人》中

---

① Mirsky D.S., *A History of Russian Literature – From the Earlist Times to the Death of Dostoyevsky (1881)*, p. 225.

② Достоевский Ф.М., *Полное собрание сочинений в тридцати томах*, том 2, с. 502.

③ Достоевский Ф.М., *Полное собрание сочинений в тридцати томах*, том 2, с. 501.

的瓦尔瓦拉、《女房东》中的卡捷琳娜、《白夜》中的娜斯琴卡和《涅朵奇卡·涅兹瓦诺娃》中的涅朵奇卡，虽然相对而言还比较单薄，多为素描式角色，却也已显露出了陀思妥耶夫斯基笔下人物的典型特征，即程度不等的人格分裂，内心情感或外在行为中所蕴涵的深刻矛盾性和强烈冲突感。

第二节　从《被侮辱和被损害的》到《赌徒》

1859 年，陀思妥耶夫斯基结束长达十年的苦役、充军和外省监视居住，终于获准定居都城，他回到彼得堡后发表的第一部作品，就是长篇小说《被侮辱与被损害的》（Униженные и оскорбленные, 1861）。较之于陀思妥耶夫斯基之前的作品，这部小说不仅篇幅更大，人物形象更众，相互之间的关系也更为复杂，具体到其中的女性形象，则首次出现了三个女主角的并列，即娜塔莎、卡佳和内莉。

像陀思妥耶夫斯基之前的几位女主人公一样，娜塔莎（Наташа）也面临着爱的选择，一方是两小无猜的瓦尼亚，一方是父亲的仇人、公爵瓦尔科夫斯基的儿子阿廖沙。她对瓦尼亚（小说的叙事主人公）说："够了，万尼亚，别说了！善良的好心的万尼亚！你真是个善良而正直的人！一句话也不提你自己！是我先抛弃你，而你却原谅了一切，一心只想着我的幸福。你还要为我们传递书信……"①"我其实知道，万尼亚，你以前多么爱我，直到现在还爱着我。可是在整个这段时间里，你没有说过一句责备我的话，没有说过一句让我伤心的话！而我，我……我的主啊，我是多么对不起你呀！你可记得，万尼亚，你可记得我俩在一起的那段岁月？啊，我要是不认识他，要从来没有遇到过他，那该多好哇！那样的话，我就会跟你，万尼亚，跟你，跟我最善良的人、我最亲爱的人，永远生活在一起了！……不，我配不上你！你瞧，我有多坏：在这种时刻还向你提起我俩往日的幸福，而你，即使我不提，也够痛苦的了！……万尼亚，你听着，如果

---

① 《被侮辱与被损害的》引文为艾腾译文，见陈燊主编《费·陀思妥耶夫斯基全集》第 4 卷，河北教育出版社，2010 年。

说我爱阿廖沙爱得丧失理智，爱得发狂，那么我对你的爱也许更为深沉，我把你当成我的知己。我早已感觉到，心里也知道，离开你我将无法生活；我需要你，需要你的心，你有一颗金子般的心……唉，万尼亚！多么痛苦、多么沉重的时刻就要到来了！"娜塔莎面临的是两种相互对峙的爱：疯狂的爱和宁静的爱（兄妹之爱），肉体的爱和灵魂的爱，感性的爱和理性的爱，女主人公似乎总是宁愿为前者而放弃后者，为了折磨和痛苦而放弃宁静和幸福。娜塔莎对万尼亚坦白，她其实并不相信阿廖沙公爵的爱情："我其实早就知道，甚至在我和他相处最幸福的时刻，我就预感到，他所能给我的只有痛苦。可是，既然我现在觉得，连他给我的痛苦也是一种幸福，而又该怎么办呢？难道我现在是为了寻求欢乐才去找他的吗？难道我不是预先就知道，在他那里等待着我的是什么，我会因他而遭受到什么吗？"似乎，为了爱，她宁愿赴汤蹈火，痛饮爱的苦酒，将父仇家恨也抛之脑后，这更凸显出娜塔莎爱的大胆和决绝。根据万尼亚观察："娜塔莎本能地感觉到，她将成为他的心上人和主宰；他甚至将成为她的牺牲品。她预先品味了那份神魂颠倒地爱她所爱的人并苦苦折磨他的快乐，她正因为爱他，才迫不及待地首先委身于他，成为他的牺牲品。"在娜塔莎矛盾乃至变态爱情的左右下，男女主人公的爱情变成了相互折磨，其结果就是让爱的双方（甚至三方或多方）相互成为对方的牺牲品。

卡佳（Катя），一位拥有三百万卢布遗产的伯爵夫人继女，一个"有思想的"女性，但她却又是天真的，叙事主人公这样言及她身上"思想"和"孩子气"的奇特合成："我真想尽快了解这个奇特的姑娘。她还完全是个孩子，但却是一个奇特的有坚强信念的孩子，她有自己坚定的原则，怀着热烈的与生俱来的爱，向往善良和正义。如果当真还能把她叫做孩子的话，那么她应当属于爱思考的这一类孩子。"她的"思想"是富有力量的，因为，"阿廖沙一定会热烈地依恋于她。既然他自己不会思考，不会判断，那他就一定会爱上那些能替他思考甚至替他希望的人——而卡佳已经把他监护起来了"。然而，最能理解卡佳的却是她的"情敌"娜塔莎，娜塔莎对叙事主人公说："我觉得卡佳会使他幸福，她性格刚强，说话总那么自信，对他那么严肃认真——尽讲一些人生大道理，就像她是一个大人似的。其实她呀，她呀，还完完全全是个孩子！一个可爱的小姑娘，可爱的小姑娘！……"

娜塔莎与卡佳相见的一场，是整部小说的高潮之一，这与其说是阿廖沙深爱的两位女性之间的较量和冲突，莫如说是阿廖沙爱情对象的一分为二，或合二为一：

"那么您很爱他吗？"娜塔莎突然问她。

"不错。可是我还想问您一个问题，我这次来就是为了这个：请您告诉我，您究竟为什么爱他？"

"不知道。"娜塔莎答道。她的答话中似乎有一种痛苦的不耐烦情绪。

"您觉得他聪明吗？"卡佳问。

"不，我只是爱他罢了。"

"我也是。我老觉得像是可怜他。"

"我也是。"娜塔莎答道。

"现在拿他怎么办呢！他怎么能为了我而抛下您呢，我真不明白！"卡佳激动地叫道，"现在我见到了您，就更不明白啦！"娜塔莎没有答话，眼睛望着地下。卡佳沉吟片刻，忽地从椅子里站起来，默默无言地抱住了娜塔莎。两人相拥着，哭成了泪人儿。卡佳坐在娜塔莎圈椅的扶手上，一直把娜塔莎搂在怀里，并去亲吻她的手。

两个善良天真的女子，她们的爱要么是怜悯要么是折磨，要么是心中的理念，要么是自虐的冲动，这两位自身情感十分复杂矛盾的女性，却在为爱而自我牺牲的举动上找到了共同语言。于是，阿廖沙在这时冲了进来，"看到她俩互相拥抱，泪水涟涟，他浑身瘫软、痛苦万分地跪倒在娜塔莎和卡佳的面前"，他是在同时向两位女性或曰其爱情对象的两个组成部分膜拜。

小说中的内莉（Нелли）也十分奇特，她虽然只有十二三岁，却已经显露出令人惊诧的性格分裂特征："她的眼神尤其令人吃惊：既透着智慧，又带着宗教审判官的不轻信甚至怀疑。"她天性善良，却拒绝宽恕仇人，不相信任何人，对周围的世界充满敌意。叙事主人公不止一次地揭示了她冷漠外表下的温柔和善良："'好了，您走吧！要是我病上一整年，那您还能一整年不出门'，说完她试着微微一笑，同时又有点古怪地瞥了我一眼，似乎在克制她内心萌生的一种美好的感情。可怜的小姑娘！尽管她生性孤僻，而且显然很倔强，然而她那颗善良而温柔的心还是显现出来了。"然而，她的善良和温柔里却含有某种病态，给她看病的德国老医生说："我发现这个小姑娘爱耍脾气，喜怒无常，甚至喜欢嘲笑人。"叙事主人公这样总结内莉的"歇斯底里"："有这种随心所欲、喜怒无常的表现的，不单是病人，也不只内莉一人。我自己就经常这样：我在室内走来走去，下意识地希望立刻有人来欺负我，或者说上一句可能被当做是侮辱人格的话，那我就能立刻借机来发泄一通心中的闷气。而女人们，当她们以这种方式来'发泄'的当儿，往往会洒下最真诚的眼泪，其中最多愁善感的人甚至会歇斯底里大发作。"小说中，内莉对生父、对妓院老鸨的恨，与她对男主人公和德国老医生的依恋一样，都是病态的，人格分裂的。在作品中，作家将这位小姑娘过早表露出的残忍和爱总结为"受苦的利己主义"（эгоизм страдания）："她受尽屈辱，她心中的创伤无法愈合，于是她似乎故意用这种令人不解的举动，用这种对大家的不信任，来竭力刺激自己的伤口，似乎她以痛苦为乐，以这种受苦的利己主义（假如可以这么说的话）为乐。"小说中还有这样一段话："可是问题在于，史密斯的女儿是世界上最不明智、最偏执的女人。她不是一个平平常常的女人，你只要把所有的情况联系起来考虑一下，就会觉得这是一种浪漫主义——这一切是达到了最荒唐、最疯狂程度的天外奇闻式的愚蠢。"其实，陀思妥耶夫斯基笔下的女性如同他笔下的所有人物一样，都有着程度不一的"偏执"，但将这一性格特征赋予一个小女孩，或曰在一个小女孩的身上发掘此类矛盾构成，这一做法却让人触目惊心。

《地下室手记》（Записки из подполья，1864）被视为陀思妥耶夫斯基最重要的作品之一，它开创了作家创作进程中的一个新阶段，正是在这部作品中，作家首次采用以一个人物形象为中心的小说结构原则，他的小说主角从"多余的人""双重人"过渡到"地下室人",作家的"思想小说"模式在这部中篇中也基本定型。以往,人们在从这个角度归纳《地下室手记》在陀思妥耶夫斯基创作中的意义时,往往对小说中的女性形象丽莎(Лиза)关注不够,仅将她当做男主人公的陪衬。作者对丽莎的形象的确着墨不多,她直到小说的第二部分才现身。陀思妥耶夫斯基小说中此前曾出现过妓女形象(如《被侮辱与被损害的》中内莉置身的妓院和对内莉充满同情的那位妓女),但多是一笔带过,丽莎是陀思妥耶夫斯基笔下第一个得到细致刻画的、作为女主角出场的妓女形象。"地下室人"出于赌气进了妓院,遇见丽莎,对她进行了一番说教,似乎试图拯救她,而当丽莎应男主人公之邀来到他的住处,发现自己的穷困潦倒和内心生活全都一览无余地暴露在丽莎面前的他,意识到自己爱上了这个不幸女人的他,却恼羞成怒、歇斯底里起来,于是开始卑鄙下流地嘲弄丽莎,幸灾乐祸地刺痛她,侮辱她,受辱的丽莎却感受到了对方的痛苦和不幸,开始安慰他,并试图拯救他。"我的慌乱的脑袋里还想到,角色如今是彻底地转换了,她如今成了英雄,而我则像是一个被侮辱、被压倒的造物,就像四天前的那个夜里我面前的她……"[1]。于是,丽莎不仅在性别角色上,而且也在爱的方式和精神生活方面成了"地下室人"的对立面。"地下室人"如此独白:"首先,我已经无法去爱了,因为,我再重复一遍,对于我来说,爱就意味着虐待,就意味着精神上的超越。我甚至终生都无法去想象另一种爱情,我竟到了这样的地步,以至于如今我时常会认为,爱情就是被爱对象自愿提供的对它施行虐待的一种权利。我在自己那些地下室的幻想中,永远把爱情想象为一种斗争,我总是自仇恨开始爱情,用精神的征服来结束爱情,而之后如何处理那被征服的对象,则是我无法想象的了。这又有什么难以置信的呢?既然我已在精神上堕落到如此地步,既然我与'活生生的生活'已如此疏远,以至于她刚才来我这里想听'抱怨的话'时,我却想因这件事去指责她,羞辱她;可我自己却没有猜到,她来这里完全不是为了听抱怨的话,而是为了爱我,因为,对于一个女人来说,所有的复活,所有摆脱各种灭亡的获救,所有的再生,都包含

---

[1] 《地下室手记》引文为刘文飞译文,见陈燊主编《费·陀思妥耶夫斯基全集》第6卷,河北教育出版社,2010年,第167—299页。

在爱情之中，除了爱情，不可能再有其他的表现形式。"善良单纯，富有献身精神，具有拯救力量，具有这些"正面"特征的丽莎，成了陀思妥耶夫斯基笔下最初的女性拯救者之一。丽莎作为"活生生的生活"之代表，作为"地面"甚至"天上"的爱情的象征，与男主人的"地下室爱情"构成对比。用一个富有爱情、心理深刻、勇于自我牺牲的女性作为"多余的人"的对照，这是俄罗斯文学中"多余的人"形象塑造上的一个传统结构模式，但陀思妥耶夫斯基更将丽莎视为一个他所谓的"充分发展了的个性"。丽莎的形象或许尚显单一，但正是在陀思妥耶夫斯基这第一位女性拯救者身上，我们看到了另一种矛盾组合，即肉体之卑贱与灵魂之崇高这两者的合体。

《赌徒》（Игрок，1866）这部小说引人注目，或许是因为其十分明显的自传色彩。陀思妥耶夫斯基自己就曾是个狂热的赌徒，他笔下的波琳娜其实就是以他曾经的情人阿波利纳里娜·苏斯洛娃为原型塑造的，作家甚至连名字都没改动（"波琳娜"是"阿波利纳里娜"的爱称，陀思妥耶夫斯基当年就称苏斯洛娃为"波琳娜"），不过，我们更为关注的还是这部小说的女主角波琳娜（Полина）。这是一个光彩四射的形象，是陀思妥耶夫斯基笔下"高傲女性"的极端。与陀思妥耶夫斯基之前的小说一样，这部小说中男女主人公的爱情也被描写得爱恨交加，终不成眷属。男主人公阿列克谢这样描写他对波琳娜的爱："我现在又一次问自己：我爱她吗？而且又一次不能加以回答，或者不如说，我重又第一百次地对自己说：我恨她。真的，我真是恨她。有过这种时刻（即每次我们谈话结束之时），我真想把她掐死，即使为之舍弃我的后半生也甘心！我发誓：如果有可能用一把尖刀慢慢刺入她的胸膛，我觉得我一定会无比痛快地抓起这把刀来。但是我同样以最神圣的名义起誓：如果在施兰根别格山上她确实对我说'跳下去吧！'，我一定会立刻跳下去，甚至也会感到无比痛快。"[1]出于对波琳娜的爱，主人公愿意替她去赌轮盘赌，或为了她去赌，由此，小说男主人公的"赌徒"身份便多出了一层内涵，即他想通过轮盘赌赢得的不仅是金钱，而且还有爱情。同样，波琳娜也

---

① 《赌徒》引文为刘宗次译文，见陈燊主编《费·陀思妥耶夫斯基全集》第6卷，河北教育出版社，2010年，第355—531页。

可以被视为一位"女赌徒",她同时为三位男人所爱,即法国"高利贷者"德·格里叶、英国"糖商"阿斯特列和俄罗斯"赌徒"阿列克谢,她在三个国家的三位男人间游走,乐于享用她对男性追求者的无上权威,她看似在随意地投注爱情,实则过于看重结果,这不啻为一场爱情豪赌。在这整个过程中,她的爱是分裂的,情感也时常是矛盾的。在阿列克谢给她带来赢得的巨款时,她突然"开始了一阵歇斯底里的发作","好像完全丧失了理智":"把我买去吧!想买吗?想吗?和德·格里叶一样,用五万法郎,是吗?"她随后出现的面部表情和肢体语言,成了她内心矛盾情感的外露:"她脸上显现出心事重重和思绪万千的神情,我为她感到害怕,我觉得她肯定是神智失常了。她忽然无言地偎依着我,脸上浮现出以心相许的微笑,忽然又把我推开,还是用阴沉的眼光凝视着我。""我始终注视着她的一举一动,我从未见过她如此狂热地表现出温柔和爱情。当然,这是一种梦幻般的呓语,但是……她发现我热情地望着她时,忽然开始狡黠地微笑,然后又忽然没来由地说起阿斯特列先生。"小说作者并未最终写明波琳娜的抉择,只是借阿斯特列之口对"赌徒"说:"她需要很长时间,才能做出决断。"作者实在不愿写出她的决断,因为她一旦做出选择,就意味着她的爱情赌局之结束,她的情感矛盾之调和,以及她的高傲个性之淡化。

《被侮辱与被损害的》中的娜塔莎、卡佳和内莉这三位女性形象构成一个相互补充的三角形,而《地下室手记》中"温顺的"丽莎和《赌徒》中"高傲的"波琳娜则形成一个鲜明的对照,我们在陀思妥耶夫斯基之后的小说中会发现,诸如此类的或相互补充或相互比照的女性形象关系得到了进一步的发展和深化。

第三节　索尼娅:"被神圣化的妓女"

《罪与罚》(Преступление и наказание, 1866)① 是一部给陀思妥耶夫斯基带来

---

① 译文参见力冈、袁亚楠译《罪与罚》,见陈燊主编《费·陀思妥耶夫斯基全集》第7、8卷,河北教育出版社,2010年。

世界性声誉的小说，在这部小说中，陀思妥耶夫斯基第一次让女主角赢得了几乎能与男主角平起平坐的地位。索尼娅（Соня）的形象为人们所津津乐道，她体现出的最突出特征，即"被神圣化的堕落女性"。《罪与罚》的男女角色结构模式在《地下室手记》中即已出现，但不同的是，丽莎还只是一个过场人物，而索尼娅的形象却贯穿小说始终，是一个对于小说的结构和主题而言均不可或缺的重要角色。

与其他被迫成为男性牺牲品的女性不同的是，索尼娅是主动选择牺牲自己，成为所谓的"堕落女性"的。索尼娅的身世，通过她父亲在酒馆里和拉斯科尔尼科夫的谈话被讲述了出来。索尼娅是马尔梅拉托夫和前妻留下的女儿，几乎没受过什么教育，马尔梅拉托夫一家生活在赤贫之中，为了让家人不至于饿死，索尼娅主动走上街头去卖笑。她第一次出去"干那种事情"回来后的场景——蒙头无声地抽泣，瘦小的肩膀和身子抖个不停，而继母伏在她脚边吻她——恐怕是世界文学中对苦难、羞辱与悲惨最令人心痛心的描述。后来，拉斯科尔尼科夫对索尼娅说："投水自尽，一下子结束这一切，倒更正确些，正确一千倍，也明智一千倍！"索尼娅对此并不感到惊讶，她的一句反问"那他们呢？"（指家里等着吃饭的弟弟妹妹们）说明她根本没有其他选择。正如索尼娅的父亲所说："贫穷的时候，您还能保持自己天生感情的高尚气度，在赤贫的情况下，却无论什么时候，无论什么人都做不到。"索尼娅为了家人的温饱，牺牲了自己的贞洁，走上了出卖肉体的道路，这是一个极端自我牺牲的女性形象。

小说中另外一个女性人物形象杜尼娅（Дуня）和索尼娅有很多相似的地方。她为了让哥哥和母亲过上好日子，不惜牺牲自己，打算嫁给一个卑鄙下流的律师卢任。卢任坚持和一个地位、金钱上低于自己的女性结婚，就是想营造一种高高在上的位置，以控制女性。他希望杜尼娅一家无依无靠，以便更好地支配他们，充分享有男性的权力。卢任是在杜尼娅的事情闹得满城风雨后才决定娶她的，他指望因此而得到报答和补偿，他希望女性"经历过很多磨难，百依百顺，终生都认为他是自己的恩人，崇拜他，服从他，赞美他，而且心中只有他一个人"。这样的一个女人，为了他的英勇行为将终身像奴隶一般对他感恩戴德，诚惶诚恐地在他面前卑躬屈膝，而他对她却拥有无限和完全的权力。从本质上说，杜尼娅的牺牲和索尼娅的牺牲并无本质区别，只不过她出卖肉体的行为裹上了婚姻的合法外衣。认清卢任的嘴脸后，杜尼娅放弃了这段金钱婚姻，后来她又举枪朝向企图侮辱她的斯维德里盖洛夫，捍卫自己的尊严。这一形象和《白痴》中的阿格拉娅、《卡拉马佐夫兄弟》中的卡捷琳娜·伊万诺夫娜等一样，被论者认为女性主义者的先驱①。

但是，索尼娅身上没有杜尼娅的反抗精神，她把一切苦难、侮辱和诽谤都默默地承受下来，她用她的道德和宗教精神化解这些，把它们当作生活的一部分。索尼娅又是一个纯洁的形象，她身上没有淫荡，没有肉欲的引诱，她对自己的行为感到深深的耻辱。在作品里对索尼娅不多的外貌描述中，作家强调她的苍白瘦弱、胆怯年幼："这是一个衣着朴素，甚至穿得像穷人一样的姑娘，还十分年轻，像个小姑娘……"，"尽管她已经 18 岁了，可看上去还几乎是个小姑娘，好像比她的实际年龄小得多，几乎完全像个小孩子……"。有评论者认为，正是因为这些，淫荡是来不及也不可能深入她的内心的②。索尼娅清醒地知道自己所从事的职业是多么卑微和低贱，当她看到别人对她彬彬有礼时，她会感到发窘，脸上甚至还会出现某种痛苦的表情，似乎为别人的客气感到难过。索尼娅的行为和这一类别中的其他女性十分不同，她从来没有过玛丝洛娃那种不由自主流露出来的放荡，也没有纳斯塔西娅·菲利波夫娜的纵情享乐。虽然在衣着上她"像街头妓女那样打扮得颇为入时，合乎在他们那个特殊社会里形成的趣味和规矩，而且带有明显、可耻的露骨的目的"，但在内心深处，索尼娅任何时候都没与这种身份妥协过。她出卖了自己的肉体，然而灵魂却是和从前一样纯洁。

索尼娅第一次拜访了拉斯科尔尼科夫的寓所之后，无论是男主人公还是他的妹妹，都感觉到一阵莫名的高兴，所有人都不自觉地体会到，伴随着索尼娅的到来，他们的生活中会出现某种无法预知的重要的、高尚的东西。这是索尼娅和

---

① Ed. Rosalind Marsh, *Women and Russian Culture*, p. 17.

② Мейер Г. А., 'Свет в ночи (О «Преступлении и наказании»). Опыт медленного чтения', Сост. С.В. Белов, *Русские эмигранты о Достоевском*, СПб.: Андреев и сыновья, 1994, с. 356.

拉斯科尔尼科夫真正结识的开始，也正是从这个时候起，索尼娅在精神上永远地进入了拉斯科尔尼科夫的家庭。她的出现，恰好是拉斯科尔尼科夫内心最为痛苦的时刻。男主人公实践自己的"超人"理论，残忍地杀害了放高利贷的老太婆和她的妹妹，但事实证明，他并不是"拿破仑"，他不属于那些压迫者和破坏者，他在罪与非罪、悔罪与抗罪的情感搏斗中痛苦万分。与其说他杀害的是那两个老太婆，不如说他杀死的是自己。索尼娅为拉斯科尔尼科夫朗读《福音书》的情节，是整部小说的高潮和"思想动力枢纽"，拉斯科尔尼科夫在她身上看到了赎罪和复活的可能，看到了走近上帝和真理的希望。在索尼娅的感召下，拉斯科尔尼科夫下定决心去警察局自首。

陀思妥耶夫斯基在谈到《罪与罚》的思想时说："在舒适中没有幸福，幸福是用苦难赎回的。人永远只能用苦难来赢得幸福。"[①] 索尼娅是一个受难者，她尝遍了人间的几乎所有苦难，在被侮辱和损害的生活中，她以宽容、沉默和对上帝的虔诚的爱为自己寻找生存的出路："没有上帝，我还能做什么呢？"作者通过这样一个形象来寻求世界上的和谐和真理，或者说，索尼娅就是这种真理的化身。拉斯科尔尼科夫最终扑倒在她脚下，说道："我不是膜拜您，而是向人类的一切苦难下拜。"在《圣经》中抹大拉的马利亚伏在耶稣脚下，而在陀思妥耶夫斯基笔下，索尼娅则被神圣化为苦难之母、基督之爱的化身，成为男主人公的道德评判者、启示者和挽救者。正如一位评论者所说："上帝接受了马利亚·抹大拉，驳斥了法利赛人。陀思妥耶夫斯基模仿他，歌颂了索尼娅·马尔美拉托娃……他为我们展示了人类心灵深处等待实现的一个奇迹。"[②]

在小说结尾，拉斯科尔尼科夫在西伯利亚服苦役，而索尼娅也跟随他去往那里，在西伯利亚流放地，她成为所有罪犯们喜爱和信任的人，索尼娅为罪犯们做事，又一次体现了她圣洁的博爱之心，所有犯人都称她为"母亲""妈妈"。在索尼娅的爱的感召下，拉斯科尔尼科夫的精神和身体都恢复了健康，在小说的结

---

① М. М. Дунаев, *Православие и русская литература*, том 3, с. 475.

② Мейер Г. А., 'Свет в ночи (О «Преступлении и наказании»). Опыт медленного чтения', Сост. С.В. Белов, *Русские эмигранты о Достоевском*, с. 359.

尾，他拿起《福音书》，索尼娅的信仰成了他的信仰，拉斯科尔尼科夫重新回到上帝的身边，实现了精神上的复活。

纳博科夫在谈到《罪与罚》时写到，陀思妥耶夫斯基的主人公们"在整部作品的进程中，没有作为个体进行发展"，他笔下是一些已经定型的人物形象，直到小说结尾。[①] 索尼娅或许就是这样一个"已经定型的人物形象"，她是作为小说中一个实现拯救功能的人物而出现的。如果说，作家对拉斯科尔尼科夫的犯罪、思想斗争和忏悔进行了详尽阐释，那么，我们却看不到索尼娅的深刻心理、她的所思所想。在小说的一开始，她就是一个饱受苦难、充满宽恕、忍耐和牺牲精神的少女，她对男主人公的命运起到了绝对重要的作用，但是作家对她的描述却是吝啬的。正如纳博科夫所说："出现在我们面前的是一个典型的模型。我们只得相信作者的话。"[②] 索尼娅代表了作家想要表达的爱与宽恕的精神，体现人类的所有痛苦，她是一个"苦难的圣母"，也是陀思妥耶夫斯基希望用人类的痛苦来净化自身、求得理想这一思想的化身。

从某种意义上说，索尼娅等被神圣化的堕落女性形象，与普希金的塔吉雅娜等理想女性形象十分相似，只是她们悲惨的命运更容易引起读者的同情，而她们身上所具有的美好品质在其命运的衬托下则变得更为突出了。更为重要的是，在索尼娅看似"定型"的形象中，仿佛始终没有发展的性格中，却已然包含着陀思妥耶夫斯基有意置入的一对矛盾体，即"神圣"与"堕落"，受难与博爱，卑贱与崇高。《罪与罚》最初连载于《俄罗斯导报》，该刊主编曾对小说中让一位"堕落女子"宣读《福音书》的处理提出异议，并要陀思妥耶夫斯基做出修改，陀思妥耶夫斯基坚持将索尼娅写成拉斯科尔尼科夫精神复生的引路人，但也在一定程度上减少了索尼娅的话语分量，淡化了她话语中的"思想"成分。这个文学史典故，能使我们更为具体、充分地意识到，陀思妥耶夫斯基赋予索尼娅这一形象的矛盾组合在当时具有怎样的超前勇气和创新意义。

---

① В. В. Набоков, 'Федор Достоевский', Сост. С. В. Белов, *Русские эмигранты о Достоевском*, с. 382.

② В. В. Набоков, 'Федор Достоевский', Сост. С. В. Белов, *Русские эмигранты о Достоевском*, с. 384.

第四节　纳斯塔西娅："高傲的女性"

　　"《白痴》和《罪与罚》一样,都有两个同样重要的男性和女性主人公。两书中的女主人公都是被欺凌和被侮辱的。不同的是,《白痴》的男主人公负担的是《罪与罚》女主人公的作用,都是'顺从'的宣扬者和实践者;《白痴》里的女主人公与《罪与罚》的男主人公也有共同点,即'高傲',而这在作者看来是她和他不幸的根源。"①也就是说,两部作品中的男女主角的身份正好倒了一个个儿。《白痴》(Идиот, 1868—1869)②中的女主人公,即"高傲的"纳斯塔西娅·菲利波芙娜(Настасья Филипповна),是陀思妥耶夫斯基笔下最富个性的女性形象之一。

　　相对于"好"女人而言,陀思妥耶夫斯基对"坏"女人,或者说对堕落的女性形象更感兴趣。他塑造的妓女形象,如《罪与罚》中的索尼娅、《地下室手记》中的丽莎和《卡拉马佐夫兄弟》中的格鲁申卡等,与19世纪文学中众多的堕落女性构成了一个独特的文学形象群体。如果说,19世纪俄罗斯文学中的堕落女性形象大多以净化自我心灵、实现对男主人公的精神救赎为最终归宿的话,那么,陀思妥耶夫斯基的《白痴》中的女主人公纳斯塔西娅·菲利波芙娜则是其中较为独特的一位,她并没有成为作者道德理想与精神追求的载体,而是为自己的命运展开了疯狂的报复。

　　陀思妥耶夫斯基本人认为,纳斯塔西娅·菲利波芙娜是《白痴》中"两个主人公"之一,她的命运是小说的真正核心和情节基础,虽然小说只在第一部和第四部集中描写了她与其他小说人物尖锐复杂、充满戏剧性的关系,在另外两部中,这一紧张线索被其他与女主人公并无特别密切关系的事件所中断,但整部小说主要情节的展开几乎都是围绕她进行的。在小说中,纳斯塔西娅·菲利波芙娜与其他作家笔下的"堕落女性"一样,在少女时代就失去贞操,成为赤裸裸的男

　　① 陈燊:《〈陀思妥耶夫斯基小说故事总集〉序》,见《陀思妥耶夫斯基小说故事总集》,上海文艺出版社,1996年,第16页。

　　② 中译见张捷、郭奇格译《白痴》,见陈燊主编《费·陀思妥耶夫斯基全集》第9、10卷,河北教育出版社,2010年。

性欲望的牺牲品。她16岁就被地主托茨基包养，之后又分别被几个男性"崇拜者"倒卖、转让。由于从小受到的畸形教育，她身上集中了很多相互矛盾的个性特征：她具有"可以翻转世界的美貌"，然而这种美又被情欲膨胀的男性所践踏和亵渎，成为导致其不幸命运的主要原因；她生性高傲，但曾经被蹂躏的命运又导致她畸形的心理状态和无尽的自卑感；她受过不错的教育，但有时候却显得无礼和粗鲁；她对自己的处境有清醒的认识，但又时常做出错误的选择，自暴自弃，玩世不恭。小说中的男性，如托茨基、罗戈任、加尼亚、叶潘钦将军等，都将她视作可以用来进行交易的商品，用来换取安定的生活和金钱的资本，或把她当作满足情欲的工具，可以随时得到或丢弃。纳斯塔西娅·菲利波芙娜与《罪与罚》中的索尼娅等女性不同的是，她的所谓"堕落"不是因为挽救家庭经济危机而进行的自我放逐，她曾一度甘于自己的命运，直到她听说托茨基想离开她为止。

在《白痴》的第一部中，纳斯塔西娅·菲利波芙娜的命运与陀思妥耶夫斯基小说中的其他"堕落女性"的形象并无本质差别，同样是"被侮辱与被损害的"，生活在社会底层。但纳斯塔西娅·菲利波芙娜并未长久地保持她受害者的形象，与那些"堕落女性"不同的是，她本可以获得自由，摆脱被包养的身份，重新选择自己的命运，但她拒绝了这些，她一边过着纯洁的生活，一边却又病态地炫耀自己被包养的身份，她身上没有发生所谓的"蜕变"，既没有"同化"他人，更没有被"同化"，她选择为自己被蹂躏的命运而进行疯狂的、歇斯底里的复仇。在纳斯塔西娅·菲利波芙娜最终决定自己命运的那次命名日宴会上，女主人公当着所有"崇拜者"的面宣布自己的决定，她拒绝公爵的求婚，把巨额现金扔进火堆，选择跟罗戈任离开，这种狂欢式的故事情节让小说中几乎所有人的生活都发生了突变。在小说的后两部，纳斯塔西娅·菲利波芙娜的行为越来越让人难以理解，她在梅什金公爵和罗戈任之间不断地选择，来回摇摆，报复并折磨着这些男性。小说中反复出现的纳斯塔西娅·菲利波芙娜疯癫的、神经质的大笑，她无常的行为、惨白的面孔，以及小说中间歇出现的各个人物对她的"女疯子""魔鬼"之类的评价，让她从一个无辜的牺牲者变成了具有破坏力量的狂欢女性。她身边的男性与其说是渴望她的美色，不如说是害怕她，进而敌视她，仇恨她，托茨基、加尼亚怕她即使"不顾体面戕害自己，不惜流放到西伯利亚去做苦役，也要把她深恶痛绝的那个人尽情羞辱一番"，他们像恨"自己的梦魇一样恨她"，就连最同情女主人公的梅什金公爵，在经历了纳斯塔西娅戏剧性的逃跑之后，也说不出自己究竟是爱她还是怕她，因为她总是要在最后关头"像扯断一根烂线一样扯断他的整个生命线"。在《白痴》中，梅什金叙述了玛丽的故事，他用同情和怜悯挽救了一个和纳斯塔西娅·菲利波芙娜命运相同的堕落女性，让她在死前得到了心灵最纯洁的孩子们的爱戴。正如梅什金认为玛丽无罪、不幸一样，纳斯塔西娅·菲利波芙娜在他眼中也是一个值得同情的人，他一再强调他对她的感情同对玛丽的一样，并非爱情，而是怜悯，但遗憾的是，他的怜悯并没有让玛丽的故事在纳斯塔西娅·菲利波芙娜身上重演，他成为一个失败的挽救者。在情节上看，纳斯塔西娅·菲利波芙娜的命运和《茶花女》中的玛格丽特大致相同，但相对于后者以更为高尚的品格来报答阿芒德的浪漫主义情怀，纳斯塔西娅·菲利波芙娜选择的是以红颜祸水的行为破坏公爵的爱情和生活。此刻，她已不再是一个牺牲者，而成了一个对男性怀有变态复仇快感的女性。此外，纳斯塔西娅·菲利波芙娜几乎可以算作神话中美杜莎、喀耳刻、时母等魔鬼女性形象的同道，她和她们一样威胁男性，窃取男性的生命力，在她翻天覆地的狂欢行为中，发生改变的不仅是男主人公们的命运以及她自身的存在状态，更具威胁意味的是，她的存在让梅什金公爵的性别渐渐模糊，发生了某种趋近于女性气质的转变。在小说的第四部，梅什金成了被纳斯塔西娅·菲利波芙娜和阿格拉娅抛弃的对象，无论他具有多么宽宏的美德和胸怀，他对于女主人公们而言仍是无能为力的，他彻底失败了。他从一度追求女人的男子成了女性之间争夺的目标，继而被抛弃，小说人物的性别特征因而发生了转换。从这个意义上说，纳斯塔西娅·菲利波芙娜的存在太具危险性，因此她只能遭到死亡的惩罚。小说中，纳斯塔西娅·菲利波芙娜"纹丝不动地躺在床上……在发白的花边上面放着从被单底下露出的一只光脚的足尖；这足尖仿佛用大理石雕成，死板得令人害怕"。纳斯塔西娅·菲利波芙娜从一个活生生的、令很多男性垂涎同时又令他们害怕的身体，变成了一个冰冷

的、没有生命的、可怕的存在。值得注意的是，纳斯塔西娅·菲利波芙娜的死亡
却促成了梅什金和罗戈任的和解，两人之间曾存在的仇恨、恐惧和嫉妒在女主人
公的尸体前化为乌有，取而代之的是安慰和相互协助，梅什金几乎成了罗戈任杀
害纳斯塔西娅·菲利波芙娜的共谋，这与小说中纳斯塔西娅·菲利波芙娜和阿格
拉娅之间的嫉妒与竞争关系形成了鲜明对比。

　　陀思妥耶夫斯基对女性问题有自己的思索，纳斯塔西娅·菲利波芙娜只是
这种思索的一部分，由于纳斯塔西娅·菲利波芙娜个性的复杂，作家对女主人公
命运以及随之而来的女性问题的看法也非常模糊，令人难以理解。从小说的叙述
语气上看，陀思妥耶夫斯基对纳斯塔西娅·菲利波芙娜的反叛以及阿格拉娅所追
求的女性的自由是持怀疑态度的，他略带嘲讽的语气可以证明这一点。值得注意
的是，巴赫金在《陀思妥耶夫斯基诗学问题》中谈及陀思妥耶夫斯基小说的狂欢
化特征时，曾不止一次地以纳斯塔西娅·菲利波芙娜的形象为例。巴赫金写到，
在纳斯塔西娅·菲利波芙娜命名日聚会的"著名场面"中，"纳斯塔西娅·菲利
波夫娜的话听起来也如同狂欢广场上脱冕时那种狎昵的语言"[①]，他随后又写道：

　　女主人公纳斯塔西娅·菲利波夫娜，同样从普通的生活逻辑中，从普通生
活里人与人的关系中游离了出来。她在各个方面的行为举动，也同样总是**违背**自
己在生活中的地位。不过她的特点是不时出现的病态的紧张，她不具有天真性和
完整性。因之，她是"疯子"。

　　正是环绕着消失的这两个中心人物——"白痴"和"疯子"——整个生活
都发生了狂欢化，变成为"翻了个儿的生活"。因为传统的情景场面从根本上改
变了自己的作用；展开了不断演变的狂欢体的手法，如尖锐的对立、突如其来的
更替变化；消失的次要人物都获得了狂欢体的伴音，配成了狂欢体的对偶。

　　狂欢和奇幻的气氛贯穿作品的始终。但这气氛围绕着梅思金，是明朗的，
几乎是欢快的；围绕着纳斯塔西娅·菲利波夫娜，则是阴沉的。梅思金是在狂欢

[①]　巴赫金：《诗学与访谈》，白春仁、顾亚铃等译，河北教育出版社，1998年，第193页。

节的天堂里，纳斯塔西娅·菲利波夫娜则是在狂欢节的**地狱**里。不过这天堂与地狱，在小说中是交叉的，以多种形式相互交错着，根据狂欢体深刻的两重性规律相互反映着。①

巴赫金从狂欢化的角度解读纳斯塔西娅·菲利波芙娜"深刻的两重性规律"，为我们理解这一女性形象提供了一个独特的视角。

《白痴》中还有一个突出的女性形象，即叶潘钦将军的小女儿阿格拉娅（Аглая）。梅什金公爵在第一次见到阿格拉娅的时候便脱口而出："太美了！几乎和纳斯塔西娅·菲利波芙娜一样美……"，阿格拉娅的性格和做派也几乎与纳斯塔西娅·菲利波芙娜如出一辙，是一个"高傲女性"。她和纳斯塔西娅·菲利波芙娜一样，不明不白地爱着梅什金公爵，或是出于对公爵基督般纯洁的钦佩，或是出于对公爵孩子般软弱的怜悯。阿格拉娅与纳斯塔西娅·菲利波芙娜一样，其性格在某种程度上也呈现出女性的男性化，以衬托梅什金公爵身上的女性化特征。在陀思妥耶夫斯基之前的"爱情题材"小说中，情节的结构模式常是以女性为中心的三角恋爱关系，即两位男性同时追求一位女性，如《穷人》、《女房东》、《白夜》等，到了《被侮辱与被损害的》，这一结构开始复杂化、"复调"化，其中既有娜塔莎面对瓦尼亚和公爵时的双重选择，也已出现娜塔莎和卡佳的爱情争夺，只不过，后一个三角关系似乎尚处于次要地位。而在《白痴》中，由梅什金公爵、罗戈任和纳斯塔西娅·菲利波芙娜构成的三角关系，已经与由梅什金公爵、纳斯塔西娅·菲利波芙娜和阿格拉娅构成的三角关系相等同，两个三角关系相互交叉、叠合，使得人物性格的复杂性和丰富性有了更为充分的展示时间和空间。相对于纳斯塔西娅·菲利波芙娜而言，阿格拉娅的形象较为单调、苍白，但是其冲动和"病态"却依然得到了作者不遗余力的渲染。小说的第四部第八章这样描写纳斯塔西娅·菲利波芙娜和阿格拉娅的会面（其实是四位当事人的"聚会"，梅什金和罗戈任始终是"旁观者"）："最后纳斯塔西娅·菲利波芙娜脸上出

---

① 巴赫金：《诗学与访谈》，白春仁、顾亚铃等译，河北教育出版社，1998年，第232页。

现了一种令人感到不祥的表情；她的目光变得更加固执和坚定，几乎充满着仇恨，一动不动地盯着到来的女客。阿格拉娅看来有些发窘，但是并不胆怯。进门后，她匆匆瞥了一眼自己的对手，然后垂下眼帘一直坐在那里，如同陷入了沉思。她似乎有意无意地朝房内四处看了一两次；她脸上明显地流露出了厌恶的神情，好像害怕在这里把自己弄脏似的。她下意识地整了整自己的衣服，甚至有一次还不安地换了个座位，把身子挪到沙发角里。她本人也未必意识到自己做了这个动作；但是正因为是无意识的，这些动作就更使人看了不舒服。最后她终于断然地直视纳斯塔西娅·菲利波芙娜的眼睛，立即看清了她的情敌愤恨的目光里闪现的一切。一个女人明白了另一个女人的心思；阿格拉娅不禁打了个寒战。"两位女性的激烈对峙和冲突，无疑强化了这两位女性身上的男性力量，陀思妥耶夫斯基似乎想让这两种类型有所不同的"高傲女性"同时作用于一个女性化的"温顺男性"，以便在性别的倒错中凸显主人公们情感的分裂和精神的乖张。

第五节　"思想小说"中的女性形象

《群魔》（Бесы, 1871—1872）[①]是陀思妥耶夫斯基最重要的"思想小说"之一，也可以说是一部地道的"男性小说"，较之于之前的小说尤其是《白痴》等，《群魔》中的女性形象处于相对次要的地位，几位女性角色如莉扎（Лиза）、玛丽娅·列比亚德金娜（Марья Лебядкина）、玛丽娅·沙托娃（Марья Шатова）、达莎（Даша）和玛特廖莎（Матреша）等，均是围绕男主人公斯塔夫罗金设计的，她们的形象均未获得细致的描写和充分的刻画。但是，从女性主义的角度来看，这些女性形象却对斯塔夫罗金形成包围之势，从不同的角度映照斯塔夫罗金，"她们全都像镜子一样，反射着这个魅力十足的恶魔的不同形象"。莉扎对斯塔夫罗金的爱情终以失败告终，最后远嫁他乡；身为养女的达莎爱过斯塔夫罗金，最终看透了这位公爵少爷的本质；另外三位女子则均成为斯塔夫罗金的牺牲品，瘸腿的

---

① 中译见冯昭玙译《群魔》，见陈燊主编《费·陀思妥耶夫斯基全集》第 11、12 卷，河北教育出版社，2010 年。

疯癫女玛丽娅·列比亚德金娜被男主人公恶作剧式地娶为妻子，沙托夫的妻子因斯塔夫罗金而怀孕，幼女玛特廖莎遭斯塔夫罗金奸污，她们最终均无一例外地悲惨死去。这五位女性形象，都象征着对以斯塔夫罗金为代表的男权世界发出的谴责和做出的反抗，"《群魔》表明作者将同情转向了第二性，这是通过刻画女性角色对男性的反叛行为表现出来的"。"《群魔》中女性实际上不是男性的镜像，反而打破、砸碎了男性的镜子。通过三个对斯塔夫罗金觉醒但最终死去的女性，陀思妥耶夫斯基逐步深入地刻画了斯塔夫罗金的毁灭过程。丽莎（即莉扎。——引者按）最后打碎了斯塔夫罗金这一偶像，不是出于玛丽娅的圣愚式抗议，而是采取了萌芽状态的女性主义式抗议。""在《群魔》之后的作品中，'女性'不再像《罪与罚》中那样被当做受压抑的一方。"①

在陀思妥耶夫斯基涉及女性形象的作品中，《温顺的女人》(Кроткая, 1876)②别具一格。从小说标题看，这是一篇以女性为叙述对象的小说，但女主角却仅为一具停放在屋内的尸体，自始至终一言不发，整部小说都是她的丈夫、当铺老板的"独白"。从"不出场的"女主角这一点看，《温顺的女人》近似陀思妥耶夫斯基的处女作《穷人》；从男主人公独白叙事的角度看，《温顺的女人》又无疑是《地下室手记》结构方式的延续。一位年逾四旬的当铺老板娶了一位年仅 16 岁的少女为妻，这位身为养女的姑娘曾是他的顾客，她的穷困和窘迫给了男主人公以机会，他以婚姻的方式完成了自己对她的拯救，并因此而自得，他爱自己的妻子，却又试图以冷漠的态度和严厉的"规矩"来维持"我们间的不平等"，并为这种不平等而"着迷"，他的生存焦虑和病态人格也成为对妻子的永久折磨，终于，"温顺的女人"开始了反抗，开始意识到生活的不幸和无聊，最后，在丈夫向她表示出前所未有的温情和爱恋之后，她却选择怀抱圣像从楼上的窗口一跃而下，"温顺地"结束了自己的生命。陀思妥耶夫斯基在小说开头的《作者的说明》

---

① 尼娜·珀利塔·斯特劳斯：《陀思妥耶夫斯基与女性问题》，宋庆文、温哲仙译，吉林人民出版社，2003 年，第 124、128、137—138、140 页。

② 中译见张羽译《温顺的女人》，见陈燊主编《费·陀思妥耶夫斯基全集》第 19 卷，河北教育出版社，2010 年，第 484—532 页。

中这样概括"故事的主旨":"请你们想一想,有这样一个丈夫,在他身旁的桌子上躺着他自杀的妻子,她是几个小时之前从楼窗跳下去自杀的。他还惊魂未定,还顾不上梳理自己的思想。他在各个房间走来走去,竭力要把发生的事情思考个明白,'要把自己的思绪集聚到一点上'。这是一个根深蒂固的抑郁症患者,是那种自言自语的人。这不是,他正在跟自己说话,说的就是这件事,在向自己做解释。他的话看上去虽然有条不紊,可是在逻辑上、情感上,却时不时地自相矛盾,他时而为自己辩解,时而责备她,时而又转向不相干的解释:这里面既有思想上和心灵上的糊涂,又有深厚的感情。"就在丈夫的辩解和责备、思念和忏悔的相互交织中,这个无名无姓的女主人公形象逐渐清晰地显现了出来。作者在作品中并未过多地描写"妻子"的内心(因为作为叙述者的"丈夫"始终并不真正理解他妻子的内心世界),但我们却能感觉出这位女性深刻矛盾着的内心情感以及由这种矛盾性派生出的心理变化和发展。女主角的内心世界往往是借助一些外部事件、神情或举动来揭示的。她起初在那位姑姑做主,要她嫁与的"胖商人"和这位对《浮士德》略有所知的"当铺老板"间做出选择,对未来的家庭幸福似乎充满希望,和丈夫一起去剧院"看戏","当初就是她常常扑到我的怀里拥抱我。她爱我,说得确切些就是她愿意爱我";在庸俗的小市民生活中,她或许很快就意识到了,她自己也像她母亲留给她的那些并不值钱的"小物件"一样被典当给了"当铺老板"。在她逐渐意识到她与丈夫间的"性别不平等",感受到家庭和幸福、爱情与冷漠等等之间的距离之后,她逐渐开始有意表现出对金钱的漠视,开始露出"讥刺的微笑",然后,是与丈夫同样的冷漠和沉默,"她露出倔强的神情。其实就是'反抗,要自己做自己的主',只不过她不知怎样做罢了。的确,这幅温顺的面孔越来越暴躁了"。后来,她竟发展到在丈夫熟睡(丈夫其实是在假寐)时向他的脑门举起手枪。而真正令丈夫感到恐惧的,却是在他听见妻子久违的歌声之后:"颤抖的微弱的断断续续的歌声又在我心中突然响起来,我激动得连气都喘不过来。遮眼布落下了,落下了!她既然当着我的面唱,那就是把我忘记了——这是一目了然的,也是可怕的。我的心感觉到了这一点。但是,在我的心中洋溢着喜悦,喜悦压倒了恐惧。"然而,这种因为"恐惧"而生的变态喜悦，以及随之而来的爱的表示，却使妻子难以承受，"原因很简单，对待我必须诚实：爱就爱得毫无保留，而不能像应付那个商人的那种爱法。然而她太纯洁，太清白了，她不能像商人所需要的那样去爱，她也不愿意欺骗我。她不愿意把半份爱情或者四分之一的爱情当作完整的爱情来欺骗我。她这种人太真诚了，事情就出在这里！"于是，在丈夫到家之前的五分钟，她"向前迈了一步，把圣像紧捂在胸前，从窗口跳了下去"。她在婚后不长一段时间内发生的这些心理和情感变化，波澜起伏，其复杂性和矛盾性其实并不亚于那位喋喋不休的独白主人公。正是在陀思妥耶夫斯基对"温顺的女人"这一形象的塑造中，尼娜·斯特劳斯感觉到陀思妥耶夫斯基"已走出了民族国家主义和男性沙文主义的狭隘圈子"，并因此称《温顺的女人》为"陀思妥耶夫斯基关于女性的最伟大的作品之一"[1]。

《卡拉马佐夫兄弟》(Братья Карамазовы，1879—1881)[2]被誉为陀思妥耶夫斯基的"天鹅之歌"，是作家的创作巅峰，卡拉马佐夫一家五位男人(除德米特里、伊万和阿廖沙三兄弟外还包括老卡拉马佐夫和他的私生子斯梅尔佳科夫)，其形象各具特色，均脍炙人口。值得注意的是，在这部以"卡拉马佐夫兄弟"命名的小说里，两位女性卡捷琳娜(Катерина)和格鲁申卡(Грушенька)无疑也扮演着主要角色。在小说第一部的《一心想出人头地的神学校学生》一章中，拉基金对阿廖沙所说的一段话，最好不过地概括了卡拉马佐夫一家与卡捷琳娜和格鲁申卡这两位女性的复杂关系：

> 你们卡拉马佐夫家的整个问题也就在这里：好色、贪财和癫狂！现在你二哥伊万不知出于什么愚蠢之极的打算，居然开玩笑似的发表了几篇神学论文，你二哥伊万自己是个无神论者，他自己也承认这样做是卑鄙的。此外，他还想从你大哥米佳手里把他的未婚妻抢过来，而且看来这一目的他能够达到。特别有意思

---

① 尼娜·珀利塔·斯特劳斯：《陀思妥耶夫斯基与女性问题》，宋庆文、温哲仙译，吉林人民出版社，2003年，第170、141—142页。

② 中译见臧仲伦译《卡拉马佐夫兄弟》，见陈燊主编《费·陀思妥耶夫斯基全集》第15、16卷，河北教育出版社，2010年。

的是，怎么达到法呢：他居然得到了米坚卡本人的同意，因为米坚卡自动把自己的未婚妻让给了他，只要米坚卡能够把她甩了，赶紧去找格鲁申卡就行！而这一切都是在标榜自己高尚和无私的幌子下做出来的，请你注意这点。……现在你老爸挡了米坚卡的道。要知道，这老东西也突然迷上了格鲁申卡，只要一瞅见她，口水就往下流。……他爱得嗷嗷叫，比猫儿叫春还厉害。……我看哪，他们父子俩狭路相逢，非碰个鼻青脸肿不可。而格鲁申卡既没有答应这个，也没有答应那个，暂时还只是闪烁其词，两面讨好，她在窥测方向，看跟谁更有利可图，因为虽然可以向爸爸捞到很多钱，可是他肯定不会娶她，说不定到后来还会像犹太佬那样抠门儿，扎紧钱袋，一毛不拔。在这种情况下，米坚卡就值钱啦：钱，他没有，但是他会娶她。是的，您哪，他会娶她！他的未婚妻卡捷琳娜·伊万诺夫娜，长得美丽非凡，又有钱，又出身贵族，是一位上校的千金，可是他肯定会抛弃她，而娶格鲁申卡。格鲁申卡过去曾是一个做生意的老头儿，一个好色的粗人兼市杜马议长萨姆索诺夫的外室。由此看来，倒的确可能引起冲突——刑事冲突。而你二哥等待的就是这个，那时他就可以坐享其成了：非但可以把他朝思暮想的卡捷琳娜·伊万诺夫娜弄到手，而且还可以捞到她的六万卢布陪嫁。……至于卡捷琳娜·伊万诺夫娜本人，碰到像伊万·费奥多罗维奇这样一个迷人的男子，最后是不会拒绝的；要知道，即使现在，她也在他俩之间摇摆不定。

在这段几乎可以作为整部小说情节索引的谈话中，关于两位女主人公的两个说法很值得关注，一是格鲁申卡的"两面讨好"，一是卡捷琳娜的"摇摆不定"。在对两位女主角的揣摩和判断中，拉基金多少有些"小人之心"，格鲁申卡在波兰军官、商人萨姆索诺夫和卡拉马佐夫父子间的周旋，其实未必总是为了"有利可图"，卡捷琳娜在德米特里（即米佳、米坚卡）和伊万之间的选择，则有着更为深刻复杂的心理背景。正如一位中国学者所言："《卡拉马佐夫兄弟》的主要人物都具有两面性。作家总是将对立的两极集于人物一身，使之互相映衬，在复杂、微妙的境遇中，在紧张的对话中发生碰撞、显露，出现交替和更新。不仅伊凡，德米特里、女主人公卡捷琳娜、格鲁申卡也都是这样。"①

　　格鲁申卡虽然出身低微，但相貌出众，热情善良，在被一位波兰军官诱骗之后离开家庭，后被商人萨姆索诺夫"包养"。充满屈辱的爱情经历使她摆出一副放荡不羁的派头，并以性色为复仇工具，挑逗卡拉马佐夫父子，戏耍卡捷琳娜，与旧情人藕断丝连。格鲁申卡在小说中的第一次出场，其形象就是美丽与俗艳、纯朴与邪恶的复合体。阿廖沙是在卡捷琳娜家里第一次见到格鲁申卡的："诚然，她长得很好看，甚至十分好看——一种俄罗斯的美，一种让许多人欲火攻心的美。……使阿廖沙吃惊的是这张脸上那孩子般纯朴无邪的表情。她像孩子般看人，像孩子般对什么事感到欢天喜地，她走到桌旁时正是'欢天喜地'，像孩子般迫不及待地、既信任又好奇地在等待着立刻会出现什么有趣的事情似的。她的目光使人看了感到心花怒放——阿廖沙感到了这点。她身上还有一些他说不清道不明的东西，但是这东西也许已经不知不觉地对他产生了影响，但究竟是什么呢？他感觉到的只是她的动作的轻柔，以及她的一举一动像猫一样悄无声息。"然而，她做作的腔调却让阿廖沙感到"缺乏教养"，"不过话又说回来，这种发音和这种说话腔调，在阿廖沙听来，跟这种孩子般纯朴无邪而又天真的脸部表情，跟这种婴孩般安静、幸福的目光，简直是一种不可思议的矛盾"。带着这一"矛盾"之面具的"野兽"（伊万关于格鲁申卡的说法）很快就显露出了原形，对于建议她主动放弃德米特里的卡捷琳娜，她竭尽羞辱之能事，在卡捷琳娜三次吻了她的手之后，她却拒绝"回吻"："就这样吧，给您留个纪念：您亲了我的手，我没亲您的。""一会儿我就告诉米佳，您怎么亲我的手，可我压根儿没亲您的。他肯定会笑死的！"她后来对阿廖沙所说的一段话则道出了她的邪恶之来源："我是凶狂的，阿廖沙，我是狠毒的！我可以把自己弄残废，毁掉我的美貌，烧坏我的脸，出去要饭。我什么都会做，会做的！那年那个人丢下我的时候，我还只是个瘦骨嶙峋、像害痨病似的、好哭的十七岁小姑娘。如今我却可以诱惑他，引诱得他浑身发烧，然后对他说：'你爱我现在这模样吗？你是活该，亲爱的先生，到

---

①　冯增义：《论〈卡拉马佐夫兄弟〉》，见《卡拉马佐夫兄弟》，徐振亚、冯增义译，浙江文艺出版社，1996年，第943页。

嘴的馒头竟然溜走了！'"说着说着，她突然跪倒在阿廖沙面前，歇斯底里地喊道："阿廖沙，你是世界上第一个怜悯我的人，唯一怜悯我的人！小天使，你为什么不早些来呀？我一辈子都在等候你这样的人，等待着，我知道早晚总会有这么一个人来宽恕我的，我相信就是我这样下贱的人也总会有人爱的……"。正是格鲁申卡善的天性和对爱的信念，最终使她放弃了复仇，从而成为一种拯救力量，她最终在法庭上对德米特里哭喊："一起审判我们两个人吧，判死刑我们也要在一起！"由被爱到被欺骗，由欺骗和屈辱到抗议和复仇，再由抗议和复仇到宽恕和献身，这构成了格鲁申卡的感情和人生经历。值得一提的是，对于格鲁申卡这样一位"红颜荡妇"，陀思妥耶夫斯基并未给她安排一个悲剧性的结局，如同托尔斯泰笔下的安娜，而实际上暗示了她精神和道德上的复活。

较之于格鲁申卡，卡捷琳娜的性格更为复杂。这是一位富有牺牲精神的高尚女子，为了帮助陷入债务纠纷的父亲，她甘愿"献身于"德米特里，但她又是一个具有强大自我意识的女性；她心地善良，因为德米特里的"高尚"举动而答应做他的未婚妻，可是她强烈的控制欲和主宰意识却又使她的爱情成为一种持续不断的折磨、痛苦和复仇。她似乎深爱伊万，可是做一个忠贞未婚妻的道德要求又在时刻制约着她。于是，高傲与屈辱，善良与刻薄，爱与恨，便在卡捷琳娜的性格中纠缠不清。阿廖沙受大哥德米特里之托去面见卡捷琳娜，发现卡捷琳娜与他先前关于她的印象相比已有所改变："这一回，她的脸焕发出一种毫不做作的纯朴而又善良、率直而又热烈的真诚。从过去使阿廖沙感到十分惊讶的整个'矜持与傲慢'中，现在只看到一种既勇敢而又高尚的坚毅，以及某种明快而又强烈的自信。"实际上最了解卡捷琳娜的德米特里，曾这样对阿廖沙谈起自己的未婚妻："这正是那位女学生的本色，为了拯救父亲这样一个慷慨的念头，竟不怕跑到一个粗野无礼的军官家里去，甘冒被人家侮辱的危险！真是充满骄傲，渴望冒险，渴望向命运挑战！她过于自信，自负太甚！你以为，她故意吻格鲁申卡的手是有打算的吗？不，她是当真的，她是真的爱上了格鲁申卡——不，爱上了她自己的幻想，自己的美梦——因为这是我的幻想，我的美梦！""她爱的是她自己的贞节，而不是我。"在对陀思妥耶夫斯基作品的女性主义解读中，《卡拉马佐夫兄弟》中的卡捷琳娜被视为一个最具女性意识的形象,"卡捷琳娜的'歇斯底里'可以理解为试图超越社会已给她定位的一种话语。"[1] 我们注意到,卡捷琳娜虽然有着女性美丽的外貌,有着索尼娅式的女性牺牲精神,可是她却已具有相当大的自主行动空间,她不会再像《白夜》中的娜斯琴卡那样被别针拴住身体,也没有那些被迫卖身者的经济困难(小说先写她因为钱而求助德米特里,后又写她用钱来帮助德米特里,这样的情节设置是意味深长的),总之,作为一位女性的她已成了一位可以为所欲为的拯救者。在《卡拉马佐夫兄弟》中,如果说阿廖沙是男性形象女性化的代表,那么卡捷琳娜便是女性形象男性化的象征,因此,卡捷琳娜的性格矛盾似乎已不再是物质与精神、灵与肉的冲突,而是性别转换甚至社会角色倒错导致的心理纠结。

通过以上我们对陀思妥耶夫斯基笔下女性人物画廊的浏览不难看出,陀思妥耶夫斯基笔下的女性几乎均面临着可怕的窘境和两难的选择,具有矛盾的感情、复杂的感受乃至分裂的内心世界,也就是说,她们都是程度不等的"双重人"。

一般认为,陀思妥耶夫斯基笔下的女性形象可大致划分为两大类型,即奉献的受虐者和高傲的施虐者。《小英雄》中有一段小主人公以少年的视角对两位女主角(金发女郎和M夫人)进行比较的话,似乎可能用来说明陀氏笔下女性主人公的两种类型或某一女性主人公内心的两种心理机制:"她们两人之间存在着一种温情脉脉的、微妙的关系;人与人之间的关系,有时是在两种完全相互对立的性格相遇时产生的,其中一种性格显得比较严峻、深沉,较之另一种性格也比较纯真,于是另一种性格的人就以一种崇高的恭顺和一种高尚的情感做出自我评价,并以这种情怀钟爱备至地屈从于对方,觉得对方各方面都胜似自己,而且将对方的友谊看作一种幸福珍藏于自己的内心。于是,这两种性格截然不同的人之间就开始有了那种温情脉脉的和情操高尚的微妙的关系:一方是钟爱与尽情宽恕,另一方则是钟爱和敬重,而这种敬重之情甚至达到了某种畏惧的程度,以至

---

① 尼娜·珀利塔·斯特劳斯:《陀思妥耶夫斯基与女性问题》,宋庆文、温哲仙译,吉林人民出版社,2003年,第176页。

担心自己如此高度珍重的人如何看待自己，甚至带着嫉妒与渴望，希冀在生活中一步一步地与对方的心贴得越来越紧密。这两位女友虽然是同龄人，但是，她们之间，包括美貌在内，一切的一切都存在不可估量的差异。"[①] 尼娜·斯特劳斯在《陀思妥耶夫斯基与女性问题》一书中将陀思妥耶夫斯基的女性分为两类，一类是"常常充当罪犯或饱受煎熬的男人的救星"的"'正面的'、传统的妇女"，一类是"'反面的'、歇斯底里的、具有叛逆精神或者自杀倾向的女性人物"[②]，而"正面"或"反面"这两类女性的形成原因在她看来却是："陀思妥耶夫斯基揭露了妇女被作为夫权的陪衬、被当作男人疯狂购买的商品、既是圣洁的象征同时又被性别化的悲惨命运。他同时又揭示了妇女的形象是如何被自身的仇恨、种种殉道的行为和对男权的反抗而扭曲的。"[③] 也就是说，陀思妥耶夫斯基既关注女性的悲惨命运，也关注女性自身的扭曲性格，于是在他笔下便出现了"天堂般的拯救天使"和"地狱般的高傲女性"这两大类型，前者温良恭俭让，富有自我奉献和自我牺牲精神，是圣女般的人物，后者则神秘美貌，冲动桀骜，往往具有强烈的自虐和施虐倾向。但无论前者还是后者，她们自身又均为一个个深奥的性格复合体，陀思妥耶夫斯基笔下女性形象所程度不等共同具有的"双重人格"，给这一女性形象群体烙下了一个清晰、深刻的陀思妥耶夫斯基印记。因此，我们便不会再感到奇怪，当我们看到陀思妥耶夫斯基笔下的女性人物大多为容易养成敏感、乖张性格的弃女和孤女、养女和继女、妓女和情妇，她们像陀思妥耶夫斯基笔下的大多数人物一样通常都是精神不太正常的，病态的，神经质的，歇斯底里的，且大都患有癫痫症，这与俄罗斯文学中传统的女性形象大相径庭。

陀思妥耶夫斯基笔下女性之所以会呈现出这类"双重人格"，自然与陀思妥耶夫斯基本人的妇女观和爱情经历密不可分。在对理想女性的认识上，一方面，

[①] 《小英雄》，张有福译，见陈燊主编《费·陀思妥耶夫斯基全集》第 3 卷，河北教育出版社，2010 年，第 11 页。

[②] 尼娜·珀利塔·斯特劳斯：《陀思妥耶夫斯基与女性问题》，宋庆文、温哲仙译，吉林人民出版社，2003 年，第 2—3 页。

[③] 同上，第 2 页。

出于对"恭顺"和"善"等宗教美德的推崇，陀思妥耶夫斯基像大多数19世纪的俄罗斯作家一样，会将美丽端庄的外貌和贤妻良母的品质赋予其钟爱的女性主人公；另一方面，认为"美将拯救世界"的陀思妥耶夫斯基，又似乎对某种具有强烈叛逆色彩和危险冲动的"美丽"女性性格充满热烈向往。他本人的爱情经历，似乎就是他在这两种女性观和爱情观中左右摇摆的过程之实录。"陀思妥耶夫斯基这位性格内向、不善交际、举止笨拙（有点像《白痴》中的梅什金）的人，却一再追求热情奔放、美艳迷人的女性，作为虚无主义的敌人而一再与女虚无主义者谈爱，其间不乏浪漫情调，不断失败自在意中。接受事实的教训，他最后采取务实态度，并终于获得真正的爱情。"[1]除了最后一次与女速记员斯尼特金娜的"务实"爱情，陀思妥耶夫斯基之前的爱慕对象几乎均为"高傲女性"，如他对妩媚优雅、雍容华贵的沙龙女主人帕纳耶娃的初恋，他与敏感聪颖、喜怒无常的伊萨耶娃的第一次婚姻，他与个性强烈、放荡不羁的"国际女郎"玛尔法·布劳恩和高傲美丽、我行我素的炮兵中将之女安娜·科尔温的两段罗曼史，以及他与"地狱女性"苏斯洛娃长时间的相互爱恋和相互折磨。论者常常提及苏斯洛娃与陀思妥耶夫斯基笔下某位"高傲女主人公"之间的关联，如米尔斯基的《俄罗斯文学史》中便不止一次提及苏斯洛娃："苏斯洛娃太太（后嫁给伟大的作家罗扎诺夫）生性高傲，是一位'地狱般的'女人（陀思妥耶夫斯基的说法），她的残酷和邪恶均深不可测。她似乎让陀思妥耶夫斯基更多地窥见了生活的黑暗面。"[2]"《赌徒》之有趣在于，它对赌徒心理的描写显然是一种自我揭露，它给出的波琳娜是陀思妥耶夫斯基塑造的最出色形象之一，陀思妥耶夫斯基偏爱此类带有恶魔气质的高傲女性，这一形象似与生活中的阿波利纳里娜·苏斯洛娃有关。"[3]尼娜·斯特劳斯也认为，《卡拉马佐夫兄弟》中的"卡捷琳娜是复杂的

---

[1] 陈燊：《〈陀思妥耶夫斯基小说故事集〉序》，见《陀思妥耶夫斯基小说故事总集》，上海文艺出版社，1996年，第8页。

[2] Mirsky D. S., *A History of Russian Literature – From the Earlist Times to the Death of Dostoyevsky (1881)*, p. 342.

[3] Mirsky D. S., *A History of Russian Literature – From the Earlist Times to the Death of Dostoyevsky (1881)*, p. 352-353.

'新'一类女性，她的迷惘和独立都是苏斯洛娃式的，毫不掩饰自己对自主权的狂热"①。马克·斯洛尼姆在《癫狂的爱——陀思妥耶夫斯基的三次爱情》中，更是为苏斯洛娃在陀思妥耶夫斯基作品中的"变体"开出了一份长长的"清单"："与阿波利纳里娜（即苏斯洛娃。——引者按）的接触使他的某些思想与情感的倾向全部外露，虽然这些思想与情感以前就存在，但始终处于次要地位：占主要地位的是怜悯、感伤的人道主义、受难者的宗教——他最初的作品和他初恋及婚姻的全部历史都表现了这种宗教。但现在他被敢作敢为者的宗教所把握，在他这个时期的作品中反叛从理论上的否定（《地下室手记》）和向命运挑战（《赌徒》）到公开的行动（《罪与罚》）——所有这一切都与阿波利纳里娜紧密相联。他的基本主题演变成意志自由与人在思辨、道德、社会中的反叛问题，在阿波利纳里娜身上反叛就表现在她的激情与性欲上。阿波利纳里娜与他小说中的女主人公出奇地相像——她的特征分别出现在陀思妥耶夫斯基一系列女性形象中：一部分在拉斯科尔尼科夫的妹妹杜尼娅身上（《罪与罚》），一部分在娜斯塔西娅·费利波夫娜（她是阿波利纳里娜和玛丽娅·德米特里耶夫娜的混合体）和阿格拉娅（《白痴》）身上，无疑在阿赫玛科娃（《少年》）、《永久的丈夫》中的女主人公、莉莎（《群魔》）身上也有体现，此外还有一部分在《卡拉马佐夫兄弟》中的卡捷琳娜身上，更不必说《赌徒》中的波琳娜了。光是这张清单就足以证明，阿波利纳里娜'刺入'陀思妥耶夫斯基的心灵有多深。那么我们要问：他小说中的人物像阿波利纳里娜，是因为她占据了他整个心灵，他时刻怀念着她，还是因为他之所以爱上她、为她受苦、追求她是由于她很像那些由他的想象和欲望产生的形象，是由于她符合那种女人的幻象，创造这种女人幻象的不是生活，而是创造性的幻想？并不是他的作品复制了他的自传，而是他在生活中选择了那些与他小说中的女主人公相像的人，以表达他的理想和隐秘的意向。"②

---

① 尼娜·珀利塔·斯特劳斯：《陀思妥耶夫斯基与女性问题》，宋庆文、温哲仙译，吉林人民出版社，2003年，第177页。

② 马克·斯洛宁：《癫狂的爱——陀思妥耶夫斯基的三次爱情》，施用勤、董小英译，中国文联出版公司，1989年，第181—182页。

　　当然，陀思妥耶夫斯基并非特意地将他笔下的女性处理成"阴性双重人"，这些女性形象的内在心理结构其实是与陀思妥耶夫斯基笔下所有的"阳性双重人"如出一辙的。他在其创作的开始，便立志通过文学写作来揭开人这个"秘密"，他所有的小说均以这一抱负为主旨。破解"人之谜"，自然也包括破解"女人之谜"，很难想象，抛开对女性及其心理的深刻剖析，陀思妥耶夫斯基还能给我们构建出这样一个如此丰富复杂、神秘幽深的人类潜意识世界和很少被人涉猎的精神天地。只不过，相对于陀思妥耶夫斯基笔下的"双重人"和"地下室人"等以阳性名词表示的人物形象，我们对他笔下的女性"双重人"及其"双重心理"，在此之前关注得实在太少。在做了以上分析和归纳之后，我们或许已有一定的理由用"双重人"的阴性形式，即"女性双重人"（двойница），来指称陀思妥耶夫斯基笔下的大多数女性人物形象。

第七章　列夫·托尔斯泰创作中的女性形象

第一节　娜塔莎·罗斯托娃

《战争与和平》（Война и мир, 1863—1869）是世界文学中一部难以超越的史诗作品，托尔斯泰创作的不仅仅是一部文学巨著和伟大经典，更是一部以艺术的形式表达出来的思想史。"这是某种大于长篇小说、长诗和中篇的东西，这是某种大于艺术本身的东西。"[①] 托尔斯泰在作品中展现了全景式的视野，在他的笔下既有战场上磅礴浩大的厮杀场面，也有细致入微的人物心理描写，在作家的刻画下，每一个人物都十分鲜活生动、独具特色。《战争与和平》中共有 559 个人物出场，在他们中间，娜塔莎·罗斯托娃（Наташа Ростова）和安德烈、彼埃尔等人物一样得到了最多的描绘，她也是小说中最光彩照人的形象之一，是托尔斯泰作品中"生命和幸福的化身"[②]。

在《战争与和平》中，我们见证了娜塔莎·罗斯托娃从一名 13 岁的小姑娘成长为一位母亲的历程。在她身上最为突出的特征就是自然与直觉，在小说中，几乎每个主要人物都处于心灵的进化过程之中，都在找寻自己的存在意义，在小说过着极其复杂的精神生活，但只有娜塔莎一个人在小说几乎没有太多的精神变化，除了年龄之外。无论是她少女时充满诗意的情感生活，还是成为母亲后的尽职尽责，全都出于同一种"原则"，即她浑然天成的本性和善良的无意识本能。

---

① И. Ильин, *Собрание сочинений в 10-и томах*, Москва, 1997, т. 6, кнг. 3, с. 433.

② 贝奇柯夫：《托尔斯泰评传》，吴均燮译，人民文学出版社，1981 年，第 78 页。

在小说中第一次出现的娜塔莎，是一个莽撞地跑滑了脚的小姑娘，她不仅自己快乐而又活泼，她也能把这种情绪传染给见到她的每一个人。娜塔莎还处在"说少女还不是少女、说孩子已经不是孩子的美好年华"[①]，就像普希金小说中那些十六七岁的女孩一样，她的生活充满着各种美好、未知的可能性。13 岁的她对爱情几乎一无所知，她站在花盆上，把初吻献给了年轻的军官鲍里斯。娜塔莎是纯洁无瑕的，她的单纯表现在各个方面，她为第一次参加舞会而感到幸福，为没人邀请她跳舞而担心，"有时候像孩子般的可笑，有时又像少女般的迷人"，这些为她赋予了一种简单、纯净的魅力，自然而不造作。在她身上我们看不到任何娇饰的痕迹，一切都是自然的，发自内心的。

娜塔莎出身贵族家庭，但她能够放下贵族小姐的架子和普通人亲近，在她的性格中，有托尔斯泰最为推崇的平民特征："这个受过法籍家庭女教师教育的伯爵小姐是何时何地，又是怎样从她呼吸的俄罗斯空气中汲取了这种精神的？而且从其中得到了早已被 pas de chale（一种法国舞。——引者按）挤掉的舞姿？而这正是大叔所期待于她的那种学不来教不会的俄罗斯的精神和舞姿……这个陌生的有教养的伯爵小姐，身材纤细，举止文雅，满身绫罗绸缎，竟能体会到阿尼西娅的内心世界，以及阿尼西娅的父亲、婶婶、大娘，每一个俄罗斯人的内心世界"。娜塔莎的举止所具有的"自然性"（натуральность, натуральное бытие），正是托尔斯泰毕生追求的东西，她的行为和普拉东·卡拉瓦耶夫、库图佐夫和每个普通农民士兵一样，是俄罗斯民族性的具体体现，虽然她自己从来没意识到这一点。作者评价历史人物的话也完全可以用在她的身上："仅一个无意识的行为就会带来结果，在历史事件中起到作用的人从来都不理解自己的意义。"[②]娜塔莎从来没想过自己的存在会具有这样重大的意义，她只是本能地觉得她和平民百姓有着天然的亲近，在叔叔家的情景准确地揭示出了娜塔莎的"自然的存在"，她内心深处对那些生活在另一个世界的普通人感到亲近，与他们的心灵息息相通。丢

---

① 列夫·托尔斯泰：《战争与和平》，刘辽逸译，人民文学出版社，2004 年。以下该作品引文出处同此。

② М. Дунаев, *Православие и русская литература*, т. 4, с. 87.

弃自家的物品腾出马车解救士兵的那一幕，也很好地反映了娜塔莎天性中的善良，以及她与普通百姓共患难的精神气质。她所做的一切，并非源于某种教育或道德规范的训诫，完全是她听从内心吩咐的结果。托尔斯泰把娜塔莎的行为解释为"幼稚的利己主义"（наивный эгоизм），在他的作品中，女主人公遵循的是"自然的利益"（естественные интересы），也就是生命和历史前进的真正根源。"幼稚的利己主义"是对基于人民群体生活层面的世界观和价值观的坚持，这种利己主义并不否定自我牺牲，而只否定那些违背人民生活真理的所有事物。娜塔莎所做的一切，仅仅是凭借潜意识和直觉的引导遵从传统文化和其中所包含的民族智慧。

　　小说中娜塔莎对人和人的关系、人的本性也有着直觉式的判断。彼埃尔和多洛霍夫决斗之后，只有她一个人站在了大多数人的对立面，认为多洛霍夫是个"坏人"，错误在他，因为他"讨人嫌，矫揉造作"。这种对多洛霍夫的判断并非建立在多年相识和了解的基础上，可以说几乎没有任何依据，这就是女性直觉的反应。矫揉造作、心机复杂的多洛霍夫显然和内心纯净的娜塔莎在本质上是相反的人，所以他根本无法得到娜塔莎的认同。没有任何生活经验的娜塔莎准确地预言了尼古拉和索尼娅之间的婚姻是不可能的："知道吗，尼古拉，你别生气，但是我知道你不会和她结婚的。我知道，上帝知道原因，我确信你不会娶她的。"这同样是直觉式的反应，是用"上帝的智慧"得出的结论。

　　小说中的娜塔莎充满了生命的活力，同时她也善于激发他人的生命力，尤其在那些人充满绝望、面临死亡危机的时候。小说中好几个主要人物都在娜塔莎的影响下，在岌岌可危、濒临崩溃的处境下得到重生。尼古拉·罗斯托夫输钱给多洛霍夫后，曾经想过以子弹结束生命，但娜塔莎的歌声触动了他的心灵，"什么不幸、金钱、多洛霍夫、愤恨、名誉，所有这一切都是扯淡……只有这才是真正的东西……它触动了罗斯托夫灵魂中最美好的东西，它与世上的一切无关，它高出世上的一切。"尼古拉意识到，不管怎样，他依然可以成为一个幸福的人。在安德烈·博尔孔斯基的眼中，娜塔莎是一个瑰宝，"身上具有与众不同的新鲜的、独特的非彼得堡的东西"，他在奥特拉德诺耶月夜的窗口偶然听到娜塔莎的歌声，这让他感到"娜塔莎身上有一种对于他来说完全陌生的特殊世界，其中充满了他从来不知道的喜悦……现在这个世界已经不再使他心神不安了，也不陌生了；而且，他亲身进入这个世界后，发现了新的乐趣"。安德烈重新找到了追求新生活的力量，娜塔莎的爱情让他重新认识到了生活和爱情的含义。彼埃尔也从娜塔莎身上获取了自我完善的力量："结婚七年之后，彼埃尔坚信自己不是坏人，这使他很高兴，他这样认为，那是因为他从妻子身上看到了自己。他感到自己内心深处善恶同体并且互相掩映。但在他妻子身上却只反映出他那真正好的一面，而那些不好的东西都扬弃了。"但正如彼埃尔对妻子的评价一样，娜塔莎对所有人的影响"不是通过逻辑思维，而是悄悄地直接反映出来的"。她并不是一个对周围世界付出积极行动的女孩，而是以其自身的存在，潜移默化地影响他人。

　　娜塔莎的本能体现在正、反两个方面，有女性直觉意义上的本能，也有身体上的本能，她受阿纳托利·库拉金的诱惑，就是身体本能的反应。在小说中关于他们相识场面的描述中，作者多次强调娜塔莎在她和库拉金之间没有那种男女之间通常存在的"羞怯的隔膜"，这使他们之间的交往具有"赤裸裸的色情性质"[1]，或者说是一种原始而自然的冲动。娜塔莎对库拉金的反应是肉体层面的："她害怕他从后面捉住她的裸露的手臂，吻她的脖颈……她觉得，他们之间已经是那么接近，这是她和别的男人从来没有的情形。"娜塔莎一而再、再而三地受本能的控制："可是后来又有一种本能告诉她，虽然这一切都是真的，虽然什么事都没发生，——可是本能告诉她，从前她对安德烈公爵爱情的纯洁性全完了。"

　　库拉金对娜塔莎的引诱充满了肉欲的占领，作者对这个人物几乎没有任何心理方面的描写，他在小说中多次强调库拉金对娜塔莎的凝视，这几乎成为这两个人物之间最主要的交流方式。从剧院初次结识开始，库拉金就顽固地盯着娜塔莎看，一方面，这是让娜塔莎无时无刻不能感受到他存在的一种方式，另一方面，这也是对娜塔莎无礼而又粗鲁的视觉占有。即使"在令人不舒服的、无话可说的时刻，阿纳托利瞪着他那鼓眼睛安详地、执拗地瞅着她"，"不论她在哪儿，不论和谁谈话，她总觉得他在看她"。凝视是男性控制女性的一种形式，具有很

---

① М. Дунаев, *Православие и русская литература*, т.4, с. 92.

强的进攻性，女性主义文论把"凝视"视作非常男性化的行为，代表着父权的权威，"只要男性的窥视欲仍能得到满足，他的支配地位就不会受到威胁"①。

娜塔莎和库拉金之间的关系是本能的、生理的，它必然会和道德产生强烈的冲撞。在托尔斯泰的观念中，肉欲是人类最大的恶，是引起堕落的根本原因，娜塔莎的"堕落"就是受欲望控制的结果。在《战争与和平》中，最为完整体现作者这一观点的就是公爵小姐海伦（Элен），作者对她的描写永远充满着性感的、肉欲的气息："她……眼睛不看任何人，但对所有人都笑容可掬，仿佛她把欣赏她的身材、丰腴的双肩和装束入时的十分裸露的胸脯和脊背的美的权利慷慨大方地赐予每个人……"海伦随心所欲，滥用自己的身体，导致了一个又一个悲剧。就像彼埃尔评论她的那样："哪里有她，哪里就有下流和堕落。"关于欲望与堕落的关系，托尔斯泰在《克莱采奏鸣曲》中做了更加深刻的探究，作家认为，淫荡是女性堕落的根本原因，它会摧毁母性，成为悲剧和犯罪的推力。这也正是托尔斯泰鼓励女性生育的原因，他认为只有生育才能让女性摆脱欲望，停止生育就会促使妇女堕落②。

但是在《战争与和平》中，托尔斯泰对欲望的解决方式是从精神层面着手的。作家反对一味听从本能的指引，在对娜塔莎母亲最后命运的描述中，他指出了本能会将人的生活降格为功能性的存在："她吃饭，喝水，有时睡觉，有时不睡觉，她没有活着。生活没有给她留下丝毫印象。……她的生活没有任何客观的要求，只有运用各种机能的主观需要。"该如何解决本能与道德之间的矛盾冲撞呢？托尔斯泰为娜塔莎指出了一条宗教之路。在库拉金事件之后，娜塔莎开始了斋戒祈祷。在小说中的前半部，娜塔莎对宗教并未表现出热情，而这种毫无先兆地投身宗教仪式的举动，同样是存在于在她本性中的向往精神生活的本能之反应。"在伟大的不可知的事物面前，娜塔莎总有一种前所未有的谦卑感觉，当她

① 陶丽·莫依：《性与文本的政治——女权主义文学理论》，林建法、赵拓译，时代文艺出版社，1992 年，第 176 页。

② 列夫·托尔斯泰：《列夫·托尔斯泰文集·日记》，陈馥、郑揆译，人民文学出版社，1991 年，第 47 页。

听懂了祷词的时候，她那带有个人色彩的感情就和她的祷词融合起来；当她不懂的时候，她更愉快地想到，想懂得一切的愿望是值得骄傲的，懂得一切是不可能的，只要相信和皈依上帝就行了，因为她觉得，此时此刻上帝支配着她的灵魂。""心灵在本质上就是一个基督教徒"[1]，由此可见，心灵对精神的追求也是内在而本能的产物，正如娜塔莎在小说中所表现的那样，只不过，这是一种精神的本能而非生理的本能。在《战争与和平》中，玛丽娅·博尔孔斯卡娅（Марья Болконская）的个性和命运就是对精神进行本能追求的完美补充，她是小说中另外一个内心世界保持不变的人物，她的自我牺牲精神、禁欲主义是出于内心的指引，她的生活就是心灵的生活，与小说中的海伦构成两个极端。

有很多评论者对娜塔莎在小说结尾变成一个"健壮、美丽、多产的女人"感到十分失望，认为娜塔莎的心理变化是不符合实际的，但正如巴赫金在一次讲座中所说，娜塔莎的心理变化是真实的，因为这几乎是所有女性的经典道路[2]。她对婚姻、丈夫、孩子和家庭生活的痴迷，完全是出于一个女性的母性本能。正如老伯爵夫人凭着母性的本能能够理解女儿对家庭生活的全部热情一样，成为一个尽职尽责的母亲和妻子，在作家笔下，是一个女性在一定年龄阶段的必然选择。七年间，娜塔莎"接二连三地怀孕，生孩子，喂奶，时时刻刻参与丈夫的生活"，"她把全部的爱都用到了丈夫和孩子们身上……甚至到了愚蠢的程度。……她必须使丈夫完全属于她，属于这个家，还有孩子们，她要养育他们。"对于娜塔莎来说，完成这些女性职责是义不容辞的，正如作家所说："有关妇女权利、夫妻关系、夫妻间的自由以及权利的种种议论，在当时虽然还不像现在这样被视为问题，但在当时和现在完全一样；娜塔莎对这些问题不仅不感兴趣，而且也不理解。"娜塔莎并没有其他选择，她也从来没想过要过另外一种生活，于她而言，家庭生活及其所包含的一切内容都是自然而然的，就像生命到了某个阶段的必然流程，没有不去进行的可能性存在。如果说少女时代的娜塔莎曾经大声道出"永远不嫁人，要当舞蹈家"的誓言，表现出一种无意识的、未经思考的冲动，那么

---

[1]　М. Дунаев, *Православие и русская литература*, т. 4, с. 90.

[2]　См. М. Дунаев, *Православие и русская литература*, т. 4, с. 88.

娜塔莎在婚姻生活中的忙碌和忘我也同样是没有目的的、本能的，这表明她其实不过是不动声色地接受了社会成规赋予女性的所有角色而已。

娜塔莎变成了一个家庭动物，她不再进行社交，但十分重视与亲属的往来，她把她的活动范围紧紧地局限在家庭环境之中，这与传统文化对妻子的限定十分吻合。一方面，娜塔莎牢牢地控制丈夫，让"他的生活中的每一刻都要属于他，属于这个家庭"，另一方面，她又甘当丈夫的奴仆，迎合丈夫的愿望和要求。娜塔莎在小说结尾所变成的角色非常符合托尔斯泰对女性的要求，在《论婚姻和妇女的天职》一文中，作家曾经写到母亲的天职就是生育，一个妇女为了献身于母亲的天职而抛弃个人的追求越多，她就越完美①。因此，娜塔莎在小说结尾的变化不仅是自然而真实的，同时也符合并深刻体现了作家关于女性的理想。

对于托尔斯泰来说，理想的女性就是遵从直觉与本能生活的人。托尔斯泰所描写的本能与直觉，包含着几方面的内容：首先，它是人类为之不懈追求的永恒的"善"与"真"的价值；其次，它是千年积累的民间智慧和传统世界观；再次，对于女性而言，它是被动、牺牲、服从等品质。上述这些内容是托尔斯泰推崇与鼓励的，而那些和性、生理欲望相关的本能，则是作家极力反对的，是罪恶和堕落的根源。在托尔斯泰笔下，女性似乎应该像娜塔莎或玛丽娅一样，并不需要拥有太多的智慧、理智和对自我的清醒认识，因为她不必太聪明，只要女性有埋藏在本性中的直觉，具有自我牺牲、向善的本能，或者说具有"上帝的智慧"和天生的感悟力，就足够成为一个理想的女性了，这似乎也呼应了中国古代父权文化中对"女子无才便是德"的价值判断。

托尔斯泰看重并赞赏女性的直觉和本能，这实际上也是父权文化下的妇女观之体现。波伏娃就认为，娜塔莎"在对家庭的热情而专制的奉献中淹没自我"②，为家庭和他人奉献一切，她的结局就是一切女性生活道路的终点。女性主义认为，献身、自我奉献是男权文化为女性编织的陷阱，正是通过对这些价值的

---

① 列夫·托尔斯泰：《列夫·托尔斯泰文集》，第 15 卷，冯增义译，人民文学出版社，1989 年，第 1 页。

② 西蒙·波伏娃：《第二性》，陶铁柱译，中国书籍出版社，1998 年，第 596 页。

宣扬，男性达到了对女性的控制，把女性禁锢在"重复性和内在性"当中，从根本上扼杀了女性的主体性。从这一角度看，作为俄罗斯文学中最优美女性形象之一的娜塔莎，在女性主义理论得到广泛接受之后，就未必能继续成为女性心目中的理想人物了。

第二节　安娜·卡列尼娜

长篇小说《安娜·卡列尼娜》(Анна Каренина, 1880)[1] 中的女主人公是世界文学中最著名女性人物之一，她的个性和命运，她的爱情和悲剧结局，以及她的形象中所蕴涵的托尔斯泰的妇女观和世界观，自以她名字命名的小说问世以来，一直是人们不断阐释和思考的对象。对于安娜这一形象，有赞美者也有谴责者，有人认为她的命运值得同情，她是不合理的社会制度下一位"追求个性解放的女性"[2]，有人认为她是狭隘的"爱情至上主义者"[3]，20世纪中期，随着女性主义批评的兴起，安娜又被认为是"男权社会的牺牲品"。她的形象非常复杂，对这一形象的分析和解读也是充满挑战性的。

安娜 (Анна) 是一个生活在"另一个复杂的、富有诗意的更崇高的世界"中的女性，在俄罗斯文学众多的女性主人公中间，安娜身上最为引人注目的应该是她的"不忠"行为以及她对传统道德观念的挑战。在19世纪的俄罗斯，面对不幸的婚姻，最为传统、最被普遍接受的方式是塔吉雅娜式的处理。在《安娜·卡列尼娜》中，没有一对夫妇是幸福的：斯季瓦·奥勃隆斯基对妻子感到乏味，杜丽对丈夫的不忠无法承受；吉蒂因失去伏隆斯基而苦恼，她和列文之间似乎也存在着无法解决的矛盾。但是，他们中间没有任何一个人企图破坏教会和法律荫蔽下的婚姻，婚姻似乎可以容忍质问、怀疑和无休无止的牢骚，但绝对不容改变和破坏。只有安娜一个人敢于做出决定，她用实际行动挑战宗教、社会制定的道德

---

① 《安娜·卡列尼娜》，周扬译，人民文学出版社，1981年。

② 徐稚芳：《俄罗斯文学中的女性》，北京大学出版社，1995年，第125页。

③ 上海译文出版社编：《托尔斯泰研究论文集》，上海译文出版社，1983年，第361页。

准则，挑战上流社会婚姻关系的虚伪。安娜和伏隆斯基从相识到结合只有短短一年的时间，她似乎非常迅速地摆脱了婚姻的束缚。通常认为，安娜出轨的主要原因是卡列宁的虚伪、麻木、自私、自负等，另外，他们的婚姻并非建立在两情相悦的基础上，而是由安娜的姑母做主为她定下的。但正如安娜回到彼得堡再次见到卡列宁时所感觉到的那样，卡列宁"毕竟是一个好人：忠实，善良，而且在他自己的事业方面是卓越的"，而安娜每逢有欢喜、快乐和愁苦就立刻向他诉说，这说明，他们的婚姻似乎并未岌岌可危。安娜的出轨，其实更多的是她自身的、更为深层的原因。首先是安娜的"无根"，除了在另外一个城市生活的哥哥，安娜几乎没有任何亲人和朋友，她无法体会杜丽、吉蒂之间的那种姐妹情谊以及她们和家庭之间的密切联系，更无法受到这种亲情的保护，她的"无根"既是直接意义上的，同时也是心理意义上的，亲情和爱情几乎都不属于她，她孤独，情感无依靠，没有寄托，没有出口；其次，在对安娜的外貌描述中，作家一再强调安娜身上的"被压抑的生气"和"过剩的生命力"，这说明，安娜在生活中是不满足的，西方学者十分强调安娜在性上的不满足①，这也许只是一部分原因，实际上，安娜自身的活力，她对生活的期望和她面对的波澜不惊、死气沉沉的生活之间的反差，都是养成这种"过剩的生命力"的主要原因；最后，安娜和列文一样，是一个不断寻找生活意义的人，在她和卡列宁的婚姻中，她尽她的全力为生活寻出一点意义，实在不能爱丈夫的时候就去爱儿子，甚至去参加由一些"年老色衰"的老妇人组织的慈善团体，然而，这些活动并不能让安娜看到生活的意义之所在，对于她来说，生活等同于爱情，"他们不知道八年来他是怎样摧残我的，摧残了活在我身体内的一切东西——他甚至一次都没有想过我是一个需要爱情的活的女人"，"我要爱情，我要生活"，这就是安娜自己道出的人生信条。

在安娜的"不忠"背后，实质上是她内心和行为的高度和谐，她是小说所有人物中间唯一能够按照内心情感的吩咐而生活的人，她单纯而毫无隐瞒，从不掩饰自己的内心世界，从不懂得什么是虚伪。在对待婚姻的态度上，小说中其他几

---

① Judith Armstrong, *The Unsaid Anna Karenina*, Macmillan Press, 1988, pp. 70-107.

个主人公都采取了违心的原谅（杜丽）、欺骗（斯季瓦）、忍耐（卡列宁）的态度，只有安娜无法忍受任何不纯净的想法，更无法忍受欺骗，在她的准则中，似乎没有退而求其次的可能，她不可能为了维护形式上的东西而去欺骗他人和自己。而上流社会那种以不破坏婚姻为基础的偷情和通奸以及形同娼妓的趣味，更是她所鄙视的。从这一点上说，安娜是所有人中最诚实、最纯洁的一个。

安娜非常明确地知道她要的是什么，这一点与小说中的另外两个女主人公形成了鲜明的对比。杜丽（Долли）和吉蒂（Кити）这一对姐妹的身上具有非常典型的所谓女性特有的犹豫和非逻辑性，她们看待人和生活的不确定性、摇摆的态度都是安娜身上所没有的。在小说中，杜丽去乡村别墅看望安娜的路上所进行的思索，是她真正思考女性生活意义的时刻，而这样的时刻在疲于生儿育女和操持家务的杜丽的生活中，实在是太少了。在婚姻中，她机械地完成自己的女性职责，但并不知道自己想要的是什么。“这一切究竟是为了什么？这一切究竟会有什么结果呢？”提出了这些问题的杜丽，并不知道它们的答案是什么，对于她来说，生活的意义被家务替代，被琐事淹没了。吉蒂的不确定性表现在选择婚姻方面，她所处的时代和安娜不一样，是“世风渐变”、女性可以自由选择配偶的时代，她不需要父母为她安排婚事，但她显然没有能力自己做出选择，正如杜丽所说，“让你选择的时候，你却不知道该如何选”。她对列文前后的态度，对是否结婚的决定（她和瓦伦亭说她不会结婚），都是前后矛盾的。但是安娜不同，她要的就是爱情，就是能够让她被压抑的热情和活力迸发的出口，她会为了这个目的而义无反顾地追求。

在和伏隆斯基最终结合的过程中，安娜有过犹豫和回避，但这不是因为她不确定自己的感情，而是因为她对自己的处境有着十分清醒的认识。在小说的一开始，安娜是作为哥嫂之间家庭纠纷的调解人来到莫斯科的。安娜的哥哥是一个享乐主义者，他的思想非常简单，对于他来说，文明的目的就是使人们从一切事物中得到享乐，人生的乐趣可以简化为纯感官的享受，正如一个好的饭店、一盘好菜能给他带来快乐一样。婚姻和家庭对他来说很重要，但他"可以用过餐以后马上又到面包店里去偷面包卷"，原因很简单，因为"面包卷"也好吃。他的家庭纠纷起于他和家庭教师之间的"罗曼史"。安娜在劝说嫂子的时候说："这些女人总还是被他们轻视的，损害不了他们对于家庭的感情。他们在她们和自己家庭之间画了一条不可逾越的鸿沟。"这说明，安娜对于陷入婚外恋情的男性和女性、对于传统道德观念都有十分明确的认识，作为一个有着良好教养、读过很多书、头脑清醒的女性，她不可能对此视而不见。有学者用弗洛伊德的"本我"与"超我"理论来阐释安娜的痛苦[①]，弗洛伊德认为，人格由本我（id）、自我（ego）和超我（super-ego）三部分组成。其中本我是人格中与生俱来的以性冲动为核心的最隐秘、最不易接近的东西，它不受理性或道德法则的约束，它遵循的是"快乐原则"，总想顽强地表现出来，属于无意识结构部分；自我是意识的结构部分，它是有理性、有逻辑的，它总是清醒地正视现实，遵循的是"现实原则"；超我的主要职能在于指导自我去抑制本我的冲动，不断以内疚或犯罪感来纠正偏离及违反道德规范和理想的行为。虽然，把安娜的出轨归结为原始的性冲动有简单化之嫌，但至少可以用这三者间的矛盾关系来说明安娜痛苦的源头。安娜的"本我"是她内心真实的情感，是她本能地、潜意识中想要追求的生命意义；她的"自我"就是处在种种社会道德法则之下的她，安娜不可能像她哥哥那样做一个纯粹的享乐主义者，她不想被视为一个"最无耻、最卑劣的女人"，不想落入"抛弃了丈夫和儿子投奔情人去的那种女人的可怕的处境"，所有这些既是最开始阻挠她做出与伏隆斯基结合的决定的原因，也是她痛苦和最终悲剧的源头。安娜最终实现了她的"本我"，但是上流社会的成见无法战胜，这是安娜无法改变的。安娜后来现身彼得堡的剧院，这与其说是她对其所属的上流社会的一份眷恋，或一种挑战，不如说是她的这样一种愿望，即想亲眼看看她自己的判断和世俗的判断是否一致，也许她抱有一丝侥幸，希望人们承认她的爱情，但这种希望被剧场

---

① 吴舜立、李红：《生命"恶之花"——安娜悲剧的性爱心理学和精神分析学透析》，《国外文学》，2005 年第 3 期，第 101 页。

中的闲言碎语击得粉碎。

安娜实现了"自我",爱情成为她的一切,她明确地意识到她生活的意义就包含在爱情之中。在小说的开始,列文和奥勃隆斯基有过一段关于柏拉图的《酒宴》的对话,这是托尔斯泰最喜欢的关于恋爱的谈话之一。《酒宴》中所提出的精神之爱和肉体之爱以及在人类生存中精神和物质"无望的混淆",同样也是摆在《安娜·卡列尼娜》读者面前的最主要问题。列文和安娜都是在生活中积极探索这一问题答案的人,但如果说列文的寻找中还包含着无数的疑问和徘徊,那么安娜则"把爱情看得重于人生",重于宗教,"她知道宗教的救援只有在她抛弃那构成她生活的全部意义的东西的条件下才有可能",而爱情就是安娜的全部宗教,它非常纯粹,不包含任何世俗因素,它更像是一种纯粹的精神世界的显现。从这个意义上说,安娜超越了女权主义评论对她的界定,她所追求的并不仅仅是女性的平等的爱的权利,而是更高境界的、精神层面的理想。这种精神世界超越一切物质,甚至超越母爱,就像《圣经》中所说的那样,要因此而"献出一切,甚至自己和亲人"。

如果说安娜代表着对精神世界的追求,那么,卡列宁和伏隆斯基则代表了与之相对的物质世界。对于他们而言,爱情是和肉体紧紧相连的,就像安娜在梦中见到的那样,"两个人同时都是她的丈夫,两人都对她滥施爱抚",他们对安娜的爱在很大程度上是和生理感受联系在一起的。卡列宁在安娜离开家后体会到的是"不舒服",知道妻子偷情后,他体验到"就像一个人拔出了一颗痛了好久的牙齿那样的感觉"。伏隆斯基则更为清晰地体现了这种物质的、肉体的欲望,他最初是因为安娜美丽,想把她"像花一样摘下"而占有她,他能为此得到更多的荣誉。有评论者把安娜和伏隆斯基的赛马联系在一起,认为安娜和那匹赛马一样,都是伏隆斯基竭力驯服的对象。伏隆斯基抗拒不了的是安娜的肉体魅力,对于他来说,安娜的爱就是"那一刹那的幸福"。在获得安娜的爱情后,他很快便感觉到厌倦,觉察出爱情对于他的不利影响,但他抗拒不了安娜的肉体诱惑,他想跟安娜结婚,觉得一切都"清楚正确地规定在那套指导他行动的规范里",他和安娜的结合会使他们的关系合法化、孩子合法化,更方便他升迁,同时也方便他获得遗产，爱对于伏隆斯基来说就是肉体的享受、物质的利益和现实的考虑。

爱情对于安娜则具有完全不同的意义，安娜对伏隆斯基说："我所以不喜欢那个字眼（指爱。——引者按），就正因为它对于我有太多的意义，远非你所能了解。"小说中的这个细节是值得关注的：当安娜和伏隆斯基最终成为情人后，安娜说："一切都完了……除了你，我什么都没有了。你要记住。"安娜把她的命运或者说爱情看作是奉献，是抛弃，她抛弃了生命中的所有东西，甚至自己的孩子，可是，"记住"却是伏隆斯基所无法完成的，他们之间的"交换"不是等价的，因为对于伏隆斯基来说，"虽然他渴望了那么久的事情已经如愿以偿了"，可是"他不久就感觉到他的愿望的实现所给予他的，不过是他所期望的幸福的山上的一颗小砂粒罢了"。我们还看到，对于离婚这件事情，其实最不关心的是安娜，因为她知道，一旦结婚，她和伏隆斯基也会落入家庭的束缚，伏隆斯基也会和卡列宁一样变成一个令人厌倦的丈夫。伏隆斯基是安娜爱情的载体，安娜不可能让他也陷入现实世界和物质世界，她要保持爱情的纯粹。伏隆斯基使安娜失望的原因就在于，他和卡列宁一样无法感知和理解安娜内心深藏着的那个精神的、情感的世界。

小说中唯一能理解安娜的是列文，因为他们两人在精神气质上十分相近。他们只见过一次面，而在此之前，列文对安娜的印象来自于别人对她的描述，他"以前曾经那样苛刻地批评过她，现在却以一种奇妙的推理法为她辩护，替她难过，而且生怕伏隆斯基不十分了解她"。这是小说中列文和安娜唯一一次的见面，他们的对话也只有一次，但却是十分和谐的对话。在整个小说情节的推进进程中，主要人物之间的对话都是非常艰难的（斯季瓦和杜丽，列文和吉蒂），安娜和伏隆斯基的对话也无法进行。列文与他人的相遇和交谈大多以空洞的、无意义的失望感而结束，和奥勃隆斯基谈话时，"他们突然觉得……各人都只在想各人的事，他们互不相关"；与斯维亚施斯基、科兹内雪夫、尼古拉、卡塔瓦索夫等人的交往也莫不如此。但是，他和安娜的对话却是有趣的，"说不完心里想说的话"，因为列文和安娜一样，都有着一份对精神世界的向往和追求。

有学者用托尔斯泰的《忏悔录》来阐释安娜和列文对精神世界和现实世界

的理解。作家说:"我圈子中的人们都处于一种可怕的境地,我为他们找到了四条从中走出来的办法……第三个办法就是力量和能量。理解了生活就是恶和无意义的存在之后,去毁灭它。能这样做的就是一些有力量的、内心罕见一致的人。明白了愚蠢的玩笑,明白了死去的人的幸福要多于活人的人……"[①] 于是,安娜也选择了"第三个办法",即用死亡去毁灭痛苦和无望的生活。

一位评论者认为:"她(指安娜。——引者按)相信爱能够证明她的行为,但作者却认为这样的爱是一种病态……如果一个人用'恶魔般的痴迷'来代替'爱'这个词,根据作者的意图,这是最恰当的。"[②] 这样的评价对于托尔斯泰来说不够公正,因为这混淆了托尔斯泰对爱和情欲的区分,托尔斯泰与其说是在谴责安娜,不如说是在谴责肉欲的激情。安娜是美丽而又性感的,这一点毋庸置疑,她身上有"活力",有"恶魔般的、迷人的地方",托尔斯泰的传记作者吉·福德写道,安娜的"性感"是以性欲渴念为内核的生命激情,"这性感表现在她奔放的动作和热情的本性中"[③]。安娜对自己的魅力有着非常清醒的认识,也知道如何利用自身的魅力来吸引男性,有的时候甚至会卖弄风情故意引起伏隆斯基的嫉妒,她知道这是可以用来操纵伏隆斯基的武器。在她和伏隆斯基的关系中,肉体的激情也占据了较大的成分,作家写道:"由于健康的恢复而逐渐增进的生的欲望是这样强烈,而且她的生活环境是这样新鲜和愉快,安娜感到无可饶恕地幸福。"托尔斯泰在描写这种时刻的安娜时是带有批判意味的。托尔斯泰是妇女运动的反对者,虽然他认为女性更为敏感、细腻的天性能够对抗精神世界的死亡[④],但他绝不赞成女性平等地享有与男性一致的权利,他认为"淫乱来自女方",他在小说《克莱采奏鸣曲》中更为明确地表达了这个观点。肉体是具有破坏作用的,是和死亡密切相连的,为了追求纯真的爱情而不顾一切的安娜,最终

①　Н. Пруцков, *История русской литературы в четырёх томах*, 3-ий том, Расцвет реализма, Наука, 1982, с. 832.

②　Rina Lapidus, *Pasion, Humiliation, Revenge. Hatred in Man-Woman Relationships in the 19-th and 20th Century Russian Novel*, Lexington Books, 2008, p. 57.

③　亨利·吉福德:《托尔斯泰》,龚义、章建刚译,中国社会科学出版社,1989年,第63、88页。

④　Н. Пруцков, *История русской литературы в четырёх томах*, 3-ий Том. Расцвет реализма, с. 835.

无法皈依爱情，肉欲的干扰也是其中的一个方面，或者说，她狭隘地认为爱情或者说伏隆斯基的忠诚是可以通过肉体来维护的。正如杜丽所认为的那样："难道她可以用这种方式吸引和抓牢伏隆斯基吗？……无论她的赤裸的臂膀多么纤美白皙，无论她的整个身姿和她的环着黑发的红晕盈溢的面孔多么优美端丽，他照样会找到更美貌的人，就像我那个又可恶、又可怜、又可爱的丈夫一找就找到了一样！"

能让女性和男性摆脱欲望毁灭的最好方式就是家庭。在小说中，斯季瓦和伏隆斯基都追求肉欲，但是由于斯季瓦有家庭的保护，所以他直到小说的末尾仍安然无恙。伏隆斯基和安娜没有家庭的保护，所以他们俩一个死于车轮之下，而另一个则几乎精神失常，像"死尸一样被抬回来"。很难想象在小说中，安娜会和杜丽、吉提一样忙于家务琐事，她做得更多的是读书等事情，而她在小说中也一直是脱离家庭、脱离母亲的责任而存在的。家务劳动和养儿育女的责任会让女性免于遭遇安娜一样的悲惨命运，会保护她们，而女性的所有价值和意义也在家庭之中。

安娜的悲剧在本质上意味着精神世界是无法保持完整的，精神和物质、精神与肉体之间存在着永恒的冲突，安娜代表了一种非常悲观的态度，是托尔斯泰个人精神追求与现实碰撞的拟人化体现。虽然我们在小说中读出了一些在当时较为敏感的女性问题，比如社会道德评判女性和男性的双重标准，女性的一切只能通过男性掌握和控制的社会才能实现，男性对于女性既渴望又厌恶的矛盾心理以及社会对于女性激情的负面看法，女性究竟该如何处理自我追求与社会道德要求的矛盾，等等，但是，托尔斯泰探讨的并非妇女解放的问题，而是更为抽象意义上的生活的意义问题，是灵与肉的问题。列文在书中最后的感悟，即人应该"为了上帝，为了灵魂活着"，这在某种程度上就可以被视为作家对这一问题的回答。

安娜在小说中表现出了特别强烈的主体意识，她更像是一个主体而非客体，在她生活中发生的一切都取决于她自己的力量。首先，她是小说中唯一能够控制男性、控制和他们的关系的人，我们甚至可以说，她也是凌驾于作者之上的，安娜占据了更多的小说空间，小说的标题也充分说明了这一点。其次，更为主要的是，托尔斯泰让安娜从事极为"男性"的活动——他给了她一支笔。女性主义文学批评者认为，笔是男性权力的隐喻，是女性僭越男性控制的一种方式。在小说开始，安娜只是一个英文小说读者，但她读书的时候无法集中精力，而是想"自己来做这一切"，最后当她决定自己把握自己的命运时，她不再阅读很多书，而是决定自己拿起笔来为孩子们写书。这一情节具有某种象征含义，这意味着安娜自己寻找解决混乱秩序的方式和她的主动性。最后，安娜的自杀，其实既意味着她成了激情、道德的牺牲品，同时也是一种"自由的"个人选择。

在女性为成为主体而非客体、为成为自己的主人而非被动存在的斗争中，安娜和她的作为构成了一座里程碑。在托尔斯泰抨击激情、厌恶女性这一语境下看待这一现象，则尤为重要。在所有传统女性中间，安娜的形象显得尤为突出，她非传统，非历史，她是动态的、英勇的、积极的，她也同样超越了文化、道德和男性对女性的权力界定的边界，她的力量使她一切父权威望感到害怕，因此，托尔斯泰最后只能为安娜安排一个卧轨自杀的结局，而不会有另外一种选择。

第三节　卡秋莎·玛丝洛娃

《复活》（Воскресенье, 1899）是托尔斯泰的一部呕心沥血之作，也是作家最后一部长篇巨著。它凝聚了作家继《安娜·卡列尼娜》之后长达 20 年之久的思想探索和艺术追求，是托尔斯泰文学创作的总结。通常认为，《复活》通过地主家的养女卡秋莎·玛丝洛娃（Катюша Маслова）的遭遇以及贵族聂赫留朵夫对她的诱惑和挽救，表达了两位主人公"从精神道德的纯洁到精神道德的'死亡'，又从精神道德的'死亡'走向精神道德的'复活'"[1]。作家确实在小说中着重强调两位主人公道德和精神的复活过程，但玛丝洛娃的"复活"和男主人公聂赫留朵夫的"复活"在本质上还是有区别的，作家刻画女主人公的主要目的是为了帮衬男主人公的复活，但托尔斯泰通过对玛丝洛娃从"堕落女性"到"圣洁女性"的蜕变过程的描写也表达了他的女性理想。

---

[1]　曹靖华主编：《俄苏文学史》上卷，北京大学出版社，2007 年，第 565 页。

聂赫留朵夫的"复活"更接近作者的愿望①，他的行为从单纯的赎罪升华为自我救赎、精神道德的复苏。玛丝洛娃的"复活"和聂赫留朵夫相比，并没有赎罪的意味，她自始至终是一个受害者，一个生活在底层任人欺凌的女性。玛丝洛娃在少女时期非常纯洁，她是一个私生女，在贵族家庭中过着半婢女、半养女的生活。她在家里没有地位，但她又受到过一点教育，因此，她不像女仆和村里的普通女孩那样无知，而且比她们具有更多的魅力，更容易吸引男性的注意。她和聂赫留朵夫初次见面的时候，他们之间的爱慕真诚而又纯洁。但三年之后，当聂赫留朵夫再次见到玛丝洛娃的时候，他已从一个诚实而富有自我牺牲精神、乐于为一切美好事业献身的青年变成了一个荒淫无度的彻底的利己主义者。他认为，"女性无非是一种他已经尝试过的享乐的最好工具"②，而玛丝洛娃便不幸成为了他的牺牲品。

玛丝洛娃也发生了变化，她的"堕落"始于聂赫留朵夫对她的引诱和漠视。怀孕的玛丝洛娃在站台上追赶聂赫留朵夫在其中饮酒取乐的火车车厢的画面，恐怕是世界文学中受凌辱女性最为悲惨的瞬间。从那一刻起，玛丝洛娃的心理和精神开始发生变化，她不再相信善，不再相信上帝，她把享乐当成生活中的第一要务。这与其说是玛丝洛娃的自甘沉沦，不如说是她采取的另类报复行为，她用肉体的堕落报复纯洁的爱情，用冷漠的肉体交易报复忠贞。她后来被赶出家门，被迫走上了出卖肉体的道路，她重复着被骗、被欺辱、被抛弃的命运，始终处于奴仆、婢女的地位，所有雇佣她的男人都可以成为她的主人，任意支使她，占有她，抛弃她，因为大家"素来都是这样做的"。玛丝洛娃的命运值得同情，和大多数"堕落女性"如纳斯塔西娅·菲利波芙娜、丽莎一样，玛丝洛娃出身于低等阶层，她服务于人，在社会上被视为私有财产和泄欲工具，而欺辱他的男性大多来自贵族或比她更高一等的社会阶层，因此，她的命运也成为了一种社会不平等的象征。所有女人都"极力利用她来赚钱"，所有男人，从年老的警察局长到监

---

① 王景生：《〈复活〉译序》，见列夫·托尔斯泰《复活》，王景生译，北京燕山出版社，2001年，第2页。

② 列夫·托尔斯泰：《复活》，汝龙译，人民文学出版社，1996年。以下该作品引文同此。

狱的男看守，都把玛丝洛娃当成取乐的对象，对于她来说，"全世界无非是一伙好色之徒的渊薮，他们从四面八方窥伺她，想尽一切可能的办法，例如欺骗、暴力、金钱的收买、狡猾的圈套等，极力要占有她"。玛丝洛娃最终成为妓女是被逼无奈，她只有两条路可走，一是安于女仆的屈辱地位，继续被男人纠缠，另外一条就是合法的、有保障的、公开的通奸。她选择了第二条路，因为她想给自己找到生路，同时更主要的是，她想报复那些曾经欺压过她的人，一如纳斯塔西娅·菲利波芙娜也同样报复过那些想利用她、"购买"她的男人。

　　玛丝洛娃之后的"复活"是和男主人公的复活交替进行的。他们的再次相遇是在法庭上，玛丝洛娃被诬陷的遭遇以及男主人公年轻时犯下的过错，唤醒了聂赫留朵夫心中早已死去的另外一个"我"，更为高尚、更为圣洁的"我"，他决定进行一次"灵魂大扫除"，缩短他所过的生活和他的良心之间的差距。聂赫留朵夫放弃了生活中已经拥有的一切诱惑——金钱、地位和未来的婚姻，为了灵魂的净化，他做了许多善事，甚至决定和玛丝洛娃结婚。与此同时，他也在试图挽救玛丝洛娃，不仅仅为改善她的境遇、改正她的错判而四处奔跑，为监狱中的其他犯人奔走呼号，更重要的是，他唤起了在玛丝洛娃身上已经被非人的生活和酒精麻木了的羞耻感和自尊，恢复了她作为一个女性的起码尊严。聂赫留朵夫第一次探视监狱中的玛丝洛娃时，后者仍处于"堕落"之中，她冲他媚笑、要钱，这已然成为她的"习惯"。聂赫留朵夫第二次探监时，他的忏悔唤起了玛丝洛娃对往事的回忆和仇恨，那个曾经纯洁的少女渐渐复苏了。等到他们第三次见面，玛丝洛娃已经和从前判若两人，她的脸上重新现出了少女才有的羞涩和拘谨的表情，她从装束、发型到对人的态度，再也没有先前卖弄风情的迹象了。

　　男女主人公的复活之路充满艰辛，可以说，聂赫留朵夫是玛丝洛娃灵魂复活的一个契机，但在这一过程中，真正起到决定性作用的是政治犯西蒙松。西蒙松是民粹派成员，因为进行政治宣传被关进牢狱，与聂赫留朵夫不同的是，他对一切事物都用他的理智来检查和审定。他对玛丝洛娃的爱是柏拉图式的，与肉体欲望无关，这种爱充满了西蒙松式的理智。玛丝洛娃认为西蒙松是一个不平凡的人，对自己能够在这样的一个人心里激起爱情而感到惊讶。西蒙松使玛丝洛娃意识到了人的尊严和价值，少女时代的玛丝洛娃终于回归，她获得了新生。玛丝洛娃为了不辜负西蒙松对她的期待，用尽一切力量把她认为自己所能具有的种种最好品质表现出来，真正地实现了灵魂的复活。她最终拒绝了聂赫留朵夫的求婚（和纳斯塔西娅拒绝梅什金公爵一样），这其中的原因多种多样：首先是由于缺乏信任，这种不信任既来自贵族和平民两个阶级间的差异，同时也源于一种疑虑，即聂赫留朵夫是否能够真正原谅她的过去；其次，她的骄傲和自尊也使她认为，跟聂赫留朵夫结婚是可怕的堕落，她不想破坏任何人的生活，她是为了保全聂赫留朵夫的名誉在牺牲自己。

从小说的情节上看，聂赫留朵夫和西蒙松是挽救玛丝洛娃的两位重要人物，但仔细思考两位男主人公的出发点和动机，我们可以认为，他们都把玛丝洛娃当作一个被挽救的对象，当作实现自己理想的一个借口。西蒙松对玛丝洛娃的爱比聂赫留朵夫的爱更为简单，那里面有尊重和宽容，这种爱是建立在平等的基础上的，与聂赫留朵夫那种夹杂了赎罪和自我心灵救赎的爱完全不同。西蒙松是把玛丝洛娃"当作一个很好的、少有的、苦难深重的人那样爱的"，他"只是想帮助她，减轻她的厄运"，而聂赫留朵夫对玛丝洛娃的爱则更多地是为了他自己的"复活"，但两人的目的却大致一样，即聂赫留朵夫和西蒙松都想在对玛丝洛娃的"拯救"中获得精神的安慰和快乐，从而最终实现对自我的"拯救"。

聂赫留朵夫的努力没有白费，他让自己的灵魂复活，也把玛丝洛娃从肉体和精神的堕落中挽救了出来。在他得知西蒙松和玛丝洛娃即将结合，他心里感到了自由和轻松，因为玛丝洛娃对她来说更多的是一个缘由，而非一个真正的女人。有评论者认为，在小说《复活》中，玛丝洛娃占据着中心地位，而聂赫留朵夫则居于从属地位，起烘托和陪衬的作用[①]。从小说的谋篇布局和叙述重心来看，我们似乎难以同意这种结论。契诃夫认为，《复活》中最无趣的地方就是聂赫留朵夫和玛丝洛娃的关系[②]。聂赫留朵夫为玛丝洛娃所做的一切，与其说是为了获

---

① 徐稚芳：《俄罗斯文学中的女性》，北京大学出版社，1995 年，第 128 页。

② See George Siegel, 'The Fallen Women in Nineteenth Century Russian Literature', *Harvard Slavic Studies*, vol.V, Harvard University Press, 1970, p. 101.

得她的原谅，不如说是为了他自己良心上的安宁，玛丝洛娃只是聂赫留朵夫灵魂扫除中的一个一个步骤或一种工具，正如玛丝洛娃所说的那样，聂赫留朵夫“像从前在肉体上使用她那样现在又在精神上使用她”。在聂赫留朵夫走向精神复活的过程中，他不断地为自己的美德而感动，甚至流下热泪，他认为他的行为可以把他提高到一个“从未经历过的高度”。因此，正如一位评论者所说，《复活》讲述的并不是一个堕落女性的转变，而是聂赫留朵夫的“复活”①，小说最终以聂赫留朵夫完成灵魂净化、开始一种全新的生活作为结局。在小说中，与聂赫留朵夫的所思所为相比，玛丝洛娃的心路历程还是次要的，简单的。

由此可见，托尔斯泰在小说《复活》中虽然表达了对被欺凌女性的同情，但他对女性的地位等具体问题并不十分关心，他关注的是形而上的问题，是更加抽象的宗教背景下人的自我完善和精神成长的问题。玛丝洛娃的形象是托尔斯泰宗教思想的侧面表达，他在塑造女性形象时总是竭力赋予她们某些“宗教美德”，他笔下那些理想的女性都具有浓厚的宗教感，如《战争与和平》中的玛丽娅公爵小姐、《安娜·卡列尼娜》中的瓦伦加、《复活》中的玛丽娅·帕夫洛夫娜等。玛丝洛娃这一形象同样是禁欲主义的，她最后的纯洁蜕变在某种程度上是受玛丽娅·帕夫洛夫娜的影响，“这两个女人还因为对于性爱都感到憎恶而更加亲近。这一个痛恨性爱，是因为深受性爱的种种摧残；另一个虽然没有性爱的体验，却总是把它看成一种不可理解的，同时又令人憎恶的、有辱于人的尊严的东西”。玛丝洛娃无法颠覆男权文化对女性的定义，只能以隐忍、自我牺牲、以德报怨的态度顺应男权文化，顺应禁欲主义的文化实质。关于禁欲主义，托尔斯泰在《克莱采奏鸣曲》中有更为直接的表达：人们“在婚姻中所看到的，除了性交以外，别无他物，其结果不是一场骗局就是使用暴力”②。因此，欲望是导致小说主人公婚姻悲剧的主要原因，而聂赫留朵夫和玛丝洛娃的“堕落”也是肉欲引起的，只

---

① George Siegel, 'The Fallen Women in Nineteenth Century Russian Literature', *Harvard Slavic Studies*, vol.V, p. 101.

② 列夫·托尔斯泰：《克莱采奏鸣曲》，臧仲伦译，见《列夫·托尔斯泰文集》第4卷，人民文学出版社，1986年，第127页。

有节欲和保持贞洁才能达到真正的精神和肉体的完善。玛丝洛娃和西蒙松最终的结合，也更像是摆脱了肉欲成分的精神结合。此外，玛丝洛娃是一个没有任何社会联系的女性，她既没有父母也没有兄弟姐妹，宛若一片无根的浮萍四处飘荡，而这样的女性"有害"而又危险，她时刻有让男性失足的可能性，因此，作家让她皈依家庭，为她最终得来的纯洁肉身找到了一个保护场所，让她回归到符合社会和文化定义的女性角色，在这一点上，作家在《安娜·卡列尼娜》中所体现的相对传统、保守的妇女观和家庭观再次表露了出来。

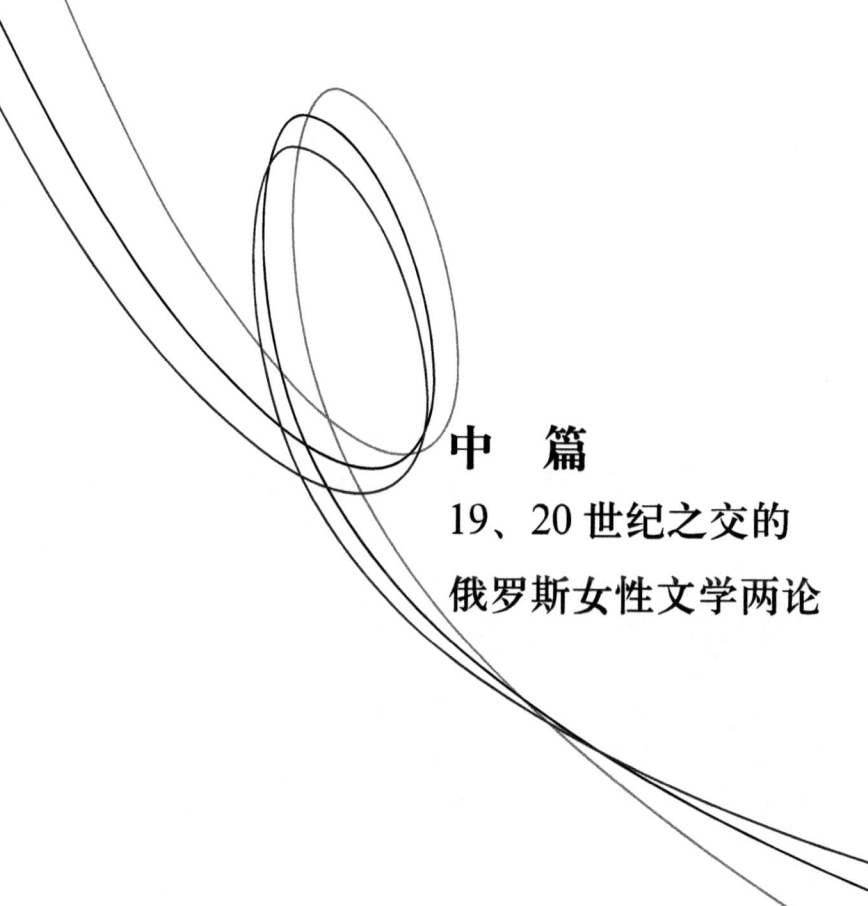

中　篇

19、20 世纪之交的
俄罗斯女性文学两论

在俄罗斯文学中，19 世纪文学和 20 世纪文学构成两个最重要的板块，而这两大板块之间的俄罗斯文学也是一个群星灿烂、"天才成群诞生"的壮观时代，它被誉为俄罗斯文学的"白银时代"或"俄罗斯的文艺复兴"。对这一时期女性文学和女性文学形象的研究目前在世界范围的斯拉夫学中均尚不多见，笔者在此试图做一个初步尝试，分别从宏观和微观两个观察问题的角度，用概述和个案研究这两种方法，对俄罗斯 19、20 世纪之交的"第二性"文学予以观照。

白银时代俄罗斯文学的兴旺是俄罗斯文化中的奇迹，而这一时期俄罗斯女性文学的崛起则是奇迹中的奇迹。本篇的第一章介绍白银时代俄罗斯女性文学的崛起态势，分析其社会文化原因以及文学自身的原因，并对白银时代女性文学与当时文学流派的关系、白银时代女性文学中两大创作潮流的共存和对比以及白银时代女性文学的文学史意义等问题展开探讨。本篇第二章集中讨论柯伦泰的创作，柯伦泰是 19 世纪末至 20 世纪 20 年代中期俄苏生活中最独特、最显赫的一位女性，她的文学创作也是 20 世纪俄罗斯文学和世界女性主义文学中的重要现象之一，笔者在这里简要回顾柯伦泰的文学创作起因及过程，对她的《瓦西里萨·马雷金娜》、《三代人的爱》、《姐妹》和《大爱》等代表作进行解读，并归纳其文学创作的女权主义主题及其表达方式和文学史影响。

第一章　白银时代俄罗斯女性文学的崛起

第一节　俄罗斯女性作家群的诞生

19世纪末至20世纪初的白银时代，是俄罗斯文学和文化历史中一个星光灿烂的繁荣阶段，同时也是俄罗斯女性文学迅速崛起的时期。在短短的30余年间[①]，俄罗斯女性作家雨后春笋般地亮相于俄罗斯文坛，她们中间还涌现出了阿赫马托娃、茨维塔耶娃、吉比乌斯、苔菲等这样一些俄罗斯文学的一流大师。

白银时代俄罗斯女性文学创作的真实面貌和规模，有可能远远超出文学史家的描述和后代读者的印象。对于白银时代是否为一个"诗歌世纪"的问题，学者们如今还存在着争论，但诗歌是俄罗斯白银时代最主要、最兴旺的文学领域之一，这一点却无可争议。正是在诗歌创作中，女性作者空前地展示出了她们的天赋、激情和成就。一部关于俄罗斯白银时代的文学史这样写道："很显然，这时期的俄罗斯诗坛中出现了'女性诗歌'现象。安·阿赫马托娃、切鲁宾娜·德·加布里亚克（叶·德米特里耶娃）、安·戈尔琴科、尼·利沃娃、玛·沙吉娘、索·巴尔诺克等人的创作（尽管各人的创作价值不等）引发了不计其数的模仿作品，而且还让人对'女性诗歌'有了充分的认识。"[②] 我们注意到，这段文字中有许多我们感到颇为陌生的名字，这里也没有列入茨维塔耶娃和吉比乌斯等大诗人的名字。在这

[①]　关于白银时代的起止年代目前仍众说纷纭，笔者所指的时间段大致为：自俄罗斯象征主义开始兴起的19世纪八九十年代至俄语文学开始被纳入单一渠道的20世纪20年代中期。

[②]　俄罗斯科学院高尔基世界文学研究所：《俄罗斯白银时代文学史》第4卷，敦煌文艺出版社，2006年，第246页。此段文字的作者为波格莫洛夫，译者为王立业、余献勤。

段文字之后所加的一个注释中，还提到了一部题为《白银时代女诗人百家》的诗集。有名有姓、有诗作入选重要诗集的女诗人就有上百位！由此便不难揣摩出当年写诗、读诗的俄罗斯女性的人数。而作为白银时代俄罗斯女性诗歌之代表的阿赫马托娃、茨维塔耶娃和吉比乌斯，更是破天荒地赢得了超一流的俄罗斯文学史地位，后人将阿赫马托娃与俄罗斯诗歌的"太阳"普希金并列，称之为"俄罗斯诗歌的月亮"，茨维塔耶娃则被布罗茨基称为"二十世纪的第一诗人"[①]。值得注意的是，在女性之前较少涉猎的俄罗斯小说创作领域，这一时期也出现了女作家异军突起的现象："在这个时代大众文学的洪流中女性小说家的创作极为引人注目，一般来说，这些创作的主题与爱情、'性'、解放等问题紧密联系在一起。在这一批人中可以看到纳戈罗茨卡娅、桑冉丽、达曼斯卡娅、玛尔·米尔托夫（笔名奥莉加·聂格列茨库）的名字，维尔比茨卡娅的名字几乎是在最前列的。"[②] 这里提到的维尔比茨卡娅，她在当时的走红和作品畅销似乎让今人难以想象，其小说的印数逾百万，且不断再版，与当时备受读者喜爱的阿尔志跋绥夫和库普林等不相上下，甚至于，"在 20 世纪初期，她被视为列夫·托尔斯泰的竞争对手"[③]。

白银时代的俄罗斯文学界对女性文学的空前关注，也从另一个侧面旁证了当时俄罗斯女性文学的兴旺。当时的每家出版社都出版过女作家的作品，每份文学期刊的每一期上都刊登有女作家的诗文。与此相关，批评界和文学理论界也就女性文学现象展开了探讨和争论，大型文学期刊上关于女性创作的文章可谓汗牛充栋，比较有代表性的有普洛托波波夫在《俄罗斯思想》上发表的《女性创作》（1891）、纳捷日金在《新世界》发表的《当代俄罗斯女作家笔下的女性》（1902）、克列斯托夫斯卡娅的《来自女性生活》（1903）、科伦泰的《新女性》（1913），而关于某位女性作家或某部作品的评论文章则为数更多。与此同时，很多关于女性

---

① 布罗茨基、沃尔科夫：《布罗茨基谈话录》，马海甸、刘文飞、陈方译，东方出版社，2008 年，第 47 页。

② 俄罗斯科学院高尔基世界文学研究所：《俄罗斯白银时代文学史》第 2 卷，敦煌文艺出版社，2006 年，第 189 页。此段文字的作者为季雅科娃，译者为查晓燕、蒋鹏。

③ Ed. by Victor Terras, *Handbook of Russian Literature*, Yale University Press, 1985, New Haven and London, p.503. 词条作者为 Tomas Venclova。

文学的理论著作也纷纷面世，如波诺马列夫的《我们的女作家们》（1891）、特鲁比岑的《当代文学再现中的女性生活角色》（1907）、科尔托诺夫斯卡娅的《女性剪影》（1912）、阿勃拉莫维奇的《女性和男性文化世界》（1913）、波尔图加洛夫的《十九世纪俄罗斯文学中的女性》（1914）等。在当时享有盛誉的文学史著作温格罗夫的《二十世纪俄罗斯文学》[1]中，女性作家得到了空前的"关照"，在该书第一卷所列的十个专章中，就有三章的篇幅给了女性作家，即济娜伊达·温格罗娃、济娜伊达·吉比乌斯和柳波芙·古列维奇。一部包含千余个词条的英文版《俄罗斯文学手册》，其中所列女作家词条不到半百[2]，在俄罗斯出版的各类文学百科或作家词典中，男女作家间的比例也大致如此，然而，当我们试着把这部《俄罗斯文学手册》所列的 37 位女作家按其出生年代排列在这里：

叶卡捷琳娜大帝（1729—1796）

茹科娃（1804—1855）

罗斯托普钦娜（1811—1858）

叶夫盖尼娅·图尔（1815—1892）

帕纳耶娃（1819—1893）

娜杰日塔·克列斯托夫斯基
（1824—1889）

维尔比茨卡娅（1861—1928）

吉比乌斯（1869—1945）

苔菲（1872—1952）

叶莲娜·古罗（1877—1913）

沙吉娘（1888—1982）

阿赫马托娃（1889—1966）

谢富林娜（1889—1954）

波隆斯卡娅（1890—1969）

玛利亚修女（库兹明娜·卡拉瓦耶娃，1891—1945？）

施卡普斯卡娅（1891—1952）

茨维塔耶娃（1892—1941）

卡拉瓦耶娃（1893—1979）

亚历山大罗娃（1895—1966）

叶夫盖尼娅·金茨堡（1896—1980）

普里斯马托娃（1898—1960）

娜杰日塔·曼德里施塔姆（1899—1980）

---

[1] Под ред. С. А. Венгерова, *Русская литература XX века* (1890-1910), в 2-х кн., XX1 Век-Согласие, Москва, 2000.

[2] Ed. by Victor Terras, *Handbook of Russian Literature*.

别尔别罗娃（1901—1993） 尼古拉耶娃（1911—1963）

库兹涅佐娃（1902—1976） 安斯泰伊（1912—1985）

潘诺娃（1905—1973） 维格多罗娃（1915—1965）

切尔文斯卡娅（1907—1988） 卡扎科娃（1932—2009）

楚科夫斯卡娅（1907—1996） 马特维耶娃（1934—）

格列科娃（1907—） 戈尔巴涅夫斯卡娅（1936—）

阿列克谢耶娃（1909—1989） 阿赫马杜琳娜（1937—）

别尔格利茨（1910—1975）

我们一眼便可以看出，这些女作家绝大多数（37人中的27人）都出生在19世纪60年代之后和20世纪20年代之前，也就是说，她们在不同程度上都属于白银时代这个文学时期。这个让人颇为惊讶的"统计"表明，白银时代是俄罗斯女性作家涌现最多的时期，是俄罗斯女性文学一个史无前例的繁荣阶段。一部《俄罗斯女性文学史》的作者认为，正是从19世纪80年代开始，俄罗斯女性作家首次赢得了与男性作家平起平坐的地位[①]。在欧洲诸文学中后起的俄罗斯文学自普希金之后迅速地步入"黄金时代"，在19世纪中后期赢得空前的繁荣，但是与此同时，"女性作家尽管在俄罗斯也被广泛地阅读，但她们对俄罗斯文学之伟大仍然贡献很少，俄罗斯文学还没有出现自己的乔治·桑、简·奥斯汀或乔治·艾略特"[②]，然而在白银时代，俄罗斯女性文学的崛起却彻底改变了这一现实，第一次贡献出了一批世界一流的女作家。

总之，白银时代可能是俄罗斯女性文学自其存在[③]以来发展最为迅速、成就最为显著的时期，反过来，俄罗斯女性文学的崛起也构成了俄罗斯白银时代文学和文化的一个显著特征。

---

① Catriona Kelly, A History of Russian Women's Writing. 1820-1992, Clarendon Press, Oxford, 1994, p.148.

② Xenia Gasiorowiska, Women and Russian Literature, // Ed. by Victor Terras, *Handbook of Russian Literature*, p. 520.

③ 通常认为，俄罗斯女性文学始于18世纪末，即叶卡捷琳娜二世在位期间。

第二节　俄罗斯女性文学崛起的社会文化原因

俄罗斯女性文学在白银时代的迅速崛起，是多种因素交叉作用的结果，这些因素既有社会的也有文学的，既有客观的也有主观的，既有必然的也有偶然的。

首先，这无疑是俄罗斯社会和文化自身发展的结果。彼得大帝在18世纪初实施的"改革"，使俄罗斯在疆域和武力上基本上成了一个欧洲强国。叶卡捷琳娜二世在18世纪中期即位之后，又开始了一场雄心勃勃的"启蒙"俄罗斯运动，作为一位"外国人"，她试图"改造"俄罗斯的国民性，其中就包括向伏尔加流域移民德意志人、支持科学院和大学的活动、创办文学杂志等等；作为一位女性，她又很自然地较为关注女性在社会和文化生活中的地位。叶卡捷琳娜是一位专制君主，"穿裙子的伪君子"，但她的"启蒙"举措在客观上还是较为迅速地提升了俄罗斯社会的整体文化水准，文学史家如今大多认同，俄罗斯的"女性文学"就发端于叶卡捷琳娜时期，甚至在一定程度上就归功于她本人的文学活动。

女性文学的出现，是以女性社会地位的提高、女性教育机会的广泛获得为前提的，即女性首先要具有阅读、思考和写作的能力。到了19世纪中期，在俄罗斯废除农奴制前后，伴随着俄罗斯社会文明程度的不断提高，俄罗斯女性逐渐获得了各种形式的教育机会。1858年，彼得堡出现第一所女子中学；1861年，彼得堡大学曾一度对女性敞开大门；从19世纪60年代末到90年代，彼得堡、莫斯科、弗拉基米尔等地都开办了一些专门面向女性的教育普及性质的短期学习班；1878年，彼得堡出现一所由政府创办的女子高级学校，招收学生近千名；1897年，彼得堡又成立了第一所国立女子医学院。根据一项统计，到1897年，沙皇俄罗斯人口的识字率为28.4%，妇女为16.6%，沙皇时期俄罗斯国民的识字率虽然是欧洲国家中最低的，但是其妇女识字率却已经达到了欧洲平均水平。"20世纪初，高等女子教育得到了明显的发展。此时，约有近30所高等女子学府。"[1]1911年颁布的女子高等教育法，以及于1912年召开的第一届全俄妇女教育代表

---

[1]　泽齐娜、科什曼、舒利金：《俄罗斯文化史》，刘文飞、苏玲译，上海译文出版社，2005年，第200页。

大会，让俄罗斯妇女基本上享有了与男性平等的教育权利。尤其是有近千名代表
出席、会期长达十天（1912 年 12 月 26 日—1913 年 1 月 4 日）的第一届全俄妇
女代表大会，产生了广泛、深远的社会影响，因为，"一方面，教育问题被大会
的创办者们视为男女性平等的基础；另一方面，也被她们看成社会发展水准的标
识"①。这就意味着，到 19 世纪末、20 世纪初，俄罗斯女性已经获得了各种层次
的受教育机会。越来越多的女性文化人的涌现，反过来又会促进整个社会对女性
问题的关注，促进女性道出自身的社会和文化诉求，而这些诉求的最主要表达方
式之一，就是文学写作。

　　值得注意的是，从 19 世纪下半期开始，享有教育机会的俄罗斯女性不再仅
仅是皇亲国戚和大家闺秀，一些中产阶级家庭的女儿，甚至一小部分出生在乡村
的女性，也都成了文化人。因此，19、20 世纪之交的俄罗斯女性作家不像 19 世
纪 60 年代之前那样，基本是单一的贵族出身，她们中的大多数出身于城市职员
家庭，如律师、作家、出版人、银行职员、教授、军人等，如苔菲和吉比乌斯是
律师的女儿，阿赫马托娃和沙吉娘的父亲是医生，茨维塔耶娃出身教授家庭，纳
戈罗茨卡娅的父亲是记者，而她们早年大多接受过很好的家庭和学校教育。伴随
着教育水准的提高，女性选择职业的机会和能力也大为增加，女性人口大批涌入
城市，以彼得堡为例，女性与男性的比例从 19 世纪中期的 26% 增长到了 90 年
代的 39.36%②，到 19 世纪末，俄罗斯的工作女性已经达到 600 万③。然而在当时
的社会环境下，女性能从事的工作种类仍然非常有限，政府核心权力机构和工
业、贸易等部门依然是男性的天地，女性所从事的则大多是秘书、编辑、记者等
与文字相关的工作。不过，这反倒使女性有更多的机会接近文学，因此，便有一
大批女性逐渐成了以写作为业、靠文字谋生的"专业"作家。这一时期，俄罗斯
社会对女性写作也表示出了一种更为宽容的态度，一个非常明显的变化就是，女

---

① И. Юкина, *Русский феминизм как вызов современности*, Алетейя, Санкт-Петербург, 2007, с. 404.

② Catriona Kelly, *A History of Russian Women's Writing. 1820-1992*, p.124.

③ И. Казакова, 'Критика и публицистика конца XIX - начала XX веков о творчестве русских
писательниц', *Преображение (Русский феминистский журнал)*, 1995, № 3, с. 63-67.

性作家使用笔名尤其是男性笔名的情况越来越少，这说明女性文学产生和存在的环境变得越来越宽松和自由了。这一时期创办的大量"女性杂志"，如《妇女事业》（1899—1900）、《妇女导报》（1904—1916）、《当代妇女》（1907—1916）、《女性天地》（1907—1916）、《妇女世界》（1912—1916）、《妇女思想》（1907—1910）、《妇女生活》（1914—1916）和《妇女杂志》（1914—1926）等，既为女性的写作提供了便利的条件，也体现了女性以及妇女问题在当时的俄罗斯社会所受到的空前关注。

　　俄罗斯女性文学在白银时代的崛起，与19、20世纪之交的妇女解放运动无疑也有关联。两个世纪相交的十几年，是俄罗斯社会改革的呼声和行动一浪高过一浪、各种社会思潮风起云涌的时期，也是俄罗斯妇女运动空前高涨的时期，妇女解放的问题，作为追求社会平等的社会主义理想中重要的构成之一，成了当时文化界和思想界的核心话题之一。当时的许多政治家和思想家都撰文探讨过妇女问题，而像柯伦泰、克鲁普斯卡娅、安娜·施密特这样一些女性社会活动家，更是被视为妇女解放的象征。在那个时期，俄罗斯女性的自我意识普遍有所觉醒，女性表达自我、展示个性的内在愿望似乎变得越来越强烈了。白银时代的作家马列维奇曾这样描绘过当年的吉比乌斯："她当时三十岁，但是体态瘦削而苗条，看上去年轻得多。……高傲地扬起的小小的头颅，长长的灰绿色的眼睛，微微眯起……另外，她将一头温柔蜷曲的浓密的棕铜色发丝编成了一条长长的发辫——这是未出嫁少女的标志（尽管她结婚已经十年），她浑身上下都流露着带有挑衅性质的'与众不同'：她的头脑比她的仪表更锐利。吉比乌斯对任何事物的判断都坦率而自信，丝毫不去顾忌常规。她喜欢唱'反调'令众人惊奇。"[①]"丝毫不去顾忌常规"，"喜欢唱'反调'"，在白银时代，这恐怕不仅仅是吉比乌斯这一位知识女性的姿态和做派。在《北方导报》编辑部工作的女作家柳鲍芙·古列维奇就说过，她"鄙视寻常的生活"，觉得"外在的自由离开'内在的自由'就一钱不

---

① 转引自俄罗斯科学院高尔基世界文学研究所：《俄罗斯白银时代文学史》第2卷，敦煌文艺出版社，2006年，第332页。引文译者为温哲仙。

值"。① 或许，在当时的社会和时代，正如女作家塔吉雅娜·谢普金娜—库佩尔尼克所认为的那样：对于那些渴望自由和独立的女性来说，只有一条路可走，那就是文学和艺术创作②。

第三节　俄罗斯女性文学崛起的其他原因

俄罗斯女性文学在白银时代的崛起，当然也是包括女性文学在内的俄罗斯文学自身发展的结果。

白银时代之前的俄罗斯文学，虽然基本上是男性作家的天下，在前文提及的叶卡捷琳娜女皇的"身体力行"之后，俄罗斯文学中还是逐渐闪现出了一些女性作家的身影，如曾得到普希金力荐的杜罗娃，如别林斯基和杜勃罗留波夫都曾撰文好评过的茹科娃和罗斯托普钦娜，再如成了涅克拉索夫"文学伴侣"的帕纳耶娃等。自 19 世纪中期起，《祖国纪事》、《读者文库》、《俄罗斯导报》和《现代人》等大型文学刊物都开始表现出对女性问题的强烈兴趣，这些报刊在发表许多探讨女性社会地位的文章和文学作品的同时，也直接为女性作家提供了很大的版面，从而不仅唤起了整个社会对女性问题和女性文学的关注，而且还造就了一大批女性文学读者和作者。换句话说，白银时代之前的俄罗斯文学已经为女性文学的崛起奠定了一个基础。

较之于之前的俄罗斯文学，白银时代俄罗斯文学最大的变化之一，恐怕就是现代主义文学的兴起。其实，白银时代文学兴起的内在动因之一，就是相当一部分俄罗斯作家在有意识地与传统的俄罗斯现实主义文学拉开距离，试图在托尔斯泰这样的巅峰之后对俄罗斯文学的传统内容和形式有所突破。就整体而言，白银时代文学的现实主义朝向有所减弱，作家的社会使命感和责任感有所降低，作家的社会活动家和思想家的身份在一定程度上有所弱化，作为社会理想和政治思

---

① Любовь Гуревич, *История «Северного вестника»*, см. Под ред. С. А. Венгерова, *Русская литература XX века (1890-1910)*, кн. 1, с. 229.

② Татьяна Щепкина-Куперник, *Театр в моей жизни*, Москва, Федерация, 1948, с.151-152.

想载体的"泛文学"，似乎在渐渐地趋向更关注内心、更注重审美功能的"纯文学"。伴随着文学内容上的社会性和现实性的弱化，白银时代的文学在形式方面也发生了某些变化，其中较为醒目的一点，就是文学体裁的小型化。在这一时期，连托尔斯泰这样的史诗大师都转而写作中短篇和戏剧，短篇和特写、戏剧和诗歌等较为短小的体裁，成为白银时代最为流行的文学形式。俄罗斯文学由现实主义向现代主义的渐进，由"战场"转向"沙龙"，由"俄罗斯生活的百科全书"演变为"手艺集"（茨维塔耶娃一部诗集的名称），文学体验逐渐地内心化，文学体裁逐渐地小型化——白银时代文学时尚的这些变化，或许为女性作家的涌现提供了更为便利的契机。不能说俄罗斯女性作家就不关注文学的社会使命，或者她们就难以写出再现生活的现实主义巨著来，但是，从白银时代女作家后来的创作实绩来看，将作为一个整体的她们与男性作家们相比较而言，借助抒情诗等文学体裁来抒发细腻、深刻的内心体验，通过充满探索和试验色彩的文字来表达独特的、个性化的审美情趣，这无疑是女性作家的长项，无论是阿赫马托娃的"室内抒情诗"，还是茨维塔耶娃的"个性独白"，都是最好的例证。白银时代的大诗人之一霍达谢维奇曾对诗歌中的"女性色彩"不屑一顾，他不无尖刻地写道："诗歌的'女性色彩'开始得到比先前更高的评价。需求带动了供给……琐碎的隐秘生活成了妇人诗歌的必要内容。女诗人们想方设法证明自己不是普通意义上的人，而仅仅是'女人'，与一切大事要事无关的女人，一个除了自己谁也不了解也不想了解、只想要小性子的女人。"[1] 不过，霍达谢维奇的这段话却也点明了，女性诗歌的主题就是"琐碎的隐秘生活"，"仅仅是'女人'"。一位批评家指出，正是从 19 世纪末起，积极地表达自己的"我"并将其视为文学探索的对象，这成了女性文学一个最为主要的特点[2]。有趣的是，在世纪之交的十几年间关于女性创作的议论和批评，无论是褒是贬，其论据仿佛都是她们的创作所体现出的

---

[1] 转引自俄罗斯科学院高尔基世界文学研究所：《俄罗斯白银时代文学史》第 4 卷，敦煌文艺出版社，2006 年，第 256 页注释 39。引文译者为王立业、余献勤。

[2] И. Казакова, 'Критика и публицистика конца XIX - начала XX веков о творчестве русских писательниц', *Преображение (Русский феминистский журнал)*, 1995, № 3, c.63-67.

"女性色彩"，即关注内心世界、善于自我剖析、描写人与人之间的微妙关系等，这些又恰好构成了俄罗斯女性文学创作的主要特征，这表明，俄罗斯女性作家已经为俄罗斯文学带来了独特的主题、视角和风格。

白银时代的女性热衷文学并在文学界受到重视，恐怕也与世纪之交俄罗斯文人的"索菲娅情节"有着某种关联。俄罗斯文化中自古就存在着某种"阴性崇拜"或曰"母性崇拜"，比如俄罗斯传说和童话中常常出现的"俄罗斯母亲""母亲大地""母亲河"形象[①]，再比如东正教中独特、崇高的圣母地位。"索菲娅"（София/Saint Sophia，源于希腊语中的"智慧"一词），在东正教中是神性智慧的化身，其形象经常出现在俄罗斯圣像画中。到了白银时代，俄罗斯现代哲学之父弗拉基米尔·索洛维约夫为这个形象注入了新的哲学、神学和美学内涵，将其称为"永恒温柔"，是信仰、善和爱的集成。在自己的长诗《三次相见》中，他艺术地再现了索菲娅的形象。在他之后，许多象征派大诗人都描绘过他们心目中的"索菲娅"形象，如勃洛克笔下的"美妇人"。在他们的诗中，女性是诗歌的源泉，是神秘情感的载体，是天与地之间的中介。索洛维约夫的学说和象征派诗人的创作实践，也部分地呼应了俄罗斯女性一向作为男性的"理想"和"灵魂"而存在的文化现实。置身于这样的文化语境，那一时期的俄罗斯女性或许会感觉到更多的自信。一位名叫安娜·施密特的下诺夫哥罗德女性，就曾撰写《第三约》，并自称为"索菲娅的代言人"。她的举动虽然曾让积极倡导、宣扬"索菲娅精神"的弗拉基米尔·索洛维约夫"颇感不安"[②]，但这个例子却说明，当时的确有一大批女性深受"索菲娅学说"的鼓舞，并在自己的身上预见到了神性智慧的化身，或预感到了理想女性的降临。另一方面，处在此种诗歌文化氛围之中，包括女诗人在内的俄罗斯女性自然也会受到白银时代文化人士更多的瞩目；在崇拜宗教和文化层面上的索菲娅的同时，在歌咏美学和诗歌意义上的"美妇

---

① Joanna Hubbs, *Mother Russia: The Feminine Myth in Russian Culture*, Indiana University Press, Bloomington, 1988.

② 见俄罗斯科学院高尔基世界文学研究所：《俄罗斯白银时代文学史》第 1 卷，敦煌文艺出版社，2006 年，第 71 页。

人"的同时，他们或许也会更多地关注或关怀身边现实生活中的女性，尤其是那些具有"索菲娅气质"的女性，即集美貌与智慧于一身的女诗人们。于是我们发现，白银时代文坛上的男性大作家们几乎都曾大力关照女性作家，如勃留索夫对茨维塔耶娃的评论、沃洛申对茨维塔耶娃的关照、古米廖夫对波隆斯卡娅的"栽培"、曼德里施塔姆对阿赫马托娃的"崇拜"等等，似乎可以这样说：白银时代每一位成功的女作家背后，都站有一位或数位男性大作家。另外还有一些因素，又在很大程度上强化、突出了女性作家在白银时代俄罗斯文坛上的地位和影响：其一，在那个文学流派此起彼伏、文学沙龙鳞次栉比的年代，女性作家往往扮演着流派和沙龙"女主人"的角色，如象征派里的吉比乌斯、阿克梅派中的阿赫马托娃、伊万诺夫"象牙塔"中的苔菲，以及未来派中的古罗。其二，由于婚姻或家庭的关系，一些女作家得以较早地、更为便利地展示出她们的天赋和才华，如吉比乌斯与丈夫梅列日科夫斯基一起经营"宗教哲学会"的"夫妻店"，阿赫马托娃与古米廖夫夫妇合作打造"诗歌行会"，维·伊万诺夫与夫人季诺维耶娃—阿尼巴尔共同营造的"象牙塔"，茨维塔耶娃出身"文化豪门"，其父茨维塔耶夫是莫斯科大学的艺术史教授，是著名的莫斯科造型艺术博物馆的奠基人，纳戈罗茨卡娅的母亲就是著名的俄罗斯女作家帕纳耶娃。

上述多种因素相互交织，共同作用，终于促成了女性文学在19、20世纪之交俄罗斯社会的爆炸式繁荣。

第四节　白银时代俄罗斯女性文学的思潮和影响

如果更为细致地查看、更为深入地思考白银时代俄罗斯女性，我们还可以从中觉察出这样几个饶有兴味也颇具悖论意味的问题：

首先，是女性文学与白银时代文学流派的关系问题。白银时代是一个百花齐放、百家争鸣的文学时代，多种具有现代主义色彩的文学流派相继登场，各领风骚。值得注意的是，在当时每一个文学流派中，都有一位或数位女性的身影，她们或为女主将，或只跑龙套，她们的身影为诸文学流派增添了某种亮丽

的色彩。在俄罗斯象征主义阵营中,吉比乌斯无疑是最重要的诗人之一,她不
仅协助梅列日科夫斯基主持文化沙龙"彼得堡宗教哲学会",成为俄罗斯象征
派中的彼得堡分支或曰"老一代象征派"的"女掌门",而且就其创作本身来
看,"象征主义的色彩始终贯穿于她的创作,直至20世纪40年代中期,丝毫不
见褪色"①。阿赫马托娃作为阿克梅派中最重要的诗人之一,其"细节化"的诗歌
手法,其诗作中冷静的"悲剧感"和雕塑般的"物质性",都是该派诗歌美学追
求的活样板,作为一个"最地道的"阿克梅派诗人,阿赫马托娃还始终是这一
诗歌传统的坚守者和传递者。俄罗斯未来主义一向被视为一个充满力量感的文
学艺术流派,是男性的天地,但是其实,该流派中也活跃过许多女性诗人和画
家,如冈察罗娃和古罗,尤其是后者,其创作在俄罗斯立体未来派中具有奠基性
的意义,只是由于她离世过早(1913年),她的创作天赋没能获得充分的展示。
在白银时代的文学史中,可以说,一个没有吉比乌斯的彼得堡象征派,或者一
个缺少了阿赫马托娃的阿克梅派,都是难以想象的。但是另一方面,相对于白
银时代的男性作家,相对于自己阵营中的男性战友,女性作家们的派别意识又
显得比较淡漠。比如,吉比乌斯就较少关于象征主义的理论论述;又如,在阿
克梅派几位最杰出的诗人中间,只有阿赫马托娃没有发表过关于新流派的"宣
言",而古米廖夫、戈罗杰茨基和曼德里施塔姆等都撰写过此类宣言。还有一
个更为奇特的现象,即一些女性作家甚至是完全独立于任何流派之外的,最典
型的例子就是苔菲和茨维塔耶娃,尤其是后者,"在整个白银时代,作为诗坛
上最引人注目的诗人之一的茨维塔耶娃,却从未正式加入甚至从未接近过任何
一个文学流派,这在当时的大诗人中是绝无仅有的。她在以她的诗表达她的声
音,这声音清晰而孤独,像喧闹的声音背景下的一个独白。"② 女性作家的诞生和
成长往往是有赖于文学沙龙和文学流派的,但她们却似乎较少团体意识,这究
竟是女性较为淡薄、宽容的天性使她们在一定程度上远离了文坛上的较量和争

---

① 见俄罗斯科学院高尔基世界文学研究所:《俄罗斯白银时代文学史》第2卷,敦煌文艺出版社,
　　2006年,第329页。此段文字的作者为波格莫洛夫,译者为温哲仙。

② 刘文飞:《诗歌漂流瓶——布罗茨基与俄语诗歌传统》,浙江文艺出版社,1997年,第96页。

斗，还是女性的写作特性让她们更倾心于较为私密、更为个性化的文学存在方式呢？

其次，是白银时代女性文学中两大创作潮流的共存和对比。白银时代女性文学的崛起，同时受到了妇女解放运动和现代主义文学运动这两大社会和文化思潮的影响，相应地，在女性文学中就出现了直接吁求女性权利、宣传妇女解放的"女权文学"潮流，以及借助现代艺术手法抒发内心体验的"女性独白"潮流。前一主题的主要体现方式是小说、政论等散文体裁，最主要的代表人物有科伦泰、纳戈罗茨卡娅和维尔比茨卡娅等。后来成了世界范围内第一位女部长、女大使的科伦泰，还被视为"马克思主义女权主义"的始作俑者，她不仅组建了俄共（布）中央妇女部，直接部署、领导妇女参与社会的各项活动，而且还撰写了《工蜂之爱》、《大爱》和《三代人的爱》等小说，具体地阐释其妇女解放思想。她的创作、思想和行动，都是当时俄罗斯社会妇女解放运动的一个缩影。被科伦泰在《新女性》中称为"妇女解放的思想家"的纳戈罗茨卡娅，以及当时最为走红的女作家维尔比茨卡娅，都写作了大量直接体现妇女解放主题的小说。在洋洋六大卷的长篇小说《幸福的钥匙》中，维尔比茨卡娅直截了当地宣传自己的女权思想，要求女性不要依靠男性生活，甚至要通过性生活方面的绝对自由来体现女性的存在价值；纳戈罗茨卡娅那部在短短五年之内就被再版了十次的长篇小说《迪奥尼索斯的愤怒》，也直接诉诸女性的社会和家庭地位、女性在爱和性中的自由等时尚的现实主题。令人奇怪的是，在艺术上追求"标新立异"的白银时代俄罗斯女诗人们，却大多都对妇女解放、女性自由的"时代话题"不太感兴趣，她们的诗歌对此类"大主题"似乎敬而远之，甚至避之不及。白银时代的现代主义女诗人们，似乎都没有表现出过多的"女权意识"，相反，她们在很多场合都对此表示过不屑、反感甚至厌恶。"她们没有在她们的抒情诗中表现妇女解放的主题"，相反，她们反而强化、加深了人们关于女性传统角色的理解和认同。[①] 她们没有在自己的诗中过多地强调与男性诗人平起平坐的愿望和诉求，可她们却通过

①　Xenia Gasiorowiska, 'Women and Russian Literature', Ed. by Victor Terras, *Handbook of Russian Literature*, p. 521.

自己的创作赢得了与男性作家真正意义上的平等。维尔比茨卡娅和纳戈罗茨卡娅等人的"女性小说"在当时十分畅销，风头盖过阿赫马托娃、茨维塔耶娃等人的诗歌，但是经过时间机器的过滤和筛选，如今，这些"女性小说"的文学价值和文学史意义已经远远不及阿赫马托娃等人的"女性诗歌"。那些最具有时代特色、最反映时代精神、最具有现实性的"女权"主题作品，如今早已淡出大多数文学读者甚至是文学研究者的视野，而那些有意无意地淡化女性色彩、仅仅专注于现代诗歌艺术自身的女诗人们，却赢得了不朽的文学生命。同一时代两类女性文学相互之间的关系及其演变，或许是一个发人深省的话题。

最后，是白银时代女性文学的文学史意义问题。一般认为，俄罗斯女性文学自诞生以来先后有过四个高潮期，即叶卡捷琳娜时期、白银时代时期、苏维埃时期和苏联解体前后的 20 世纪八九十年代（俄罗斯女性文学最末一个兴旺期一直持续到现在），在这其中，似乎又以白银时代俄罗斯女性文学的成就最高，这不仅表现在女性作者的数量和地位、其文学作品的质量和价值等方面，也体现在这一阶段女性文学的文学史意义上。除了让俄罗斯女性也拿起笔来从事文学写作这件事情本身之外，叶卡捷琳娜时期的女性文学似乎没有对白银时代女性文学产生过什么直接的影响，而白银时代女性文学对于它之后女性创作的影响却十分深远。19 世纪末、20 世纪初的俄罗斯女性文学也像整个白银时代一样，于十月革命之后不久就在外力的强大作用之下戛然而止，然而，它强大的辐射力却通过不用的方式和途径持续下来，影响到了整个 20 世纪俄罗斯女性文学的发展和演变，它的文学史意义至少体现在如下四个层面上：（1）20 世纪俄罗斯侨民文学中的女性创作是其最直接的延续。十月革命后，大批俄罗斯作家出于多种原因离开俄罗斯，侨居世界各地，在他们中间就有不少著名的女性作家，如吉比乌斯、苔菲、茨维塔耶娃（后返回苏联）等，她们在境外坚持创作，为创建"喀尔巴阡的罗斯"（茨维塔耶娃语）、为捍卫和宣传俄罗斯文化做出了不朽的贡献。值得注意的是，在 20 世纪的俄罗斯侨民文学中，女性作家的数量和成就都很突出，并涌现出了别尔别罗娃等大诗人，而这些人又大多是在白银时代开始文学写作的。（2）白银时代女性文学以"内侨"的身份贯穿着俄语文学的苏维埃时期，其最突出的代表就是阿赫马托娃，作为彼得堡诗歌传统之"最后的贵族"，她把白银时代的薪火传递下来，在受到她耳提面命的"诗歌孤儿"中，不仅有布罗茨基这样的天才"少年"，也有戈尔巴涅夫斯卡娅等文学"少女"。与阿赫马托娃形成呼应的，还有成长于白银时代、写作于苏联时期的一批女性"持不同政见作家"，如娜杰日塔·曼德里施塔姆、叶夫盖尼娅·金兹堡等，她们的回忆录既充满对白银时代文化的深切眷恋，也不乏对新现实的深刻批判，已经成为 20 世纪俄罗斯知识分子心路历程的艺术记录。（3）俄罗斯白银时代的"女权小说"也在苏维埃时期得到了充满悖论的继承。十月革命之后，维尔比茨卡娅等人的小说虽然被作为"资产阶级的色情文学"而遭禁，但以科伦泰等人的理论为代表的"马克思主义女权主义"却得到了普遍的认同和宣传，男女平等，取消性别差异，妇女走出家庭，获得与男人一样的教育和工作机会，这些都成了社会主义社会文明和进步的主要标志之一。换句话说，在苏维埃社会建立之后，女性及其文学不仅没有遭到压制，反而发出了更为清晰、响亮的声音。在文学领域，一方面，苏联涌现出大量的女性作家，作家协会中女会员的比例大幅上升，她们与男性作家"同工同酬"，权利相当；另一方面，在一统的社会主义现实主义创作方法的制约下，她们的作品和男性作家的作品看上去往往没什么区别，她们作品中的女性主人公也常常是不具有性别特征的。（4）20 世纪八九十年代开始兴起的俄罗斯女性文学与世纪之初的女性文学构成了某种跨越时空的对话。在苏联解体前后开始出现的俄罗斯后现代主义运动中，女性文学的再度兴旺被视为其中的醒目现象之一。在评价俄罗斯当代女性文学时，人们常常不由自主地回溯到世纪之初，在马特维耶娃的诗歌中感觉到茨维塔耶娃的存在，在彼特鲁舍夫斯卡娅的童话中寻找苔菲的机智。的确，无论是更为关注内心生活的美学取向，还是更具实验色彩的写作手法，无论是在作品的内容还是风格上，20、21 世纪之交的俄罗斯女性作家都更接近于白银时代的前辈，更接近于她们的文学祖母而非母亲。就这样，无论是境内还是境外，官方还是地下，无论是社会主义现实主义小说还是后现代艺术，在整个 20 世纪以及其后的俄罗斯女性文学的发展进程中，都可以感觉到白银时代俄罗斯女性文学强大的存在和深远的影响。

如果说白银时代是俄罗斯文学和文化历史中的一个奇迹，那么俄罗斯女性文学的突然崛起就是奇迹中的奇迹，然而，在白银时代文化复兴这个大奇迹已经备受瞩目的当下，俄罗斯女性在这一时期的崛起以及其原因和影响等，则尚未获得充分的关注，还有待我们去做更为深刻的探索和研究。

第二章　柯伦泰的女性主义小说创作

"红色女性""新女性""世界首位女部长""世界首位女大使""妇女解放的思想家和实践者""世界第一女性",诸多头衔集于一身,使亚历桑德拉·柯伦泰(Александра Коллонтай, 1872—1952)成了19世纪末至20世纪中期俄苏社会中最独特、最显赫的女性之一。然而,她的一生又是充满悖论的:作为列宁的亲密战友,她在苏维埃政权巩固之后却被边缘化了;她身为女大使的身份曾引起广泛的羡慕和赞誉,殊不知这却是一种特殊的"政治流放";作为无产阶级妇女解放运动的理论家和实践家,其著作在苏联长期被禁,却在西方被尊为女权主义的经典。她在文学领域的境遇也同样如此:作为一位叱咤风云的政治人物,她却被迫借助文学来间接地表达心声;其小说在20世纪20年代风靡一时,此后却又突然销声匿迹;而在苏联境外,其小说却被译成多种文字,不断再版,并被公认为世界女权主义文学中的重要现象之一。

第一节　柯伦泰的文学创作历程

于19世纪70年代诞生在彼得堡一位将军家庭的柯伦泰,和她那个时代大多数青年男女一样,很早就萌生了文学写作的冲动和愿望。她在回忆录中写道,她在少女时代就曾躲进花丛写小说,或是待父母入睡后在自己的闺房里偷偷写作,她称此为自己最初的"写作冲动"[①]。大约在1895—1897年间,新婚不久的

---

① А. Коллонтай, *Летопись моей жизни*, Academia, Москва, 2004, с. 97.

柯伦泰开始严肃的文学创作，写出一部中篇。关于这部没有保存下来的小说，柯伦泰回忆道："这是一部大胆构思出来的小说，它将给那些旧偏见以致命一击，终结那种分别针对男性和女性的双重道德。这部小说呼吁完全的平等。它讲的是一个已不年轻的姑娘（当时称之为'老处女'），她还不到 40，她自己挣钱养活自己，但生活得很封闭，没有爱情和娱乐。最终，她爱上一位比她年轻的男人，她提议与他一起出国（他获得一次出差机会），在国外像夫妻一样生活，摆脱一切牵扯。她却又无法肯定他对她的感情的可靠性。"[①] 从内容来看，这已是一部女权主义小说，其情节也在柯伦泰后来的小说中得以再现。小说写出后，在朋友们的鼓励下，柯伦泰将手稿投给当时主编大型期刊《俄罗斯财富》的著名作家柯罗连科，几星期的等待之后，柯罗连科退回小说，并附上一封长信，在肯定柯伦泰文字天赋的同时，也直截了当地说："如果去写鼓动性传单，您会获得更大成功。您写小说的才华要弱一些。"[②] 生性倔强的柯伦泰并未因此放下笔，只是根据柯罗连科和一些友人的建议，将更多精力投入了理论文章的写作。之后，柯伦泰像 19 世纪末许多俄罗斯激进知识分子那样，从文学创作走向文化和社会批评，最后成了职业革命家。

1898 年，她离开丈夫和家庭前往瑞士苏黎世大学学习，同时开始参加俄罗斯社会民主工党的活动，她在 1906—1915 年期间接近孟什维克，1915 年正式加入布尔什维克党。此后她常年在西欧、斯堪的纳维亚和美国等地巡回演讲，仅在美国一地的数月期间，她就先后在 123 个地方演讲过[③]。她 1917 年春返回俄罗斯，在十月革命期间发挥过重要作用，后担任福利人民委员，领导俄共（布）中央妇女工作部，成为全俄乃至全球知名的女性政治家和社会活动家。在这近 20 年时间里，理论著作的写作、巡回演讲、地下工作、起义和战争、国务活动等等，成了柯伦泰生活中的主要内容，文学写作早已被她抛到九霄云外。

---

① А. Коллонтай, *Летопись моей жизни*, с. 183.

② А. Коллонтай, *Летопись моей жизни*, с. 183-184.

③ М. Олесин, *Первая в мире: Биографический очерк об А. М. Коллонтай*, Издательство политической литературы, Москва, 1990, с. 354.

没承想，在 20 世纪 20 年代，诸多因素的偶然聚集，却使柯伦泰再次拿起了写小说的笔。1918 年，柯伦泰在布列斯特和约问题上坚持己见，引起列宁不快。同年，柯伦泰与比她小 17 岁的海军人民委员杜边科相恋并最终结婚，这场甚至成了国际性花边新闻的"自创世纪以来首次出现的两位部长的婚姻"，对柯伦泰在党和政府内的威信造成了一定的伤害，再加上杜边科又因擅离职守而被捕，柯伦泰为营救他而上下奔波，也落下把柄，最后不得不辞去人民委员之职。1921 年，柯伦泰成为布尔什维克党内所谓"工人反对派"的代言人，在国外出版《工人反对派》一书①，引得列宁两度在党代会上点名厉声抨击她，她还受到了留党察看的处分。接连遭到政治打击的柯伦泰，从此淡出苏联政坛。1922 年，柯伦泰被任命为苏联驻挪威使馆的商务参赞，对于一名位高权重的老布尔什维克革命家来说，这样的任命不啻为一种变相的贬谪或流放。据说，她抵达奥斯陆时，前去迎接的只有苏联使馆的两名普通工作人员②，苏联外交官们都对她退避三舍，她自然也忐忑不安。也正是在到达挪威后不久，柯伦泰致信杜边科，宣布与他断绝关系。1923 年的夏季，正是在这种孤独甚至不无恐惧的处境中，柯伦泰写起了小说。"自 1922 年起，当她实际上处于表面可敬的政治流放之中，失去了直接面对听众和读者的可能性，她便难以遏制地写起小说来。"③ "在个人的和政治的孤独状态中，她写下了这些小说"。④ "只有笔才是摆脱愁苦、彷徨和绝望的救星。她终日伏案写作，重新拾起了那些钟爱的话题，那些她亲身'实践'过的'理论'。在这里，她写出了她所有著作中最著名的一部，即《工蜂之爱》，此书很快就被译成了世界多国文字。她写作此书的用时非常之短，这或许恰恰是因为，她想借助创作来忘却一切。"⑤ 柯伦泰自己关于这段写作经历的回忆则是这

---

① 中译见亚·米·柯伦泰：《工人反对派》，叶林、段为译，商务印书馆，1981 年。

② А. Ваксберг, *Варькирия революции*, Русич, Смоленск, 1997, с. 311.

③ Е. Строганова, 'О писательской драме Александры Коллотай', *Александра Коллотай: Теория женской эмансипации в контексте Российской гендерной политики*, Золотая буква, Тверь, 2003, с. 167.

④ A. Kollontai, *Love of Worker Bees & A Great Love*, Trans. by Cathy Porter, London, Virago Press, 1999, p. 11.

⑤ А. Ваксберг, *Варькирия революции*, с. 314.

样的："我接到任命前往挪威……外交活动需要我全力以赴……因此我写的东西非常少，即《恋爱之路》①的三个小故事，这是我初次尝试写小说……"②这不是柯伦泰初次写小说，她当时也没有什么外交活动，而且她也写得也不算少，但不管怎样，作为一位作家的柯伦泰，就在这短短几个月的时间里、在异国他乡的挪威诞生了。在这一年，柯伦泰迎来她文学上的第一个丰收年，国家出版社先后推出她的两部小说集《工蜂之爱》和《转折中的妇女（心理素描）》③，《女共产党人》杂志同年的3—4月合刊发表了她的短篇小说《姐妹》④。她那篇评论阿赫马托娃诗歌的著名文章《关于"龙"和"白鸟"》，作为《致劳动青年》系列书信的第三封，也发表于1923年⑤。时隔四年，柯伦泰又赢得一个作品发表高潮，她在1927年发表了小说单行本《大爱》、《瓦西里萨·马雷金娜》和《姐妹》⑥，这组小说被研究者称为柯伦泰作品的"第二系列"⑦。这个说法其实并不十分科学，因为此年面世的作品大多是改头换面的旧作。其实，在柯伦泰的小说于1923年集中面世后，苏联社会和文化界对于她的小说就出现了两种截然不同的看法，党内对之持否定态度的人似乎还占多数。因此，1927年其作品的再次集中出版就令人有些诧异。有这样一个无法证实的传闻，说是斯大林特意安排发表这些作品的，意在给列宁的遗孀克鲁普斯卡娅施加压力，因为人们曾私下猜测，《大爱》有影射列

---

① 柯伦泰的小说在国外曾以《恋爱之路》"三部曲"的形式出版，柯伦泰这篇题为《一个性解放女共产党员的自传》是她用德语在境外发表的（直到2003年才首次译成俄文），故用了《恋爱之路》的题目，所言"三个小故事"约指《瓦西里萨·马雷金娜》、《三代人的爱》和《大爱》。

② А. Коллонтай, 'Автобиография сексуально эмансипированной коммунистки', Сост. В. Успенская, *Марксистский феминизм: Коллекция текстов А. М. Коллонтай*, Золотая буква, Тверь, 2002, с. 16.

③ *Любовь пчел трудовых*, М.-Пг., Госиздат, 1923, 203 с.; *Женщина на переломе (Психологические этюды)*, М.-Пг., Госиздат, 1923, 96 с.

④ 'Сестры', *Коммунистка*, 1923, №3-4, с. 23-26.

⑤ 'Письма трудящей молодежи', 'Письмо третье', 'О «Драконе» и «Белой птице»', *Молодая гвардия*, 1923, №2, с. 162-174.

⑥ *Большая любовь*, М.-Л., Госиздат, 1927, 122 с.; *Василиса Малыгина*, М.-Л., Госиздат, 1927, 225 с.; Сестры, М.-Л., Госиздат, 1927, 67 с.

⑦ Е. Елина, И. Смирнова, 'А. Коллотай и советская молодежная проза 1920-х годов', *Александра Коллотай: Теория женской эмансипации в контексте Российской гендерной политики*, с. 167.

宁与伊涅莎·阿曼德（Inessa Armand, 1874—1920）之恋情的嫌疑。[①]

柯伦泰的小说在当时的苏联引起巨大的反响，成为广大青年乃至整个社会谈论和争论的核心话题之一。也就是从这个时候起，柯伦泰的小说或作为无产阶级新女性的形象再现，或顶着一个"苏联性文学"的头衔，其作者或作为妇女独立和解放的象征，或是声名狼藉的"杯水主义"的代言人，无论如何，都赢得了世界性的关注。值得一提的是，柯伦泰的小说在 20 世纪 30 年代的中国也曾十分走红：1928 年，沈端先（夏衍）译出《三代的爱》（即《三代人的爱》）和《姊妹》（即《姐妹》），合编为《恋爱之路》，由作新书社出版，1929 年又有温生民的重译本《恋爱之道》；1929 年，温生民译出《赤恋》（即《瓦西里萨·马雷金娜》），同年杨骚又从日译本重译，译本由北新书局出版；1930 年，周起应（周扬）译出《伟大的恋爱》（即《大爱》），由水沫书店出版，同年，现代书局又出了李兰翻译的这部作品[②]。在短短两三年时间里，中国几乎译介了柯伦泰的所有小说，且有重译和再版。柯伦泰的一部传记中还叙述了这样一个细节：1933 年，在欧洲访问的张学良来到瑞典，时任苏联驻瑞典大使的柯伦泰应邀出席中国使馆举办的欢迎宴会，席间，张学良告诉柯伦泰，他读过她的小说，这让柯伦泰喜形于色。[③]

然而，这位如此受欢迎的小说家，一夜之间却又突然在苏联销声匿迹了，自 1927 年的"第二高潮"之后，柯伦泰再无小说面世，甚至连其他文字也很少看到，直到 1972 年，苏联国家政治出版社才重新推出她的一部政论和演讲集，至于她的文学作品，"在 1923 年出版后，就一直没有在苏联再版过"[④]。苏联社会和文化中的种种戏剧性"突转"，往往都要到政治中去追根溯源，柯伦泰及其小说的命运也不例外。似乎，这位苏维埃社会的奠基者之一，在政治上的失落之后转向了文学创作，而她包括小说在内的文字又使她遭受了新的冷落。在她于祖国

① A. Kollontai, *Love of Worker Bees & A Great Love*, Trans. by Cathy Porter, p. 11.

② 参见李今：《柯伦泰和苏联的性文学》，见《中国社会科学院院报》，2005 年 5 月 26 日。

③ М. Олесин, *Первая в мире: Биографический очерк об А. М. Коллонтай*, с. 248.

④ А. Бородина, 'Беллетристика А. М. Коллонтай: Попытка гендерного анализа', *Александра Коллотай: Теория женской эмансипации в контексте Российской гендерной политики*, с. 172.

几乎被人遗忘的这半个世纪里，西方世界却始终在出版、阅读她的小说 ①。只不过，如果说中国当年对她的热情接受主要出于对苏联及其社会生活的向往和模仿，那么，西方对于她的持续关注则总是与女权主义的理论和实践紧密联系在一起的。

第二节　柯伦泰的几部小说代表作

柯伦泰的小说大多为中短篇，篇幅最长的《瓦西里萨·马雷金娜》译成中文也不到十万字。她的几部单行本，如《工蜂之爱》、《转折中的女性》和《姐妹》等，其实都是中短篇合集。柯伦泰最重要的作品是《瓦西里萨·马雷金娜》、《三代人的爱》、《姐妹》和《大爱》，前三篇共同促成她的第一部小说集《工蜂之爱》（1923），后一篇则是她第二部小说集《大爱》（1927）的主题之作。

《瓦西里萨·马雷金娜》（Василиса Малыгина）中 28 岁的女主人公是一位女布尔什维克，她出生乡村，但当排字工人的父亲教会了她识字。她后来参加革命，在革命中结识美男子、绰号"美国人"的战友弗拉基米尔·伊万诺维奇，两人相爱。新经济政策时期，丈夫转战经济战线，成为一家公司的经理，瓦西里萨在自己创建的"公社楼"（дом-коммуна）遭遇危机、工作感到疲惫之时，接到丈夫从南方发来的信，要她去过好日子。在南下的火车上，她回忆起自己与丈夫起伏跌宕的恋爱过程。当年在前线军需处工作期间，丈夫就曾与一位女护士有染；丈夫负伤回到她这里养伤时，居然试图勾引她的外甥女。但是，瓦西里萨还是始终爱着这位"丈夫同志"（муж-товарищ）。关于丈夫生活行为的这些"铺垫"，似乎为瓦西里萨到达南方后的不幸生活埋下了伏笔。果然，丈夫在这里拥有"两个家"，在款待妻子的同时，他还"包养"着另一个漂亮的"资产阶级"女子尼娜。他在精神上依赖瓦西里萨，在肉体上却迷恋尼娜。瓦西里萨决定离开丈夫，

---

① 据不完全统计，在苏联境外仅用英语出版的柯伦泰小说就有：*Red Love*, NY, Seven Arts, 1927; *A Great Love*, NY, Vanguard Press, 1929; *Free Love*, London, J. M., Dent and Sons, 1932; *A Great Love*, NY, 1971; *Red Love*, Westport, Hyperion Press, 1973; *Love of Worker Bees*, London, Virago Press, 1977, 1988, 1991, 1999; *A Great Love*, NY, Norton, 1981, 1982.

但丈夫以服毒自杀相威胁。一段满城风雨的风波之后，经过艰苦的心理抉择，瓦西里萨终于回到了她原来工作的地方，重新投入革命工作。这时，她发现自己已经怀孕，但她丝毫不感到后悔和悲观，还给丈夫和他的情人去了一封充满宽恕和祝福的信。她决定把孩子生下来，和女友们一起把孩子养大。在小说的结尾，她对女友格鲁莎说："要生活下去，格鲁莎，生活！生活和工作。生活和斗争。生活，并热爱生活。就像丁香花丛里的蜜蜂！就像花园深处的鸟儿！就像草地里的蟋蟀！……"

或许因为这部小说用女主人公名字做标题的方式不太适应外国读者，在该书 1927 年出版英译本时，曾更名为《红色爱情》（Red Love，中译本译作《赤恋》），据说精通多种欧洲语言的柯伦泰对这一译名表示首肯，甚至亲自参与了这部小说的翻译。1930 年，根据这部小说改编的话剧《瓦霞》曾在莫斯科上演。

《三代人的爱》（Любовь трех поколений）是柯伦泰小说中最著名的一篇，它试图通过一家三代女性不同的爱情观和生活行为，来折射出俄罗斯女性乃至所有民族的女性追求自由和平等的艰苦历程以及可能的朝向。外婆马丽娅·斯捷潘诺夫娜是 19 世纪 90 年代的民粹派女知识分子，后来成为一家科普出版社负责人，她早年与一位上校结婚，后却在一位乡村自治会医生谢尔盖那里找到共同语言，于是果敢地离开了丈夫。这位谢尔盖是个"契诃夫式的人物"，优柔寡断，胆战心惊。在发现谢尔盖与养猪女阿里莎好上之后，她再次选择离开丈夫，独自一人抚养女儿，并继续自己的事业。她虽然离开了丈夫，却始终保持着对他的忠诚，始终未婚，也再未与男性来往过。母亲奥尔迦此时 43 岁，是一位干练的女干部，她年轻时经历过一段苦恋，她深爱着"丈夫同志"康士坦丁，在丈夫流放期间，为了躲避警察追捕，她被党组织安排在彼得堡一位富裕的工程师家里做家庭教师，不久与男主人 M 相爱，让她极为苦恼的是，她同时深爱着这两个迥异的男人，她母亲对此感到不解，要她做出"决定"，可她却久久难以决断，直到两个男人都变了样，变了心，她后来又找了一个丈夫安德烈，丈夫比她年轻很多，也很依恋她。奥尔迦的女儿任尼娅是奥尔迦和 M 的私生女，任尼娅自小四处飘荡，或由外婆抚养，或在母亲身边，或托管在母亲的朋友处，她见多识广，很早就投身革命，是一位坚定、热情的女共产主义者，她在性爱方面也很开放，同时与多位男性保持性关系，甚至与继父相好，但她自称还没有爱上任何人，也没有时间去爱，因为事业和工作重于家庭和爱情。亲眼撞见自己的女儿与自己的丈夫搂抱在一起，奥尔迦感到震惊和屈辱，可女儿却表现得若无其事，她声称母亲是她最爱的人，她也未从母亲那儿夺走任何东西。任尼娅怀孕了，却不知怀的是谁的孩子，她觉得现在还不是生儿育女的时刻，就平静地决定堕胎。祖孙三代都是事业型的女人，都追求女性的权利和价值，但方式却有所不同；祖孙三代女性都是传统道德的反叛者，可她们却有着不同的爱情观。外婆的爱是清教徒式的，一生只能爱一个男人，而且终身对她所爱的人保持忠贞，在她这里，精神和道德显然重于爱情和性；母亲同时爱过两个不同的男人，愿意同时享有精神的和肉体的爱，但她实际上是追求精神和肉体、爱和性的统一的；而女儿则似乎谁都不爱，在她这里，不仅爱情和家庭可以分离，甚至连爱和性、家庭和伦理都可以是分离的，不仅工作大于爱，性也是大于爱的。

《三代人的爱》发表之后，引起轩然大波，小说作者和小说中的女主人公之一任尼娅一样，都被视为"红色性祸水"的代表、所谓"杯水主义"理论的宣扬者和实践者。其实，柯伦泰对于任尼娅的态度是很矛盾的，既有欣赏也有担忧，从小说结尾处的一段文字不难揣摩出作者的态度："'不！……我反正不想像妈妈那样去爱了……那样的话，哪里还有时间去工作呢？'抛出这个问题，任尼娅就消失在了门外。而我站在房间里，在寻找这个问题的答案：将来的真理究竟在谁一边呢？那新阶级的真理，带着新感情、新概念和新发现的真理，究竟将在谁的一边呢？"柯伦泰不过是在以文学作品的方式提出妇女解放的三种途径，可是，面对自己在小说中塑造出来的任尼娅及其行为，面对自己提出的问题和选项，柯伦泰自己似乎也有些茫然和无措了。

《姐妹》（Сестры）原是 1923 年发表在杂志上的一个短篇，后又成了 1927 年一部小说集的主题之作。小说以第一人称叙述："她"来到"我"这里寻求帮助，说她再也无法和丈夫一起生活下去了。他俩在十月革命时期相识，有共同的革命理想，她是出版社的发行员，他是排字工，"他们不仅是'夫妻'，而且也是同志"。他们相亲相爱，但"各自继续过着自己的生活"。新经济政策时期，丈夫出任一家公司的经理，迅速"蜕变"，酗酒，带妓女回家，连他们的孩子生病都不管不顾，甚至因为一个"重要的会议"而没有参加夭折孩子的葬礼。他第一次带妓女回家，是在醉酒状态下，第二次则是清醒的，这让女主人公下定了彻底离开他的决心，不是因为他不爱自己，而是因为他不尊重包括妻子和妓女在内的作为一个整体的女性。小说有两处点题的话：其一，妻子在谈到丈夫的变心时说："现在我明白了，他不爱我！甚至不能像爱一位同志或爱一个姐妹那样来爱我……"其二，女主人公对那位被丈夫在清醒状态下领回家来的妓女充满同情，与她长谈，送她出门，甚至替丈夫向她付钱，"她推托了许久，最后收下了，但要我答应，在我有难处的时候去找她……就这样，我们像姐妹一样道别了……"然而，作为小说标题的这个复数名词，或许还具有第三层含义，即天下姐妹是患难与共的，她们必须团结起来与男权社会抗争。

《大爱》(Большая любовь)的女主人公娜塔莎爱上了"思想家同志"谢苗·谢苗诺维奇，但后者颇为"恋家"，瞻前顾后，小心翼翼，唯恐伤害了妻子和孩子，他和娜塔莎的关系给两人带来的与其说是幸福和享受，不如说是痛苦和磨难。此次他俩在分别七个月后，根据谢苗的安排在异地 Γ 城的旅馆中幽会，幽会期间娜塔莎强烈地感觉到，情人仅仅把自己看成一位"女人"，除了"亲热"之外似乎没有任何其他兴趣，不与她交流思想，生怕他俩的关系走漏风声，甚至连他生病时也不准娜塔莎打电话过问。为"安全"起见，他又安排娜塔莎去 X 城，两人在那里再次幽会。先到此城的娜塔莎，突然在春天中感觉到了生活的幸福，在重新开始的写作中感觉到了生活的意义，她依然爱着谢苗，但她却决定走自己的路，做自己的事，过自己的生活，她不为谢苗的下跪苦求所动，毅然踏上了自己的旅途。这部中篇，其实就是娜塔莎爱情的辛酸史，一位"第三者"恋女悲哀、痛苦的内心生活被作者反复描述，甚至到了让读者生厌的地步，作者似乎在有意以此种方式来象征女性挣得自由爱情之权利的艰难和曲折。但是，娜塔莎痛苦的爱情经历，同时也就是她"发现自我""确立自我"的过程，也就是女性赢得与男性之平等地位的过程。小说中有两处点题之笔："到那时，是的，到那时，她一定要和他严肃地谈一谈，**要解释清楚**，不能这样轻率地对待爱情，即便是大爱也承受不住这样的轻率。"大爱，其实就是娜塔莎的无私之爱，宽容之爱。另一处就是小说的结尾："在车厢里，娜塔莎已经既不想谢苗·谢苗诺维奇，也不想自己所经历的那些事情了。她俯身在纸上，写起公务信件来。她不断地修改、誊写。她全副身心地投入了工作和他们的事业……"这似乎是在暗示，娜塔莎从小我走向了大我，从个人的情感走向了集体的事业，大爱，也就是新女性对于工作和事业的热爱。

第三节　柯伦泰女性主义文学创作的意义和影响

在 20 世纪的俄罗斯文学中，柯伦泰似乎是昙花一现的，在 20 年代的走红之后被迅速淡忘，而如今，人们在津津有味于她的传奇经历、热烈追捧她的女权理论的同时，却又对柯伦泰的小说以及作为作家的柯伦泰表现出了或多或少的不屑。有人说："作为一位多产的作家，她的书曾被译成多种语言，被如饥似渴地阅读，可如今，它们却因其思想的简单、语言的苍白和趣味的严重缺失而让人吃惊。"[1] 有人甚至认为："如果将柯伦泰视为一位文学家，那么，她的情况相应地就更像是一场作家悲剧。"[2] 情况未必真的如此，否则，就难以解释世界范围内对于柯伦泰及其小说的持续热情，也难以解释上引几位论者对于柯伦泰及其创作深挖细刨这个事实本身了。

作为一位理智的女性，柯伦泰对自己的文学创作有着清醒的认识，她在晚年写道："我爱好写作，直到现在，在我 78 岁时，依然爱好写作。但我不认为自己是位天才作家，我只是一名非常一般的作家。语言不错，很简洁，这是我的风

---

[1]　А. Ваксберг, *Варькирия революции*, с. 6.

[2]　Е. Строганова, 'О писательской драме Александры Коллотай', *Александра Коллотай: Теория женской эмансипации в контексте Российской гендерной политики*, с. 159.

格。形象却很苍白。"① 1929 年，也就是在 20 年代的那两次文学亮相之后，她在给一位友人的信中有些底气不足地说道："我毕竟也算是个作家。"② 其实，柯伦泰不仅"算是个作家"，而且还可以算是 20 世纪俄罗斯的重要作家之一，如果我们从女权主义在文学中的渗透和确立、从俄罗斯女性文学的发展历史这个角度来看待和评价她的创作的话。

首先，柯伦泰的小说就是其妇女观的艺术图解。柯伦泰关于妇女问题的观点，可以溯源至恩格斯的"家庭理论"和倍倍尔的《妇女与社会主义》一书，她认为妇女相对男性而言的不平等地位并非自古有之，也不是生理和心理的原因使然，而是和阶级的形成一样，是由劳动分工和经济地位导致的。"妇女在婚姻上、政治上和社会上所享有的一切权利，任何时候任何地方总被她们经济上的地位决定着。"③ 在无产阶级运动兴起之后，妇女问题作为资本主义社会关系的产物，于是便成了革命的对象之一。在《新女性》（又译《新妇女论》）一书的《女性问题的成因》一章中，柯伦泰这样提出了"妇女问题"及其解决方案："妇女参加生产的人数既渐增加，经济的独立程度既渐提高，便使她们更加深刻地感觉到自身在家族中是个孤立者，在社会上是不平等，在国家是无权利者。……妇女既已参加各种生产部门，但在社会上、政治上，仍旧是无权利，而且仍隶属于男子——已经不是她们的给养者的男子。所谓妇女问题，便由这种矛盾而发生了。"④ "我们知道：妇女无权利的原因，是在于资本主义的生产关系中，是在于建立在私有财产与个人经济之上的资产阶级社会的阶级分裂中。我们既明白了这原因，就可以明白铲除这原因所应走的途径。妇女的不平等和隶属性……只有社会主义战胜了资本主义的时代，才能够彻底铲除的。"⑤ 从马克思主义社会发展史的角度来看待妇女问题，将妇女的解放当成无产阶级解放事业的组成部分，柯伦泰的"女权

---

①　А. Коллотай, *Летопись моей жизни*, с. 271.

②　А. Коллотай, *Летопись моей жизни*, с. 239.

③　柯伦泰：《新妇女论》，译者未注明，《出版序言》中称为罗琼、沈兹九，香港新苗出版社，1994年，第 14—15 页。

④　同上，第 87 页。

⑤　同上，第 99 页。

主义"因而常常被人冠以"马克思主义的""无产阶级的""社会主义的""共产主义的""红色的"等定语，但不管怎样，柯伦泰维护妇女权利、追求男女平等的社会理想是始终不渝的。

综观柯伦泰的小说，发现它们的主题只有一个，就是"妇女解放"。这些小说的情节结构惊人地相似，甚至可以说是模式化的：年富力强的女革命者，或是满怀理想的知识女性，在共同的斗争和事业中与某位男性"同志"相爱，经过一段聚少离多、悲喜交集的苦恋，她们最终选择离开对方，或是由于对方的腐化变质（不忠于爱情，安于物质享受），或由于他们对于作为整体的女性的不尊重（对于所爱的女性只有生理方面的要求，嫖妓），或由于她们自身更为火热的革命工作和建设事业所吸引。柯伦泰似乎是在用这些小说，一遍又一遍地告诫"新女性们"：要有独立的女性意识，要自食其力，要注重自己个性的发展和自我价值的实现，要离开不尊重妇女、缺乏情趣和理想的男人，甚至可以因此而牺牲爱情和家庭。可以说，她的小说创作就是她在妇女问题方面的理论和实践的艺术延续。柯伦泰的小说集《工蜂之爱》出版后，当时的文学杂志《在岗位上》发表了一篇署名文章，在认为柯伦泰的小说没有新意、缺乏技巧的同时，却很形象地为小说解了题："如果说在旧的资本主义社会，选择权和性的主动权属于男性，女性在性方面是被动的（即只有被选择或被买卖的权利），那么，在新社会，这种权利应该归于女性了。劳动者女性应该为自己选择男性，凭借最初的喜好，'就像工蜂'。……而男人在性方面则应该扮演'雄蜂'的角色。"[①]

值得注意的是，写作这些小说之前的柯伦泰，是一位国际知名的妇女解放的理论家、鼓动人和实践者，写有大量关于妇女问题的理论著作，如《妇女问题的社会基础》（1909）、《新女性》（1913）、《作为母亲的女工作者》（1914）、《社会和母亲》（1916）、《新道德和工人阶级》（1918）、《家庭和共产主义国家》（1918）、

---

① Ф. Буднев, 'Половая революция', *На посту*, 1924, № 1, c. 246. 本书作者按：工蜂为生殖器官发育不完全的雌蜂，无生殖能力，个体较小，负责采集花粉、酿蜜、饲喂幼虫和蜂王、筑巢等一切工作；雄蜂唯一的任务是与蜂王交配，交配后即死去，俄语中的"雄蜂"一词又有"不劳而获者"的含义。

《与经济发展相关的妇女地位》（1921）等，可以说，对于妇女问题的思考和探索贯穿了她前半生的写作和社会活动。十月革命后，她领导俄共和共产国际妇女部的工作，一度叱咤风云，如今被许多国家列为法定节日的"三八节"，就是她和蔡特金等人确定下来的。在晚年对自己的一生做总结时，柯伦泰将"妇女工作"与"共产国际活动""苏联外交工作"并列为自己建立的"三大功勋"，认为自己一生都在"为劳动妇女的解放而斗争，对确立她们在所有劳动领域、在国务活动、科技等领域的平等地位而斗争"[1]。但是，就是在这些小说写作并相继面世的这段时间里，柯伦泰在被迫淡出苏联政坛、失去妇女工作的领导权的同时，也基本上停止了她有关妇女问题的著述。这使我们意识到，有意无意之间，柯伦泰仿佛是在以艺术的形式总结她的妇女观，或者说，将她半生的理论和实践通过小说再现出来，给后人留下一份独特的女权主义遗嘱。柯伦泰在很年轻的时候就说过："我不仅想成为一个写作有趣小说的作家，而且还想做一名'思想'作家（писательница «идейная»），以使我的读者学会仇恨压迫、迷信和不公。"[2]。一位德国的柯伦泰研究者认为，柯伦泰的文学创作主题完全是"一种有目的的设置"，她的小说就是"她启蒙妇女的宣传活动的一部分"[3]。就其创作与其妇女学说的吻合程度而言，就其小说对后世女权主义的影响而言，柯伦泰成为一位"思想型作家"的理想是实现了的。柯伦泰的小说处处渗透着她的妇女观，这类主题先行、图解观念的小说，往往会因意害文，难以产生出强烈的艺术感染力和审美趣味，但是在文学，尤其是俄罗斯文学中，原本就存在"思想小说"的传统，存在"生活教科书"的样式，柯伦泰的小说既是这一传统的继续，同时又将她关于性别问题的思考引入文学，从而为俄罗斯乃至世界女权主义文学开创了一个先例。

其次，在柯伦泰的小说中，女性主人公首次扮演了主角。柯伦泰之前的俄罗斯文学，大体上是男性的文学，这不仅是就 19 世纪俄罗斯文学中男性作家在

---

① A. Коллотай, *Летопись моей жизни*, c. 267.

② A. Коллотай, *Летопись моей жизни*, c. 171.

③ Э. Шорэ, 'Судьба трех поколений, или от очарования к разочарованию', *Преображение*, 1997, № 5, c. 57.

数量上和质量上的绝对优势而言的，更是就文学作品中女性角色的身份和地位而言的。在 19 世纪的俄罗斯文学中，无论作家还是读者，都更迷恋"两种理想形象"："作为缪斯的女性（普希金的塔吉雅娜·拉林娜）和作为有罪男人宗教转化之'拯救者'的女性（陀思妥耶夫斯基的索尼娅·马尔梅拉多娃）"[①]。也就是说，或是歌颂的对象，作为完美女性的化身，或是求助的对象，作为宗教美德的体现，她们都过于"正面"了，过于理想化了，都是男性关于完美女性之想象的产物，对于女性自身来说却可能是一种"可怕的完美"[②]。而柯伦泰小说的面世，却在一定程度上改变了这一局面，让女性主人公在俄罗斯文学中赢得了一场翻身仗。柯伦泰所有小说的主角都是女性，男性则成了女性主人公的"对象"。无论是《瓦西里萨·马雷金娜》的同名女主人公，还是《大爱》中的娜塔莎，无论是《三代人的爱》中的三位女主角，还是《姐妹》中的"她"和"我"，都是面对男性的"女强人"，尽管她们的相貌也许并不出众，她们的身材可能并不高大，但她们在意志和道德方面却总是高于男性的。将柯伦泰小说中的男女主人公做一个对比是很有趣的：女主人公都是性格坚强、信念坚定的，而男主人公却往往是"契诃夫式的人物"，并大多在新经济政策时期"迷失"了方向；女主人公大公无私，甚至连爱情都愿意付出或放弃，而男主人公则缩手缩脚，斤斤计较，在爱情上也多见异思迁，或脚踏两只船，或酗酒、嫖妓；面对所爱的男性，女主人公们往往表现出某种"母性"，带有近乎怜惜的关怀，对于同性，她们则总能体现出"姐妹情谊"，"母性"（материнство）和"姐妹情谊"（сестринство）这两个在柯伦泰小说中以集合名词形式出现的概念，显然是她笔下的女主人公最突出的性格优势，而与她们相对的男主人公，却大都心胸狭窄、钩心斗角，而且，作者还常常写到他们"像孩子一样"孤苦无依，需要呵护。女主人公始终怀有工作的热情，坚守革命理想，而男主人们在革命成功后，却大多主张女性再回到家庭中去。在柯伦泰的小说中，女主人公是拿得起、放得下的"大丈夫"，即便流离失所，即

[①] C. Emerson, The *Cambridge Introduction to Russian Literature*, Cambridge University Press, 2008, p. 231.

[②] B. Heldt, *Terrible Perfection*.

便意外怀孕，也都能坦然面对，而男人们则不免带有"女人气"，他们时不时泪流满面，跪地哀求（《大爱》中的谢苗），甚至服毒自杀（《瓦西里萨·马雷金娜》中的弗拉基米尔）。这种"性别倒错"也许并非柯伦泰有意设置，但女性主人公较之男性角色的核心位置以及她们生理上和精神上的优势，却是显而易见的。

有人认为柯伦泰笔下的女性都是"极端公式化的小说形象"①，的确，她小说中的女主人公的确彼此很相像，但是，她们与之前俄罗斯文学中的女性人物却差异很大。再看看柯伦泰之后的苏联文学，则还可以感觉到柯伦泰塑造的此类女性形象的深远影响。我们来看看几位外国学者新近的研究成果。一位美国学者通过对20世纪二三十年代苏联妇女史的研究，提出这样一个观点，即在俄罗斯女性由"女人"变成"同志"这样一个演变过程中，柯伦泰发挥了重要作用。② 两位俄罗斯学者接过这个论题，在《女人还是同志？二三十年代的苏维埃新女性理想》一文中进一步探讨了柯伦泰的文学创作在这一过程中所具有的意义，并认为，当时许多作家作品（比如格拉特科夫的《水泥》）中的女性形象"在很大程度上都不过是她的小说的回声"③，在20世纪二三十年代俄苏文学中女性形象从"女人"到"同志"再到"苏维埃女性"的演变中，柯伦泰小说中的女主人公们构成了其中最重要的一环。有研究者却从另一个角度来看待柯伦泰的文学遗产，她们研读了几部20年代爱情题材的青年小说，竟然发现它们大都是与柯伦泰"论战"的，如马雷什金的《右边升起的月亮，或曰非同寻常的爱情》，"就可以视为柯伦泰理论体系的直接影响，是与她的理论展开的争论"④，"显而易见的一点是，19世纪

---

① E. Строганова, 'О писательской драме Александры Коллотай', *Александра Коллотай: Теория женской эмансипации в контексте Российской гендерной политики*, c. 171.

② E. Wood, *The Baba and the Comrade: Gender and Politics in Revolutionary Russia*, Indianapolis, 1997.

③ A. Бородина, Д. Бородин, 'Баба или товарищ? Идеал новой советской женщины в 20-х – 30-х гг.', *Женские и гендерные исследования в Тверском государственном университете*, Тверь, 2000, c. 47.

④ E. Елина, И. Смирнова, 'A. Коллотай и советская молодежная проза 1920-х годов', *Александра Коллотай: Теория женской эмансипации в контексте Российской гендерной политики*, c. 149.

20 年代的青年小说是与柯伦泰的思想体系背道而驰的"①。联系到当时主流意识
形态妇女观悄然发生的变化，联系到柯伦泰的政坛失意，这样的分析不无道理，
不过它也从反面佐证了柯伦泰的创作的"影响"，换句话说，俄苏文学中的女性
形象已经跨越柯伦泰的"同志"时期，而进入了更为刻板、单调、"失去性别"
的"苏维埃女性"模式。有人还将柯伦泰的《三代人的爱》与俄罗斯当代女作家
彼特鲁舍夫斯卡娅的《夜晚时分》进行比较，认为其中具有某种内在的呼应，即
女性关于自身状态和处境的感知在逐渐地"从迷恋走向失望"②。所有这些研究都
表明，柯伦泰的小说以及其中的女性形象所具有的文学史意义，可能远比我们想
象的复杂和重大。

最后，柯伦泰的小说体现出了鲜明的女性叙述调性。柯伦泰一部英文版小
说集的译者在序言中这样写道："然而，在所有这些小说中，政治和党派都成了
背景，男性仅仅是情感的影子；女性的个人体验成为出发点，女性获得了叙述
声调。"③柯伦泰所有小说的叙述者都是女性，或是某位女主人公，或为阴性的
"我"，内容则是"我"与某位"姐妹"的交谈（《姐妹》）或书信交流（《三代人
的爱》）。关于情节的叙述都是线性的，不紧不慢，平铺直叙，作者似乎把她的
读者当成一位熟悉或陌生的"姐妹"，在与她们拉家常，谈女人的私房话。

像大多数女权主义作家的作品一样，柯伦泰的小说也具有很强的自传性。
她小说中的女主人公们性格大致相似，即便是《三代人的爱》中面对爱情态度迥
异的祖孙"三代"，也体现着乐观坚定、专注事业等性格共性，她们身上或多或
少都有着作者自己的影子，甚至连她们的一些举止行为都很像柯伦泰自己。比
如，她小说中的女性往往都是"写作"的爱好者，思考和写作，无疑被作者当成
一项能彰显女性独立人格的活动或事业。比如，《瓦西里萨·马雷金娜》中的瓦
西里萨组建的"公社楼"，其实就是柯伦泰自己当年在莫斯科设立"母亲宫"之

---

① Е. Елина, И. Смирнова, 'А. Коллотай и советская молодежная проза 1920-х годов', *Александра Коллотай: Теория женской эмансипации в контексте Российской гендерной политики*, с. 157.

② Э. Шорэ, 'Судьба трех поколений, или от очарования к разочарованию', *Преображение*, 1997, № 5, с. 54-61.

③ A. Kollontai, *Love of Worker Bees & A Great Love*, Trans. by Cathy Porter, p. 5.

尝试的记录，只不过，柯伦泰建立女性乌托邦小社会的举措最后以失败告终，而小说中的"公社楼"虽然也出现了许多问题，但女主人公还是回到了这里，准备继续为之而努力。再比如，柯伦泰的每篇小说都写到了女主人公的爱情，这爱情大多以失败告终，而这失败又往往表现为女方的主动放弃或离去，这也是柯伦泰自己真实经历的写照。柯伦泰的爱情经历可谓丰富：早年不顾家庭的反对毅然嫁给小军官弗拉基米尔·柯伦泰，发现他缺乏趣味后找了第一个"知音"情人"火星人"；流亡国外进行革命活动时，她与经济学家马斯洛夫相爱，后者的学识让她崇拜，但他对女性的"功利主义"态度却让她生厌；她后来的情人斯里亚普尼柯夫是一位无产阶级出身的老布尔什维克，就是他把柯伦泰引见给列宁，使柯伦泰进入了布尔什维克的核心圈；十月革命前后，她与海军将领杜边科相爱并结婚，几年过后，她还是主动终止了与丈夫的关系。读了柯伦泰的小说，我们不难发现，这些类型不同的男人，或是"知音"和"思想家"，或是"革命家"和"小丈夫"，都在柯伦泰的小说中留下了身影。

最后还有一个问题需要加以说明。或许正是由于柯伦泰的爱情经历与其小说的相互印证，人们才将"杯水主义"的发明权扣到了她的头上，并将她的小说打上了"苏联性文学"的烙印。其实，这两顶帽子都是莫大的误解和曲解。"至今为止，学者尚无法确认这一'理论'是柯伦泰提出来的。相反，在柯伦泰的创作中，新婚姻关系的概念却一准是包含互爱之情感的，但这种互爱是经过重大变更的。"[①] 无论是在其理论著作和小说中，还是在其个人生活中，柯伦泰都不曾主张过"性解放"和"滥交"，她所强调的，不过是女性在社会、政治、经济、家庭、婚姻乃至性生活中的自主意识和独立愿望。至于她的小说，更谈不上什么"性文学"，其中只有关于恋爱过程和心理的描写，只写到"亲吻"和"拥抱"，最多是"夜间的亲热"（ночная ласка），文字"干净"极了，哪里像是以感官刺激为目的的"性文学"，这只是一种"性别的文学"。

柯伦泰曾在她的《新女性》（Новая женщина, 1913）一文中对独立的女性文

---

① T. Осипович, «Новая женщина» в беллетристике А. Коллонтай', *Преображение*, 1994, №. 2, с. 74.

学做过这样的憧憬："从那时起,女作家将不再盲目地模仿男性形象,不怕揭示女性心灵的秘密,而这些秘密到目前为止就连最伟大的艺术家们都未能揭示出来;从那时起,女作家们能用'自己的语言'说话,谈论自己的'女性话题',她们的作品,即便有时缺乏外在的艺术创作之美,却依然具有其特殊的价值和特殊的意义。它们最终能帮助我们认识'女性',正是那样一种正在形成中的新型女性。"① 应该说,柯伦泰本人的创作,就是她落实这一女权主义文学理想的实践活动。柯伦泰的女权主义小说或许不是文学的范本,却无疑是女权主义小说的榜样之作;它们或许算不上俄罗斯文学中的一流精品,但在俄罗斯女性文学乃至整个俄罗斯文学的发展历程中却无疑居于一个十分醒目而又重要的位置。

---

① A. Коллонтай, *Новая женщина*, 1913, c. 17. 转引自 T. Осипович, '«Новая женщина» в беллетристике A. Коллонтай', *Преображение*, 1994, № 2, c. 66. 此处所引为柯伦泰的一篇文章,与前文提及的《新女性》(《新妇女论》)一书同名。

下　篇

俄罗斯当代女作家笔下的女性形象

　　20 世纪八九十年代的俄罗斯文学由于"改革""公开化"等政治上的新思路，呈现出某种逐渐多元化的创作局面。有一部分作家固守传统的尤其是现实主义的写作方式，而与此同时，倾向于解构传统写作方式和价值观念的后现代文学则大行其道，与现实主义文学构成了某种既竞争又互补的关系。在这样的背景下，文学中对女性形象的刻画也呈现出较为多元的趋势。一些作家，如拉斯普京、瓦尔拉莫夫等，继续书写俄罗斯文学中"理想女性"的形象，把她们当作重续俄罗斯辉煌、在充满惶恐和混乱的世纪末建立秩序的精神依托，这些作家对俄罗斯文学中以塔吉雅娜为原型的理想女性形象及其所承载的道德价值和救赎功能进行深化和发扬，对俄罗斯当今存在的各种问题做出了自己独特的回答。而后现代作家们则倾心于描写"魔女""妖女"，解构传统俄罗斯文学中女性所特有的高雅和美，让女性成为某种具有破坏力量的邪恶象征，在维克多·叶罗菲耶夫、科兹洛夫的小说中，这样的女性形象就非常典型[1]。在某种程度上，俄罗斯当代男性作家在塑造女性形象方面依然继续着 19 世纪俄罗斯文学中形成的传统，尤其是对理想女性和"妖女"这两种形象特别热衷。

　　相对于男性作家，在女性形象的刻画方面更值得关注的，还是 80 年代初期开始崛起的女性作家群的书写方式。自我意识的增长，对传统文学中女性形象的不满，使得这些女性作家产生了一种强烈的"反驳"愿望，她们"以不同寻常的热情，甚至是愤怒，破坏文学经典中塑造的关于女性气质和男性气质的神话"[2]。女性形象在当代女性文学作品中和以往相比出现了很大不同，大多数女性小说的

---

[1]　谢春艳：《美拯救世界：俄罗斯文学中的圣徒式女性形象》，人民文学出版社，2008 年，第 189—192 页。

[2]　И. Савкина, 'Говори, Мария!(Заметки о совремнной женской прозе)', *Преображение*,1996, №4, с.63.

主人公都是一些最为普通的女性，她们都过着一种与生活隔离的"生活"，她们都是孤独的，被遗弃的，存在于社会的边缘。在充满生存竞争和敌意的世界中，这些女性是残酷的，富有进攻性的，狂躁的，她们身上有一种摧毁世界的强烈愿望。她们想肯定自己，想认同自己，她们想摆脱"屠格涅夫家的姑娘们""圣洁的罪人""蓝袜子"等传统女性形象模式的束缚，女性的含蓄、忠贞、自我牺牲等关于女性的传统理念遭到了前所未有的修正，女性作家通过对传统女性形象的全面否定使她们笔下的女主人公获得主动性，获得真正的自我。在女性文学作品中，男性形象也遭遇到了全面的解构，关于男性的神话被彻底打破，在女性作家的笔下，男性形象或者被排除于女性作家的文本之外，成为一种"缺席的存在"，或者遭到全新的描绘，他们在很多女性作家的笔下以不同的形式显现出来，但是无论怎样，他们的共同特征都是吝啬自己的情感，不能给女人带来幸福。解构似乎成为当代俄罗斯女性文学的一个主要特征。女性作家们不仅解构两性形象，同时也解构那些传统的母亲形象，托尔斯泰、冈察洛夫、阿克萨科夫等古典作家笔下那些给予型、保护型母亲形象，在当代女性作家的作品中则变成了一手遮天、无所不能、最后却把孩子养成无能儿的统领者（托尔斯泰娅的《彼德斯》），有的母亲神奇地变成一个可以控制儿子一举一动的玩偶（维什涅维茨卡娅的《开端》），还有的母亲则成了女儿的仇人，言语刻薄，态度强硬（彼特鲁舍夫斯卡娅的《夜晚时分》）。在很多女性作家的笔下，只有孩子们保持着善良、纯洁和美好的本性，他们能给人类带来希望，戈尔兰诺娃、莫洛夫采娃、苏哈诺娃作品中的孩子，永远是阴沉生活中的一丝光亮，永远能让人对未来充满信心。

到了 90 年代中期，女性文学对传统女性文学形象的解构热情慢慢地降了温，那种歇斯底里式的女性形象越来越少，取而代之的是一些独立的、张扬女性气质的主人公。她们把自己对理想的追求、对爱的寻求作为生活的第一层面，我们在谢尔巴科娃、帕列依、戈尔兰诺娃等作家的笔下能够发现，女性形象的心态较之从前平和了许多，精神也放松了许多，她们保持着自我的独立，但是这种独立并不是通过进攻和挑衅获得的，而是借助对自己的关注得到的，也许，女性的边缘地位的改变首先是从女性自身开始的，你只有把自己当成中心，他人才可能

对你产生更多的重视和关注。此外，在 90 年代，还有一种塑造形象的特点值得
关注，那就是很多女性作家，如彼特鲁舍夫斯卡娅、乌利茨卡娅、瓦西连科等，
都开始诉诸神话传说中或历史上的女性形象，以那些形象为原型，把她们身上的
品质和个性经过加工后"嫁接"到当代女性身上，并对那些形象所蕴涵的意义进
行独特的阐释。她们建立了关于女性的神话体系，用以反驳在父权话语体系中遭
到歪曲的女性本质，这些女性作家质疑父权话语中的概念符号体系，与其展开论
战，质疑文化成规的固定含义，在女性作家所创造的"新神话"中赋予了女性本
质以新的含义。

　　总体上看，当代俄罗斯女性作家在刻画女性形象时或是解构传统，或是继
续传统，但如何在对女性塑造上的传统观点和现代理念中寻求新的支点，如何在
解构和建构中求得平衡，如何在 20、21 世纪之交的文化语境中重新审视传统文
化符号，所有这些，都是俄罗斯女性作家在新的时代所面临的新问题。

第一章　塔·托尔斯泰娅创作中的女性形象

托尔斯泰娅是当代俄罗斯文坛最为优秀的女性作家之一，她自上世纪80年代初登上俄罗斯文坛，短短几年间就被誉为"活着的经典作家"。很多评论者都认为她有"独特的、杰出的天才"。托尔斯泰娅通常被认为是"别样小说"（другая проза）或"非规范文学"（некононическая литература）的代表作家，还有的评论者认为她是一个后现代作家。但是，正如后现代文学在俄罗斯产生的土壤不同于西方一样，托尔斯泰娅的小说创作在形式上虽然也带有较为鲜明的后现代色彩，但其作品的内涵却不具有后现代文学解构一切传统道德价值的特征，可以说，托尔斯泰娅在形式和语言风格上是后现代的、非传统的，但在价值体系上却一方面继承了俄罗斯古典文学的人道主义精神，一方面也在消解俄罗斯文化中的某些定型思维。她的这样一种总体创作特征，就十分鲜明地体现在她对女性形象的塑造上。

第一节　《索尼娅》："丑陋的"理想女性

短篇小说《索尼娅》（Соня）创作于1984年。20世纪80年代初期，恰好是苏联文坛开始出现所谓"刨垃圾堆小说"（Чернуха）的时期，很多作家热衷于描写小人物的日常生活，揭示其生存斗争的本质，以此作为解构苏维埃美好生活乌托邦的一种方式。在托尔斯泰娅的作品中，这种包含着揭露与曝光内容的小说并不多，她的大部分小说都是以上世纪80年代甚至更为久远的年代为背景的。她也写小人物，但她关注的显然并非是他们生活层面的存在，而是他们的身份与所追求的情感之间的差距、内心世界与现实的碰撞、他们对爱的渴望和情感的脆弱以及爱的不可实现等更为深层、更为本质的问题，她在所有这些值得深思的问题的基础上与经典文学中的女性形象进行对话，与社会主义现实主义文学中描画的乌托邦图景构成戏仿。

小说《索尼娅》叙述的是一个普通的、在常人看来甚至有些愚蠢可笑的女性的生活。小说的同名女主人公是一个长相丑陋的"老姑娘"，她的伙伴们为了报复她的愚笨，虚构出一个情人给她写情书，而善良的索尼娅信以为真，为此投入了全部的感情。多年之后，列宁格勒遭到围困，索尼娅不顾危险去救她的"情人"，结果发现一切都是对她的捉弄，她热恋多年的、坚持给她写情书的人其实是一位女性，但索尼娅并没有把失望和被戏弄的感觉转化为愤怒或报复，而是仍然为救"他"在炮火中献出了自己的生命。小说一开篇，作者用高度浓缩的语句概括了索尼娅的一生："从前有过这么一个人，现在已经不在了。"[①] 这简短的一句话，就涵盖了女主人公全部的生活史。托尔斯泰娅在谈起她笔下的形象时曾经说，她的主人公不是"小人物"，而是"正常人"，外表朴实、平常、普通，可能还有些可怜、贫寒，但他们是"真诚的人"，他们的心中有光亮，内心有温暖和善良[②]。索尼娅就是这样的人，在叙述过几桩关于女主人公的笑谈之后，叙述者告诉我们，索尼娅是"不可替代的"，她"愚蠢的纯洁闪耀出另一种光彩，这是一种令人赞叹的不可预言的光彩"。索尼娅成为了几乎所有美好品质的载体，她勤劳能干——饭菜烧得好，她做的蛋糕漂亮极了；她心地善良——愿意和孩子玩耍，看护他们睡觉；她值得信赖——可以把孩子和房子托付给她；她有自我牺牲精神——她宽恕曾经欺骗她的阿达，甚至为她献出自己的生命；她单纯地相信温馨而又纯洁的人与人之间的关系，她永远都能提供最及时的、不求回报的帮助。看到她，我们会联想到索尔仁尼琴笔下那些遵守教规的人和舒克申笔下的"怪

---

① 托尔斯泰娅：《索尼娅》，余一中译，《世界文学》，1993 年第 1 期，第 38—60 页。以下该作品引文出处同此。

② O. B. Багданова, *Постмодернизм в контексте современной русской литературы*, СПГУ, 2004, c. 227.

人"，甚至俄罗斯文学中的圣愚。然而更为重要的是，作者赋予了索尼娅深沉而真诚、忘我而投入的爱的能力。她爱身边的人，爱孩子，"而且是爱所有孩子"，她"爱我们的小兄弟们"，爱所有人，爱尼古拉——一个从未存在过的、别人恶作剧时为她杜撰出来的情人。她的爱是无所不包的，这种爱是最宽泛意义上的爱，是圣洁的爱。

评论者斯米尔诺娃认为，《索尼娅》和列夫·托尔斯泰的《战争与和平》有着互文性联系，后者既可以作为前者的"前文本"（предтекст），又可以作为诠释索尼娅"圣洁的爱"的独特注解 ①。在《战争与和平》中，关于圣洁的爱，安德烈·博尔孔斯基曾说过这样一段话："是的，爱（他又十分清楚地想），但是，不是对某种东西、为了某种目的或者由于什么原因的爱，而是初次——就是我要死的时候，看见我的敌人，我仍然爱他的那种，我所体会到的那种爱。我体会到那种作为灵魂本质的不需要对象的爱。我现在就体会到这种幸福。爱邻人，爱自己的敌人。爱一切——爱上帝所体现的一切。爱一个亲爱的人，用人类的爱来爱就行了；但是爱敌人，只有用上帝的爱才办得到。……用人类的爱，这种爱可能转化为恨；但是上帝的爱，永无变化。没有任何东西，甚至死亡，能破坏这种爱。它是灵魂的本质。"以这段话为基础，索尼娅的圣洁的爱就更容易理解了。首先，爱"不需要对象"。索尼娅的爱恰好是没有对象的，她爱的是一个虚构出来的、完全不存在的人，她爱的是幻影和想象——"索尼娅还会有崇拜者？！……绝妙的主意！幻影很快就塑造出来了。他名叫尼古拉，受着妻子和三个孩子的拖累"。其次，在托尔斯泰的笔下，"上帝的爱"不仅仅要献给身边的人、亲爱的人，更要献给自己的敌人。索尼娅爱的恰好就是"敌人"，那个捉弄了她很多年、假装全身心爱着她的人，阿达——一个蓄谋报复索尼娅的敌人，一个曾经取笑过索尼娅的人。她是捉弄索尼娅的"地狱诡计"执行者。阿达从来没想过，正是这个让她"带着恨……炮制着每月一次经邮局传递的热吻"的索尼娅，就像她在信里许下的誓言所说的那样，最终为她献出了自己的生命，挽救了濒死的"爱人"，虽

---

① М. Смирнова, 'Интертекст в рассказах Татьяны Толстой', *Мир русского слова*, 2002, №3, с. 11.

然索尼娅最终认出这个"爱人"其实是一个几乎捉弄了她一辈子的女人。这恰好是对"但是爱敌人，只有用上帝的爱才办得到"的最生动的解释。最后，只有这样的爱才是"灵魂的本质"，只有这样的爱才能最充分地验证其拥有者的圣洁的心灵。

在小说中，承载这种爱的人是"圣洁的傻瓜"索尼娅，而这种爱的物质象征则是那只白色的珐琅小鸽子，索尼娅无论穿什么衣服都会把它戴上。作者用这只小白鸽突出地展示了索尼娅圣洁的爱与《圣经》的联系。在斯拉夫人的信仰中，人死后心灵会变成鸽子。在基督教艺术中，鸽子则是心灵的象征，代表圣灵。在很多民族的民间童话中，白鸽都被用来象征恋爱中的女性，被赋予了很多美好神圣的意义。在托尔斯泰娅的小说中，索尼娅的小白鸽也被用来突出女主人公身上所代表的神圣的爱以及不朽的美德。在作品中，作者用于形容索尼娅的另外两个物品——蜻蜓和蝴蝶，也强化了索尼娅的圣洁和高尚。在自古至今的文学中，蝴蝶都常常被视为心灵的象征、对光明的潜在向往或重生，在康拉德和纳博科夫等人的作品中，就不乏此类意象。此外，索尼娅在小说中所从事的职业——博物馆的管理员（хранитель），也颇有意味地象征着索尼娅那护佑天使（ангел-хранитель）般的护卫功能。

有评论者认为，托尔斯泰娅的主人公是一些"疯子"，他们善于把想象出来的生活变成现实生活[1]，正是这种想象世界和现实世界的冲突，构成了托尔斯泰娅小说创作的主要内容，同时也构成了其主人公的主要特点。作家的短篇小说《奥克维里河》、《在金色的台阶上……》、《苦行僧》中的主人公都活在幻想世界中，索尼娅更是如此，她的幻想存在于她的"领结、珐琅鸽、别人的感伤的诗句"之中，而她生活中最大的幸福竟然来自一个虚幻的未知空间和一个她从来都没见过的人。托尔斯泰娅让阿达和索尼娅所代表的两种世界———个是凭经验主义去认知的物质—现实世界，一个是更为复杂的、具有更高价值的精神世界，让两者进行对话，发生碰撞。就连两位女性的名字，也体现了作者的这一用意，索尼娅的

---

[1]　Генис А. *Иван Петрович умер: статьи и расследования*, Изд-во. Новое литературное обозрение, 1999, стр. 68.

名字意味着"圣洁的智慧",而阿达·阿多里符夫娜（Ада Адольфовна）的名字中则包含着两个"地狱"（ад），两者似乎构成了"精神—物质""不朽—短暂"这样一些对比。在一些细微之处,如阿达戴的胸花——"上面有盾牌、长矛和两个正在厮杀的人,其中一个正在优雅地倒下",也和索尼娅象征着平静心灵的珐琅鸽子胸花形成了对比。

然而,索尼娅表面的愚钝妨碍了我们认知她的美好。关于自己的主人公,托尔斯泰娅说过,她"感兴趣的是那些'与世隔绝'的人,也就是我们通常忽略的那些人,我们把他们当成傻瓜,不想去听他们说的话,看到他们的痛苦。他们懵懂无知地结束生命,总是还没有得到最重要的东西就离去了,而他们会像孩子一样弄不清楚:节日已经结束了,而礼物呢? 礼物就是生活,他们自己也是礼物,只是从来没有人告诉过他们"[1]。

从上述意义上来说,托尔斯泰娅的女主人公在本质上与俄罗斯古典文学中那些心怀乐观和光明的恪守教规者以及那些"怪人"是一脉相承的,同时她在本质和精神属性上更为接近俄罗斯文学中那些理想的女主人公形象,也就是说,托尔斯泰娅在新世纪即将来临之际,仍然继续继承着俄罗斯文学中强大的人道主义传统,而不是以后现代的姿态质疑一切道德伦理价值或对其进行重构。

然而,作为一个具有对话意识的作家,托尔斯泰娅避免在作品中直接输出主观价值,避免道德说教,她用一系列手段——内容层面的和技术层面的,阻碍我们在女主人公身上看到正常人的影子,甚至传统女主人公的影子,同时,她也通过与传统的对话甚至对抗的姿态,建立了自己的价值体系,重新审视了传统文化中的定势思维。

首先,作者选取一个微不足道的人物作为自己的主人公,也许对于作者而言,无论是什么样的人,从存在的意义而言都没有高低贵贱的等级之分,所有的人在死后都只留下了名字,作者不忘突出人物形象的重要性,同时也没有忽视她和芸芸众生的同一性,消解了存在于各个层面的等级观念。虽然这篇小说创作于

① Под ред. Н. Скатов, *Русские писатели. XX век. Биографический словарь*, Просвещение, Москва, 1998, с. 446.

上世纪 80 年代末，但作家不再追随社会主义现实主义文学中主人公的高、大、全，而是挑选一个十分普通的，无论在职业、相貌还是智力方面都不出众的女性，以这样的方式挑战文学写作的固有范式。

其次，无论在我们的想象中还是俄罗斯文学对女性形象的描述中，美貌和美德似乎是一对孪生姐妹，总是紧紧联系在一起，至少相貌丑陋、智力愚钝的女主人公在俄罗斯文学中很难成为某部作品的中心人物，回顾 19 世纪俄罗斯文学中的女性，理想的形象数不胜数，从普希金的塔吉雅娜到屠格涅夫的丽莎、托尔斯泰的娜塔莎，再到帕斯捷尔纳克的拉拉，所有这些女性无一不是美貌与美德相结合的尤物，是男性的理想，女性的典范。然而，托尔斯泰娅笔下的索尼娅完全不符合这样的规范，她外在的愚蠢和她内在的美与神圣掺杂在一起，让人产生矛盾感。索尼娅首先是一个傻瓜，她会"像一个木头人"那样，为了一点胡椒一直等到宴会结束，而一口不吃眼前的食物；她永远搞不清楚在追荐亡灵的宴席和喜庆的酒会上应该说些什么；她甚至还会问一个惊惶失措的男人，他究竟是跟哪位美丽的太太一起去了音乐厅，全然不顾他妻子正在旁边。"索尼娅是一个傻瓜"，叙述者不止一次地在小说中重复这句话。索尼娅同时也完全没有任何美貌而言，甚至可以说非常丑陋：她的头像"普尔热瓦利斯基野马"，她长着"马脸"，"长长的上嘴唇……微微开启时就会露出长长的骨头颜色的牙齿"，她"胸部扁平，两腿粗得像是从另一个人的躯体上移过来的，两只脚的脚尖向里兜着"。她和传统意识中美好女性的天使形象相距甚远，作者有意无意地解构了女性形象所特有的美丽。然而，就是在这样一个又傻又丑的女人身上，却集中起了几乎所有美的品德，托尔斯泰娅以这样的描述方式淡化人们意识中的表象，强化人物内在的品质和精神上的高尚。作者用狂欢化的叙述语气和无所不在的后现代游戏精神，极力避免"造神"，极力在索尼娅身上抹去传统的影子，同时也以此剥离了美德与美貌的固有联系。

此外，社会成规通常把爱情与美德、魅力与成就等同起来，但托尔斯泰娅有意让她小说中的人物反向而行，她作品中的人物表现得似乎并不匹配他们所期待或者努力得到的那种关系，无论是索尼娅，还是《彼得斯》和《奥克维里河》等小说中的男女主人公，他们都同时集中了滑稽而又浪漫、可笑而又可怜的品质，成为代表经典浪漫爱情的罗密欧与朱丽叶——出身高贵的俊男靓女的对立面。在破坏这些所谓的文化成规的同时，托尔斯泰娅似乎有意捉弄读者对主人公浪漫爱情关系的期待，这种捉弄在《索尼娅》中随处可见，在作品的前三分之二篇幅中，作者对索尼娅的叙述始终是轻松的，甚至带有一点嘲讽和戏谑，比如这样一些句子："每逢夜晚，尼古拉和索尼娅应当在约定的时刻抬头仰望同一颗星星。没有这一条是绝对不行的。""你在诗里告诉她，她就是角马。就是羚羊的意思。我神圣的角马，没有你，我就要去死啦。"另外，索尼娅为之投入热烈感情的男子竟然是一个女性，她的爱是虚无的，即便如此，索尼娅还是体验到了她在现实世界中无法得到的幸福，实现了"为拯救自己唯一恋人而粉身碎骨"的愿望，虽然这些都来自于一个不真实的"地狱诡计"，一个虚幻的世界。

在作为后现代作家的托尔斯泰娅的笔下，田园诗般的和谐与美满是短暂的，长久的幸福是无法保障的——索尼娅的梦终究还是会破碎。在 20 世纪八九十年代的后现代语境下，托尔斯泰娅尤为强调"永恒的爱"和"完满的幸福"之脆弱和不可实现。对于那些悲观的宿命、生命无法挽回的损失，作家没有像很多当代俄罗斯女作家那样用灰暗的笔调和悲观的情绪发出诅咒，她的解决方式是用爱情——即使它是一场虚空，用幻想——即使它无法实现，用善良和好心——即使它们无法获得回报，这些东西终归会给人们留下一点希冀，留下一丝盼望，留下一份对幸福的幻想。

第二节 《猎猛犸》："爱情女猎手"

如果说，托尔斯泰娅以独有的方式让索尼娅打破传统、打破文化想象，并且强调了大爱的平民性、美貌和美德的非一致性以及建立自己独特精神世界的重要性，那么在《猎猛犸》中，她则更为直接地质疑了人们关于性别角色和两性关系的固有想象，如女性只能在婚姻中实现自己的本质、家园是神圣的、女性的美丽和高尚是幸福婚姻的通行证等种种"陈词滥调"，作家在小说中嘲讽这些定型思维，重新思考了女性与婚姻、女性与男性关系等问题，进而质疑传统，并指出一味顺从传统只会给女性带来负面的后果。

与《索尼娅》相比，《猎猛犸》（Охота на мамонта, 1985）讲述的并非是虚幻的爱情，而是现实的婚姻和女性的存在。小说的女主人公卓娅（Зоя）年轻漂亮，她一直渴望找到一个合适的爱人，渴望得到一份美满的婚姻，以此获得作为女人的幸福生活，然而事与愿违的是，她始终无法找到她心中的白马王子，她只能和一个她从内心深处感到厌恶的男性约会，强迫自己走上婚姻之路，而她的生活则由此变成了深渊。小说中的女主人公卓娅和索尼娅一样具有很多传统的、让人感到熟悉的品质，她对生活的各种理解也非常符合传统观念。小说的标题《猎猛犸》是具有象征意味的，它讽喻地点明了女主人公卓娅生活中的主要目的——嫁人，用家庭来驯服没有归宿的、像猛犸一样四处游荡的未婚夫。在女主人公对生活的概念中，婚姻是一个女性过上正常生活的重要前提，她想找到一个"各方面都有保障的人"[1]，进而合乎传统地安排好自己的生活。卓娅认为，要赶紧结婚，趁自己还没到 25 岁的时候，"否则之后一切都完了"。卓娅的目的十分单纯明确，似乎只有结婚，她的生活才能进入正常的轨道，才能继续运转，而这也是十分符合很多现实生活中乃至文学作品中女性生活的终极目标的，在普希金的《叶甫盖尼·奥涅金》中，在屠格涅夫的《贵族之家》中，女主人公无一不是以找到一个理想的丈夫、获得一份美好的婚姻为主要生活目的的，卓娅在这方面亦然。为了实现这一目的，她甚至会降低自己的要求，虽然现实中的她结识的是一名"长着两片胡子"的、有些野蛮、时常让人感到厌恶的工程师，而非她理想的婚姻世界的国王——外科医生，不过，"工程师也不错"。卓娅用尽各种办法来驯服她的未婚夫，常常不由自主地发出一连串"结婚吧、结婚吧、结婚吧"的既有诅咒、惩罚又有敦促意味的叹息，因为她特别需要这份婚姻，"她不想爱得没有保障"，这与《索尼娅》中的女主人公满足于一份虚幻的爱情完全不同。

传统的文化想象对卓娅的影响不仅仅在婚姻方面，她所有的行为似乎都是

---

[1] 托尔斯泰娅：《猎猛犸》，陈方译，见陈方《当代俄罗斯女性小说研究》，中国人民大学出版社，2007 年，第 159—168 页。以下该作品引文出处同此。

受这些千百年来形成的观念所指引的：她认为自己的婚姻应该符合公主与王子结合的童话故事，她是一个公主，虽然是一个尚未被发现的公主，而她要找的丈夫则是神奇的医学世界中的国王；她对家庭的想象是十分具体的，来自于某种庸俗的、市侩的图景——"优雅的睡袍（四周镶着绉边，德国出产的），大壁橱，彩色电视和粉红色的南斯拉夫落地灯，一些可以喝上一杯的软饮料，一些可以抽上几支的好烟"，而家庭生活的场景则是小别后丈夫的淡淡醋意、她和外科医生在电话中的调情以及与女友家长里短的交谈……最主要的是，卓娅认为她的美丽可以为她带来应得的幸福。卓娅时刻关注自己的美丽，用文化中的性别定义来审视自己并引导自己的行为。在小说的开篇作者就写道：卓娅不仅有一个美丽的、"说出来像蜜蜂一样嗡嗡叫的名字"，她本人也是美丽的。卓娅十分看中自己的这一特质，并一直在按照某些通行的"文化"标准营造自己的美丽，她"把嘴巴张开一微米，品尝着巧克力甜点，她做出一副样子，似乎她是由于某些文化原因才觉得那东西不好吃的"，她也会故意流露出某种"文雅的忧郁"，把自己扮演成一个尚未被发现的公主。她希望他人也能对此予以关注，看见她时会惊讶地"说声'噢！'"，只有这时，她才能肯定自己的价值，感受到自己的存在，但是人们对她的美貌似乎没有过多的赞叹，甚至偶尔还会忽略这一点，每到这时，"卓娅就觉得自己是一个丧失了性别的穿裤子的人"。另外，对卓娅来说，最可怕的、与她的期望大相径庭的是，尽管她努力按照通行的文化概念去演绎"美丽"，但这一"武器"并不能帮她成功地驯服未婚夫，为自己带来完满的婚姻。在小说的结尾，卓娅不得不使用"围栏、绳索"等具体而又带有某些暴力色彩的工具来完成自己的"任务"。

在作品中，卓娅唯一和传统女性概念不相吻合的身份就是"猎人"。《猎猛犸》这一标题把男女主人公的角色调转了过来，在以往的文学作品中，女性往往被比作猎物，是男性欲望的对象，而在这部小说中，女主人公卓娅却成了"猎人"，这不仅仅表现在标题上，同时也表现在女主人公为了捕获"猎物"、实现婚姻目标而采取的一系列时而温柔、时而暴力的手段。在托尔斯泰娅笔下，男性的角色相应地也发生了反转，男主人公自始至终被视为卓娅的猎物和牺牲品，而女主人公的目标就是驯服他，让他进入婚姻的"围栏"。男性在这部作品中被降低为服务功能的物品，他只是一个结婚的对象，一个为了女性实现婚姻理想而必须存在的人。小说中的男性一直都是用卓娅的目光进行描述的，他取代女性成为"他者"，失去了自主性。

在"猎猛犸"的过程中，女主人公独特的"猎人"本性在小说中是较为突出的，托尔斯泰娅在小说中所实现的"性别逆转"，在当代俄罗斯女性作家的创作中比比皆是，女性由被动变主动，由客体变成主体，她们有意识地与传统文化中的女性定义保持一种对抗的姿态，有时候甚至是非常激进的对抗，以此来反抗男性文化对女性的压迫。但即使这样，我们仍然很难说托尔斯泰娅笔下的女性是非传统的，与彼特鲁舍夫斯卡娅等当代作家笔下忽略甚至刻意抹杀性别特征的女主人公不同的是，托尔斯泰娅的女主人公之所以变身为"猎人"，完全是因为她彻头彻尾地遵循文化成规，全盘接受了经过"千年验证"的"美貌可以吸引丈夫和营造美满婚姻"法则，同时，她完全认同并维护"家庭是安乐窝""寂静的港湾""灯塔""女性幸福的保障"等概念，并不惜余力按照这样的概念来建设生活。这种对性别定型和文化成规的全盘接受，"只会使个体更为边缘化"，而这种行为也间接支持了父权至上的观点[①]。从这个意义上说，托尔斯泰娅的女主人公虽然体现了某些性别反转，但本质上说，她们还是父权文化下的女性，直接地体现了男性文化对女性的影响。此外，在对这种文化的盲目接受过程中，女性完全失去了自我，失去了自我认同，在小说中，女主人公对自己的认知始终来自于他人对她的关注程度，她始终在用别人的，也就是男性的目光审视自己，她的个体建立在别人对她的承认以及文化性别的定义之上，一旦丧失了这种承认，她就失去了属于自我的世界——"主人……用漫不经心的目光扫了扫卓娅的外表。他的目光并没有抓住卓娅的心，就好像卓娅本不存在一样……卓娅被他们遗忘了……卓娅既没在这里，也没在任何地方，她根本就不存在。余下的世界也根本不存在了。"

与索尼娅不同的是，卓娅这一形象几乎完全没有内心世界，与前者完全沉

---

① S. Kappler, *The Pornography of Presentation*, Minneapolis, 1986, p. 79.

浸在自我营造的精神世界中不同的是，卓娅是物质的、现实世界的代表。静观大自然、阅读图书等活动丝毫吸引不了她，如果说她对绘画还有些兴趣的话，那完全是因为她在画家身上看到了她的肖像画在莫斯科展览、她成为万人瞩目的模特这样一种可能性。从卓娅的经历来看，如果女性没有自我，没有自己的世界，即使有美貌，即使有家庭，即使实现了传统文化对女性的要求，所有这些东西依然都会变成"兽笼"，会束缚女性的个性需求，甚至会影响她的自我认同。

卓娅为婚姻付出的努力所取得的效果非常微薄，她极力完成社会和文化以及传统家庭观念赋予人的定型思维——用美貌换取婚姻，用婚姻来实现自我和个人幸福，但她没能成功，除了用暴力手段维系她和未婚夫的关系，她似乎已经无路可走，无计可施，而她所有的努力换来的只是一场无边的"悲剧"——他们离婚姻越来越远，她的猎物在她的折磨之下已经无力反抗，他们共同的生活于是变成了"伟大而又圣洁""浓重而又冰冷"的牢房。作家用卓娅的失败反证了传统婚姻观念的不堪一击，同时嘲讽了女主人公对婚姻的庸俗想象，找到一个不错的未婚夫、有一份婚姻并不意味着幸福就此实现，正如婚姻并不意味着一切都得到了保障一样。

通过《索尼娅》和《猎猛犸》这两篇小说，我们发现了一个有意思的现象，即托尔斯泰娅笔下的女性形象都是我们比较熟悉的传统女性，索尼娅的传统在于她身上体现出了那些最为珍贵的人的品质，这些品质无论什么时候都能够成为一份宝贵的道德遗产，卓娅也是传统的，她的传统在于她完全遵循了文化定式思维中对女性的要求，即用女性的美貌换取婚姻和家庭的幸福。就某种意义而言，托尔斯泰娅的女主人公并没有像俄罗斯同时代女作家笔下的女性形象那样给人以强烈的陌生感，相反，她们身上有我们特别熟悉的特征。托尔斯泰娅大胆地解构传统文化思维中强加给女性的一些品质和要求，强调女性拥有自我意识和独立精神世界的重要性，她比一些女性主义者更为尖锐地指出了女性存在的主要问题，即如何对传统女性定义始终保持清醒的意识，如何始终保持女性的独立自我。

在俄罗斯文学中，女性似乎永远担负着更为沉重的挽救男主人公甚至国家命运的重任。在当代俄罗斯文学中，拉斯普京、索尔仁尼琴等作家在他们笔下的女性形象身上寄托了他们对传统文化的怀旧心态以及对俄罗斯当今社会现实的忧虑。但托尔斯泰娅似乎并没有赋予索尼娅如此重任，她关注的是更为本质的人的问题以及如何建立一个想象的、自我的精神世界的问题，索尼娅的形象代表了女性拥有强大精神世界的重要性，而卓娅的形象则从反面说明了这一点。由此可见，托尔斯泰娅对女性形象的塑造可谓独辟蹊径，她既没有彻底解构传统女性形象以及她们身上所负载的道德内涵，也没有把张扬女性的性感和美丽作为自己的主要目的，她选择了另外一个方式，即解构文化中对女性美貌的一味颂扬、对爱情的庸俗化理解以及对女性命运模式化的塑造，在"破"与"立"之间，解构与建构之间，托尔斯泰娅并未采取极端的方式，而是以幽默、对话、游戏等手法，和缓了解构的激进色调。这样的女性形象塑造策略，比起猛烈地抨击男性文化、将女性性别理想化、极度张扬女性的阳性或阴性气质，也许更容易被接受和理解，同时也更为有效。

第二章　彼特鲁舍夫斯卡娅创作中的女性形象

进入 20 世纪 80 年代后，当代俄罗斯文学变得空前活跃，随着"侨民文学""地下文学"作品的大量"回归"，很多文学概念被重新定义、重新解释，同时也出现了很多新的文学现象。在汹涌而来的文学新名词当中，有很多都和彼特鲁舍夫斯卡娅这位女作家有关，她和托尔斯泰娅、别依祖赫一起被称为"别样小说"的领军人物，她的短篇《新鲁滨逊》和《卫生》是反乌托邦小说的典型代表，同时，对"新感伤主义""新自然主义"等概念的阐释也常常涉及彼特鲁舍夫斯卡娅的作品。上世纪 80 年代初，"女性文学"这一概念被引入俄罗斯，彼特鲁舍夫斯卡娅则又成为这种文学中被提及、引用和研究最多的作家之一，成为俄罗斯境内和西方女性文学研究者的重要关注对象。这不仅仅是因为她在当代文学中的地位和女性身份，而且还因为她的作品题材广泛，"反映了当代女性所关注的几乎所有焦点"[①]。彼特鲁舍夫斯卡娅小说创作中的主人公几乎全都是女性，女性的生存状态、内心生活和情感世界是作家笔下的永恒话题。和传统女性形象不同的是，彼特鲁舍夫斯卡娅的女主人公具有边缘、疯狂、男性化等特质，反映了父权文化符码下女性所遭受的凌辱和暴力，以及同存于她们身上的心灵扭曲和人性裂变。对这些女性形象的研究，可以帮助我们深入女性心理的内部，更好地理解女性在这个世界中的悲剧性存在、她们所遭受的被贬低和被压抑的境遇，以及女性为生存、自我实现所付出的种种艰辛。

---

① Catriona Kelly, *A History of Russian Women's Writing. 1820-1992*, p. 392.

第一节　《夜晚时分》："女诗人"母亲

中篇小说《夜晚时分》（Время ночь）创作于 1992 年，是彼特鲁舍夫斯卡娅最为优秀的作品之一，它从几个不同侧面充分展现了当代俄罗斯女性生活和心理的本质。作品发表后引起俄罗斯文学评论界难得一致的好评，著名俄罗斯文学批评家娜·伊万诺娃称之为"年度小说"。《夜晚时分》是用第一人称进行叙述的，它是女诗人安娜（Анна）"在桌子边上写就的札记"，是一份由"许多写满了字的纸片、学生练习册，甚至电报纸组成的手稿"①，是诗人的女儿在母亲死后邮寄给作者的。在关于日常生活的琐碎记录中，在女诗人充满哀伤和死亡情绪的叙述中，一个由内心独白记录组合而成的女性形象跃然纸上。

《夜晚时分》写的是单一性别家庭中的日常生活，祖孙四代女性构成了这个家庭的主要成员，小说就是当代俄罗斯社会中女性生活的一个缩影。女主人公安娜没有丈夫，一个人亲手把两个孩子带大，其中的辛苦不言自明。现在儿女都长大成人了，可是安娜并没有得到一丝喘息，反而是身心的过度疲惫：她替女儿抚养私生子，每天为他的温饱担忧，对于挣扎在饥饿之中的婆孙二人，一个土豆、一块糖果都可以构成一个节日，而几个卢布就是"大钱"；安娜的儿子因为替别人承担罪行进了监狱，出狱后不是向母亲要钱、偷东西、抢占住房就是制造各种麻烦；女儿不断结交新男友，又不断被欺骗、被抛弃，她最后得到的仅仅是三个无辜的孩子，而那些男性全部离她而去；安娜的母亲住在精神病院，马上面临无处可去的遭遇；女主人公用自己打零工挣来的钱养活着一家老少四代人，她的生活入不敷出，她一个人承担着全部的生活重负，为了养家糊口而四处奔波。小说从头到尾都弥漫着生死一线的末日气息，在作品的结尾，因为养活母亲、儿女和外孙，因为相互之间的紧张关系而身心疲惫的女主人公无力地说："行刑的白夜来临了。"

《夜晚时分》中所描述的内容就是发生在普通家庭中的日常小事，它打破了

---

① 彼特鲁舍夫斯卡娅：《夜晚时分》，陈方译，《世界文学》，2005 年第 5 期。以下该作品引文出处同此。

社会生活的乌托邦幻象，我们在其中看到的不是充满希望的现实生活和美好的未来，而是生活的恐怖、残酷和扭曲，它解构了女性生存的实质，同时也解构了在这种生存环境下的女性形象。在彼特鲁舍夫斯卡娅的作品中，母亲的形象是很常见的，她们几乎构成了其小说创作的中心形象，如短篇小说《自己的小圈子》，《克谢尼娅的女儿》、《母亲的问候》等作品中的女主人公，而《夜晚时分》中的母亲则以其无法超越的复杂性和丰满程度成为其中最为典型的一个。在这部作品中，就像在作家大多数其他作品中一样，女主人公与传统想象中的母亲形象产生了巨大的反差。她不仅没有了温柔、典雅、美丽的特点，而是完全相反，她尖酸刻薄，充满了进攻性，她把自身所承受的苦难转化成了一种进攻的动力，母与子的冲突在作品中无处不在。

在《夜晚时分》中，安娜自称是一个"受了侮辱的、孤独的、被抛弃的母亲""生活中的多余的人"，她一个人把没有父亲的孩子抚养成人，并因为和孩子父亲的非婚姻关系丢掉了工作，但是孩子们对她没有丝毫感恩，而是以冷漠、忽视和极端刻薄的对立态度来回报她付出的爱。有评论者认为，小说中的安娜处于弗洛伊德理论所论述的母子关系的不同阶段，母亲和儿女们的冲突是"后俄狄浦斯"情结在他们身上的映射[1]，孩子对母亲不再依恋，努力挣脱她的束缚和管制，这导致安娜和孩子，尤其和女儿永远处于对立状态。安娜完全脱离了人们传统印象中女性的本质属性，当母亲的爱无法得到回报，当她的权力无法实施，她变成了一个令人感到不寒而栗的女斗士。安娜知道女儿第二次被抛弃又生下孩子后，她并没有安慰她，而是毫不留情地说："已经第二次谁都不管你了。"女儿什么都没有回答，把台布扔到了安娜的头上。安娜说的所有的话对于女儿来说都是令人反感的，她被女儿骂作"混蛋""母狗"，可她并没有忍受这种侮辱，而是把心底里蕴藏的委屈和愤恨化作怒火，她称自己的女儿是能吃的"女希特勒""免费的妓女"和"精神病"，而女婿在她那里没有名字，仅以"混蛋"作为其代称。女

---

[1] Helena Goscilo, 'Mother as Mothra: Totalizing Narrative and Nature in Petrushevskaia', Ed. Sona Stephan Hoisington, *A Plot of Her Own. The Female Protagonist in Russian Literature*, Northwestern University Press, Evanston, 1995, p. 108.

儿对母亲的态度和言词也同样尖刻和粗鲁，她认为母亲希望她死去，对哥哥说她和母亲的关系就是斗争，是永久的"禽兽生活"。

然而，正如女主人公安娜所说的，"生活中最重要的就是爱"，只是在她和孩子之间，这种母爱并不是充满了呵护与温柔的情怀，而是一种疼痛和折磨，这也是彼特鲁舍夫斯卡娅笔下母爱的最大特点。对于安娜来说，爱是一种权力和统治，让孩子遭受痛苦是母亲权力的证明，也是爱的证明，安娜把对孩子的爱当作是对自己不幸生活的一种补偿，或者是对自己存在的一种证明，可是当这种爱得不到回应和理解的时候，当女儿把自己全部的爱都给了别人的时候，她觉得自己的权力也随之丧失，她的自我也不存在了，所以，爱变形为憎恨——恨铁不成钢，变成了尖酸刻薄，变成了折磨。安娜在和孩子们的冲突中表现出对母亲身份的焦虑，她希望用"暴力"夺回曾经属于自己的母子之情，尤其是母亲对孩子的控制权力，这也是安娜对确认自己身份的一种渴望，只不过，这种渴望是以一种极端的方式反映出来的。

颇有深意的是，小说中的两对母女，即安娜和女儿阿廖娜（Алена）、外婆西玛（Сима）和安娜的关系几乎如出一辙，不仅仅是他们各自的命运，而且连她们的相互关系也一模一样。安娜曾经爱上了已婚男性，继而和孩子一起遭到遗弃；女儿阿廖娜的遭遇和母亲一样，她从男性的"爱"中得到的仅是几个没有父亲的孩子。西玛、安娜、阿廖娜某些时刻的歇斯底里是相似的，就连小季马身上也"继承"了这一点。安娜曾经这样描述母亲："我的母亲也想成为爱和信任的对象，成为我的整个家庭，用自己代替一切，她也想成为自己女儿的爱的对象……母亲嫉妒女儿的所有女友，更不用说男性了，母亲只是把他们当作竞争者。"这与安娜嫉妒女儿的同伴和男友的心理动机完全一样。安娜和女儿似乎也复制了她和母亲之间的关系——紧张、对立、无法相互理解，就连她们分别赶走自己女婿的画面都是那么地相似。而且更为一致的是，每一代人都不能从上一代人的失败经历中获取任何教训。评论者认为，彼特鲁舍夫斯卡娅的"小说写的不是三个女性，而是不同年龄阶段的同一个女性"。[①] 几代女性的重复命运消除了个体之间的差

---

① Н. Лейдерман, *Современная русская литература*, книга 3. Изд.УРСС. 2001, с.120.

异，在文本的意义上因此有着再造、重写、复制的含义，这种带着浓厚创伤感的文本，是一次又一次压抑经验的体现。母女间的关系，演变成冲突、矛盾和疯狂的循环往复，同样的故事在一直循环下去，只是形式和对象不同而已[①]。

　　然而，与生硬、进攻性等品质相伴的是安娜笔下时不时流露出来的浓浓的母爱之情。在她对生活中所有冲突、仇恨和冷漠进行冷静、不动声色的叙述过程中，令人心潮澎湃的母爱之柔软、酸楚、诗意却在作品中喷薄而出，这些字句也是小说中最为抒情的段落。关于阿廖娜和安德烈，女主人公这样写道："我的美人，她裹在褓褓里的时候我就看不够她，我一次又一次清洗她的每一根小指头，一次又一次地亲吻她。看见她的鬃发我柔情四起，她清澈明亮的，像勿忘我花一样的大眼睛，它们映射出善良、纯洁和温柔——这一切全都是给我的。他们的童年啊！我为他们感到幸福，我爱这两只小小鸟。睡觉的时候，他们的小脑袋枕在枕头上，我房间里一片静谧的温暖……"而安娜最温柔的爱是给外孙季马的，这不仅表现在她对他全方位的呵护、照顾，同时还表现在她对季马的柔情蜜意："一个闪亮的小男孩，他身上散发着花朵的味道……他的尿散发着浓烈的野地矢车菊的味道。他的头很久没洗的时候，他的鬃发就散发出夹竹桃的味道……绸缎般的小脚丫，绸缎般的头发。我不知道还有什么比孩子更美好的了！"在这些字里行间，安娜内心深处的柔软和爱一览无余，它中和了女主人公身上的生硬和刻薄。有评论认为，孩子是彼特鲁舍夫斯卡娅作品中最为明亮的色调，是生存斗争中的唯一希望[②]。同时，这些发自内心的母爱之情的流露，一方面和缓了安娜身上所特有的生硬、刻薄和进攻性，一方面也让作为母亲的安娜形象变得立体和复杂起来。彼特鲁舍夫斯卡娅2000年在俄罗斯广播电台做的一次访谈中说："我写的是人的本性，但是赋予它新的色彩……文学的存在就是因为它和现实没有关系。"[③]

---

① 林幸谦：《荒野中的女体》，广西师范大学出版社，2003年，第294页。

② Н. Лейдерман, *Современная русская литература*, книга 3, c.114.

③ И. К. Сушилина, *Современный литературный процесс в России*, http://www.hi-edu.ru/e-books/xbook027/01/part-003.htm#i468.

作家对安娜的描写，或者说是对人的描写，是非常复杂的，她捕捉到了人的本性中那些相悖的因素并艺术地进行表达。

安娜在《夜晚时分》中的另一个身份是一名女诗人，一个"未能得到承认的女诗人"。她为自己是女诗人安娜·阿赫马托娃的同名者而感到骄傲："我和安娜几乎是令人难以想象的同名者，只有几个字母的差异，她是安娜·安德烈耶夫娜，我也是安娜，但我是安德里安诺夫娜。偶尔我演出的时候，我就让他们这样宣布：诗人安娜，然后是我丈夫的姓。"女主人公和阿赫马托娃的联系表现在很多方面，除了她多次强调的她们是同名人之外，在小说中，她的儿子也被投进监狱，她曾自称为"安娜·卡列尼娜"[①]，她曾援引的阿赫马托娃的诗句，还有她那女诗人一般的自尊和骄傲等。安娜和阿赫马托娃最为主要的关联，主要还在于生存状态，即"文化和个人生活层面的孤独、与世隔绝"[②]，在以赛亚·伯林关于阿赫马托娃的回忆中，这是诗人给他留下的最为强烈的印象。在《夜晚时分》中的安娜身上，这种孤独也是十分突出的，虽然安娜处于家庭成员的包围之中，但是没人理解她，没人爱她，亲情、爱情、同情的缺失，是造成她孤独的最主要原因。在小说的结尾，女儿把所有孩子都偷偷带走的情节，房间中全然的寂静和孤零零地掉在地上的奶嘴，更加凸显了女主人公的孤独，世界上只剩下她一个人，她曾经孤身一人为生存而奋斗，现在她要一个人面对即将到来的老年和死亡。"阿廖娜，季马，卡佳，尼古拉，安德烈，西玛，安娜，请你们原谅我的眼泪"——安娜发自内心的哀叹尤为强烈地加重了女主人公的孤独感和由此带来的悲剧气氛。

正如阿赫马托娃曾长时间无法创作，女主人公安娜也不能实现自己的诗人抱负，为了养家糊口，白天的时候，她不得不放弃自己的才华，给一些工厂编写无聊的庆祝文集，为小孩子朗诵诗歌。但是，晚上是属于她的时间："夜晚，这是我的时间，是与星星和上帝的约会，是交谈的时间，我把一切都记录了下来。"

---

① 阿赫马托娃曾猛烈批判过托尔斯泰对安娜·卡列尼娜的态度，见以赛亚·伯林《苏联的心灵》，潘永强、刘壮成译，译林出版社，2010年，第75页。

② 出处同上，第76页。

也只有晚上，诗人安娜"可以和纸张、铅笔单独待在一起"，忘却生存斗争的苦痛和自身的孤独。白天的安娜淹没在现实生活的琐碎小事之中，而夜晚则是她唯一能够得到喘息的时间，是她回归心灵和精神生活的时间，是她用所有的力量找回真正自我的时间。安娜所描述的"低级"生活现实与她在笔记中投入的诗意情绪产生了强烈的反差。小说的标题《夜晚时分》，一方面指明的是安娜写作那些日记的现实时间，另一方面强化的似乎也是安娜的诗人身份，白天她是母亲，是煎熬在生活底层、挣扎在生死线上的女性，而夜晚她是诗人。安娜说："我们就用这些诗生活，因为我，你们知道吗，是个诗人，而诗人是贫穷的人群，他们不是来自这个世界的……"诗人的身份是安娜得以脱离日常生活中接踵而至的不幸之手段，是摆脱死亡和孤独、进入更为自由丰富的自我国王之方式。彼特鲁舍夫斯卡娅笔下的女性，以及她们在日常生活中所表现出的疯狂、歇斯底里和生存悲剧，全面解构了苏联官方文学中所宣传的温馨的家庭生活画面，对官方的鼓励生育政策提出了强烈的质疑。没有物质保障的生育，只会让人陷入贫穷和心理危机，可能导致更大的社会问题。彼特鲁舍夫斯卡娅的小说，让人不得不正视女性的生存现状。

在以父亲（男性）为主要人物、表现父子冲突为基本轴心的文学背景下，彼特鲁舍夫斯卡娅笔下的母女冲突以及其中表现出的女性的生活和心理困境，都是一种边缘化的经验与主题。这是女作家的一种"文本诡计"，她试图藉此规避男性主题和父权世界，这也为女性作家提供了与时代对话、对抗男性文化压迫的一个出口。彼特鲁舍夫斯卡娅把叙述的权力交给了自己的女主人公，写作这一行为不但可以将女性从人格和性特征被压抑和抑制的存在状态中解放出来，还可以归还她的能力与资格、她的创作的欢乐，写作为女性锻炼了反理念的武器，使她可以依照自己的意志做一个获取者和开拓者[1]。作家通过女主人公的写作，让她获得创造性和主体性，回归到了未被边缘化、未遭贬抑的自我。

彼特鲁舍夫斯卡娅通过"母亲安娜"和"女诗人安娜"的形象，为我们展

---

① 埃莱娜·西苏：《美杜莎的笑声》，见张京媛主编《当代女性主义文学批评》，北京大学出版社，1992年，第194页。

现了女性在苏联社会的日常生活和心理画像，"一个人的心灵的历史，哪怕是最微不足道的心灵，几乎与整个民族的历史一样有趣，一样有益"[①]，作家笔下的女性形象让我们窥见了苏联社会末期妇女的真实面貌。

第二节 《小格罗兹纳娅》："女性小雷帝"

中篇小说《小格罗兹纳娅》（Маленькая Грозная）创作于 1998 年，从作品的名字可以看出，女主人公格罗兹纳娅（Грозная，俄语中"严厉的、恐怖的"一词的阴性形式）这一形象是对俄罗斯历史上第一个沙皇伊凡雷帝（Иван Грозный）的戏仿，她的名字具有多重文化含义。在历史记载和传说中，伊凡雷帝以其暴虐、残酷和多疑而著称，他的绰号"雷帝"也因此而来。关于他的历史传说，如杀害亲生儿子的故事以及他与大贵族库尔勃斯基的著名通信，由于后世的记载和艺术演绎（如列宾的著名画作）得以铭刻在俄罗斯乃至世界人民的记忆之中。在《小格罗兹纳娅》中，伊凡雷帝以女性面孔，即"女性小雷帝"意外地出现在新的历史文化语境中。将对历史传说的改写、重构作为组织叙述的结构，并在此基础上建构新的主题、人物形象和象征体系，这是彼特鲁舍夫斯卡娅常用的手法之一。作者借用这一男性形象以及有关他的历史传说，赋予女主人公的形象以多重含义。

彼特鲁舍夫斯卡娅几乎所有小说作品都是以日常生活为主要内容，《小格罗兹纳娅》也是这样，它讲述的是莫斯科一个普通家庭的生活，女主人公的形象是在日常生活以及与此相关的种种行为中被描绘的。和作家早期作品中那些孤独、贫穷、疾病缠身的单身女主人公不同，小格罗兹纳娅一直生活得较为富足，不必为生计挣扎。她有丈夫、孩子，有完整的家庭，最主要的是，她还拥有一套位于莫斯科市中心的 150 平米的大住宅，这构成了她和所有人的关系基础。就像伊凡雷帝毕生都在为巩固领土而心力交瘁一样，格罗兹纳娅一生的主要目的就是保

---

① И. К. Сушилина, *Современный литературный процесс в России*, http://www.hi-edu.ru/e-books/xbook027/01/part-003.htm#i468.

护自己的住宅，而她的生活历史也变成了她和各路人等的斗争史。从这个角度上看，格罗兹纳娅的角色完全符合父权文化中对女性的定位——家庭的保护神。

保护自己的大房子不受他人侵占，是格罗兹纳娅生活中的主要内容，她和家庭成员以及亲戚朋友为此展开了殊死的房子争夺战："她从来不让任何人迈进她的门槛，包括亲人、朋友，丈夫的亲戚就更不用说了，最多来做客，但坚决不能留宿"①，因为她不想让自己的房子变成公共住宅。小说中每个章节的叙述基本上就是围绕格罗兹纳娅和她住房觊觎者的斗争展开的。在新年夜，格罗兹纳娅把丈夫同乡的孩子们关在了门外，因为马上成为孤儿的两兄妹想投奔她的家庭；紧接着，她又把丈夫在疗养院认识的女友以及她带来的礼物挡在了外面。对家里人，格罗兹纳娅也毫不留情，由于忍受不了大儿媳在家里像女主人一样生活，她在其临产前赶走了他们；小儿子因为生病获准可以住在母亲家里，但是妻子和孩子没有权利和他一起生活。丈夫弟弟的妻子不堪忍受住房的拥挤提出离婚，因为她实在理解不了，为什么格罗兹纳娅一人住着那么大的房子，而所有人却都挤在她这里。可以说，好几个家庭的最终瓦解，在某种程度上都是格罗兹纳娅直接或间接地造成的。在这样的几年过去之后，"谁都不再抢夺什么了，不在格罗兹纳娅那儿拿东西了，没有人期待从她那儿得到什么东西，不再寻求房子，不再寻找公平，一切都消散在过去时光的迷雾中了。"格罗兹纳娅的目的达到了，她保卫住了自己所拥有的东西。

女主人公对住房的保卫，可以看作是伊凡雷帝护卫领土的历史故事在当代女性生活中的变体，只是与古代沙皇把遗产和权力留给男性继承人不同的是，格罗兹纳娅却把她所捍卫的住宅在临死前成功地留给了自己的女儿和外孙女："只给女儿和外孙女，其他谁都不给"。格罗兹纳娅遵循着"一个种族、一个分支、一个氏族"的家庭传统，建立起一个母系家庭，就连她热辣火爆的性格也只遗传给了女儿。女儿是家里最重要的孩子，而儿子则被视为她实现自己目的过程中的障碍，她不惜一切，一个一个地将他们清除，为女儿留下了她毕生的斗争成

---

① Людмила Петрушевская, 'Маленькая Грозная', *Знамя*, 1998, №2. 以下该作品引文出处同此。

果——住房。在这样一个女性永远占上风的生活环境中，小说中几乎所有男性都退居到了次要位置，在女主人公的强大气场下，他们显示出了与传统男性气质相悖的诸多特征。与从来不示弱的格罗兹纳娅相比，她的丈夫格罗兹内在她面前经常"不知所措"，软弱如小绵羊。丈夫是斯大林的低等复制品，他脸上的麻子和为女儿起的名字"斯大林卡"，强化了他与斯大林之间的联系。丈夫在工作中执行的是他人命令，长时间担任副手，他在家里也处于亚等、被动地位，所能做的就是按照妻子的要求并在她的监督下看管孩子。而他们的儿子也几乎完全延续了父亲的角色，他们无法主宰、保护自己的家庭生活，成了母亲和妻子手下的牺牲品。

作家赋予格罗兹纳娅很多伊凡雷帝所独有的特征，在她身上解构了女性，尤其是母亲所独具的温柔和体贴，在这一点上，她和《夜晚时分》中的安娜有某些相似之处。作为一个儿孙满堂的母亲，她表现得非常无情，有时甚至冷酷："她从来都不会表现出软弱，甚至不抱自己吃奶的儿子：她自己认定她没时间做这些事情。"在格罗兹纳娅家里重复上演了伊凡雷帝杀子的悲剧，夫妇俩把残疾儿子赶出家门，还不忘把儿子身上盖的毯子扯下来："上演的简直是历史场景，雷帝杀死自己的儿子（外面是严寒，儿子恰好和所有残疾人一样，肾脏有毛病）。"格罗兹纳娅常说："我连孩子都不可怜，我还会可怜谁呢！"女主人公的冷酷让人无法与她产生任何争论："从来没人和她争论，没有人对她解释什么，因为好像有些不合时宜……她似乎把真正的害怕和尊敬融合在了一起。"

格罗兹纳娅永远坚持自己的原则，即保持道德纯洁，她从不撒谎，保持着完整、单纯、诚实的个性。在历史记载中，伊凡雷帝是一个狂热的宗教信徒，他甚至因为祈祷而错过打胜仗的机会。在彼特鲁舍夫斯卡娅笔下，小格罗兹纳娅同样有着自己的信仰，即党，作者用讽刺的语调写道："党就是亲爱的爸爸妈妈，它是唯一的宗教形式，是格罗兹纳娅妈妈热烈信仰的宗教，也就是'道德纯洁'"。对于格罗兹纳娅，这种道德纯洁的另外一个表现形式就是"（完全）没有私人财产，也就是说没有别墅和汽车，一切都是公有的，国家的，包括海边疗养院和克里姆林宫的免费配给"。格罗兹纳娅的房子是斯大林或贝利亚签发的，这也构成他们家庭内部的一个"传说",而女主人公在成为"贵族"标签的住房里,像那位苏联领袖一样行使着自己的权力和惩罚措施,她被所有人一致地认为是不幸生活的源头。格罗兹纳娅对自己"宗教信仰"的态度是双面的,"她是女祭司,在自己信仰的纯洁火焰中热情燃烧",但从另一个方面看,对党的信仰只不过是她适应性生存的一个手段,"即使没有党,她也知道如何保卫属于她的世界不受进攻"。

格罗兹纳娅的道德纯洁在生活中转化成为无处不在的原则,她"无论什么情况下都坚决不用别人的洗手间",不吃别人的东西,她的生活,无论是住房还是她自己,她的东西,以及随后的小儿子的墓地,都处于完美的有序状态。她不仅自己恪守着这些原则,在她的领地上,她也同样需要别人按照她的方式生活,她展现了女性身上罕见的权力欲望。小说中对她的描述不只一次使用了"统治"一词,她掌控着几家人的命运,那些家庭的聚散离合似乎都取决于她,即使儿子去世,她还在行使自己的权力,把小儿子的墓地当成自己的领地:"她在那片宽阔的、自家编制外的墓地上也是统领一切的,她每周去那里一次,无论什么天气。以故儿子的妻子和孩子栽下的所有花草,只要不是按照她指示的方向栽的,都会像杂草一样,刚一冒头就被拔出来。"对于格罗兹纳娅而言,一切她所不需要的东西,都不会长久地存在,它们会像在硫酸中一样消失得无影无踪。

格罗兹纳娅的个性是凌驾于一切之上的,无论是人与人之间的关系,还是传统女性必须接受的生活方式,与此同时,女主人公的所作所为能够把情感的、非理智的东西变成理性的、合理的:"她的所有行为每次看起来都是合乎逻辑的,每次都有委屈,而且一句话、一个眼神就能记一辈子。"她能为她所做的一切事情找到原因和辩护词:"她好像在捕捉最微小的不尊重标志,之后平静而自由地、倍感受辱地按照自己的想法和意愿行事。既然你们对我这样,那我就会做得更糟,一切都是有理的。"

在作家笔下,格罗兹纳娅个性中那些所谓"负面的"、与女性气质不相吻合的特性得到了极度的张扬,但是作家并不否定这个人物。俄罗斯评论者卡萨特金娜认为,在作家从前的文本中,虽然叙述者其实就是中心人物,但他 / 她始终保持着客观性和有距离的视角①。在《小格罗兹纳娅》中却时常穿插进作者为女主人公所做的辩护，从前的客观和不动声色的叙述开始表现为对女主人公所作所为的公开理解和同情。在作品一开始，作者就写到，格罗兹纳娅的命运是与很多女性相同的，她并不受丈夫尊重，格罗兹纳娅"独自一人掌管家庭、孩子和丈夫，还有自己的大学生：有力而又斩钉截铁，从不害怕，必要的时候就敲打一顿，必要的时候就赶出去"。女主人公掌控一切，支撑一切，这是因为她实际上没有男性可以依赖："一个母亲，三个孩子，丈夫从来不帮忙。"在叙述者看来，格罗兹纳娅为房子进行的保卫战以及由此表现出的冷漠和残酷是有充分理由的："想象一下，如果格罗兹纳娅让斯大林卡和帕莎住进来，这是其一，小儿子和老婆孩子，其二，大儿子和他的那位还有孩子，所有人都住在一个房间，那会怎么样呢？房间就会变得跟宿舍一样。然后用被单隔开、排队上厕所吗？"格罗兹纳娅护卫房子，只是因为她想"生活在宁静和自由之中"。女主人公的个性并没有遭到周围人的否定，因为所有人都爱她，无论是孩子们、学生们还是兄弟姐妹。

在彼特鲁舍夫斯卡娅对伊凡雷帝的历史传说的借用中我们看到，作家在解构的过程中建构了一个新的女性形象，这便是一个极度男性化的女性，在作家笔下，女性的共同命运就是用男性化的手段完成男性的职责。格罗兹纳娅是伊凡雷帝的女性翻版，但她与其说是一个像雷帝一样的女暴君，不如说是一个追求实现自我意志的女王。在小说中，"房子只是一个象征，意味着女性的空间和自由，而捍卫这种空间和自由则是女主人公毕生的追求"②。作者打破并消解了传统文化赋予女性的被动、忍耐、牺牲、非理性等特征，为女主人公赋予了与这些特征相反的内容，虽然作者反复强调格罗兹纳娅同许多人一样是遭受屈辱的女性，但与她们不同的是，女主人公不隐忍、不牺牲、不流泪，而是选择用强硬的手段对抗来自他人言语和行为上的侵犯。

女性主义批评者认为，女性的男性化反映出的其实是女性的焦虑，她为自

---

① Татьяна Касаткина, 'Литература после конца времен', *Новый мир*, 2000, № 6, http://magazines.russ.ru/novyi_mi/2000/6/kasat.html.

② 陈方：《当代俄罗斯女性小说研究》，中国人民大学出版社，2007年，第99页。

己所匮乏的男性特质和权利而感到不安，因此，在特定的时间和条件下，女性作家就借助文学的虚构和想象去解构女性的匮乏和压抑，去满足一下自我补偿的心理。此外，女性的男性化以反证的形式表明了女性在社会上的边缘地位，对于那些自身权利时刻受到威胁的女性而言，她们必须用男性的手段完成属于她们的职责，才能不至于滑至生活的边缘，这或许也是叙述者对格罗兹纳娅报以同情、为她辩解的主要原因。

与女性的男性化相对的是小说中男性的被动、无能、猥琐和窝囊，他们实质上丧失了传统男性家长的权威人格、阳刚特质和英雄气概，从这个意义上说，《小格罗兹纳娅》可以被称为一部"无父文本"。父亲在作品中的缺席和弱化，可以被认为是作者潜意识中对无所不在的男性文化和父权的排斥以及对男性权威的遗弃，女性成为男性角色的替代者，而男性身份则被女性主体身份所动摇。一方面，作者通过这样的角色设定来表现女性被压抑的真相，同时也能表达某种程度的对父权文化的反抗意识，另一方面，这种叙述方式，让女性和男性有效地脱离了父权二元对立的思想模式，避免了女性作为他者的父权论述。

在对伊凡雷帝形象的"复写"过程中，作家的目的不是创作新的历史小说，而在于让女性"获得词语和象征的权利"，以另一种方式重塑历史，打破女性自古至今无法参与创造神话的命运；与此同时，对历史传说的借用，使作者的文本具有足够的条件去建构一种以女性家长为中心的文本基础，以此嘲讽传统父权的权威："没有能够摆脱父权制象征系统的捷径，但妇女在有意识地重读和复述父权制的核心文本时，可以变被动为主动，她可以游戏文本，在这种游戏式的模仿中，她得以保持区别于男性范畴的某种独立性。"[①] 彼特鲁舍夫斯卡娅对历史传说和人物的借用，构成了一个典型的颠覆传统父权权威的文本，同时也新建构出了一个具有独立意识、自我意志和行动能力的女性形象。

---

① 张京媛主编：《当代女性主义文学批评》，北京大学出版社，1992年，第8页。

第三章　乌利茨卡娅创作中的女性形象

　　上世纪八九十年代，解体前后的俄罗斯在政治、文化和生活等方面发生的剧变为文学带来了一阵又一阵的冲击波，俄罗斯文坛展现出前所未有的热闹景象，各种文学体裁和文学风格呈现在读者面前，不计其数的文本更是令读者目不暇接，而多元化的审美和批评标准以及多个文学阵营的并存，也让某一本作品的接受和评判变得十分多姿多彩，甚至截然相反。在这样一个文学语境下，很少有作家能够赢得多方面的赞誉和接受，而在他们中间，能够经得起时光磨砺和沉淀的更是少数。俄罗斯女作家柳德米拉·乌利茨卡娅就是这样的一个作家，在她步入俄罗斯文坛后的近十年期间，她一直持续地得到读者和评论家的喜爱。据2003年的一份统计数字表明，她是当今在俄罗斯拥有读者最多的严肃文学作家。一个女作家获得这一殊荣，这在俄罗斯文学史上还是比较罕见的，有评论家认为，她是当前俄罗斯最优秀的作家之一，是当代俄罗斯文学，尤其是俄罗斯女性文学的领军人物之一，她和彼特鲁舍夫斯卡娅、塔·托尔斯泰娅并称为俄罗斯女性文学的"三套马车"。乌利茨卡娅笔下的女性形象多种多样，从为她带来最早名誉的女性形象索尼娅到长篇《您忠实的舒里克》中的女性群像，每一个女性形象都表达着作家对女性及其生活和本质的看法。

　　我们把乌利茨卡娅笔下最为典型的女性形象分为两类，一类是与肉体、本能联系密切的女性，一类是超脱肉体、留有自我精神领地的女性。这两类女性，似乎从一个侧面反映出了弗洛伊德理论中的沉溺于身体本能的"本我"和向往精神追求的"超我"这两者的对立，但这两位女性形象的并存，同时也说明了乌利茨卡娅笔下女性形象深刻的内涵和复杂的构成。

第一节　通过肉体自由寻找自我

在 20 世纪的女性作家创作中，尤其是在苏联时期的女性文学作品中，性爱问题几乎是一个无人敢涉足的禁区，很多描写爱情、婚姻以及家庭生活的作品，都成了"无性文本"。英美学者将这个现象的原因解释为"苏联审查制度的故作正经"，以及俄罗斯禁欲主义传统的影响[1]。从 20 世纪 80 年代末、90 年代初起，在当代俄罗斯女性文学中，尤其是以爱情为主题的文学作品中，人的性欲望得到肯定，性爱内容以一种前所未有的潜能和力量进入很多女性作家的创作。乌利茨卡娅在这一方面表现突出，她关注女性的欲望和性本能，将性爱作为女性生命中一个不可或缺的部分纳入了文本。她笔下那些"本我"的女性形象，也就是在生活中追求性爱的女性。我们可以根据她们对性爱的态度，将这些女性形象再分为两个小的类别。

第一类是那些把性爱当成游戏的女性。中篇小说《美狄亚和她的孩子们》（Медея и её дети，1996）中的桑德拉（Сандра）和尼卡（Ника）就属于这一类别。这对母女游戏于男性之间、追求感官快乐的物质主义生活态度，和小说中拥有丰富精神世界的女主人公美狄亚（Медея）构成强烈的对比。桑德拉是美狄亚的妹妹，然而姐妹俩却有着截然不同的个性，前者"什么欢乐都不会嫌弃，在任何水里都能给自己捞到珍珠，要采遍所有的鲜花酿蜜"[2]，这与美狄亚一生只爱一人、恪守所有法则的生活原则大相径庭。桑德拉曾经和美狄亚的丈夫有染，但这只是她"换男人像换职业"一样的一生中一个短暂的插曲。尼卡是桑德拉的女儿，她在很多方面继承了母亲的天性，她不到 16 岁就已经在谈情说爱方面

---

① Kelly Catriona, *A History of Russian Women's Writing. 1820-1992*, p. 361.

② 乌利茨卡娅：《美狄亚和她的孩子们》，李英男、尹城译，昆仑出版社，1999 年。以下该作品引文出处同此。

"成就斐然"，尼卡喜爱的事情是诱惑男人，她最为得意的时刻就是男性成为她猎物的时刻，"这是任何生理上的满足都无法比拟的"。对于尼卡，诱惑男人，用性爱征服男人，"这是近似于精神食粮的内心需要"，她和母亲一样，遵循的都是快乐至上原则，"尼卡只管用双手攫取大大小小的欢乐享受，而对各种苦果和碎石细沙则毫不在意，把它们轻松地吐出去"。她们的快乐多半来自感官的享受，与责任、道德、精神世界毫无关联。她们处于弗洛伊德理论中的"本我"阶段，受原始的生物性冲动和欲望的支配，她们按照"唯乐原则"生活。尼卡和桑德拉这样的女性过的是肉体的生活，她们是非理性、非情感的也非理智的，她们永远不会为形而上的问题感到困扰，在这些女性的生活中，一切都简化为对快乐的以我为本的追求。

　　但是，乌利茨卡娅并不反对性爱，也不批判性爱。在长篇小说《库科茨基医生的病案》（Казус Кукоцкого, 2001）中，她借虚构的列夫·托尔斯泰形象表达了自己对这一问题的看法：两个身体的结合是无罪的、高尚的、幸福的。那种肉体之爱被"托尔斯泰"称为"化学的爱情"，它能使人"达到忘却自我的程度"，"在相互献身后，每个人都不再是他自己……"①。乌利茨卡娅笔下最美的性爱是肉体和精神高度和谐之结合，二者缺一不可。在作家的长篇小说《美狄亚和她的孩子们》中的玛莎（Маша）、《库科茨基医生的病案》中的塔尼娅（Таня）等，都是寻找精神和肉体之高度和谐的女性形象，她们构成了作家笔下女性形象的另一个类别。

　　如果说，在《美狄亚和她的孩子们》中，尼卡、桑德拉和美狄亚构成了肉体和精神的两极，那么小说中的玛莎则是处于中间地带的一个人物。玛莎具有诗人气质，带着负罪感度过了童年时代的她格外敏感，内心和精神世界有着常人无法想象的丰富。在美狄亚家里度假时偶遇的布托诺夫，改变了玛莎的生活轨迹。玛莎在布托诺夫身上体会到的最初是直接的生理反应（被他触碰过的手臂红肿发烧），是潜意识中接近他的愿望，是头脑中自然而然形成的诗句。但是，布托诺

① 乌利茨卡娅：《库科茨基医生的病案》，陈方译，漓江出版社，2003 年。以下该作品引文出处同此。

夫却和尼卡、桑德拉一样，是一个停留在生理层面的人，他被认为是一个"低级色鬼"，"空前绝后的情夫"，"可以用厘米、分钟、小时、血液中荷尔蒙的含量来测定"。对于玛莎所追求的那些无法用参数来确定的东西，布托诺夫根本不感兴趣，所以他们之间的交往只能停留在鱼水之欢的层面。但作为"奉行另一种信仰""看重面部表情、内心活动、言语变化和内心变化"的玛莎，成为相互享受的物品是她最不愿意看到的，她的追求在布托诺夫那里无法找到共鸣，这也是造成玛莎自杀悲剧的最主要原因。

在《库科茨基医生的病案》中，塔尼娅是小说中最为重要的人物之一，对她的描写占据了这部长篇小说下半部的主要篇幅，她是乌利茨卡娅小说作品中最为生动、最受作者喜爱的形象之一。塔尼娅和玛莎一样，同样追求的是灵与肉两方面均感到相通的伙伴，只是在对她的描写中，作者为性爱赋予了更为多元的含义。成长在医学工作者家庭的塔尼娅，从小就形成了反对他人意志暴力、向往自由的个性。在医学院做实验员、解剖婴儿尸体的经历，让她彻底放弃了对科学的热爱，她认为那里充满了对世界的物质层面的解读和对生命的不尊重；老院士甘索斯基对塔尼娅的猥亵，让她轻易地把童贞献给了一个路遇的男孩，同时也坚定了她离开虚伪的科学殿堂的决心。塔尼娅放弃学业，放弃了每个人都要重复的那种循规蹈矩的生活，"她培养起了一整套否定世界的理论，否定愚蠢、荒诞、可恶的世界，她坚定地拒绝按照这个世界的那些法则生活"。之后的塔尼娅过起了波西米亚人的生活，她随遇而安，享受着自由，以自己的方式感知眼前的世界。

塔尼娅对自由的体验是全方位的，这不仅表现在她放弃学业和工作，做起了富有创造性的手工艺品上，同时也表现在她解放自己的身体、让身体充分享受自由的行为上。她和不同的人同居，甚至同时和戈尔德伯格家的两兄弟同居，以至于不知道自己的孩子究竟是谁的。但是在塔尼娅身上，我们似乎看不到尼卡、桑德拉这一类女性的对肉体的乐趣，她认为"和谁睡觉都一样"，她并没有从中得到特别的乐趣，直到遇见她全身心爱着的谢尔盖。塔尼娅对性的态度，似乎也是她对抗秩序和体制的一种方式，是对苏联社会那种回避性、把性看作不道德的虚伪态度的反击。塔尼娅成长于上世纪四五十年代（与作者乌利茨卡娅几乎是同龄人)，她和她那些流浪艺术家和音乐家们是饱受意识形态压抑的一代人，聚拢起这一代人的"不是社会出身，也不是民族属性，不是职业，也不是教育水平，而是某种不可捕捉的东西，它部分地与对苏维埃政权的不悦有关，但是并不会局限于此。为了成为我们的人，应该能体验到一种隐约的不安心情，要对所有命令和许可不满，对整个现存的世界感到不满，从字母表到天气，直到把一切都创造得如此糟糕的上帝"。性爱是塔尼娅宣泄不满、追求自由的方式，也是反抗制度的方式。"她小的时候，大人的世界和小孩的世界、好人的世界和坏人的世界的这种分化是非常自然的。现在，她面前展示着另外一种划分——听话人的世界和不听话人的世界。"她努力做的是一个"不听话的人"，也就是体制外的人，这一点，与她父亲——库科茨基医生面对现实的方式有着天壤之别，后者为了顺应时势，违背内心的吩咐，成了一个听话的人，他只能用酗酒来压制心灵的声音。

塔尼娅是真实的，她不戴假面具，她呈现出来的是真实的自我。她爱上的谢尔盖成为她的精神同道："塔尼娅和他的世界观完全吻合，无论是思维过程还是感情变化都吻合，更主要的是，他们都像新教徒一样对真理有着强烈的渴望，在具体生活中，这就表现为对任何形式的、无论是国家的还是公众的谎言的反抗"。与谢尔盖的结合改变了塔尼娅的世界，她感受到了不同的幸福，也懂得了什么是爱和性："在这个夏天之前，她从来没有感受到这种非人类的愉悦，那是任何一种生物，从雨后的蚯蚓到河马，都能感受到的激越。"

在刻画自己的女主人公时，乌利茨卡娅并不避讳描写她们对爱的直观感受，她们与苏联时期女性文学文本中清心寡欲的女主人公有着明显的差异。对于崇尚"本我"、以快乐为原则的一类女主人公，和男性作家明显不同的是，乌利茨卡娅并没有在小说中对她们进行惩罚，也没有表达出厌恶之情，她把她们当作生活中正常存在的一部分。但作家更为喜爱的是那些追求灵与肉结合的女性。正如爱是女性生活中不可或缺的一部分，性也是构成爱的重要内容。无论对于女作家还是女主人公，灵与肉结合是爱的理想境界，但是这样的境界不管在现实中还是小说世界中，往往都是一种几乎无法实现的理想。在《库科茨基医生的病案》中，如果不是塔尼娅因病去世，她和谢尔盖的生活也许会因为孩子的接连出生、养家糊口等现实问题而遁入柴米油盐的深渊。因此在作家笔下，崇尚灵与肉结合的女性都在苦苦追求，为此感到痛苦和忧伤。

第二节　在精神世界中实现自我

走出低级欢乐、脱离现实痛苦的方式之一，就是留有自己的一方精神世界，这或许就是作家为她笔下的女主人公，同时也为一切女性提供的一个自我实现方式。

1996 年，乌利茨卡娅的长篇小说《美狄亚和她的孩子们》在《新世界》杂志发表后，立刻得到评论界的众多好评，1996 年，小说获得法国的美狄契外国文学奖，1997 年又获得俄语布克奖提名。小说诞生在俄罗斯文学界充满"末日情绪"的 90 年代中期，但是，它并没有沾染上任何绝望色彩，反而用自己和缓的情节结构和平稳的叙述语调，为沉浸在"末日情绪"中的人们带来了一种平静和安详的感觉。在它获得了法国的美狄契外国文学奖之后，有评论说："在近十年间，西方首次承认俄罗斯文学已经具有了这样一种权利，即步出受社会和历史制约的'末世论'传统，用情感和思想的语言与世界沟通。"[①] 在《美狄亚和她的孩子们》中，我们可以看到作者营造了一片不受任何政治、思想、社会局势左右的真空地带。小说的女主人公美狄亚是一个精神高度和谐的女性，作者从主人公的外部世界和她的内心世界两方面来营造一种崇高、和谐的氛围。美狄亚是希腊人的后代，她一生都住在克里米亚这个传说中藏有金羊毛的地方，她的房子位于小镇的最高处，面朝群山和大海，"这块大地历史上先后属于西徐亚人、希腊人、鞑靼人，现在又属于国营农场……但是，历史的神灵不愿意离它而去，在春色满园的景物中依然常在，让每一块石头，每一棵树都去触动人们的记忆。"美狄亚就是在这样一片古老的地方度过了自己的一生。在神话传说中，宇宙的中心或者是一座圣山，或者是一片圣地，那里是天与地融合的地方。我们在小说中可以看

---

① С. Тимина, О. Воронина, 'Медея XX века: полемика, традиция, миф', см. http://www.spbumag. nw.ru./97-98/no16-98/29/html.

到，美狄亚居住的地方，恰好就是一个被大海环绕的"圣地"："群山平稳地移动，大海有韵律地叹息，云层漂浮……加之暖暖的气流从群山起始清楚透明地呈圆形大范围游弋，这一切营造着宁静的气氛和情调"，美狄亚和丈夫都感到"他们处于大地的中心"。

美狄亚是一个内心平和的人，她拥有自己的心灵世界。她恪守传统和准则，而且，她履行的是"早已在所有地方被所有人废弃的法则"。比如，她从来都在晚上六点之前在固定的地方打水，她让孩子们单独在一个桌子上吃饭，在饭桌上奉行严格的平均主义，她早上起床的时候和谁都不说话。每一个到她这里来的人，都要出于对她的尊敬而服从她的那些说不清楚的原则，因为，"一般来说，规矩越是说不清楚，就越有说服力"。美狄亚的丈夫在垂暮之年终于感悟到了美狄亚是所有人中"唯一实实在在遵照法则生活的人"，她"辛勤劳作，祈祷诵经，遵守所有的斋戒"。对传统和原则的服从，对宗教的虔诚态度，使得美狄亚一直保持着内心的平静，没有任何慌乱。任何时代与政权的变迁都对她产生不了影响，因为她"服从的完全是另一种权势"。美狄亚用自己独一无二、不受他人侵扰的内心世界和世界的混乱相抗衡，她代表宗教和道德中永恒的价值观念和不可动摇的生活基础。

《美狄亚和她的孩子们》中并没有大起大落的故事情节，小说的叙述时间横跨了整个 20 世纪，然而作品中时间的更替不是以历史事件作为标志，而是以季节的变换、主人公的爱情历程、孩子的出生等为主要的"向量"。小说缺少人们时常谈起的"时代感"或"历史感"，但是，它却具有某种淡然而从容的永恒之感。在小说中，作者更为关注的是主人公的命运变数，他们的相遇与别离，他们生活中的小事和细节。乌利茨卡娅的小说时常被称作"细节小说"，作者把琐碎的生活事件和所谓的"低级现实"与阿克梅式的诗意结合在一起，传达出一种温暖的、人性化的感觉。这种感觉能够让人在冰冷的现实中得到安慰和身心的宁静。曼德里施塔姆在《论词的天性》中曾这样谈及"希腊精神"："希腊精神，就是一只瓦罐，一把炉叉，一只牛奶罐，一件家庭容器，餐具，身边的一切；希腊精神，就是能像神性一样被感觉到的火炉的热量，是使外部世界依附于人的每一种能力。"① 乌利茨卡娅对生活诸细节的关注，对富有生机的生活充满温情的描写，其实就是一种当代现实生活中的希腊精神。在作者的描述中，美狄亚家里的一切都具有象征含义。她"珍惜生活中种种可爱的细节"，她喜欢清洁，可是不愿意擦拭铜器，因为她喜欢上面生出的绿锈；她喜欢外甥女送给她的那盏用了十多年的旧瓷碗；她的厨房建在陡直的峭壁上，"样子像高加索山民的石屋"，"屋顶上的煤油吊灯把昏暗的光线投向桌面，光圈当中摆着美狄亚珍藏的最后一瓶家制葡萄酒和她常爱喝的、已经打开盖的半公升苹果白酒"。厨房似乎就是美狄亚家中的主要地方，它把所有人都集中在"火炉"的周围，也许，美狄亚身上的安详、宁静与和谐，就是通过这火炉"神性"地散发到周围人的身上的。美狄亚珍惜小的细节，作者也不惜笔墨去表现它们，这些细节向我们表达了这样一个理念，即完整的世界就是由这些琐碎的细枝末节构成的，它们超越了时间的范畴，"独立于时间的决定性"，"是周围世界的人化"②，是一座传导热能的"火炉"。

评论者认为，在"无论人类还是历史都失去了未来"的 20 世纪末，乌利茨卡娅"创作出了一幅和谐的世界图景"③，同时，"小说的人物获得了神话的象征意义，而他们的生活属于永恒"④。小说中传达出的和谐与永恒的感觉，一方面是通过一些诗学手段实现的，另一方面则是通过小说的女主人公美狄亚建立起来的。她身上诸多的优秀品格，她对传统道德风尚的遵守，她的宗教虔诚感，使这个形象可以与 19 世纪俄罗斯文学中的优美女性交相辉映，成为"俄罗斯女性文学形象画廊"在当代的延续。作者叙述了美狄亚将近一个世纪的生活，小说并没有大的情节起伏，整个叙述全都是以美狄亚为中心展开的，她的情感和家庭，她自己的命运以及与她相近（血缘上和精神气质上）的人的命

---

① 曼德里施塔姆：《论词的天性》，见曼德里施塔姆《时代的喧嚣》，刘文飞译，云南人民出版社，1998 年，第 174 页。

② 同上，第 174—175 页。

③ С. Тимина, О. Воронина, 'Медея XX века: полемика, традиция, миф', см. http://www.spbumag.nw.ru./97-98/no16-98/29/html.

④ С. Тимина, 'Русская литература XX века. Школы, направления, методы творческой работы', Logos, 2002, c.253.

运，都在小说中得到了展现。美狄亚16岁变成孤儿，并独自承担起抚养弟妹们的责任，她成年后，那些被她抚养大的弟妹以及他们的孩子，又把探望她当成一种持久的传统，把她的家当作能让伤口愈合的休养所，在那里感受大家庭和母亲怀抱的温暖，同时重新开始自己的新生活。只要有美狄亚在，一切都会重新归于平静，一切都会恢复原有的秩序。她一直是小镇上的护士，她纯希腊的血统、"希腊式的侧影"和她一成不变的一身黑衣，她在小山和松林中漫步的身影，成为她居住的小镇中的一道风景，镇上的人甚至用她的名字来给海边的一块礁石命名。作者用富有诗意的想象为女主人公披上一层神秘的神话面纱，从表面上看，她与古代希腊神话故事中的女主人公有着扯不断的联系，无论是她的名字，她所居住的地点，她在家族中的中心位置，还是她所具备的保护神功能，这些都让人很容易把她和希腊神话中的那个原型联系在一起。

　　然而，纵使她身上有再多的和神话人物美狄亚相同或相似之处，美狄亚依然是一个不折不扣的"反美狄亚"形象。古代的美狄亚是一个满怀爱的激情、为爱可以奋不顾身的女性，可是，当她的爱失去了对象、实现不了的时候，就会转变成复仇的怒火，变成一种破坏世界的巨大力量（她因为丈夫的变心而杀死了他们俩的孩子，以此作为复仇的手段）。神话中的美狄亚不顾一切后果，是一个纯粹意义上的自我意志和愿望的维护者；而当代的美狄亚·西诺普里面对丈夫的背叛（这也是两个美狄亚之间的最大共同点），却采取了一种隐忍的态度。丈夫与美狄亚的妹妹桑德拉的恋情，是美狄亚在这一生中遭遇的最大不幸，而这件事是在丈夫去世后美狄亚才知道的，虽然她对此长久不能释怀，可是，她身上笼罩的不平凡的光环并没有让她像希腊神话中的美狄亚那样以复仇结束这一切，而是相反，作者把一种对人和上帝的信任、对罪孽的包容赋予美狄亚，让她接受了这一切，让她以一种博大的胸怀宽恕了这一切。美狄亚·西诺普里克服生活的混乱，用平静的态度面对她所遭遇的不幸，从这个意义上来说，美狄亚是一个忽略自己愿望与意志的和古代美狄亚截然不同的"反美狄亚"形象。

　　有评论说，美狄亚是一个"理想化"形象 [1]，作者在美狄亚·西诺普里的身上表现出了"理想女性"所拥有的一切品质。在小说中，女主人公的生活可以分为三个阶段。第一个阶段是 30 岁之前漫长的处女时期，她独自抚养弟弟妹妹，直到他们成家立业离开自己。第二个阶段是和丈夫共同度过的 20 年，除了仔细交代他们的相识以及美狄亚在丈夫萨穆伊尔去世前服侍他的场景外，小说对这 20 年几乎没什么特别的描述。第三个阶段是将近 30 年的寡居生活。也就是说，美狄亚一生中大多数的时间是独自一人度过的。但是，她从来没有为自己的晚婚、不育、长期服侍丈夫、长久的孤独生活而感到过任何苦恼。结婚没有给她的内心生活带来任何变化，她一直保持着自己处女般的纯洁和恪守教规者的贞洁；寡居生活在她看来几乎比幸福的婚姻生活还要美好，因为她又获得了处女般的平静和内心的完整，同时也获得了完整而独立的精神世界。

　　美狄亚是一个笼罩着女神光环的女性，在小说中伴随她外貌的修饰词语，一个是"希腊人"，另一个就是"圣像"。她的存在给人一种神圣和高尚的感觉，她更能赋予男性以平静，这在某种程度上与传统俄罗斯文学中理想女性形象所具有的功能是吻合的。妹妹桑德拉评价她是她们之中唯一的高尚女性，而对于她的丈夫萨穆伊尔来说，美狄亚并不是他"所倾心的那种女人"，她在某种意义上是一个"女王"，萨穆伊尔可以和任何女人调情、逗笑，但是，只要和美狄亚单独在一起，"他的表情就会马上消沉下去"，这一切是因为他自己从小就没有朝"女王"张望的习惯。美狄亚是萨穆伊尔的保护神，她对他怀有一种母亲的情怀："美狄亚因为他的胆怯而爱他"，而后者"用美狄亚的勇敢来掩饰自己永久的恐惧"，两人正是依靠这种相互的需要和满足，度过了 20 年幸福的家庭生活。

　　乌利茨卡娅赋予了美狄亚许多非凡的特征。妹妹桑德拉和外甥女尼卡对尘世欢乐的渴求，她们身上燃烧着的强烈欲望，衬托出了美狄亚的"无欲"与节制，衬托出了她的超凡脱俗的秉性。美狄亚不会生育，她的情感是静止不动的，她没有来自肉体的激情，她与尘世的爱情无缘，这些品质也印证了传统文化中对

---

[1]　李英男：《〈美狄亚和她的孩子们〉序》，见乌利茨卡娅《美狄亚和她的孩子们》，李英男、尹城译，辽宁人民出版社，1974 年，第 7 页。

女性气质的一种希冀（就像屠格涅夫在《初恋》中所说的，不要做激情的奴隶）。但是，美狄亚并没有把传统女性身上的那种被动服从当作自己的处事准则，她所做的一切都是出自她内心的召唤和她独立、坚强的品格，或者说是她虔诚的信仰使然。她从始至终都保持着精神生活的完整，没有人可以"入侵"她的精神世界，她那些解释不清的规矩，她日常生活中那些一成不变的习惯，都从某个侧面说明了她内心所坚持的原则。由此看来，美狄亚的性格特征，她的高尚品行和美德，虽然在形式上体现了传统文化对女性品质的一种期待，符合英雄们（男人、丈夫）的道德规范，能够获得在男性世界中的崇高评价，然而实质上，她并不真正从属于男性的世界，她在内心深处坚守着一片自己的精神阵地，她是她所拥有的那片心灵王国的真正主人。也正是这个原因，美狄亚才能在复杂的现实生活中独善其身，找到与背叛、混乱等不和谐因素相抗衡的力量源泉。

　　如果说作者将美狄亚的精神世界隐含在她内心的深处，那么，在乌利茨卡娅的另一部中篇小说《索尼奇卡》（Сонечка, 1992）中，她则为自己的女主人公营造了一片由书本构成的自我世界。索尼奇卡是一个相貌平平的犹太女子，早年经历过的失恋挫折，使她变成了一个心如止水的女人，她像一个修女那样生活，只不过她的修炼场所不是教堂，而是书本营造出的想象空间。孤独的她以阅读来打发寂寞的单身时光，直到有一天，她遇到年长自己很多的画家罗伯特·维克多罗维奇。索尼娅满怀感激地接受了画家的求婚，认为这是上天对自己的恩赐，她原本"不配有这样的福气"①，这种自卑的想法贯穿了她的整个一生。在小说中多次出现了索尼娅内心对这种"福气"的感叹（第22、24—26、53页），而在她和丈夫的家庭生活中，索尼娅则把回报这种"福气"当作自己的存在方式。正如罗伯特在认识索尼娅的时候所想到的那样，"她会伸出脆弱的双臂来扶持他那日益虚弱、伏在地上的生命……"，对索尼娅的这句评价让人联想到陀思妥耶夫斯基笔下的索尼娅·马尔美拉托娃，后者也同样是以柔弱的身躯承担起了拯救人类的重任。乌利茨卡娅笔下的索尼娅像一个保护神，她担负起家庭中的全部责任，把

---

① 　乌利茨卡娅：《索尼奇卡》，见乌利茨卡娅《美狄亚和她的孩子们》，李英男、尹城译，辽宁人民出版社，1974年。以下该作品引文出处同此。

丈夫的需求视为自己的第一奋斗目标，把家庭需要视作自己的需要。在她的努力下，50 年代，家庭生活的质量大大改善了，而索尼娅则变成了一个相貌不堪入目的丑老太婆。对丈夫的崇拜、尊敬和忠诚，索尼娅保持了一生，甚至是在亲眼目睹了丈夫和情人亚霞（Яся）的私情之后。索尼娅认为："年轻、美丽、温柔、秀气，又和他（指她丈夫。——引者注）一样才华出众，这样不同凡响的女人陪伴在他的身边，是多么合乎情理呀。他已步入老年，能遇上这样的奇迹，使他再次转向他一生中最重要的事业，重新搞起艺术创作，这真是生活的英明安排……"索尼娅也曾为丈夫的变心感到悲伤与凄凉，但是，她更多的是逃避，是对丈夫的宽容与包庇，她重新拾起了婚前的读书习惯，不再打扰他们。她甚至还为自己能够偶然和丈夫及其情人亚霞一起出席活动而感到高兴和骄傲。丈夫死后，索尼娅带着亚霞参加葬礼，有人用《圣经·旧约》中雅各的两个妻子来比喻两个女主人公，他们赞叹道："多美呀……利亚和拉结。"在小说的前半部分，读者可能一直都会认为，作者所描述并认同的就是那种受"男性至上"的传统道德观念影响的女性形象，或者说，她通过索尼奇卡和她的丈夫，反映了男性代表文化和概念、女性代表自然和物质这样的男女二分原则，但是在小说的最后，我们看到，女主人公重新回到了她的书本世界，她沉浸在自己的精神世界中，忘却了丈夫的背叛给她带来的烦恼，重新开始了婚前那种独立而平静的生活。这也意味着，女主人公从所谓的属于女性的"自然和物质"领域，来到了"文化和概念"的世界，她轻松地跨越男性/女性二分原则的分界线，打破了传统对女性本质和行为范畴的禁锢，为自己创造了一个独立的"王国"。在一次访谈中乌利茨卡娅谈到，俄罗斯文学中幸福的女人为数不多，不幸的女人几乎无处不在，"自然，这是伟大的文学，但是，它并没有教导女人怎样成为一个幸福的人"。[①] 或许，乌利茨卡娅在《美狄亚和她的孩子们》和《索尼奇卡》这两部小说中就试图给出一个如何成为幸福女人的答案，这便是像美狄亚和索尼娅那样，不以男性的幸福为终极追求，而是要为自己创造一个专有的精神世界，因为一个人，尤其是一个女人，只

---

① Ю. Шгарева, 'Умение страдать', см. http://www.peoples.ru/art/literature/prose/roman/ulitskaya.

有拥有自己的世界，才能拥有整个的外在世界。

乌利茨卡娅笔下的女性，似乎恰好符合本我、自我和超我的几个阶段。每个阶段的女性都有她们的苦痛，即使那些进入超我阶段的女性，她们所遭受的情感创伤亦是无法平复的，作者没有对哪一类女性进行赞美和批判，也没有进行任何层面的道德说教，她所做的，只是为女性提供了一种获得心灵平静的可能方式。读过她作品的女性，如果能从那些女性主人公身上获取对生活更多的认知和对世界更深的理解，而读过她作品的男性，如果能够因此更加懂得女性，这位女作家一定会因此而感到心满意足的。

乌利茨卡娅笔下的女性形象，尤其是美狄亚和索尼娅这样的人物，代表了女性作家的一种写作策略，她们用一些不容易引起人们敌意的、态度温和的女性形象来获取人们的认同，而在小说文本深处却隐藏着作者关于女性生存方式的不满和抗议，隐藏着某种棱角虽不突出却依然足够明确的女性主义立场。对于唤醒女性的自我意识、促使她们认知自己的存在状况而言，与塑造那些非理想的、反叛意识较为强烈的女性形象的做法相比，乌利茨卡娅等当代女性作家的方式也不失为一种更为"有效"的策略。

结　语

纵观 19 世纪俄罗斯文学中男性作家对女性文学形象的刻画，我们发现，男作家们的妇女观和对女性的基本判断在近百年内似乎并没有发生特别明显的变化，普希金的理想女性和托尔斯泰的理想女性总的说来具有一脉相承的特征，而遭到男作家们极端厌恶的女性，似乎都集中了不恪守所谓女性本分、缺乏女性气质这一共同特征。当代女性作家虽然试图在塑造女性形象方面进行反叛性叙述，极力解构已有的女性形象模式并尝试建构具有强烈自我意识、独立意志和自我控制力的新女性形象，但不可忽视的是，在俄罗斯存在了几百年甚至更久的父权至上的社会文化语境并没有发生变化，那些特立独行的女性形象或许依然只能是作家们内心的一种期许。

我们不得不承认，有一些对于俄罗斯来说非常独特的情况影响了女性作为作家和小说人物在社会和文学中的地位，比如，俄罗斯没有被席卷整个欧洲的文艺复兴运动所波及，对于包括妇女权利在内的人的权利和尊严的意识在很长一段时间内都相对薄弱；俄罗斯的专制政体持续时间很长，声名狼藉的农奴制度直到 1861 年方才结束；从 1792 年起，俄罗斯政府就开始实行书刊检查制度，言论自由一直受到限制，等等。这些政治和社会条件不可能不对女性的社会地位、文化作用和自身形象产生影响。因此，甚至直到今天，仍然有很多女性作家拒绝以"作家"一词的阴性词尾指称自己，不承认有女权、女性主义和女性文学，这足以说明男性意识在整个俄罗斯社会文化中的影响之深、影响之顽固。在这样的背景下进行带有某些修正意味的女性形象之解读，无疑是一个具有挑战性的行为。

　　白银时代之前的俄罗斯文学大体上是男性作家的文学，其中少有以女性署名的作品，少有通过女性意识叙述出来的故事。俄罗斯文学的批评传统是男性的，评论者是男性的，价值观是男性的，就连对女性的评价也是以男性为参照的（对女性作家的最高褒奖往往就是"拥有男人般的天赋"[①]）。对此，有西方评论者不乏幽默地说，在俄罗斯文学作品中，对"多余的人"的关注胜过对女性的关注，对诸如打猎、赌博之类的男性娱乐消遣比对编织、烹饪等女性活动的兴趣要高得多；俄罗斯文学擅长对知识女性、新女性、老年女性、专横的母亲、暴戾的妻子、干巴巴的老仆人、叛逆的情妇进行讽刺性描写，却很少去触及残暴的父亲、施虐的丈夫、怪异的单身汉或变态的诱惑者；男作家笔下的女性牺牲者多于女性反抗者，他们更倾向于表达对男性忧伤的同情，而非对女性苦难的怜悯，他们更愿意去描写一个奸妇的自杀而非天才女作家的早逝……这位评论者道出了自己的这样一种愿望，即希望看到另一种俄罗斯文学：无情的贵族浪妇导致农村男青年自杀，受过良好教育的风流女子让一些男人的心灵因情感而破碎，身不离床的贵族女性如何度过一生，激进的女革命家唤起男性伴侣的革命热情，已婚男性因情妇和孩子之间不可调和的矛盾而自杀，女性杀人犯遭到男妓的报复，充满激情的女儿在 1905 年革命中让愚钝的父亲投身革命。[②] 这样的评论虽然有些戏谑的成分，但也在一定程度上表达了女性批评者面对强大的男性文学传统时产生的无奈。

　　对比一下女性作家和男性作家在诉诸同一类别女性形象时不同的表现方式，可以发现两者间的差别一目了然，但是，这并不意味着女性作者的写作技艺以及看待女性角色和妇女问题的方式就一定高于男性。我们必须承认，迄今为止，俄罗斯文学中最为生动、鲜活的女性形象依然出自男性之手。我们对经典作家笔下的女性形象提出不同见解或进行不同以往的分析和评价，目的并非否定经典作家

---

① 别林斯基对玛丽娅·茹科娃的评价，见 Белинский, *Полное собрание сочинений*, Москва, т. 4, сс. 110-118。

② Rosalind Marsh, 'An Image of Their Own?: Feminism, Revisionism and Russian Culture', Ed. Rosalind Marsh, *Women and Russian Culture: Projections and Self-Perceptions*, p. 22.

的经典性，而是展示男女作家理解人物和世界的方式之差异，这或许能够增进文学中同样伟大的男女两个性别间的相互理解。

　　性别视角的文学研究，和总体的女性研究或曰女性学一样，在我国正方兴未艾，笔者仅希望这个粗浅的研究成果以及之后还将继续展开的若干相关研究能够为我国的女性文学研究提供一点可供借鉴的东西。在女性主义理论已逐渐渗透进外国文学研究的当下，通过对俄罗斯女性文学形象的研究，把俄罗斯女性文学研究的新鲜经验介绍到中国，如果能为欧美、俄罗斯和我国女性文学研究这三者的"相遇"提供一个小小的契机，则将是笔者莫大的荣幸。

参考书目

中文书目 ···

[1] 爱·摩·福斯特：《小说面面观》，苏炳文译，花城出版社，1984 年。

[2] 鲍晓兰主编：《西方女性主义研究评价》，生活·读书·新知三联书店，1995 年。

[3] 贝尔·胡克斯：《女权主义理论：从边缘到中心》，晓征、平林译，江苏人民出版社，2000 年。

[4] 贝奇柯夫：《托尔斯泰评传》，吴均燮译，人民文学出版社，1981 年。

[5] 别林斯基：《文学的幻想》，满涛译，安徽文艺出版社，1996 年。

[6] 布尔加科夫：《大师和玛格丽特》，钱诚译，人民文学出版社，1999 年。

[7] 曹靖华主编：《俄苏文学史》三卷本，河南教育出版社，1992—1993 年。

[8] 陈方：《当代俄罗斯女性小说研究》，中国人民大学出版社，2007 年。

[9] 陈建华、倪蕊琴：《当代苏俄文学史纲》，辽宁教育出版社，1997 年。

[10] 陈燊主编：《俄国短篇小说选》，人民文学出版社，1981 年。

[11] 陈燊主编：《费·陀思妥耶夫斯基全集》，河北教育出版社，2010 年。

[12] 弗吉尼亚·伍尔夫：《论小说与小说家》，瞿世镜译，上海译文出版社，2000 年。

[13] 符·维·阿格诺索夫主编：《二十世纪俄罗斯文学》，凌建侯等译，中国人民大学出版社，2001 年。

[14] 冈察洛夫：《平凡的故事》，周朴之译，上海译文出版社，1980 年。

[15] 冈察洛夫：《悬崖》(上、下册)，翁文达译，上海译文出版社，1983 年。

[16] 革拉特珂夫：《水泥》，叶冬心译，人民文学出版社，1958 年。

[17] 何云波：《回眸苏联文学》，湖南人民出版社，2003 年。

[18] 亨利·吉福德：《托尔斯泰》，龚义、章建刚译，中国社会科学出版社，1989 年。

[19] 蒋路：《俄国文史漫笔》，东方出版社，1997 年。

[20] 金亚娜、刘锟、张鹤等：《充盈的虚无——俄罗斯文学中的宗教意识》，人民文学出版社，2003 年。

[21] 金亚娜：《期盼索菲亚——俄罗斯文学中的"永恒女性"崇拜哲学与文化探源》，人民文学出版社，2009 年。

[22] 凯特·米利特：《性政治》，宋文伟译，江苏人民出版社，2000 年。

[23] 康正果：《风骚与艳情》，李小江主编：《妇女研究丛书》，河南人民出版社，1988 年。

[24] 康正果：《女权主义与文学》，中国社会科学出版社，1994 年。

[25] C. G. 莱格：《人、艺术和文学中的精神》，孔长安、丁刚译，华夏出版社，1989 年。

[26] C. G. 莱格：《心理学与文学》，冯川、苏克译，生活·读书·新知三联书店，1992 年。

[27] 莱蒙托夫：《当代英雄》，草婴译，上海译文出版社，1994 年。

[28] 李赋宁总主编：《欧洲文学史》三卷本，商务印书馆，1999—2001 年。

[29] 李辉凡、张捷：《20 世纪俄罗斯文学史》，青岛出版社，1999 年。

[30] 李明滨主编：《俄罗斯二十世纪非主潮文学》，北岳文艺出版社，1998 年。

[31] 李毓榛主编：《20 世纪俄罗斯文学史》，北京大学出版社，2000 年。

[32] 李兆林、叶乃芳：《屠格涅夫研究》，上海译文出版社，1989 年。

[33] 列夫·托尔斯泰：《安娜·卡列尼娜》，周扬译，人民文学出版社，1985 年。

[34] 列夫·托尔斯泰：《列夫·托尔斯泰文集》，冯增义译，人民文学出版社，1989 年。

[35] 列夫·托尔斯泰：《列夫·托尔斯泰文集·日记》，陈馥、郑揆译，人民文学出版社，1991 年。

[36] 列夫·托尔斯泰：《复活》，汝龙译，人民文学出版社，1996 年。

[37] 列夫·托尔斯泰：《战争与和平》（上、下册），刘辽逸译，人民文学出版社，2004 年。

[38] 林树明：《女性主义文学批评在中国》，贵州人民出版社，1995 年。

[39] 林幸谦：《荒野中的女体——张爱玲女性主义批评Ⅰ》，广西师范大学出版社，2003 年。

[40] 林幸谦：《女性主体的祭奠——张爱玲女性主义批评Ⅱ》，广西师范大学出版社，2003 年。

[41] 刘慧英：《走出男权传统的樊篱——文学中男权意识的批判》，生活·读

　　书·新知三联书店，1995 年。

[42] 刘宁、程正民：《俄苏文学批评史》，北京师范大学出版社，1992 年。

[43] 刘硕良主编：《屠格涅夫全集》，河北教育出版社，2001 年。

[44] 刘文飞主编：《普希金全集》，河北教育出版社，2000 年。

[45] 罗婷：《女性主义文学与欧美文学研究》，东方出版社，2002 年。

[46] 马克·斯洛宁：《癫狂的爱——陀思妥耶夫斯基的三次爱情》，施用勤、黄小
　　英译，中国文联出版公司，1989 年。

[47] 玛丽·伊格尔顿：《女权主义文学理论》，胡敏、陈彩霞、林树明译，湖南文
　　艺出版社，1989 年。

[48] 孟悦、戴锦华著：《浮出历史地表》，河南人民出版社，1989 年。

[49] 帕斯捷尔纳克：《日瓦戈医生》，蓝英年、张秉衡译，人民文学出版社，2006 年。

[50] 彭克巽：《苏联小说史》，北京十月文艺出版社，1988 年。

[51] 彭克巽主编：《苏联文艺学学派》，北京大学出版社，1999 年。

[52] 钱中文主编：《巴赫金文集》（第六卷），河北教育出版社，1998 年。

[53] 任光宣、张建华、余一中：《俄罗斯文学史》（俄文版），北京大学出版社，
　　2003 年。

[54] 任一鸣：《女性文学与美学》，新疆人民出版社，1995 年。

[55] 上海译文出版社编：《托尔斯泰研究论文集》，上海译文出版社，1983 年。

[56] 盛英：《中国女性文学新探》，中国文联出版社，1999 年。

[57] 史蒂文·康纳：《后现代主义文化——当代理论导引》，严忠志译，商务印书
　　馆，2002 年。

[58] 水田宗子：《女性的自我与表现：近代女性文学的历程》，中国文联出版社，
　　2000 年。

[59] 苏·S. 兰瑟：《虚构的权威：女性作家与叙述声音》，黄必康译，北京大学出
　　版社，2002 年。

[60] 孙绍先：《女性主义文学》，辽宁大学出版社，1987 年。

[61] 陶丽·莫依：《性与文本的政治——女权主义文学理论》，林建法、赵拓译，
　　时代文艺出版社，1992 年。

[62] 屠格涅夫：《前夜》，陆肇明译，译林出版社，1994 年。

[63] 屠格涅夫：《贵族之家》，非琴译，译林出版社，1998 年。

[64] 瓦·拉斯普京:《伊万的女儿,伊万的母亲》,石南征译,人民文学出版社,2005 年。

[65] 王春荣:《新女性文学论纲》,辽宁大学出版社,1995 年。

[66] 王岳川、尚水:《后现代主义文化与美学》,北京大学出版社,1992 年。

[67] 乌利茨卡娅:《美狄亚和她的孩子们》,李英男、尹城译,昆仑出版社,1999 年。

[68] 乌利茨卡娅:《库科茨基医生的病案》,陈方译,漓江出版社,2003 年。

[69] 西蒙·波伏娃:《第二性》,陶铁柱译,中国书籍出版社,1998 年。

[70] 谢春艳:《美拯救世界:俄罗斯文学中的圣徒式女性形象》,人民文学出版社,2008 年。

[71] 谢玉娥:《女性文学研究:教学参考资料》,河南大学出版社,1990 年。

[72] 徐稚芳:《俄罗斯文学中的女性》,北京大学出版社,1995 年。

[73] 叶舒宪:《高唐神女与维纳斯——中西文化中的爱与美主题》,中国社会科学出版社,1997 年。

[74] 叶舒宪主编:《性别诗学》,社会科学文献出版社,1999 年。

[75] 叶水夫主编:《苏联文学史》三卷本,中国社会科学出版社,1994 年。

[76] 伊万·冈察洛夫:《奥勃洛莫夫》,陈馥等译,人民文学出版社,2006 年。

[77] 以赛亚·柏林:《苏联的心灵——共产主义时代的俄国文化》,潘永强、刘北成译,译林出版社,2010 年。

[78] 张杰、汪介之:《20 世纪俄罗斯文学批评史》,译林出版社,2000 年。

[79] 张京媛主编:《当代女性主义文学批评》,北京大学出版社,1992 年。

[80] 赵桂莲:《漂泊的灵魂:陀思妥耶夫斯基与俄罗斯传统文化》,北京大学出版社,2002 年。

外文书目

[1] Сост. Агеносов В. Русская литература XX века. Дрофа, 2000.

[2] Сост. Алексеев, Бугров и другие. Русская литература XX века: итоги и перспективы изучения. Советский спорт, 2002.

[3] В. Н. Аношкина и Л. Д. Громова. История Русской литературы XIX века. 40-

60-е годы. Издательство Московского университета, 1998.

[4] Багданова О.В. Постмодернизм в контексте современной русской литературы. СПГУ, 2004.

[5] Сост. Белов С. В. Русские эмигранты о Достоевском. Изд. Андреев и сыновья, 1994.

[6] Генис А. Иван Петрович умер:статьи и расследования.Новое литературное обозрение, 1999.

[7] Громова М. Русская современная драматургия. Флинта, Наука, 2000.

[8] Гуковский Г. А. Пушкин и проблемы реалистического стиля. Москва, 1957.

[9] Дунаев. Православие и русская литература. Христианская литература, 1997.

[10] В.Н. Кардапольцева. Женские лики России. Гуманитарный университет, 2000.

[11] Каролина Де Магд-Соэп. Эмансипация женщин в России: литературная жизнь. Изд. Уральского университета, 1999.

[12] Коллонтай Александра. Теория женской эмансипации в контексте российскойгендерной политики. Золотая буква, 2003.

[13] Лейдерман Н., Липовецкий М.Современная русская литература. УРСС, 2001.

[14] Лотман Юрий. Беседы о русской культуре. Быт и традиции русского дворянства (18-начало 19 века) . Искусство-СПб, 2001.

[15] Мелешко Т. Современная отечественная женская проза: проблемы поэтики в гендерном аспекте. Кемеровский университет, 2001.

[16] Немзер А. Литературное сегодня. О русской прозе. 90-е. Литературное обозрение, 1998.

[17] Нефагина Г. Русская проза второй половины 80-х–начала 90-х годов XX века. Издательский центр Экономпресс, 1998.

[18] Отрадин. Роман И.А.Гончарова «Обломов» в русской критике. Изд. Ленинградского университета, 1991.

[19] Петрушевская Л. Время ночь. Новый мир, 1992, №2.

[20] Петрушевская Л. Маленькая Грозная. Знамя, 1998, № 2.

[21] Петрушевская Л. Песни восточных славян. Новый мир, 1990, № 8.

[22] Сост. Прийма. История русской литературы. Наука, 1982.

[23] Скатов. Русские писатели: библиографический словарь (в двух частях). Просвещение, 1998.

[24] Терц А. Фантастический мир Абрама Терцца. Нью Иорк, 1967.

[25] Сост. Тимина С. Русская проза конца XX века: Хрестоматия. Издательский центр Академия, 2002.

[26] Состав. Тимина С. Русская литература XX века: школы, направления, методы, творческой роботы. Издательство Logos, 2002.

[27] Толстая Т. Ночь. Подкова, 2001.

[28] Толстая Т. День. Личное. Подкова, 2001.

[29] В. Н. Топоров. «Бедная Лиза»Карамзина.Опыт прочтения. РГГУ, 1995.

[30] Тух Б. Первая десятка современной русской литературы. Оникс 21 век, 2002.

[31] Barbara Heldt. *Terrible Perfection*. Indiana University Press, 1996.

[32] C.J.G. Turner. *Pechorin: An Essay on Lermontov's A Hero of Our Time*. Birmingham, 1978.

[33] Catriona Kelly. *A History of Russian Women's Writing. 1820-1992*. Clarendon Press, 1994.

[34] E. Wood. *The Baba and the Comrade: Gender and Politics in Revolutionary Russia*. Indiana University Press, 1997.

[35] Ed. by Adele Marie Barker and Jehanne M Gheith. *A History of Women's Writing in Russia*. Cambridge University Press, 2002.

[36] Ed. by Lewis Bagby. *A Hero of Our Time: A Critical Companion*. Northwestern University Press, 2002.

[37] Ed. by Maria Mamonova. *Women and Russian: Feminist Writings from the Soviet Union*. Oxford, 1984.

[38] Ed. by Rosalind Marsh. *Gender and Russian literature. New perspectives*. Cambridge University Press, 1996.

[39] Ed. by Toby W. Clyman and Diana Greene. *Women Writers in Russian Literature*. Praeger Publishers, 1994.

[40] Helena Goscilo. *Fruits of Her Plume: Essays on Contemporary Russian Woman's Culcure*. M.E.Sharp Inc., 1993.

[41] Joe Andrew. *Women in Russian Literature, 1780-1863*. Macmillan Press, 1988.

[42] Judith Armstrong. *The Unsaid Anna Karenina*. Macmillan Press, 1988.

[43] Kappler S. *The Pornography of Presentation*. Minneapolis, 1986.

[44] Mirsky D.S. *A History of Russian Literature – From the Earlist Times to the Death of Dostoyevsky (1881)*. Alfred A. Knop INC, 1927.

[45] Rina Lapidus. *Pansion, Humiliation, Revenge.Hatred in Man-Woman Relationships in the 19-th and 20th Century Russian Novel*. Lexington Books, 2008.

[46] *Russia*. Indiana University Press, 1997.

[47] Sona Stephan Hoisington. *A Plot of Her Own. The Female Protagonist in Russian Literature*. Northwestern University Press, 1995.

致　谢

　　萌生研究俄罗斯文学女性形象的想法还是在十年前。当时我刚刚结束博士论文及答辩，觉得论文中的相关内容似可进一步深化，尤其是当代俄罗斯女性作家笔下的女性形象与传统俄罗斯文学中女性形象的反差，更让人深感有话可说。2007年，我以"俄罗斯文学中女性形象的发展和比较"为题申请了国家社科基金青年项目，计划用三年时间进行研究，可当我真正坐下来着手工作时，却发现自己当初以横、纵或平行等线索对女性形象进行分析比较的想法实在太过庞大，不得已只好缩小规模。这本书从动笔到完工大概花了五年时间，此间出国访学、繁重的教学行政事务、为人母为人妻的职责和写作工作纠缠在一起，让人深感女性在当代社会的角色其实并不轻松。但在写作过程中，俄罗斯文学中那些女性形象又让人可以从繁重的日常工作中短暂地脱离出来，与她们进行一种交错在现实和虚构、过往和今天之间的对话，这其实也是一种放松。

　　写作，尤其是有完成期限催逼、须待他人评审的写作，偶尔会让人产生焦虑之感，尤其当看到北京并不常见的适合出去游玩的晴朗天气，而自己又必须沉下心来工作的时候，的确会对持续的研究工作心生困惑。可是此刻看到眼前的书稿，又有了几分一切付出都值得的快慰，当然，更强烈的感受其实是此书即将接受读者检验与批评时心头的那份忐忑和惶恐。

　　每一部作品都不是作者一个人的付出，没有同行、朋友和亲人的鼎力相助，这部书几乎是不可能完成的。在此，我想特别感谢一些单位和个人：

　　感谢中国人民大学外国语学院对此书出版提供的资助，近些年间院里为教师科研创造了良好的条件和氛围，我是受益者之一；感谢北京语言大学出版社，此前我与这家出版社有过多次愉快的合作，能在这里出版自己的第二本专著，实乃本人的荣幸，在此特别感谢张健女士、戚德祥先生为我提供的出版机会；在该书的写作过程中，某些内容曾发表在《外国文学研究》、《外国文学评论》、《俄罗斯文艺》等杂志上，感谢这些杂志为我提供了检验成果的园地；感谢黑龙江大学的金亚娜教授、南京大学的汪介之教授、南京师范大学的杨莉馨教授为我提供写作资料。

　　最后，我要感谢我的家人。此书的出版恰好赶在我们的小家庭成立15个年头之时，也许感谢的话说给天天生活在一起的人略显矫情，但你们的陪伴、鼓励和支持，还有我们之间说不尽的共同话题，让人在周而复始的日常生活中可以看到更多的意义。我十分感恩命运赐予我的一切。

陈　方

2015 年 3 月 7 日

北京近山居